Tod in Wittenberg

W0205550

Daniela Wander wurde in Köln geboren, wo sie aufwuchs und Jahrzehnte gelebt hat. Nach dem Studium der Kunstgeschichte und Ethnologie in Hamburg und Köln arbeitete sie zehn Jahre als Kunstexpertin in einem großen Versicherungsunternehmen. Heute wohnt sie mit ihrem Mann in Düsseldorf. »Tod in Wittenberg« ist ihr vierter historischer (Kriminal-)Roman.

Dieses Buch ist ein Roman. Martin Luther, Käthe von Bora sowie die Nonnen aus ihrem Umfeld sind historische Personen, die Flucht aus dem Kloster verbürgt, ebenso die Bemühungen Luthers, den Frauen eine Zukunft zu organisieren. Wie die Sache für ihn selbst endete, wissen wir auch: Käthe und er heirateten und führten eine sehr glückliche Ehe. Die Charakterisierung der Nonnen allerdings, ihre Gespräche und Einstellungen und ganz allgemein die Handlung des Romans entspringen der Phantasie der Autorin. Ebenso sind die restlichen handelnden Personen fiktiv. Hier gilt: Ähnlichkeiten mit lebenden oder toten Personen sind nicht gewollt und rein zufällig.

DANIELA WANDER

TOD IN WITTENBERG

HISTORISCHER KRIMINALROMAN

emons:

Bibliografische Information der Deutschen Nationalbibliothek
Die Deutsche Nationalbibliothek verzeichnet diese Publikation in der Deutschen Nationalbibliografie; detaillierte bibliografische Daten sind im Internet über http://dnb.d-nb.de abrufbar.

MIX
Papier aus verantwortungsvollen Quellen
FSC
www.fsc.org
FSC® C083411

© Emons Verlag GmbH
Alle Rechte vorbehalten
Umschlagmotiv: photocase.de/concoon, leedsn/Depositphotos.com, shutterstock.com/STILLFX
Umschlaggestaltung: Nina Schäfer
Gestaltung Innenteil: César Satz & Grafik GmbH, Köln
Lektorat: Lisa Kuppler
Druck und Bindung: CPI – Clausen & Bosse, Leck
Printed in Germany 2016
ISBN 978-3-7408-0009-3
Historischer Kriminalroman
Originalausgabe

Unser Newsletter informiert Sie
regelmäßig über Neues von emons:
Kostenlos bestellen unter
www.emons-verlag.de

Dieser Roman wurde vermittelt durch
The Berlin Agency, Dr. Frauke Jung-Lindemann.

Und ob ich schon wanderte im finsteren Tal,
fürchte ich kein Unglück; denn du bist bei mir,
dein Stecken und dein Stab trösten mich.

Aus Psalm 23

PROLOG

»Ich glaube, da ist jemand«, flüsterte Veronika von Zeschau. »Sie … sie beobachten uns!«

»Unsinn.« Ungeachtet des harschen Wortes lächelte Schwester Elisabeth beruhigend in Veronikas Richtung und wies mit einer eleganten Handbewegung auf den Gemüsegarten, in dem sie standen. Anfang April zwar gesäubert, geharkt und für die Aussaat vorbereitet, waren die meisten Beete noch kahl, nur in einigen wuchsen schon Möhren, Rauke und Zwiebeln. Ein Stück entfernt lagen Kirche und Kreuzgang des Klostergebäudes, niemand war zu sehen, sie waren allein in der frischen Frühlingsluft. »Hier ist keiner. Außer uns. Überdies stehen wir einfach nur beisammen. Daran ist nichts Ungesetzliches.«

»Aber wir haben etwas Ungesetzliches vor, das sollten wir nicht beschönigen.« Käthe von Bora fand, die ganze Sache wurde nicht einfacher, indem man die Konsequenzen ignorierte, die ihr Vorhaben nach sich ziehen konnte.

»Vielleicht sollten wir es lassen. Das Risiko ist viel zu hoch.« Der angebliche Beobachter war vergessen, Veronikas eigentliche Ängste brachen sich Bahn.

Es fehlt nicht viel, und man könnte ihren Blick panisch nennen, dachte Käthe. Sie tat sich schwer damit, bei Menschen wie Veronika milde zu sein und Nachsicht zu üben. Ängstlichen, stets besorgten Menschen. Duldsamkeit war ohnehin nicht Käthes hervorstechendste Eigenschaft, die Mutter Oberin hatte es ihr oft genug gesagt. Alle Welt verlangte Demut, Fügsamkeit, Ergebenheit von ihr, und genau das fiel ihr schwer. Zu schwer manchmal. Käthe riss sich zusammen. Was sie vorhatten, war in der Tat skandalös. Kühn, kaum zu kalkulieren und regelwidrig. Kein Wunder, dass es mit Veronikas Nervenkostüm nicht zum Besten stand. »Niemand wird gezwungen, sich uns anzuschließen«, sagte sie mit mehr Gelassenheit in der Stimme, als sie empfand.

Margarete von Zeschau, Veronikas Schwester, riss die Augen auf und legte in einer dramatischen Geste die Hand auf die Brust. »Du willst uns zurücklassen?«

»Du weißt so gut wie ich, dass die meisten unserer Mitschwestern das gewohnte Klosterleben inzwischen verwerfen. Aber nur wir haben uns entschlossen, den Schritt nach draußen zu wagen«, erklärte Käthe, und es gelang ihr nicht, die Gereiztheit in ihrer Stimme zu unterdrücken. »Ob ihr zu uns oder den anderen gehören wollt, ist ganz allein eure Angelegenheit.«

Magdalena von Staupitz wiegte nachdenklich ihr Haupt. »Der Plan, heimlich das Kloster zu verlassen, stellt tatsächlich ein großes Wagnis dar, das ist ja nicht von der Hand zu weisen. Immerhin werden wir zu einem Schandfleck für unsere Angehörigen.«

Das stimmte. Dem Klosterleben nach der Ordination den Rücken zu kehren, war auf legalem Weg nur möglich mit päpstlichem Dispens. Einen solchen zu erlangen, bedeutete beträchtliche Mühen und noch höhere Kosten. Es war nahezu ausgeschlossen, dass die Familien ganz normaler Nonnen auch nur eines davon auf sich nehmen wollten.

Ave von Schönfeld zog die Augenbrauen hoch, was ihrem makellosen Gesicht einen skeptischen Zug verlieh. »Nun, du als Kantorin kannst dich wenigstens allein durchs Leben bringen, genau wie unsere hochgebildete Schwester Elisabeth. Was sollen wir anderen sagen?«

Damit war eine Angst offen ausgesprochen, die jede von ihnen im Herzen trug. Mal freimütig, mal eher heimlich, aber Sorge verspürten sie alle. Bleiernes Schweigen breitete sich aus, dann gab Ave, selbstbewusst wie stets, die Antwort auf ihre Frage gleich selbst. »Du hast den Brief von Doctor Luther doch selbst gelesen, in dem er unsere Fragen beantwortet hat. Gott gefällt kein Dienst, der nicht willig aus tiefster Seele kommt. Und das ist bei uns der Fall, sonst stünden wir ja wohl kaum hier. Wenn wir jedoch nicht reinen Herzens im Kloster sein wollen, dann sollten wir dort auch nicht bleiben.«

»Macht euch nicht so viele Sorgen. Gott wird uns einen Weg weisen, den wir gehen dürfen«, warf Schwester Eva ein. Sie war sehr fromm, und wenn sie keinen Widerspruch darin sah, ihrem Gott ergeben zu sein und doch dem Dasein als Nonne den Rücken zu kehren, dann war da auch keiner. »Bruder Luther ist der Meinung, das höchste und edelste Werk, das wir zu tun haben, ist der Glauben an Christus selbst. Dafür brauchen wir kein Kloster. Wir können hinausgehen und es in der Welt tun, fröhlich und aus freien Stücken.«

Dies war das Argument, das Käthe am schlüssigsten fand. »Genauso ist es«, sagte sie. »Der Mensch sollte nicht für sich allein leben und auch nicht nur im Dialog mit Gott. Das menschliche Dasein ist eine Gemeinschaft, Menschen müssen für Menschen da sein. Das Fasten und Beten in Klöstern ist zu selbstbezogen, wir machen es uns zu leicht damit.«

»Da ist doch was!« Veronika riss auf diese aufgeregte Art ihre blauen Augen auf, die Käthe so vehement auf die Nerven fiel. »Da *war* etwas, ich bin mir ganz sicher. Warum glaubt ihr mir denn nicht? Ich habe einen Schatten gesehen. Dahinten.« Sie wies auf den Obstgarten und fuhr mit der anderen Hand geziert an ihre Kehle.

»Das wird eine der Mitschwestern auf dem Weg zur Latrine gewesen sein.« Ave nahm sie nicht ernst, das war deutlich zu hören.

Veronika zog eine beleidigte Miene. Sie klappte den Mund zu, kniff die Lippen zusammen und starrte auf den Boden.

Käthe überprüfte die Richtung, in die Veronika gewiesen hatte, und sah, dass Magdalena von Staupitz dasselbe tat. Sie war eine der Vernünftigen in ihrer kleinen Gruppe, klug und energisch. Auf sie war Verlass, das wusste Käthe.

»Es wäre leichter, könnten wir zurück zu unseren Familien«, warf Margarete von Schönfeld mit leiser Stimme ein. Sie stand stets im Schatten ihrer schönen Schwester Ave. Es war bemerkenswert, dass sie sich überhaupt zu Wort meldete.

»Nun, das geht eben nicht.« Magdalenas Blick wanderte weiterhin prüfend über das frühlingskarge Gelände. »Wir sind da nicht willkommen, meine Liebe. Unser Erbe ist längst verteilt, manchmal nur in Gedanken, doch oft auch tatsächlich. Da ist es unbequem, wenn wir kommen und Ansprüche darauf anmelden.«

Oder es gab kein Erbe, weil die Familie zu arm war, um sich zu kümmern, wie in Käthes Fall. Sie war ins Kloster geschickt worden, damit sie versorgt war und ihren Angehörigen nicht auf der Tasche lag.

Ganz in der Nähe, hinter einem erst spärlich belaubten Schlehenstrauch mit weißschaumigen Blüten, bewegte sich etwas. Sachte, kaum zu erkennen, eine Ahnung nur. Käthe wandte den

Blick ab. Auf keinen Fall sollte ihr Beobachter merken, dass sie ihn entdeckt hatte.

Eines war jedenfalls klar. Veronika hatte recht gehabt.

Sie *wurden* ausgespäht. Schlimmer noch, die Schlehe stand so nah, dass wer immer sich dahinter verbarg, ihre Unterhaltung belauschen konnte. Die Frage war, wer ein Interesse daran hatte. Und eine noch drängendere Frage lautete: Was würde dieser Jemand mit den gewonnenen Erkenntnissen anfangen? Käthe hatte keine Ahnung, wie die Mutter Oberin reagieren würde, falls man ihr zutrug, was ihre Mitschwestern vorhatten. Günstigstenfalls legte Margarete von Haubitz ihnen bloß Steine in den Weg und hinderte sie daran, das Kloster zu verlassen. Schlimmstenfalls meldete sie den Vorfall und unterzog sie einer harten Strafe. Käthe hätte beim besten Willen nicht sagen können, welche Variante die Äbtissin wählen würde.

Aber vielleicht waren sie nicht gezwungen, es herauszufinden. Käthe wandte ihren Blick Magdalena zu und sah sie beschwörend an. Sie wartete, bis sie ihre Aufmerksamkeit auf sich gezogen hatte, dann deutete sie sachte mit dem Kinn in Richtung Schlehe. Magdalena zog die Stirn in Falten und hob die Schultern in der stummen Frage, was nun zu tun sei.

Käthe überlegte hektisch. Loneta von Gohlis' Position war günstig, sie kehrte dem Strauch den Rücken zu, stand aber nahe genug, um mit einem beherzten Sprung dorthin den Beobachter zu überraschen. Nur war es unmöglich, Loneta heimlich klarzumachen, was sich hinter ihr abspielte. Außerdem war sie viel zu schüchtern, um in einer Krisensituation zu reagieren. Oder überhaupt zu reagieren. Loneta schwamm gerne unauffällig im Strom und tat am liebsten so, als sei sie nicht vorhanden.

Der Schatten bewegte sich. Vielleicht wollte er verschwinden, sich einfach davonstehlen. Dann hätten sie das Nachsehen und erfuhren nicht, mit wem sie es zu tun hatten. Es war keine Zeit mehr, lange zu grübeln. Käthe tat ein, zwei schnelle Schritte auf Loneta zu.

»Gib acht, Loneta!«, rief sie. »Du hast da eine Biene auf deinem Schleier, an der Schläfe!«

Während Loneta erschrocken mit beiden Händen sinnlos in der Luft herumwedelte, sprang Käthe an ihr vorbei und zerkratzte sich die Finger, als sie hinter die Schlehe griff und ihren unwillkommenen Augenzeugen hervorzerrte.

»Ach du liebes bisschen«, sagte Elisabeth von Canitz seufzend.

Dorothee von Linnitz schob ihre leuchtend blonden Locken hinter die Ohren, stemmte die Hände in die Hüften und starrte herausfordernd in die Runde.

Ausgerechnet die Linnitz.

TEIL 1

1

»So geht das keinesfalls weiter. Ich halte das nicht aus.« Marga Tilfer zog mit einem entschlossenen Ruck den nachtblauen Faden durch die Stickarbeit, an der sie schon den ganzen Nachmittag werkelte. Die Blütenranken erweckten allmählich einen misslungenen Eindruck, da zarte Nadelarbeiten so viel Energie schlecht vertrugen.

»Ich weiß ja nicht, wie oft ich das schon gehört habe.« Katharina betrachtete ihre Freundin mitleidig. »Entweder du sprichst endlich mit ihm oder du schlägst ihn dir aus dem Kopf.«

»Letzteres. Er hat mich nicht verdient. Auf keinen Fall. Ich werde den nehmen, den meine Eltern für mich aussuchen. So, wie es seit jeher Brauch ist und auch vernünftig, weil kein Vater sich derartige Flausen in den Kopf setzt, wie ich das tue. Getan habe. Denn damit ist jetzt Schluss.«

»Das ist gut.« Ohne jede Hoffnung darauf, dass diese Aussage Bestand haben würde, lächelte Katharina ihrer Freundin ermutigend zu. Dann betete sie stumm ein Ave-Maria. Erfahrungsgemäß dauerte es ungefähr bis zum »Sancta Maria, Mater Dei«, bis Fräulein Tilfer wieder anderen Sinnes wurde.

»Allerdings …«, hub Marga an, und Katharina stöhnte vernehmlich auf.

»Ich weiß, ich bin unmöglich.« Marga zeigte den Anflug einer beschämten Miene. »Es tut mir ja auch leid. Aber ich frage mich allmählich, ob ich als alte Jungfer enden werde. Und das ist nicht angenehm.«

Marga war so bezaubernd, so liebreizend, dass sich diese Frage nicht wirklich stellte. Dafür aber die, warum sie ihr Herz an einen Mann gehängt hatte, der sie nicht erhörte, obwohl er ihre Gefühle augenscheinlich erwiderte. Burkhardt Gantzer blühte regelrecht auf, sobald er Fräulein Tilfers ansichtig wurde, Katharina wusste das. Er war der beste Freund ihres Ehemannes und häufig bei ihr zu Hause anzutreffen.

»Mein Vater hätte nicht erlauben sollen, dass ich mir meinen Gemahl selbst aussuche. Das war nicht klug von ihm. Er hätte mir das nicht einfach durchgehen lassen dürfen.« Marga begann, die Stickerei der letzten Stunden wieder aufzutrennen.

»Er liebt dich eben und will seine Tochter glücklich sehen. Gib her, am Ende machst du es noch völlig kaputt.« Katharina streckte die Hand aus, aber Marga schüttelte den Kopf und warf das Ganze ungeduldig in ihren Handarbeitskorb.

»Ich gehe zu ihm. Zu Burkhardt, meine ich, nicht zu meinem Vater. Ich will es jetzt wissen. Kommst du mit?«

Katharina nickte. Jeder Grund, nicht zu früh nach Hause zurückkehren zu müssen, war ihr recht. »Aber was willst du ihm sagen?«

»Ich weiß es nicht. Ich meine, ich kann ihn doch nie und nimmer einfach fragen, ob er …« Sie brach ab. So forsch war noch nicht einmal Marga Tilfer, dass sie ungebeten ihr Herz auf einem Präsentierteller dargeboten hätte. Oder es jemandem vor die Füße geworfen hätte, damit er darauf herumtrampeln konnte.

»Du willst ihn nicht rundheraus fragen, ob er dich liebt so wie du ihn«, vermutete Katharina leise. »Das kannst du natürlich wirklich auf keinen Fall tun.« Irgendwie beneidete sie Marga sogar ein bisschen. Sie musste jedenfalls nicht ständig über die Beschaffenheit ihrer Gefühle nachgrübeln. Katharina hatte ihrem eigenen Mann lange wesentlich unentschlossener gegenübergestanden, und leicht war es dann und wann immer noch nicht mit ihm.

»Nein. Aber wir gehen trotzdem hin. Ich muss ihn sehen.«

Sie benahm sich wie ein Kind, das an einer kaum verheilten Wunde herumfingerte, um herauszufinden, ob sie noch schmerzte. Katharina wusste genau, dass sie es noch tat.

Marga griff nach ihrem Umhang, die Tage Anfang April waren nach wie vor kühl. »Kommst du?«

Katharina entging nicht der flehentliche Unterton. Unmöglich, ihre einzige Freundin zurückzuweisen. »Natürlich, meine Liebe. Lass uns gehen.«

Vom Stadthaus der Tilfers war es nur ein kurzer Weg bis zum Ratsgebäude. Burkhardt Gantzer hielt sich in der Regel dort auf, sofern er nicht auf einem seiner zahlreichen Erkundungsgänge durch die Straßen Wittenbergs war. Der Schützenmeister nahm seine Pflichten ernst. Zu seinen Aufgaben gehörte es, sich um die

Wehrbereitschaft der Stadt zu kümmern, die Verteidigungsanlagen und die Waffen zu warten und ganz allgemein für die Sicherheit der Bürger zu sorgen. Im neuen Rathaus, mit dessen Bau man in diesem Jahr beginnen würde, sollte ihm ein großzügiger Raum zur Verfügung gestellt werden. Im Moment residierte er in einem Gelass des alten Ratsgebäudes, das nicht viel mehr war als eine leer geräumte Rumpelkammer.

Als Katharina und Marga eintrafen, stand er gerade über seinen Tisch und eine der zahllosen Listen gebeugt, die offenbar unabdingbar zu seinem Geschäft gehörten. Margas Schritt stockte, und Katharina konnte sich genau vorstellen, wie ihr zumute war. Eigentlich war Marga ein Ausbund an Impulsivität und Lebendigkeit, hatte indes schon vor einiger Zeit viel von ihrer Unbefangenheit verloren, jedenfalls wenn es um den Schützenmeister ging. Sachte klopfte sie an die halb geöffnete Tür, und Burkhardt hob den Kopf. Für einen Moment breitete sich ein Leuchten auf seinen zerknautschten Zügen aus, dann wandte er den Blick ab, sah an Marga vorbei und zog fragend die Augenbrauen in die Höhe.

Da waren Schritte hinter ihr, eilige Schritte. Katharina hörte es auch.

»Verzeihung, darf ich mal, ich muss zum Schützenmeister. Dringend.« Ein Mann drängte sich an ihnen vorbei, es fehlte nicht viel, und er hätte sie einfach aus dem Weg geschubst. Er war schlicht, aber ordentlich gekleidet, keiner der Stadtdiener, die unter Burkhardts Leitung standen. Trotzdem kam er Katharina bekannt vor, auch wenn er kein Kaufmann oder Ratsherr war. Dann fiel es ihr ein. Es handelte sich um Hans Ließen, er war Tischlermeister und besaß eine Werkstatt in der Nähe der Stadtkirche. Vor ein paar Monaten hatte er für Thomasus eine neue, festere Eingangstür zum Kontor angefertigt.

»Was gibt's denn, Ließen?«, erkundigte sich Burkhardt in geschäftsmäßigem Ton.

»Es ist etwas ganz Furchtbares passiert.« Ließen war außer Atem und offenbar die Eile nicht gewohnt, mit der er zum Rathaus gestürzt war.

Katharina schob sich sachte in den Raum und zog Marga hinter sich her. Auf keinen Fall wollte sie sich entgehen lassen, was Meister Ließen zu berichten hatte.

»Und das wäre?« Burkhardt war von wirklich vorbildlicher Geduld mit Menschen, die zu aufgeregt waren, um einen klaren Satz zu formulieren. Katharina stellte fest, dass ihr selbst diese Langmut fehlte.

»Ich muss Euch holen, Schützenmeister.« Ließen schnaufte. »Das müsst Ihr sehen. Da haben wir was gefunden. Schrecklich, wirklich. Wer tut denn so was? Das frage ich Euch, ich kann's mir nämlich nicht vorstellen …«

»Ließen!« Burkhardt wurde energisch, das konnte er auch. »Jetzt sagt mir, um was es sich handelt! Sonst kann ich Euch keinen Rat geben, das werdet Ihr doch wohl einsehen?«

Meister Ließen schluckte. »Wir, also das heißt, mein Geselle und ich, wir haben ein Mädchen gefunden. Auf dem Baugrund für das neue Rathaus. Hinten. Wo das Haus vom Räbener war.«

»Und was macht es, dieses Mädchen, dass es Euch so aus der Fassung bringt?«

»Was es macht?« Hans Ließens Adamsapfel hüpfte rauf und runter. »Das macht gar nichts mehr. Dem steckt ein Dolch im Leib, und es ist tot.«

Das alte Rathaus war längst zu klein geworden für das prosperierende Wittenberg und ganz entschieden zu wenig repräsentativ, weshalb der Rat vor ein paar Jahren beschlossen hatte, dass ein Neubau hermusste. Man kaufte zwanzig Hausstellen auf, was nicht ohne Streit und Ärger ablief und daher geraume Zeit dauerte. Also widmete man sich unterdessen der Planung des aufwendigen Bauprojektes und war inzwischen weit gediehen. Im nächsten Monat sollte die Grundsteinlegung sein. Noch war von der angekündigten Pracht nicht viel zu sehen, in der Baugrube waren nur Dreck, Schlamm, Kies und grob behauene Holzplanken. Und, eingehüllt in einen fadenscheinigen blaugrauen Umhang, eine tote Frau, die auf einem Sandhaufen lag.

Ungeachtet des feinen, alles durchdringenden Nieselregens kauerte Burkhardt auf dem Boden und scherte sich nicht darum, dass seine Knie im Morast einsanken. »Weiß jemand, wer sie ist?«

»Nein. Wir kennen die nicht, der Bert und ich. Nie gesehen.« Ließen spreizte in einer hilflosen Geste die Finger seiner derben Pranken.

Er hätte gerne geholfen, wusste aber nicht, wie, Katharina konnte es spüren. Ebenso beklommen wie neugierig schob sie sich ein Stückchen näher, sie stand zu weit weg, um wirklich etwas zu erkennen. Und sie wollte unbedingt wissen, was da war. *Wer* da war. Ihr Wissensdurst hatte sie schon öfter in Schwierigkeiten gebracht, doch auch diesmal über die Vernunft gesiegt, wie meistens. Als Burkhardt Hals über Kopf aus seiner Wachstube und mit eiligen Schritten in Richtung des Fundortes der Leiche gestürmt war, hatte Katharina ohne lange nachzudenken Margas Hand ergriffen und sich ihm und Ließen angeschlossen. Es war nicht einfach gewesen, mit ihnen Schritt zu halten, ihr Herz hämmerte immer noch von dem schnellen Lauf.

»War außer Eurem Gesellen noch jemand dabei, als Ihr sie gefunden habt?«, fragte Burkhardt.

»Nee, auf der Baustelle wird noch nicht gearbeitet, wir waren bloß da, um eine Messung vorzunehmen. Ich muss wissen, wie viel Bauholz ich bestellen soll, wenn es dann endlich losgeht.«

»Und es war niemand hier, als Ihr gekommen seid?«

Ließen runzelte die Stirn. »Bloß wir. Und die Frau.«

»Wir müssen herausfinden, ob es einen Zeugen gibt, jemanden, der gesehen hat, wie sie hergekommen ist. Kam sie auf ihren eigenen Füßen und wurde hier getötet? Oder war sie schon tot? Womöglich hat sie jemand einfach nur entsorgt. Weggeworfen wie Müll, verdammt noch mal.« Burkhardt atmete einmal tief durch, dann riss er sich zusammen. »Mit etwas Glück bekommen wir eine Beschreibung des Täters.«

Er richtete sich auf und ging langsam um die Tote herum, betrachtete sie aufmerksam von sämtlichen Seiten. Katharina wagte kaum zu atmen, sie wollte ihn in seiner Konzentration nicht stören. Und sie wollte auch nicht auffallen. Marga und sie hatten hier nichts zu suchen, und am Ende schickte er sie noch fort. Marga bewegte sich unruhig neben ihr, aber als Katharina sachte den Kopf schüttelte, verstand sie sofort und stand wieder still.

»Vor allem müssen wir wissen, wer sie überhaupt ist.« Burkhardts Miene zeigte das Mitgefühl, das so typisch für ihn war. Die Anteilnahme, die er seinen Mitmenschen gegenüber an den Tag legte, war stets groß. Mit einer zarten Bewegung zog er den schäbigen Umhang beiseite, den das Mädchen trug. Der Dolchgriff, der aus ihrem Brustkorb ragte, schimmerte matt im grauen Licht dieses düsteren Nachmittags.

Marga sog scharf die Luft ein. »So wenig Blut«, flüsterte sie. »Warum ist da nicht mehr Blut?«

Burkhardt blickte auf. Seine hellbraunen Augen wirkten traurig. »Wenn der Dolch die richtige Stelle trifft, blutet es wohl nach innen.«

»Hoffentlich ging es schnell.« Marga war erschüttert, das war deutlich zu sehen, ihre Wangen waren fahl, und ihre Augen glänzten von ungeweinten Tränen. Burkhardt griff ihre Hand und drückte sie kurz. Katharina fragte sich, ob er es überhaupt merkte. Es sah aus, als geschähe es gänzlich unbewusst.

»Bestimmt.« Er war sich nicht sicher, der zweifelnde Ausdruck seiner Miene sprach Bände. »Wieso wird so ein Mädchen getötet? Sie war – arm. Das ist an ihrer Kleidung leicht zu erkennen. Was könnte sie besessen haben, das einen Raub lohnte? Auf eine derart drastische Weise?«

Er schob die Kapuze ein wenig beiseite, und das Gesicht der Toten kam zum Vorschein: feine Züge, blasse Haut, blicklose Augen, starr in den wolkenverhangenen Himmel gerichtet. Wunderbares blondes Haar, das selbst in diesem trüben Schatten zu leuchten schien.

»Möglicherweise ging es gar nicht um einen Diebstahl«, warf Katharina vorsichtig ein, sie konnte nicht mehr an sich halten. »Nicht um ein *Ding*, das sie besessen hat, sondern um eine Information. Um etwas, das sie gewusst hat, aber auf keinen Fall wissen durfte.«

»Hm.« Burkhardt nickte langsam. »Vielleicht gehörte sie zum Gesinde eines Hauses und hat etwas belauscht, das geheim bleiben sollte.«

Marga raffte ihre üppigen Locken zusammen und beugte sich vor. »Ich weiß nicht. Sie ist nicht gekleidet, wie man es bei Gesinde erwarten müsste. Gut, ihre Gewänder sind wirklich sehr bescheiden, das Kleid ist abgenutzt und der Umhang kaum seinen Namen wert. Aber beides ist sauber und gepflegt und wirkt eher unmodern als schäbig.«

»Und seht euch ihre Züge an«, fuhr Katharina fort. »Zart und weiß. Mägde sehen so nicht aus.«

Burkhardt ergriff behutsam das linke Handgelenk der Frau. Die Rechte hatte sie noch im Tode auf die Wunde gepresst, die der Dolchstoß gerissen hatte, und er mochte sie wohl nicht berühren. »Ihre Hände weisen auch nicht darauf hin, dass sie mit ihnen harte körperliche Arbeit verrichtet hätte. Also stellt sich die Frage: Warum hüllt sich eine Dame in derartige Gewänder, und wie steht das in Zusammenhang mit ihrem Tod?«

»Vielleicht war sie auf der Flucht«, schlug Marga vor. Es gefiel ihr, Burkhardt zu helfen, Katharina spürte es genau. »Dann müssen wir herausfinden, wovor.«

Burkhardt blickte auf, schien erst jetzt wirklich zu bemerken, mit wem er sprach. »*Ich* werde das herausfinden. Und ich bin gerne bereit, *Euch* aufzuklären, sobald ich etwas erfahren habe. Aber ermitteln werde ich allein. Verstanden?«

Marga nickte. Das Strahlen in ihren Augen erlosch.

Als Katharina am späten Nachmittag nach Hause kam, fand sie es beinahe merkwürdig, dass sie dort alles genauso vorfand wie immer. Als sei nichts geschehen, als *könne* nichts geschehen, was den Ablauf ihres Haushaltes zu stören in der Lage war. Allerdings hatte sich tatsächlich nichts ereignet, was die Familie Roeseling berührte, und vor allem nichts, von dem hier außer ihr selbst irgendjemand Kenntnis hatte. Alles war so, wie es sein sollte. Die Männer waren unterwegs und gingen ihrer Arbeit nach. Mechthild, die Köchin, werkelte schlecht gelaunt, aber emsig in der Küche an den Vorbereitungen zum Abendessen herum, Maria ging ihr zur Hand und trällerte dabei leise vor sich hin. Berthe schnaufte und putzte unter viel Getöse an den Kupfertöpfen herum, und Walli saß stumm da und nähte. Im Moment eine neue Schürze für Mechthild, denn deren alte hatte einen langen Riss und war bald nicht mehr zu gebrauchen. Dass Walli sich für diese Arbeit in die Küche zu den anderen begeben hatte, stellte einen Fortschritt dar. Vor nicht einmal einem halben Jahr war sie noch so schüchtern gewesen, dass sie sich ständig allein in Katharinas Kammer zurückgezogen und dort ihre Aufgaben erledigt hatte.

»Ihr wart lange fort«, brummelte Mechthild, der angemessenes Betragen einfach nicht beizubringen war.

Katharina hatte sich damit ausgesöhnt. Sie wollte gerne glauben, dass es nicht persönlich gemeint war. Also ging sie nicht auf die Bemerkung ein, stattdessen ließ sie sich ächzend auf einen Schemel in der Nähe der Feuerstelle sinken und hoffte, ihre Kleider würden nun trocknen und ihre Füße warm. »Gib mir einen Becher Würzwein. Mir ist kalt.«

Sie hätte so gerne eine Pause gehabt, ihre Gedanken geordnet, sich erholt. Aber nein, Thomasus, ihr schwieriger und so sehr geliebter Ehemann, war bereits heimgekehrt, hatte sie gehört und steckte seinen schwarz gelockten Schopf in die Küche, um sie zu begrüßen. Das war nett, nicht viele Ehemänner nahmen ihre Frau so wichtig, und normalerweise freute sich Katharina darüber. Heute wäre sie lieber noch eine Weile für sich gewesen.

»Du darfst dich bei dieser Temperatur nicht so lange draußen aufhalten. Es ist zu frisch.« Dieses Brüske war seine Art, ihr seine Fürsorglichkeit zu zeigen, und Katharina lächelte ihn an, ohne sich in eine Widerrede zu verstricken. Über solche Dinge waren sie früher häufig in Streit geraten, und sie war froh, dass diese Zeit hinter ihnen lag. Sie gaben sich Mühe, alle beide.

»Ist's Anfang April nass, ist der Sommer für gewöhnlich trocken, also sollten wir uns nicht beschweren.« Mechthild war auf einem Bauernhof aufgewachsen und hatte jederzeit Weisheiten zu Wetter und Jahreskreis bereit. Meistens lag sie damit erstaunlich richtig. Katharina hatte schon lange aufgehört, sich insgeheim darüber zu ärgern. Der Frieden, den sie mit der Köchin geschlossen hatte, war nicht wirklich freundschaftlich, aber auch nicht brüchig.

Sie nickte, nippte an dem Wein und betrachtete ihren Ehemann. Der Frage, wie sie Thomasus die Neuigkeiten mitteilen sollte, war sie auf dem Heimweg sorgfältig ausgewichen. Auch wenn nicht immer alles so ganz glattlief mit ihnen, aneinander gewöhnt hatten sie sich dennoch. Sie schätzten sich. Liebten sich, jedenfalls galt das für sie. Sie liebte ihren Mann, auch wenn er sie manchmal mit seiner Sturköpfigkeit und seinem Bestreben, sie zu Hause anzubinden, zur Verzweiflung brachte. Bei Thomasus war es vermutlich ähnlich, nur spiegelverkehrt: Er liebte sie, obwohl sie ihn gleichermaßen zur Verzweiflung brachte, und zwar mit ihrer manchmal fatalen Neigung zu Alleingängen. Und mit ihrer Sturköpfigkeit, die der seinen in nichts nachstand.

»Man munkelt, es sei eine Leiche gefunden worden.« Thomasus

richtete einen prüfenden Blick auf Katharina, als ahne er bereits, was nun käme.

»Schon?«, fragte Katharina verblüfft. »Das ging aber schnell. Wer munkelt denn?«

»Praktisch jeder, dem ich unterwegs begegnet bin.« Thomasus runzelte die Stirn. »Und woher wusstest du davon, früher als jeder andere hier in diesem Hause?«

Da war sie, die Gelegenheit zur Diplomatie. Oder zur Verlogenheit. Mauscheln war indes Katharinas Sache nicht, und so ließ sie den Moment verstreichen. »Ich hab die Leiche gesehen«, erklärte sie in schönster Aufrichtigkeit.

Alle in der Küche reagierten vollkommen erwartungsgemäß. Mechthild warf Katharina einen finsteren Blick zu und grunzte etwas vor sich hin. Maria stieß einen scharfen Pfiff durch die Zähne aus. Walli beugte sich tief über ihre Nadelarbeit und versuchte, mit dem Hintergrund zu verschmelzen. Berthe stemmte die Fäuste in die Hüften und sah Katharina warnend an. Thomasus wurde wütend.

»Wie um alles in der Welt konntest du diese vermaledeite Leiche zu Gesicht bekommen?«, fragte er leise. In der Regel bedeutete leise nichts Gutes.

»Ich war mit Marga bei Burkhardt, als der Fund gemeldet wurde. Wir sind dann mit ihm zum Tatort gegangen.«

»Gegen seinen Willen, hoffe ich.«

»Das weiß ich nicht«, bekannte Katharina. »Er hat sich nicht viel um uns gekümmert.«

»Das heißt, er wollte nicht, dass ihr dabei wart.«

Noch ehe sie etwas erwidern konnte, mischte sich Maria ein, die ihrer Herrschaft gegenüber wenig Scheu verspürte. »Wie war sie denn, die Leiche? War sie gruselig?«

Katharina rief sich den Anblick des toten Mädchens in Erinnerung, die feinen Züge, den fadenscheinigen Umhang. Den Dolch. Sie spürte, wie sie ihre Finger knetete, und zwang sich, die Hände ruhig in den Schoß zu legen. »Gruselig ist nicht das richtige Wort. Bemitleidenswert, das trifft es eher.« Und beunruhigend, weil nichts zusammenpasste. »Sie lag auf einem Sandhaufen, wie … wie weggeworfen.«

Thomasus verschränkte die Arme vor dem Leib und schwieg.

»Aber wie ist es passiert? Ich meine, wie ist sie umgebracht worden? Wurde sie erschlagen?« Marias Wissbegierde kannte keine Grenzen. Sie *er*kannte auch keine, Thomasus' sturmumwölkte Miene hätte sehr gut als Hinweis gelten können, die Sache doch lieber auf sich beruhen zu lassen.

Mechthild fing nun ebenfalls Feuer. »Lag sie in einer Lache von Blut?«

Katharina schüttelte den Kopf und beschloss, ihren Bericht so knapp wie möglich zu halten. »Sie wurde erdolcht, und Blut gab es wenig.«

»Gut, nun hast du die allgemeine Neugier befriedigt, und wir wissen, wie die arme Frau ums Leben gekommen ist. Ich nehme an, Burkhardt wird sich nun an die Arbeit machen und herausfinden, was genau geschehen ist«, sagte Thomasus.

»Das ist nicht so einfach«, erklärte Katharina, obwohl sie doch eigentlich das Thema gar nicht vertiefen wollte. Aber die Erinnerung an ein wächsernes, blutleeres Gesicht – das war nichts, was man so leicht mit sich allein ausmachen konnte. »Niemand weiß, wer sie ist, und natürlich hat auch niemand gesehen, wie es passiert ist. Wir müssen nun erst einmal klären …«

»Ich hab's ja geahnt«, explodierte Thomasus, der sich für seine Verhältnisse erstaunlich lange zurückgehalten hatte. »Deine Prämisse ist falsch! Ganz falsch! Nicht *wir* – von *wir* kann nämlich überhaupt keine Rede sein –, *Burkhardt* wird ermitteln, wer die Frau ist. Was sie da zu suchen hatte und …«

»Und wer sie aus dem Weg räumen wollte.« Katharina beherrschte sich, sie wollte keinen Streit.

»Genau. Aber es ist Burkhardts Aufgabe, herauszufinden, was geschehen ist. Ich sehe da so ein abenteuerlustiges Glitzern in deinen Augen.«

»Sie tut mir nur leid«, sagte Katharina, entschlossen, nicht so schnell klein beizugeben. »Sie hat es verdient, dass man sich um die Angelegenheit kümmert. Dass sie nicht jedermann egal ist außer denen, die bloß ihre Gier nach Sensationen befriedigen.«

»Dir hat schon einmal jemand leidgetan. Du hast dich schon einmal um die Aufklärung eines Todesfalls ›gekümmert‹.« Thomasus beugte sich zu ihr hinab und zwang sie, ihm in die dunklen Augen zu blicken. »Ich muss dir ja nicht erzählen, wie das geendet hat.«

»Gut. *Gut* hat es geendet. Ich sitze hier, munter und vergnügt, und sehe nichts, was dagegenspräche …«

»Du sitzt munter und vergnügt in deiner Küche, weil wir dich damals noch rechtzeitig befreit haben, bevor Dederich Ville dich umbringen konnte wie seine Tochter.«

Oder bevor ich vor Angst den Verstand verloren habe, dachte Katharina voller Unbehagen. Weit davon entfernt war sie nicht gewesen. Sie erinnerte sich äußerst ungern daran, und knapp drei Jahre waren nicht lang genug, um wirklich zu vergessen.

»Ja, ich war in Gefahr, das stimmt, ich leugne es doch gar nicht. Aber dadurch – durch mich! – ist der Fall schließlich gelöst worden. Oder etwa nicht?«

»Aber es war nicht deine Obliegenheit, verdammt noch mal!« Thomasus' Augen verengten sich. »Und diesmal wirst du die Finger davonlassen, das schwöre ich dir. Dass du einmal so etwas Haarsträubendes getan hast, ist schlimm genug. Zweimal kommt überhaupt nicht in Frage!«

2

Burkhardt Gantzer hatte sehr schlecht geschlafen und sich die halbe Nacht auf seinem kargen Lager herumgewälzt. Er brauchte einen vernünftigen Plan, wie er bei den Ermittlungen im Fall der unbekannten Toten vorgehen sollte. Wie um Himmels willen ließ sich herausfinden, wer sie war? Er konnte sie schlecht da liegen lassen – oder irgendwo aufbahren – und die ganze Stadt an ihr vorbeidefilieren lassen, um den einen Zeugen zu finden, der sie identifizieren konnte.

Zu unruhig, um die Nacht lange auszudehnen, stand Burkhardt im ersten Morgenlicht des neuen Tages auf und machte sich auf den Weg zu Kuno Riesener. Der für das Gesundheitswesen zuständige Ratsherr war Gott sei Dank ein Frühaufsteher wie Burkhardt selbst und nicht weiter erstaunt, dass der Schützenmeister so früh bei ihm daheim erschien.

»Schlimme Sache, Gantzer«, sagte er statt einer Begrüßung. »Wie wollt Ihr nun vorgehen?«

»Zunächst einmal brauche ich eine genaue Untersuchung der körperlichen Verfassung der Toten. Ich meine der vor ihrem Ableben. Ich dachte, Ihr könntet mir dabei helfen.«

Riesener nickte. »Ich schicke Euch später Marlies. Eine Hebamme. Die Beste ihres Faches, jedenfalls meiner Meinung nach. Sie wird Euch helfen, soweit es überhaupt in ihrer Macht steht. Ach was, warum abwarten, ich lasse sie direkt holen.«

Genau das schätzte Burkhardt an Kuno Riesener, er war klar und konzentriert, vermied jedes aufgeregte Brimborium. Er lächelte dankbar, als sein Gastgeber einen Boten ausgeschickt hatte und wieder bei ihm Platz nahm. »Ich wusste, ich kann auf Euch zählen, Riesener. Einen Zeugen der Tat könnt Ihr mir wohl nicht verschaffen?«

»Leider nein.« Die Kehrseite der nüchternen Art des Ratsherrn war seine Humorlosigkeit. »Wie also wollt Ihr es anstellen?«

»Ich werde sämtliche Ratsmitglieder zusammentrommeln müssen und sie an den Tatort bitten.« Burkhardt unterdrückte ein Seufzen, einige der Herren waren sehr von ihrer Bedeutung überzeugt und schwer zu lenken. »Dazu die Stadtdiener, die ständig in den Straßen Wittenbergs unterwegs waren. Einer von ihnen wird die tote Frau vielleicht erkennen.«

»Kann sein«, stimmte Kuno Riesener höflich zu, aber er sah nicht so aus, als erwarte er allzu viel von diesem Plan.

»Wenn niemand sie je zuvor gesehen hat, liegt der Schluss nahe, dass sie nicht aus Wittenberg stammt«, fuhr Burkhardt fort. Es tat ihm gut, die Dinge einmal auszusprechen. »Dass sie eine Fremde war, die sich aus unbekannten Gründen in der Stadt aufhielt. Was irgendjemandem derart gegen den Strich ging, dass er sie aus dem Weg räumte.«

Der Himmel war gerade erst ganz hell geworden, als Burkhardt mit der Hebamme vor dem Sandhaufen stand und erneut die Leiche musterte, die unverändert dort lag. »Was für ein Glück, dass du nicht gerade zu einem Wochenbett gerufen worden warst«, sagte er freundlich und im Bestreben, Marlies wohlwollend zu stimmen. Sie war jünger, als er bei einer Frau ihres Berufsstandes vorausgesetzt hatte, mit frischen roten Wangen in einem faltenlosen Gesicht und so weit von einem Kräuterweiblein entfernt, wie man es sich nur vorstellen konnte. Allerdings war sie nicht weniger rigoros. Wortlos winkte sie ihn beiseite, eine Aufforderung, der er nur zu gern folgte.

Ohne Hast machte sie sich an dem bemitleidenswerten Opfer zu schaffen, wie Burkhardt aus den Geräuschen schloss. Raschelnder Stoff und Finger, die über blanke Haut glitten. Der Gedanke an das, was sie gerade tat, war ihm entsetzlich unangenehm, und er versuchte ihn so gut es ging zu verdrängen. Es ging nicht sehr gut.

Für einen kurzen Moment war es vollkommen still. Dann war da ein Ton, ein leises Schmatzen. Sehr leise, es hallte ihm dennoch in den Ohren.

»Ihr könnt Euch wieder umdrehen.«

Die Tote lag jetzt ausgestreckt da, die Beine beieinander, der Umhang in ordentlichen Falten, die Hände über dem Leib verschränkt.

»Hier.« Die Hebamme reichte Burkhardt den Dolch. »Ich hoffe, das war in Ordnung so. Ich dachte, wir sind es ihr schuldig, dass wir sie ein wenig herrichten.«

Er nickte. »Und was hat deine Untersuchung nun ergeben?«

Marlies wischte sich die Hände ab an einem Tuch, das sie wohl nur für diesen Zweck mitgebracht hatte. »Sie ist nicht vergewaltigt worden«, erklärte sie kurz. »Das war es doch, was Ihr wissen wolltet. Alles intakt. Keine Verletzungen außer dem Dolchstich.« Sie erhob sich. »War's das?«

»Danke für deine Mithilfe.« Burkhardt drückte ihr eine Münze in die Hand. Eine Leichenbeschau war Arbeit wie jede andere auch. »Ich muss dich bitten, über das, was du hier vorgefunden hast, in der Öffentlichkeit Stillschweigen zu bewahren.«

Sie neigte kurz den Kopf und verließ dann mit raschen Schritten den Tatort, vorbei an den beiden Stadtdienern, die auf Geheiß ihres Schützenmeisters das Areal absperrten.

Burkhardt hockte sich dicht neben die Tote und studierte erneut ihr Gesicht, versuchte zu erfassen, was sich in den letzten Augenblicken ihres Irdendaseins abgespielt hatte. War sie überrascht worden? Hatte sie das Unheil kommen sehen? War da ein jähes Erkennen, als sie denjenigen sah, der ihr etwas antun wollte? Oder war da nur pures Entsetzen gewesen?

Nichts, aber auch gar nichts davon konnte Burkhardt in dem blassen Gesicht lesen. Feine blonde Brauen wölbten sich auf einer faltenlosen Stirn, schmale Lippen, schlicht geschlossen, nicht verkrampft in einem stummen, endlosen Schrei.

So kam er nicht weiter. Als Erstes musste er dafür Sorge tragen, dass das Mädchen abtransportiert und irgendwo aufgebahrt wurde, wo die Gaffer leichter fernzuhalten waren.

Gaffer gab es nämlich, überall und immer, auch in diesen frühen Morgenstunden schon.

»Ich kann Euch hier nicht durchlassen«, vernahm Burkhardt die sonore Stimme von Wolff. Der Stadtdiener war längst in die Jahre gekommen, aber gerade wegen seines Alters und der damit verbundenen Lebenserfahrung war er bei manchen Aufgaben sehr viel besser zu gebrauchen als seine jüngeren, kräftigeren und schnelleren Kollegen. Die Abriegelung war bei ihm in guten Händen.

»Aber ich muss sie sehen!«

Eine aufgeregte, fordernde Frauenstimme. Burkhardt blickte hoch.

»Tut mir leid, der Tatort ist für Schaulustige gesperrt.«

»Möglicherweise kenne ich sie, ich möchte …«

»Da wärt Ihr nicht die Erste, die sich unter Vorgabe falscher Gründe den Schauplatz eines Verbrechens ansehen will.« Wolff war unerbittlich. Was sein Schützenmeister ihm aufgetragen hatte, war für ihn Gesetz. Eigentlich hieß Burkhardt das natürlich gut, aber in diesem Fall war es vielleicht zu engstirnig.

Er erhob sich und trat zu Wolff, vor dem sich eine blasse junge Frau mit hohen Wangenknochen und empört funkelnden Augen aufgebaut hatte, an ihrer Seite ein Mann, den Burkhardt kannte.

»Bruder Martin!«, begrüßte er ihn überrascht. »Was führt Euch her?«

»Ich bin kein Mönch mehr«, beschied ihn Doctor Luther knapp. »Nennt mich, wie Ihr wollt, aber das Bruder lasst Ihr bitte weg. Hergeführt hat mich diese Dame hier, Käthe von Bora. Und jene Dame dort drüben, von der wir gehört haben, sie sei tot. Käthe hofft, sie nicht zu kennen, will sich aber vergewissern, dass dem tatsächlich so ist.«

»Was mir sehr viel lieber wäre«, bestätigte Käthe. »Aber wir sind vor drei Tagen in Wittenberg angekommen …«

»Wer ist wir?«, unterbrach Burkhardt und musterte sie neugierig. Er hätte zu gerne gewusst, wer sie war und in welcher Beziehung sie zu Luther stand.

Sie zögerte kurz. »Eine Gruppe von Freundinnen«, erklärte sie dann.

Vager ging es kaum, bemerkte Burkhardt mit Interesse. Er war nicht der Typ, der sich so schnell abwimmeln ließ, doch das wusste sie noch nicht. Erst einmal würde er sie reden lassen.

»Wir waren ein knappes Dutzend, elf Frauen, um genau zu sein. Und als wir ankamen«, sie schluckte, sprach aber klar und konzentriert weiter, »waren wir nur noch zehn. Eine von uns war plötzlich verschwunden, doch wir wissen nicht, warum. Was mit ihr geschehen ist. Zunächst haben wir angenommen, sie habe sich einfach entschieden, nicht länger mit uns zu … reisen. Aber seit gestern vermissen wir eine weitere unserer Mitschw… unserer Gefährtinnen, und allmählich fürchten wir, dass hier etwas nicht mit rechten Dingen zugeht.«

»Also kam Frau Käthe zu mir und fragte mich um Rat.« Martin Luther war es gewohnt, selber das Wort zu ergreifen, er tat es gerne und stimmgewaltig, das wusste Burkhardt genauso gut wie jeder andere hier in der Stadt. »Und da fiel mir Wittenbergs Schützenmeister ein, dem der Ruf vorauseilt, schon so manches Mal Licht in das Dunkel unerklärlicher Fälle gebracht zu haben.« Er lächelte Burkhardt an, doch es bereitete ihm Mühe, den besorgten Ausdruck in seinen Augen konnte er nicht verhehlen.

»Wir hoffen natürlich, dass es sich bei der Toten nicht um eine der beiden vermissten Frauen handelt. Aber Käthe würde sich gerne Klarheit verschaffen.«

»Selbstverständlich. Bitte folgt mir. Ihr auch, Doctor Luther, wenn Ihr mögt.« Es fiel Burkhardt einigermaßen schwer, den berühmten Mann nicht mehr mit Bruder Martin anzureden. Da Luther jedoch dafür plädierte, die Klöster im Land abzuschaffen und es für das seine ja bereits umgesetzt hatte, war dies tatsächlich nicht mehr angebracht.

Es waren nur ein paar Schritte, und Burkhardt registrierte, dass weder Käthe noch Luther sie zaghaft zurücklegten.

Dann standen sie da, schweigend. Endlos lange stumm und still. Schließlich seufzte Käthe von Bora tief und sagte leise: »Ach Anni. Was haben sie nur mit dir gemacht?«

Als Katharina den Türklopfer im Hause Tilfer betätigte, war der Vormittag erst halb vorbei, aber sie hatte es daheim nicht ausgehalten. Sie war immer noch böse auf Thomasus. Ihr Ärger war vermutlich nichts gegen den Zorn, den ihr Ehemann ganz sicher ihr gegenüber verspürte, doch es fiel ihr schwer, Verständnis dafür zu entwickeln. Die Sache mit Roswitha Ville vor fast drei Jahren war überhaupt nicht mit dem heutigen Fall zu vergleichen. Die Tote in der Baugrube war ihr gleichgültig, sie kannte sie nicht und beabsichtigte daher auch nicht, sich wie beim letzten Mal in die Untersuchung einzuschalten. Warum Thomasus das nicht verstehen wollte, konnte sie einfach nicht nachvollziehen.

»Bin ich froh, dass du gekommen bist.« Marga öffnete selbst die Tür und zog Katharina überschwänglich in die Arme. »Wir gehen nach oben. Da sind wir ungestört.«

Wenn Katharina Marga besuchte, saßen sie manchmal in der Tilfer'schen Wohnstube und leisteten ihrer Mutter Margred Gesellschaft. Die Hausherrin war häufig krank und so geschwächt, dass sie das Bett hüten musste. In guten Zeiten vermochte sie immerhin aufzustehen, das Haus verließ sie jedoch nur selten, und den Haushalt zu leiten ging über ihre Kraft. Das hatte längst Marga übernommen. Soweit Katharina wusste, tat sie dies bereits seit einem Alter, in dem eine so große Verantwortung eigentlich zu viel war.

Wenn Mutter Tilfer von den Schmerzen in ihren Gelenken zu sehr gequält wurde, um sich von ihrem Lager zu erheben, konnten sich die beiden Freundinnen in die Kammer zurückziehen, die Marga im oberen Stockwerk bewohnte. Trotz eines schlechten Gewissens war Katharina erleichtert, dass heute einer dieser Tage war und sie keine Konversation mit der leidenden Margred Tilfer zu betreiben hatte.

»Ich muss unbedingt mit dir sprechen«, flüsterte Marga, während sie die Treppe hinaufstiegen.

Das war gut. Verfolgte Marga ein eigenes Thema, würde sie Katharinas Aufgebrachtheit und Unruhe ganz sicher nicht bemerken und in sie dringen wollen. Katharina verspürte wenig Lust, über Thomasus zu reden. Das tat sie zwar dann und wann, allerdings nicht oft. Umso häufiger jedoch sprachen sie über Burkhardt Gantzer. Irgendwann war der Druck auf Margas Herz zu groß geworden, und sie hatte sich Katharina anvertraut. Dass sie Burkhardt liebte und glaubte, er erwidere das Gefühl. Er ihr aber beharrlich auswich und sie nur sehr schlecht damit zurechtkam, dass er sie über die Gründe für seine abweisende Haltung im Dunkeln ließ. Katharina hörte ihr zu, tröstete und riet, so gut sie es eben vermochte. Wirklich helfen konnte sie ihr natürlich nicht. Burkhardt war zwar der engste Freund ihres Mannes, aber mit Thomasus darüber zu sprechen, war undenkbar. Burkhardt selbst zu fragen, noch viel undenkbarer.

Oben angelangt schloss Marga nachdrücklich die Tür und drehte sich zu Katharina um. »Ich habe mir etwas überlegt. Etwas, das der ganzen verfahrenen Angelegenheit endlich eine günstige Wendung geben soll. Nimm dir Wein. Es sind auch noch Nussplätzchen da. Greif zu.« Margas Kammer war sehr geschmackvoll eingerichtet, die leuchtenden Farben und weichen Stoffe schufen einen überwältigenden Eindruck von Behaglichkeit. Zudem hatte Katharina noch nie erlebt, dass eine hübsche Karaffe, zierliche Becher und eine Platte mit erlesenem Gebäck fehlten. Sie kannte niemanden, der so sehr das Leben zu genießen verstand wie Marga.

Im Moment wanderte sie allerdings ruhelos in dem kleinen Raum umher und erinnerte Katharina an den Bären in seinem winzigen Käfig, den sie letztes Jahr auf dem Marktplatz bestaunt hatte. Er war eine bemitleidenswerte Kreatur gewesen und sein Fell räudig, weil er sich ständig an den zu eng gefassten Gitterstäben rieb. Von Räudigkeit war Marga indes weit entfernt, sie war so hübsch und blühend wie stets.

»Du machst mich nervös«, erklärte Katharina. »Setz dich hin und erzähl mir, was du dir ausgedacht hast.«

»Gut. Es wird dich nicht überraschen, dass es sich dabei um den Schützenmeister dreht.«

Marga war durchaus zur Selbstironie fähig und winkte ab, als Katharina in die Hände klatschte. »Geschenkt. Ich weiß, ich bin ein Quälgeist. Aber genau darum geht es. Meine Eltern werfen mir immer wieder vor, ich sei zu flatterhaft und zu leichtlebig …«

»Das stimmt doch gar nicht«, fiel Katharina ihr ins Wort. »Kein Mensch könnte zuverlässiger sein als du. Du führst den Haushalt deiner Mutter, unterstützt deinen Vater, wo es nur möglich ist, und bist die beste Freundin, die man sich nur wünschen kann. Ich weiß das, ich spreche aus Erfahrung.«

»Lieb von dir, danke. Das tut mir gut. Aber nichtsdestotrotz, meine Eltern scheinen manchmal eine gewisse Ernsthaftigkeit an mir zu vermissen. Ob sie nun recht damit haben oder nicht, ich habe mir gedacht, dass Burkhardt vielleicht auch dieser Ansicht ist und deshalb …«

»Unsinn.« Katharina schüttelte vehement den Kopf. »Der Schützenmeister ist dir voll und ganz ergeben, das sieht doch jeder.«

»Und warum erklärt er sich dann nicht?«

»Keine Ahnung.«

»Eben.« Marga lächelte schwach. »Also teilt er die Ansichten meiner Eltern womöglich doch. Da wäre es sicher das Beste, wenn ich ihm einfach das Gegenteil beweise. Ihm zeige, dass ich sehr wohl ernsthaft und vertrauenswürdig bin und er in mir eine Gefährtin hätte, auf die er zählen kann.«

»Ach, Marga«, sagte Katharina hilflos. »Ich bin sicher, das weiß er längst.«

»Nun, dann weiß er es anschließend noch besser.« Wenn Marga Tilfer sich etwas in den Kopf gesetzt hatte, konnte man es ihr so leicht nicht wieder ausreden. »Ich habe darüber nachgedacht, wie ich erreichen kann, dass er genau das tut. Und da bietet sich das jüngste Ereignis doch regelrecht an.«

Katharina ahnte, was nun kommen würde, und nahm sich gleich mehrere Plätzchen. Wenn Gebäck dabei half, Kraft zu schöpfen, um Marga von einem wahrscheinlich haarsträubenden Plan abzubringen, konnte sie froh sein, dass ein ganzer Teller davon vor ihr stand.

»Wir unterstützen ihn bei der Aufklärung des Verbrechens, dem diese geheimnisvolle Tote zum Opfer gefallen ist. Und finden heraus, warum sie sterben musste. Nicht im Alleingang natürlich«, fuhr sie eilig fort, als Katharina sie unterbrechen wollte. »Nein, wir stellen uns an Burkhardts Seite und arbeiten Hand in Hand mit ihm. Bestimmt gibt es Menschen, die viel offener mit zwei harmlosen Frauen sprechen als mit einem inquisitorisch gesinnten Schützenmeister. Denkst du nicht?«

»Das kann ja sein, Marga. Aber wir haben keinerlei Autorität und auch nicht den Auftrag, um …«

»Den hatten wir auch nicht, als meine Cousine Roswitha sich angeblich am Dachbalken aufgeknüpft hatte. Trotzdem haben wir als Erste bemerkt, dass nicht alles so war, wie es schien. *Und* wir haben die ganze Angelegenheit zu einem Abschluss gebracht. Gut, für dich war's schlimm, viel schlimmer als für mich, aber das ist diesmal nicht zu erwarten. Wir haben ja keinerlei Berührungspunkte mit der Frau, außer dass wir herausfinden wollen, wer sie war.«

»Marga …«

»Es wird auch nicht gefährlich, ganz bestimmt nicht. Bevor es dazu kommt, ziehen wir uns zurück. Ich möchte nur, dass wir mit Burkhardt zusammenarbeiten.«

Katharina fiel Thomasus ein und wie ärgerlich er bereits geworden war, nur weil sie von dem Todesfall *gesprochen* hatte. Er würde toben, wenn sie sich wieder in eine solche Sache hineinziehen ließ.

Andererseits hatte sie sonst nicht viel zu tun, der Haushalt lief beinahe von alleine. Vor allem jedoch war ihr Haus leer, sehr leer. Und viel zu still. Kummer darüber, dass sie noch immer nicht in anderen Umständen war, stieg in ihr auf, schmerzhaft, raumgreifend, allumfassend. Wenn sie dieser Trauer nachgab, erforderte es heroische Anstrengungen, sie zurückzudrängen, das kannte sie schon. Daher rang sie die schwarzen Gedanken nieder, auch das war sie gewohnt. Nur dass es jedes Mal ein bisschen schwerer wurde. Da kam ihr Margas Plan, so abstrus er auch war, gerade recht, um die Rastlosigkeit in ihrem Herzen in eine Richtung zu lenken, die weitaus weniger bedrohlich war. Egal, was Thomasus darüber dachte.

»Also erzähle. Was hast du vor?«, fragte sie und schob sich ein weiteres Plätzchen in den Mund.

Burkhardt winkte der Schankmagd, bestellte drei Krüge Bier und nach einem Blick in die hungrigen Gesichter vor ihm eine Platte mit Käse und Brot. Im »Angelpunkt« war beides frisch und gut. Er ging gerne in das Gasthaus, als Privatmann wie als Schützenmeister. Befragungen von Zeugen hier durchzuführen, war sehr viel angenehmer als in seinem schäbigen Kämmerchen im Rathaus, in dem drei Leute kaum Platz zum Atmen hatten.

»Nun, werte Dame, vielleicht erklärt Ihr mir erst einmal, wer Ihr seid«, sagte Burkhardt und bemühte sich, jede Strenge aus seiner Stimme herauszuhalten. Es sollte ein angenehmes Gespräch werden, wie unter Freunden. Doch Freunde waren sie natürlich nicht. Er untersuchte einen Mordfall, und Dame von Bora war eine wichtige Zeugin. Als er also Gernot, den Wirt, in der Küchentür auftauchen sah, hob er grüßend die Hand und legte dabei den Daumen quer vor die Handfläche – das vereinbarte Zeichen, dass er nicht gestört werden wollte.

»Doctor Luther hat es Euch schon gesagt. Ich bin Käthe von Bora. Aus dem Sächsischen, ich komme aus der Nähe von Leipzig.«

Sie sah ihn freiheraus an, doch Burkhardt erkannte ein kurzes Flackern in ihren Augen.

Er fragte sich, was an der einfachen Angabe von Namen und Herkunft wohl so beunruhigend sein sollte. Es sei denn, die Auskünfte entsprachen nicht der Wahrheit. »Und was führt Euch nach Wittenberg?«

»Eine Reise. Ein … ein Besuch. Bei Doctor Luther.«

»Hm. Greift zu.« Burkhardt deutete auf die Platte mit goldgelbem Käse, die Gernot vor ihnen abgeladen hatte.

»Danke.« Sie brach zierlich ein Bröckchen Brot von den dicken Schnitten, die in dem Korb vor ihnen lagen, und zerkrümelte es zwischen den Fingern. Offenbar verspürte sie wenig Appetit, auch wenn ihre schmalen Wangen eine andere Geschichte erzählten.

Der gelehrte Doktor kannte diese Hemmung nicht und säbelte sich beherzt eine ordentliche Scheibe Käse ab.

»In welcher Beziehung steht Ihr denn zu unserer Wittenberger Berühmtheit?«, erkundigte sich Burkhardt.

»Ich … nun, ich habe von ihm gehört.« Dame von Bora warf dem eifrig kauenden Luther einen beschwörenden Blick zu. »Man kann ja gar nicht anders, und da dachte ich …«

»Ich glaube, es hat wenig Zweck, was Ihr hier versucht, meine Liebe«, erklärte Luther mit vollem Mund. »Es ehrt Euch natürlich, dass Ihr mich aus der Geschichte heraushalten wollt, aber über kurz oder lang weiß es sowieso jeder.«

»Ihr macht mich neugierig.« Das war die lautere Wahrheit, Burkhardt sah aufmerksam von einem zum anderen. »Nun erklärt Euch, Dame von Bora. Ich brenne darauf.«

Sie zuckte zusammen. »Bitte sprecht mich nicht mit ›Dame‹ an. Als Dame verstehe ich mich nicht mehr. Ich weiß nicht genau, was ich nun stattdessen bin, aber meine Stellung als Tochter eines Landgrafen habe ich längst hinter mir gelassen.«

Luther warf Burkhardt einen Blick zu. Vermutlich fand er auch, dass sich diese Auskunft einigermaßen – zweideutig anhörte. Burkhardt verkniff sich ein Grinsen.

Schließlich wischte Luther sich ordentlich die Hände an seinem Umhang ab. »Also, werter Gantzer, es ist so. Wie Ihr wisst, bin ich mit der Praxis, einen weltfernen Glauben in Klöstern zu pflegen, nicht einverstanden. Es gibt gottgefälligere Methoden, seinen Glauben zu leben, als selbstbezogen Besitztümer anzuhäufen und … Ich schweife ab. Jedenfalls stehe ich mit dieser Auffassung längst nicht mehr alleine da. Einige Klostergemeinschaften haben sich inzwischen bereits aufgelöst.«

»Euer eigenes Kloster in Wittenberg«, warf Burkhardt ein.

»Oja. Und nicht nur hier, auch anderswo ging man schon diesen

Schritt. Das betrifft in der Regel Mönchsklöster. Bei Nonnen ist es nicht ganz so einfach, dort sind die Folgen gravierender …«

»Weil nicht geklärt ist, was anschließend mit ihnen geschieht.« Burkhardts Blick wanderte zu Käthe von Bora, die auf die Tischplatte starrte und so aussah, als höre sie nicht zu. Was ganz sicher nicht der Fall war.

»Eben.« Luther nickte und legte kurz seine Hand auf die seines Schützlings, die immer noch das dunkle Brot zu kleinen Kügelchen knetete. »Käthe hier lebte seit Jahren im Kloster Marienthron in Nimbschen bei Grimma, und sie hat sich entschlossen, meinem Ruf zu folgen. Sie will dem Nonnendasein entsagen und ihren Weg zu Gott in der Welt suchen.«

Burkhardt betrachtete die blasse Frau vor ihm. »Ihr seid sehr mutig.«

Blass war sie, aber nicht schüchtern. »Ach was«, erklärte Käthe resolut. »Wenn man Überzeugungen hat, benötigt es keinen Mut, diese zu beherzigen. Ich weiß ja, dass ich das Richtige tue.«

Darüber ließ sich sicher streiten. Auf jeden Fall war unerlaubtes Verlassen eines Klosters nach kirchlichem wie weltlichem Recht ein Straftatbestand. Nonnen dabei zu unterstützen, sie gar zu animieren, erst recht. Mit ganz neuem Respekt sah Burkhardt zu Doctor Luther, der scheinbar völlig gelassen eine weitere Scheibe Käse auf sein Brot legte.

»Ihr habt Euch nicht alleine dazu entschlossen.« Er wandte sich wieder an Käthe von Bora und damit dem eigentlichen Gegenstand seines Interesses zu.

»Nein.« Sie holte tief Luft und erklärte mit hocherhobenem Haupt: »Wir sind ein knappes Dutzend. Und alle gleichermaßen davon überzeugt, dass dieser Schritt der richtige war.«

»Nun, vielleicht doch nicht alle«, wandte Luther ein. »Immerhin ist ja eine von Euch nur abgereist, jedoch nicht angekommen.«

»Wie habt Ihr es gemacht? Ich meine, wie habt Ihr Eure Reise organisiert?«, fragte Burkhardt. Er wollte es wirklich wissen. Ein so riskanter Schritt erforderte sicher viel Vorbereitung.

»Nun, wir hatten von Doctor Luthers Schriften erfahren und sie uns … verschafft. Es gibt Wege«, erklärte sie, und bevor Burkhardt sie unterbrechen konnte, um sich nach diesen zu erkundigen, fuhr sie fort: »Veronika und Margarete von Zeschau zum Beispiel, zwei meiner Mitschwestern, haben einen Onkel ganz in der Nähe, Wolfgang von Zeschau …«

»Ein Freund von mir«, warf Luther ein.

»Der war Prior bei Grimmas Augustinereremiten, hat denen aber schon letztes Jahr den Rücken gekehrt und wurde Spitalmeister in St. Georg. Er hat uns die Schriften ins Kloster geschmuggelt. Und der reformatorisch gesinnte Stadtpfarrer von Grimma ebenfalls.«

»Die habt Ihr gelesen«, heimlich, wie Burkhardt annahm, »und danach beschlossen, Marienthron zu verlassen. Wie seid Ihr dabei vorgegangen?«

Käthe von Bora warf Luther erneut einen Blick zu, und der nickte auffordernd.

»Wir haben Doctor Luther einen Brief geschrieben, und er hat versprochen, uns zu helfen.«

»Das war gar nicht so schwer.« Luther sprach etwas undeutlich, da er immer noch emsig kaute. »Ich bat Leonhard Koppe um Unterstützung, und er hat sie abgeholt.«

»Er ist Kaufmann, und wir lassen von ihm liefern, was wir nicht selbst herstellen können«, erläuterte Käthe, der anscheinend gar nicht auffiel, dass sie nicht in der Vergangenheitsform sprach. »Er kommt also häufiger zu uns, da war es leicht für ihn, im Kloster aufzutauchen, ohne Verdacht zu erregen.«

»Gut.« Die Details würde er später noch erfragen, im Moment waren sie nicht von Belang. »Ihr wart fast ein Dutzend, das sich mit Koppes Hilfe aus dem Staub machte, sagtet Ihr.«

Käthe warf ihm einen befremdeten Blick zu. So, wie er es gerade ausgedrückt hatte, klang es nun auch in seinen Ohren wie eine Anklage, und das tat ihm leid. Allerdings war es manchmal nützlich, einen Befragten in Wallung zu bringen. Oft gelang es, ihn so aus der Reserve zu locken.

Martin Luther tat zumindest so, als habe er nichts bemerkt. »Genau genommen handelt es sich neben Käthe von Bora um Magdalena von Staupitz, Elisabeth von Canitz, die Schwestern Veronika und Margarete von Zeschau, Loneta von Gohlis, Eva Große und Ave und Margarete von Schönfeld, ebenfalls Schwestern. Dann waren da noch Anni Oertel und Dorothee von Linnitz.«

»Die beiden sind von ihren Familien nach Nimbschen geschickt worden und waren von Anfang an nur widerstrebend dort«, erklärte

Käthe zögernd. »Bei uns anderen kam die kritische Haltung erst später. Anni hat bereits das Gelübde abgelegt, aber bei Dorothee war von vorneherein klar, dass sie nur auf unbestimmte Zeit als Gast im Kloster leben sollte.«

»Handelt es sich bei Dorothee um die Frau, die nicht mit Euch in Wittenberg angelangt ist?«

Käthe nickte. »Und Anni ist tot. Das ist einfach so … furchtbar.«

»Das ist es wirklich«, erklang da Margas helle Stimme vom Nebentisch, und Burkhardt fuhr zusammen. Er hatte Käthe so konzentriert gelauscht, dass er gar nicht mehr wahrgenommen hatte, was sonst noch um ihn herum geschah.

Marga lächelte in die Runde, als sei es vollkommen selbstverständlich, dass sie sich in die Unterhaltung einmischte. »Deshalb ist es nun das Wichtigste, diese Dorothee rasch aufzufinden«, sagte sie. »Damit sie nicht dasselbe Schicksal ereilt wie die arme Anni.«

Katharina blickte in drei braune Augenpaare, die verblüfft die neuen Gäste musterten. Die Augen des Schützenmeisters leuchteten auf, als er Marga erkannte, und Katharina fragte sich zum tausendsten Mal, warum ihre Freundin nicht in der Lage war, dieses Leuchten als das zu nehmen, was es war: der Ausdruck reiner Freude. Die zur Folge hatte, dass Burkhardt verabsäumte, sie und Marga fortzuschicken, obwohl sie bei der Zeugenbefragung ganz sicher nichts zu suchen hatten. Als es ihm dann auffiel, war es zu spät. Mit größter Selbstverständlichkeit hatte Marga einen Stuhl herangezogen und ließ sich mit einem äußerst rhetorischen »Ich darf doch?« neben Käthe von Bora nieder, die überrumpelt ein Stückchen zur Seite rutschte und ihr Platz machte.

Ganz sachte ließ Katharina sich auf der Bank zur Rechten Luthers nieder und wartete ab.

»Es tut mir so leid, was mit Eurer Freundin geschehen ist«, sagte Marga leise und legte federleicht eine Hand auf Käthes Arm. »Gewiss habt Ihr große Angst um das verschwundene Mädchen und lebt nun in der Furcht, dass mit Dorothee dasselbe geschehen sein könnte wie mit Anni.«

»Bis jetzt habe ich mich geweigert, das Undenkbare zu denken«, erklärte Käthe unumwunden. »Aber es fällt natürlich auf, dass es gleich zwei … Unregelmäßigkeiten gibt.«

»Eurem ganzen Vorgehen haftet etwas durchaus Unregelmäßiges an.« Burkhardt Gantzer grinste in die Runde und nahm seinen Worten damit die Schärfe. »Ich möchte gerne von Euch hören, wie es weitergegangen ist. Um herauszufinden, was geschehen ist, muss ich den Ablauf kennen.«

»Genau. Da ist sicher ein Punkt, ab dem etwas auf Eurer Flucht schiefgelaufen ist«, fügte Marga an. »Diesen Punkt gilt es zu erwischen.«

Katharina lächelte sie an, sie konnte nicht anders. Es war wunderbar, zu spüren, wie ihre Freundin zu ihrem Wesen zurückfand, sie so lebhaft und begeisterungsfähig zu sehen. Offenbar brachten das Ziel, das sie im Auge hatte, und der Plan, wie sie dieses erreichen wollte, ihre Kraft zurück.

Burkhardt öffnete den Mund, und Katharina hätte zu gerne gewusst, ob er Marga dafür rügen wollte, weil sie sich so einfach einmischte. Aber er schloss ihn wieder, als Käthe ihre Hand auf die von Marga legte und die Finger mit ihren verschränkte. »Ich zerbreche mir unentwegt den Kopf über diese Frage«, bekannte sie, die haselnussbraunen Augen voller Unruhe. »Aber auch wenn ich es nur ungern zugebe, muss ich gestehen, dass ich auf der Fahrt nichts bemerkt habe. Gar nichts. Dabei hätte ich es doch sehen müssen. Etwas, das nicht so war, wie es sein sollte. Ich … ich mache mir schwere Vorhaltungen.«

»Das dürft Ihr nicht«, schaltete Katharina sich unvermittelt ein. Mit Selbstvorwürfen und deren zerstörerischer Kraft kannte sie sich aus. »Ihr wart doch nicht für Dorothee von Linnitz verantwortlich. Alle Frauen sind aus freien Stücken von Marienthron fortgegangen. Da nahm eine jede ihr eigenes Risiko auf sich.«

Käthe nickte. Und schwieg. Sie starrte auf die Tischplatte, als hätte sie etwas zu sagen, was ihr nicht über die Lippen kommen wollte.

Burkhardt erkannte das auch, glaubte Katharina. Jedenfalls ruhte sein Blick nachdenklich auf Käthe, dann wanderte er zu Marga und Katharina. Als er bemerkte, dass sie ihn beobachtete, lächelte er schwach und ergriff wieder das Wort. »Erzählt uns, was geschehen ist, nachdem Ihr mit Meister Koppe Eure Vereinbarung getroffen hattet.«

»Nun, mein alter Freund Koppe ist Ratsherr in Torgau«, erklärte

Martin Luther. »Das schien mir strategisch günstig, da seine Stadt etwa in der Mitte zwischen Nimbschen und Wittenberg liegt und vom Kloster aus in wenigen Stunden zu erreichen ist. Der dortige Pfarrer Gabriel Zwilling war eingeweiht und unterstützte das Unterfangen zum Glück. Koppe nun kam zu Pferd und mit zwei Fuhrwerken nach Nimbschen …«

»Er war also nicht allein an dem gewagten Unternehmen beteiligt?«, unterbrach Burkhardt.

»Nein. Einer seiner Neffen hat ihn begleitet, er lenkte den anderen Wagen. Und Wolfgang Dommitsch war mit dabei, der genau wusste, worauf er sich einließ. Seine Stieftochter hat nämlich vor einiger Zeit denselben Entschluss gefasst und ist ihrem Kloster entlaufen. Sie heiratet im Übrigen in Kürze den ehemaligen Augustiner-Probst Nikolaus Demuth, der Amtsschöffe in Torgau wird. So hat ihr Leben eine neue Ordnung erfahren, und ich hoffe doch sehr, dass wir für unsere Marienthroner Damen etwas Ähnliches arrangieren können.« Luther tätschelte väterlich Käthe von Boras Hand, was diese ohne eine Reaktion über sich ergehen ließ.

»Jedenfalls waren wir abfahrtbereit«, berichtete sie. »Auch … Dorothee.« Sie brach ab und holte tief Luft. »Obwohl ich eigentlich abgelehnt hatte, sie mitzunehmen.«

Die beiden Köpfe neben Katharina ruckten hoch, während Doctor Luther leicht die Schultern hob. Katharina verkniff sich ein Lächeln.

Marga war die Schnellste. »Warum?«, erkundigte sie sich, ihre Finger klopften einen schnellen, nervösen Rhythmus auf die Tischplatte. »Was sprach denn dagegen?«

Käthe verschränkte fest die Arme vor der Brust. »Dorothee war gar keine Nonne, bloß Gast im Kloster. Wieso also hätte sie fliehen sollen? Aber sie wollte unbedingt weg. Ich weiß gar nicht, weshalb. Über kurz oder lang hätten ihre Eltern sie ohnehin nach Hause geholt. Es war nie die Rede davon, dass sie tatsächlich die Professio ablegen sollte. Sie hätte einfach abwarten können.«

»Aber sie ist dann doch mitgefahren? Ihr seid da sicher?« Burkhardt klang ganz sachlich. Vielleicht hoffte er, sein milder Tonfall habe einen beruhigenden Einfluss auf Käthe.

Aber nein. Käthe umklammerte ihre Arme so fest, dass ihre Fingerknöchel weiß wurden. »Ja, auf jeden Fall. Ich habe genau gesehen, wie sie … Also, um der Wahrheit die Ehre zu geben, habe ich mich ziemlich geärgert, als sie so einfach aus dem Gebüsch gesprungen ist und sich auf die Ladefläche gedrängt hat. Aber es war so wenig Zeit, ich hatte Angst, dass noch etwas schiefgehen könnte. Da wollte ich es auf einen Streit nicht ankommen lassen. Und so ist sie eben mitgefahren.«

Alle am Tisch schwiegen. Aus der Küche drang das Scheppern von schweren Töpfen, irgendwo bellte ein Hund.

Dann schlug Käthe temperamentvoll mit der flachen Hand neben den Käseteller. »Als wir in Torgau ankamen, war sie noch da. Ich weiß es genau. Aber hier in Wittenberg, da war sie weg.«

»Also ist sie auf dem Weg zwischen Torgau und Wittenberg verloren gegangen. Da müssen wir suchen.« Marga beugte sich aufgeregt nach vorne.

»Es … es sieht ihr ähnlich, sich einfach so davonzumachen«, brach es aus Käthe hervor. »Dorothee von Linnitz ist eine verwöhnte und eigensinnige Person, so leid es mir tut, das sagen zu müssen. Sie machte wirklich nichts als Ärger.«

Dorothee saß nun schon seit einer ganzen Weile auf einem gefällten Baumstamm und lauschte dem Gesang einer Mönchsgrasmücke, deren rotbraunes Köpfchen auf den Zweigen neben ihr wippte. Es war ein frischer Frühlingsmorgen, und Dorothee fühlte sich ausgeruht und voller Tatendrang. Ihre Füße, die an den letzten Tagen heftig geschmerzt hatten, waren verheilt. So lange Märsche wie den von Torgau nach Elsnig war sie nicht gewohnt. Dabei hatte ein Elbfischer sie sogar eine Wegstrecke in seinem Kahn mitgenommen. Selbst wenn er nur ein *Fischer* war, hatte sie seine Gesellschaft als angenehm empfunden, mit der Zeit hatte sie sich auf ihrer Wanderung doch recht allein gefühlt. Trotzdem. In Nimbschen hatte vor allem eines ihr Leben unerträglich gemacht: Anweisungen, den ganzen lieben langen Tag Anweisungen. Tu dies, lass jenes, wir erwarten von dir … Die Stille um sie herum war die pure Erleichterung. Am Ende ihres Weges stand ohnehin ungetrübtes Glück, da war es leicht, bereits jetzt guter Dinge zu sein.

Marienthron war die reine Tortur gewesen, sie hatte nie in diesem Kloster sein wollen. In diesem nicht und in keinem anderen.

Es war einfach empörend, wie ihre Eltern sich über die Wünsche ihrer einzigen Tochter hinweggesetzt hatten. Sie trotz ihres erbitterten Widerstandes einfach hinter Klostermauern verbannt hatten. Dorothee war von der unnachgiebigen Haltung ihrer Eltern gänzlich überrascht worden, normalerweise waren Heinrich und Giesela von Linnitz Wachs in ihren Händen. Ein bisschen schnurren hier, ein wenig schmollen dort ... Kaum je hatten die Eltern sich gegen Dorothees Willen durchsetzen können. Diesmal war es anders gewesen. Obwohl sich Dorothee mit aller Kraft wehrte, hatten sie sich nicht erweichen lassen. Sie brachten ihre Tochter nach Marienthron und schickten sie für unbestimmte Zeit hinter die hohen, kühlen Mauern. Dorothee hatte jeden einzelnen Tag dort gehasst, hatte gemurrt und gebockt, und zwar bis zu dem Zeitpunkt, als sie hinter einem Schlehenstrauch den geheimen Fluchtplan der Nonnen um Schwester Käthe belauschte. Sofort war ihr klar geworden, wie sie die ganze Angelegenheit zu ihrem Vorteil nutzen konnte.

Nun war sie hier und froh, dem Klosterleben entronnen zu sein. Die anderen Frauen – die nie ihre Freundinnen geworden waren – hatte sie hinter sich gelassen, und eigentlich war das Ganze ein großartiges Abenteuer. Trotzdem begann sie sich allmählich zu langweilen. Fröstelnd zog sie die Schultern hoch, es war merklich kühler geworden, und am Himmel ballten sich bereits wieder Regenwolken zusammen. Sie befingerte die paar Münzen, die sie von daheim mitgebracht hatte, es waren nur noch wenige. Viel zu wenige. Die letzten Tage hatte sie in einer Herberge übernachtet, und das Geld schwand rasend schnell dahin. Für zwei, drei weitere Nächte in der winzigen Kammer sollte es wohl noch reichen, dann würde sie sich etwas überlegen müssen.

Außer ihr gab es keine Gäste, was äußerst öde war. Mangels anderer Unterhaltung hatte sie sich sogar ein wenig mit der Schankmagd angefreundet. Vielleicht gelang es ihr, den Preis für das Zimmer herunterzuhandeln.

Eigentlich war Dorothee recht stolz darauf, wie gut sie ihre Angelegenheiten geregelt und geordnet hatte. Sie war vorsichtig gewesen, besonnen vorgegangen. Erwachsen, fand sie. Und sie hatte sich bemüht, ganz und gar unauffällig zu bleiben. Niemand aus ihrem Umfeld hatte auch nur das Geringste von ihren Plänen bemerkt. Nicht, als sie diese schmiedete, auch nicht, als sie sie ausführte. Dorothee war wirklich zufrieden mit sich. Nur das Warten wurde ihr lang.

»Wenn sie so eigensinnig ist, wie Ihr sagt, Fräulein Käthe, dann ist es doch recht wahrscheinlich, dass Dorothee von Linnitz aus eigenem Antrieb verschwunden ist.« Burkhardt schaute ein bisschen zerstreut in dem Schankraum herum und grüßte nickend einen Bekannten, der gerade eintrat. Viel Wissbegierde wegen des Verbleibs des Mädchens verspürte er offensichtlich nicht. So wunderte sich Katharina auch nicht, dass er umgehend zurückkam auf das Thema, das ihn wirklich umtrieb. »Was könnt Ihr mir denn von Anni Oertel erzählen? Anders als bei Dorothee ist es eindeutig, dass sie einem Verbrechen zum Opfer gefallen ist und ganz offenkundig nicht selbst die Hand im Spiel hatte.«

Käthe sah erst zu Burkhardt, dann zu Marga und schließlich zu Katharina. »Ich weiß nicht viel über Anni«, erklärte sie sinnend. »Sie war sehr still. Mit Dorothee einte sie nur die widerwillige Haltung, die sie bei uns im Kloster an den Tag legte. Beide waren von den Eltern zu uns gebracht worden und kamen nicht aus eigenem Antrieb.«

»Das ist nichts Ungewöhnliches«, warf Doctor Luther ein. »Einer der Gründe, warum mir diese Lebensform falsch zu sein scheint. Kinder, sehr junge Kinder zumal, können die Entscheidung, ob sie dem weltlichen Leben entsagen und nur Gott allein dienen wollen, gar nicht überblicken. Werden sie aber dazu gezwungen, tun sie es ohne Liebe, und ein solcher Dienst ist Gott nicht würdig.«

»Nur waren weder Anni noch Dorothee Kinder, als sie zu uns kamen.« Käthe von Bora ließ sich von einem gelehrten Mann noch lange nicht einschüchtern und vertrat beharrlich ihre Sicht der Dinge. Katharina bewunderte so etwas. Doctor Luther gegenüber Widerworte zu äußern, erforderte ein stabiles Rückgrat.

»Umso schlimmer«, erklärte Luther und blickte ein wenig streng.

Burkhardt interessierte das alles nicht so brennend, bemerkte Katharina, vermutlich war er der Ansicht, Geplänkel über Glaubensfragen brachte ihn hier nicht weiter.

»Was könnt Ihr mir noch über Anni erzählen? Wie war sie? Was bewegte sie? Hatte sie zu einer der Nonnen engeren Kontakt oder zu einer Person außerhalb der klösterlichen Gemeinschaft?«

»Wir brauchen Zeugen«, erläuterte Marga, die sich offenbar nicht zu lange an den Rand drängen lassen wollte. »Jemanden, der mehr über Anni weiß, als Ihr es tut, liebe Käthe.«

Burkhardt runzelte die Stirn, doch Käthe nickte. Anders als er akzeptierte sie offenbar bereitwillig, dass Fräulein Tilfer die Rolle eines Hilfsschützenmeisters eingenommen hatte. »Mir ist klar, was Ihr meint. Doch ich kann Euch leider nicht helfen. Soweit ich weiß, pflegte Anni keine Kontakte zu Menschen außerhalb des Klosters, sie erhielt niemals Besuch. Zumindest habe ich nie mitbekommen, dass sie jemanden empfangen hätte. Zu meiner Schande kann ich Euch nicht einmal sagen, ob jemand von uns mehr mit Anni zu tun hatte als ich und Euch deshalb besser Auskunft geben könnte.«

»Es wäre daneben auch wichtig, dass wir eine Person finden, die Genaueres über Dorothee zu berichten hätte. Wenn sie jemand besser kennt, weiß er – oder sie – vielleicht, wohin sie verschwunden ist«, mischte sich Katharina ein.

»Je mehr Informationen, desto besser.« Burkhardt hob die Schultern. »Dennoch liegt unser, nein, *mein* Ansatzpunkt bei Anni. Kommen wir deren Mörder auf die Spur, können wir auch Dorothee helfen. Sofern sie überhaupt in Gefahr schwebt, was meiner Meinung nach fraglich ist.«

»Aber wenn doch, dann ist sie im schlimmsten Fall schon tot wie Anni.« Tränen schimmerten in Käthes Augen und drohten überzulaufen. Bislang war sie Katharina so selbstbewusst erschienen, dass sie fast eine gewisse Kühle ausstrahlte. Und doch war sie voller Sorge um ein Mädchen, das sie anscheinend nicht einmal mochte. Es machte Käthe von Bora sympathisch und nahm Katharina sehr für sie ein.

»Gut«, Käthe räusperte sich, »was kann ich noch über Anni sagen? Still war sie, häufig nicht besonders guter Laune.« Kein Zweifel, Nörgler stießen bei Dame von Bora auf wenig Sympathie. »Aber sie tat ihre Arbeit und war recht zuverlässig. Meistens war sie allein in den Küchengärten beschäftigt und schien sich nicht viel aus Gesellschaft zu machen. Sie sang gerne, unsere Kantorin Magdalena von Staupitz hat nie viel an ihr korrigieren müssen …

Da haben wir es! Magdalena müsst Ihr fragen, die kann Euch bestimmt mehr über Anni erzählen.« Ihre Augen leuchteten, weil ihr endlich etwas eingefallen war, was vielleicht hilfreich sein konnte.

Alle am Tisch schauten erfreut auf Käthe von Bora. Nur Katharina nicht. Denn in diesem Moment tauchte direkt neben ihr wie aus dem Wirtshausboden gewachsen Thomasus auf. Mit gepresster Stimme sagte er: »Hab ich mir doch gedacht, dass ich dich hier finde.«

3

Wasser tropfte aus den Ästen und durchtränkte Dorothees Umhang. Vielleicht war es falsch gewesen, dass sie nicht den dichter gewebten mitgenommen hatte. Sie seufzte und verschränkte die Arme fest vor dem Leib, um sich zu wärmen. Die Marienthroner Nonnen fielen ihr ein. Alle hatten sie mehr oder weniger offen die Nase gerümpft über den Umfang der Garderobe, die Dorothee mitgebracht hatte. Aber hätte sie in Sack und Asche gehen sollen? Nur weil ihre Eltern fanden, sie habe sich aus ihrem gewohnten Leben zurückzuziehen, musste sie doch nicht auf alles verzichten. Die Festgewänder zurückzulassen, war bitter genug gewesen.

Dorothee seufzte noch einmal, unschlüssig, was sie nun machen sollte. Seit vier langen Tagen vertrödelte sie ihre Zeit in Elsnig, und allmählich hatte sie keine Lust mehr, tatenlos herumzuhocken. Es war ja ganz nett, mit Greta zu schwatzen, aber Gespräche mit einer Schankmagd konnten nicht der ganze Gewinn sein, den sie aus ihrem Unternehmen zog. Wenn nicht bald geschah, worauf sie so dringend wartete, musste sie ihre Pläne ändern. Sie überlegte, ob sie nicht in das Gasthaus zurückkehren sollte, ihr war kalt. Aber dort war es langweilig, denn sie hatte nichts zu tun. Greta zu helfen, kam überhaupt nicht in Frage. Eine von Linnitz hatte das nicht nötig. Außerdem konnte Greta es unmöglich ernst gemeint haben, als sie sie gefragt hatte.

Was sie stattdessen tun sollte, wusste Dorothee allerdings auch nicht. Noch länger zu warten, war ermüdend und entwürdigend, eine Marter, die ihr zutiefst gegen den Strich ging. So hatte sie sich ihr Abenteuer nicht vorgestellt. Am Ende lohnte sich die Ausharrerei nicht einmal. Inzwischen war es ihr nicht mehr gänzlich unvorstellbar, dass sie vergebens in Elsnig verweilte. Andererseits mochte sie nicht glauben, dass sie sich so grausam getäuscht haben sollte, als sie ihren aufregenden Plan geschmiedet und sich die Zukunft in rosigen Farben ausgemalt hatte. Doch allzu viel Geduld war noch nie ihre Sache gewesen, und sie wollte einfach nicht mehr länger warten. Allerdings folgte dann als logischer Schluss, dass sie aufbrechen musste. Nur wohin? Heim zu ihren Eltern? Das hätte ihnen nur bewiesen, dass Dorothee wirklich so kopflos und naiv handelte, wie sie es ihr vorgeworfen hatten. Derart verzweifelt war sie nicht, noch lange nicht. Aber ins Kloster zurückzugehen kam auch nicht in Frage. Die Nonnen, an deren Seite sie aufgebrochen war, hatten Torgau längst verlassen und waren weitergezogen, so viel war sicher. Ganz allein zurück nach Nimbschen: Niemals! Das Klosterleben war ihr fremd geblieben und die letzten Monate so sterbenslangweilig gewesen, dass sie kaum gewusst hatte, wohin mit ihrem Überdruss. Aber eines Tages hatte genau diese Ödnis ihr die Möglichkeit verschafft, ihr Leben selbst in die Hand zu nehmen.

Auf dem Weg vom Gästehaus zur Hostienbäckerei, wo sie einen Korb mit frischen Oblaten für die Ostermessen abholen sollte, hatte sie zufällig Käthe und ihre Mitschwestern gesehen. Sie hatten so verschwörerisch gewirkt, dass es fast schon lächerlich anmutete. Obwohl Dorothee sich nicht im Entferntesten hatte vorstellen können, dass die kleine Gruppe etwas Interessantes zu besprechen hatte, war sie ihr gefolgt. Weil es eben nichts Spannenderes zu tun gab. Nie und nimmer hätte sie zu hoffen gewagt, dass ihr das Geschwätz harmloser Nönnchen einen Nutzen bringen könnte. Aber genau das hatte es getan.

Käthe von Bora hatte zwar wütend mit den Augen gefunkelt, als Dorothee auf die Ladefläche des penetrant nach Fisch stinkenden Fuhrwerks geklettert war, aber das war ihr egal gewesen. Sie war jetzt noch stolz auf ihre überlegte Vorgehensweise: Wie sie sich still in eine Ecke verzogen und mit niemandem Augenkontakt gesucht hatte, weil sie wusste, dass ihr Unterfangen an einem seidenen Faden hing. Käthe mochte sie nicht besonders, und es war nicht klug, sie noch mehr zu reizen, als sie es ohnehin getan hatte. Unter allen Umständen hatte sie verhindern müssen, dass die Bora sie am Ende noch des Wagens verwies.

Aber alles war gut gegangen, und jetzt war sie hier in Elsnig. Nur die Zeit wurde ihr so lang. Dorothees ganzer Körper kribbelte vor unterdrücktem Tatendrang. Wenn doch nur endlich geschehen würde, wovon sie schon so lange träumte!

Ehe sie es sich versah, stand Katharina schon draußen auf der Straße neben ihrem Mann, dessen Miene nichts Gutes verhieß und der sie nachdrücklich unterhakte und sie mehr mit sich zog, als dass er sie führte. Der Lärm aus dem »Angelpunkt« blieb hinter ihnen zurück, auch wenn die Stimmung dort offenbar zunehmend ausgelassen wurde. Einige Gäste hatten zu singen begonnen, eher laut als schön. Katharinas eigene Stimmung war nicht ganz so gelöst.

Sie lief stumm neben Thomasus her und überlegte, ob sie sich beschweren sollte. Einfach frank und frei äußern, was sie empfand. »Ich finde es empörend, wie du mich aus dieser Runde *abgeführt* hast, um mich nach Hause zu schleifen wie einen Verbrecher«, hätte sie sagen müssen. Weil beides der Wahrheit entsprach. Sie war empört, und er führte sie ab. Aber sie sprach es nicht aus, das wäre dumm gewesen. Zu impulsiv, wie sie es oft genug immer noch war, auch wenn sie ihre Lektionen in familiärer Diplomatie in den vergangenen Jahren gelernt hatte.

Also schluckte sie den Ärger – und die Kränkung – entschlossen hinunter und sagte so ruhig es eben ging: »Du musst dir keine Sorgen machen. Ich habe bloß ganz harmlos mit deinem Freund und meiner Freundin beisammengesessen. Dass ein bedeutender Doktor der Theologie zugegen war, zeigt doch, wie seriös dieses Treffen war.«

Thomasus schnaubte leise. Aber auch er strengte sich an, Maß zu halten. »Eure Runde mutete tatsächlich ganz unschuldig an. Ich vermute jedoch, dabei wird es nicht bleiben. Wir wissen doch beide, warum Doctor Luther bei Burkhardt war. Ich nehme an, die Frau an seiner Seite hat ebenfalls irgendetwas mit der Toten in der Baugrube zu tun …« Er brach ab, wahrscheinlich um ihr Gelegenheit zu geben, ihn aufzuklären, wer die Dame war.

Katharina tat ihm den Gefallen nicht. Sie hatte keine Ahnung, ob es Käthe von Bora recht war, dass ihre Identität und der Grund für ihre Anwesenheit in Wittenberg allseits bekannt wurden. Ihre Anonymität konnte sicher nicht dauerhaft gewahrt werden, aber Katharina wollte nicht die sein, die ihr in den Rücken fiel. Sie mochte sie, diese energische Nonne. Ehemalige Nonne, sollte sie wohl besser sagen.

Thomasus wurde die Pause offensichtlich zu lang. »Jedenfalls wird Burkhardt sich um die Aufklärung dieses Todesfalles kümmern. Spätestens dann ist es mit der Harmlosigkeit vorbei.« Er sah stur geradeaus auf die Straße und achtete nicht darauf, dass Katharina ihre Kleider beschmutzte, weil sie in den Pfützen schleiften.

Sie löste sich von seiner Seite und umrundete den kleinen See, der sich auf dem Weg gebildet hatte. Thomasus schien es nicht zu merken. Wie üblich war er ihr zwei Schritte voraus und kümmerte sich nicht darum, dass sie nicht hinterherkam.

Katharina wurde zornig, aber sie wollte sich auf keinen Fall provozieren lassen. Weil das schwer war, hielt sie den Mund. Unvorsichtige Worte waren zu leicht ausgesprochen und dann nicht mehr zurückzunehmen.

Jetzt blieb Thomasus doch stehen. Er wartete, bis sie ihn erreicht hatte, ergriff ihre Hände und blickte sie eindringlich an. Katharinas Herz schmolz. Thomasus' Temperament machte es ihm nicht leicht, versöhnlich zu sein. Dass er sich um Verständnis bemühte, zeigte seinen guten Willen und war ihm hoch anzurechnen. »Ich will nicht, dass du dich wieder in Gefahr begibst«, sagte er rau.

»Das tue ich doch gar nicht. Ich sitze in Wirtshäusern herum, besuche Marga, rede mit Doctor Luther und seiner Besucherin … Was gibt es weniger Bedrohliches?«

Thomasus Roeseling war ein kluger Mann, vormachen ließ er sich nichts. »Es geht um die Aufklärung eines Kapitalverbrechens. *Das* ist das Bedrohliche. Und du mischst dich schon wieder ein. Ich will, dass du das unterlässt. Ich will, dass du tust, was deine Aufgabe ist: Bestell unser Haus. Kümmere dich um die Belange der Roeselings.«

Nur war in ihrem Haushalt so entsetzlich wenig Sinnvolles zu tun. Dies war das eigentlich Beunruhigende, doch darüber konnte sie mit Thomasus nicht sprechen. Nicht jetzt. Eines Tages würde sie es tun müssen, aber es war noch zu früh. Sie schaffte es einfach nicht. Und weil sie verwirrt war und hin- und hergerissen zwischen dem Wunsch, sich Thomasus endlich einmal anzuvertrauen, und der Scheu, genau dies zu tun, fiel ihre Antwort abweisender aus, als sie es beabsichtigt hatte. »Ich vernachlässige dein Haus nicht«, sagte sie spitz. »Zu keinem Zeitpunkt hätte ich das jemals getan.«

»Das ist vollkommen richtig. Denke nicht, ich wüsste das nicht zu würdigen.« Thomasus klang ebenso steif wie sie. Katharina fühlte ihre Kehle eng werden. Es war doch so gut zwischen ihnen, zeitweise zumindest, meistens sogar. Trotz ihrer holprigen Anfänge. »Ich würde es begrüßen, wenn sich daran nichts ändert«, fuhr Thomasus fort, weil er anscheinend nicht verstand, dass genau hier noch eine – möglicherweise letzte – Gelegenheit war, bei der dieses Gespräch eine freundlichere Wendung hätte nehmen können.

Die Gassen waren merklich leerer geworden, das belebte Zentrum mit seinen Geschäften und Werkstätten lag hinter ihnen, sie hatten das Roeseling'sche Anwesen beinahe erreicht. Katharinas Schritte wurden wie von selbst rascher. Sie wollte sich von Thomasus nicht einsperren lassen, und sich in der Diele von ihm zu verabschieden war für die nächsten Stunden die Lösung all ihrer Probleme. Er konnte in seinem Kontor verschwinden und sie sich in ihre Kammer zurückziehen und dort über die ganze vertrackte Angelegenheit in Ruhe nachdenken.

»Ich hätte gerne eine Antwort«, beharrte Thomasus, der entsetzlich starrköpfig sein konnte.

»Du hast keine Frage gestellt.« Weiter vorne trat Walli gerade auf die Straße, bestimmt hatte sie von Mechthild den Auftrag zu einer Besorgung erteilt bekommen. Im Grunde war Walli für die Kleiderkammer zuständig, nicht mehr für die Küche. Aber Katharina konnte ihr nicht verdenken, dass sie das Haus einmal verlassen wollte. Im Moment hatte sie sehr viel Verständnis dafür.

»Äußerst spitzfindig, meine Liebe.« Thomasus' Stimme klang frostig. »Aber bitte, du möchtest es gerne ganz eindeutig haben: Ich verlange, dass du daheim bleibst und das Haus in den nächsten Tagen nicht verlässt.«

Katharinas Herz klopfte schmerzhaft. »Ich denke gar nicht daran«, sagte sie und ließ Thomasus einfach stehen.

Den Rest des Tages vertrödelte sie, abgelenkt von den Überlegungen zu der verschwundenen Dorothee und dem Zorn, den sie gegenüber Thomasus empfand. Rastlos lief sie von ihrer Kammer in die Küche, von dort in den Wirtschaftskeller und wieder zurück, stand jedem im Weg, am meisten sich selbst. Schließlich hielt sie es nicht länger aus. Niemand konnte von ihr verlangen, dass sie, eingesperrt in ihre eigenen vier Wände, vor Nervosität Löcher in die Sohlen lief. Also drückte sie sich unauffällig in der Nähe der Diele herum, um den Moment abzupassen, in dem Thomasus noch einmal zum Ratskeller aufbrechen würde. Dies tat er beinahe jeden Nachmittag, er traf sich dort mit Rats- oder Gildekollegen, um sich mit ihnen zu besprechen. Als er endlich, endlich ging, schnappte Katharina ihren Umhang, flüsterte Berthe zu: »Ich weiß nicht, ob ich zum Abendessen zurück bin«, ignorierte Berthes missbilligendes Schnaufen und huschte nach draußen.

Die Gasse lag still vor ihr, niemand war zu sehen. Ein Glück, denn sie verspürte nicht den mindesten Drang, Höflichkeiten mit den Nachbarn auszutauschen. Eilig lief sie bis zur Kreuzung, erst dort blieb sie stehen und holte tief Luft. Im Haus war die Atmosphäre so stickig gewesen, dass sie kaum genug Luft zum Atmen gehabt hatte. Wie von selbst zog es sie nun zu Marga, bei der sie Gott sei Dank zu jeder Zeit erscheinen konnte, ohne erstaunte Bemerkungen hervorzurufen. Jedenfalls wurden keine vom Hauspersonal geäußert, und Margas Eltern öffneten niemals selbst das Tor. Marga fragte natürlich nach. Es entsprach ihrem Wesen, und außerdem waren sie gut genug miteinander befreundet, dass ein solches Interesse nicht neugierig, sondern anteilnehmend wirkte.

»Was ist passiert? Nein, sag nichts, komm lieber mit.« Marga ergriff Katharinas Hand und führte sie eilig die Treppe empor. In ihrer Kammer angekommen, schob sie Katharina umgehend auf deren Lieblingsplatz in einer Nische neben dem Kamin und zog sich einen Stuhl ganz dicht heran.

»Jetzt erzähl. Und weich mir nicht aus, ich sehe doch, dass etwas geschehen ist.«

»Nichts ist geschehen.« Eigentlich stimmte das sogar. »Wir haben uns gestritten. Wieder einmal. Du kannst es bestimmt nicht mehr hören, so oft habe ich schon über solche Dinge gesprochen. Außerdem will ich viel lieber wissen, wie es weitergegangen ist im ›Angelpunkt‹.« Nachdem Thomasus sie auf so entwürdigende Weise von dort weggezerrt hatte. Erneut wallte der Zorn in ihr auf, aber sie unterdrückte ihn heroisch. Am Ende verpasste sie noch, was Marga zu berichten hatte.

»Da gab es nicht mehr viel Neues.« Marga wedelte mit der Hand, wie immer vollendet graziös. »Aber ich habe mir etwas ausgedacht.«

Marga Tilfer war stets für eine Überraschung gut. Katharina spürte, wie ihre Neugierde wuchs. Und wie die Erinnerung an Thomasus verschwand. Beides tat ihr wohl.

»Du hast doch bestimmt gemerkt, dass Burkhardt sich um die verschwundene Dorothee nicht schert, sondern nur an der toten

Anni interessiert ist. Na ja, diese Herangehensweise ist vielleicht auch nicht ganz falsch. Aus seiner Sicht. Schließlich ist es die Aufgabe des Schützenmeisters, den Mörder zu finden, damit der bestraft werden kann.« Marga warf Katharina einen prüfenden Blick zu, wahrscheinlich wollte sie sehen, ob sie mit ihr darin übereinstimmte, dass Burkhardts Verhalten ohne Fehl und Tadel war. Katharina nickte. Den Gefallen tat sie ihr gerne.

»Nun ist er ja aus unerfindlichem Grunde strikt dagegen, dass wir ihm bei den Ermittlungen helfen.« Marga breitete die Arme aus und blinzelte Katharina spitzbübisch zu.

»Ganz wie Thomasus.« Katharina war für einen leichten Ton noch nicht empfänglich.

»Genau. Zwei Freunde, die enger nicht stehen könnten. Also habe ich einen Plan entwickelt, wie wir ihrem Wunsch entsprechen und trotzdem das Unsere zu den Ermittlungen beitragen können.«

»Es einfach sein lassen kommt natürlich nicht in Frage«, bemerkte Katharina mit ironischem Unterton, aber Marga ignorierte ihren Einwurf, ohne mit der Wimper zu zucken.

»Ich bin der Meinung, dass die arme Dorothee mehr Aufmerksamkeit verdient. Wer weiß, was mit ihr geschehen ist. Oder noch geschehen wird. Und bevor Burkhardt ein ganz grober Schnitzer unterläuft und er ein Mädchen nicht rettet, das er hätte retten *können*, dachte ich, wir kümmern uns selbst darum.«

Das war – brillant. Weder Burkhardt noch Thomasus konnten behaupten, sie mischten sich in die Aufklärungsarbeit bei einem Gewaltverbrechen ein, wenn sie der Meinung waren, es sei gar keine Tat zu beklagen. Verhinderten sie durch ihre Bemühungen, dass Dorothee von Linnitz doch noch einem Verbrechen zum Opfer fiel, konnten sie ihnen indes schlecht einen Vorwurf machen. Katharina sah Marga bewundernd an, und diese lächelte.

»Wir lassen ihn also den Fall Anni Oertel allein aufklären und machen uns auf die Suche nach dieser Dorothee?«, fragte Katharina sicherheitshalber noch einmal nach.

»So ist es.« Marga griff nach einem kunstvoll ziselierten Silberkrug, der neben ihrem Nähzeug auf dem Tisch stand. »Darauf stoßen wir an.«

»Gern.« Katharina nahm einen Schluck, wischte sich die Lippen ab und kostete dem wunderbar weich schmeckenden Wein hinterher. »Hast du dir denn auch einfallen lassen, wie wir damit beginnen? Ich meine, wir sind in Wittenberg, aber Dorothee ja ganz offensichtlich nicht. Wo und wie sollen wir sie aufspüren?«

»Wir gehen zurück an den Ursprung.« Marga hatte sich offensichtlich längst alles genau überlegt. »Dorthin, wo sie zuletzt gesehen wurde. Bevor sie verschwunden ist.«

»Wir reisen nach Torgau?«

»Natürlich.« Marga strahlte wie das reine Sonnenlicht. »Trifft es sich da nicht gut, dass meine Tante Ortrud einen Torgauer Drechslermeister geheiratet hat? Gerade ist sie mit ihrem fünften Kind niedergekommen, weshalb jemand vom Wittenberger Familienzweig sie dringend besuchen muss, um ihr die Ehre zu erweisen. Sie ist übrigens schon vierzig, was aber nur hinter vorgehaltener Hand erwähnt werden darf.«

Katharina nickte. Über Kinder redete sie nicht gerne. Über Kinder einer Vierzigjährigen schon gar nicht. Das war – ungerecht. Manche waren noch jung und sehnten sich nach Nachwuchs, sollten welchen bekommen, weil das der Gang der Dinge war, doch es gelang ihnen nicht. Andere waren vielfache Mütter und bekamen immer noch Sprösslinge, selbst wenn sie schon alt waren.

»Erlauben deine Eltern denn so eine Reise?«, zwang sie ihre Gedanken in eine andere Richtung.

Marga klatschte in die Hände, so fröhlich wie lange nicht mehr. »Das ist es ja gerade! Erst gestern hat mein Vater gesagt, einer von uns müsse hin. Meine Mutter ist dazu nicht in der Lage, und er selber hat keine Zeit. Ergo … bleibe nur noch ich. Das ist ein Wink des Schicksals, findest du nicht? Wann können wir aufbrechen?«

»Ich soll mit?«

»Selbstverständlich. Alleine gehe ich nicht, das ist viel zu aufregend. Nicht die arme Tante Ortrud, die ist entsetzlich langweilig, und wie sie zu so vielen Kindern kommt, darüber wollen wir lieber nicht nachdenken. Ich schon gar nicht, denn ich bin nicht verheiratet.« Mit entnervender Munterkeit rührte Marga in schwärenden Wunden, von denen sie allerdings nichts wusste. Katharina hatte es noch nicht geschafft, sich ihr mit diesen Kümmernissen anzuvertrauen, und jetzt war ganz sicher nicht der richtige Zeitpunkt dafür.

»Übrigens, mach dir keine Sorgen darüber, dass Thomasus Einwände gegen diese Unternehmung haben könnte. Natürlich reiten wir nicht alleine. Wir nehmen eine Eskorte mit, waffenstarrende Reisige, die normalerweise den Transport unserer Waren begleiten. Es ist ganz und gar ungefährlich.«

Was, wenn Thomasus ihr die Reise nach Torgau dennoch verbot? Dann musste sie Marga enttäuschen und zudem noch mit ihrer Entrüstung darüber fertigwerden. Der Stimmung daheim kam ein weiterer Streit zwischen ihr und Thomasus bestimmt auch nicht zugute. Besser, sie fragte ihn erst gar nicht.

»Ich komme mit«, erklärte Katharina also. »Und am besten übernachte ich gleich hier, damit wir morgen zeitig loskommen.« Das schlechte Gewissen, das sie verspürte, wischte sie beherzt beiseite.

4

Sie ritten also nach Torgau.

An der Seite dreier bärbeißiger, stummer Begleiter traten sie im frühesten Morgendämmern ihre Reise an und trafen in Torgau bei den Wolgasts ein, als der Vormittag schon weit vorangeschritten war. Inmitten eines halben Dutzends hochwertigster Spinnräder, auf deren Herstellung sich der Drechslermeister spezialisiert hatte, hockten sie mit der Familie zusammen, und es war schwer, sich der glücklichen Ortrud zu entziehen. Diese war entzückt, ihre Nichte samt einer Freundin zu begrüßen. Sie betraute ihre Kinder umgehend mit verschiedenen Aufgaben und fegte sie praktisch aus dem Zimmer, um sich dann in einen ausführlichen Bericht über den weitverzweigten Verwandtschaftsclan zu stürzen, der weder Marga noch Katharina im Allergeringsten interessierte. Um nicht grob unhöflich zu sein, warteten sie die Mittagsmahlzeit ab. Erst dann widmeten sie sich ihrem eigentlichen Anliegen, was umso leichter war, da das Essen aus einem schlecht gewürzten Haferbrei bestand, den die älteste Tochter zubereitet hatte. Sie brach in Tränen aus, weil er niemandem schmeckte, was wieder Zeit kostete, weil das Mädchen getröstet werden musste.

Dann, erst dann gelang es Marga und Katharina endlich, ihre Fragen zu stellen. So, wie sie es entlang der ganzen Strecke getan hatten und zu guter Letzt in Torgau selbst, hier wie da ohne jeglichen Erfolg. Sie hatten sich nach Dorothee erkundigt, wann immer sie jemanden trafen, den sie überhaupt hatten fragen können. Am Ende summte ihnen der Kopf, doch erfahren hatten sie rein gar nichts.

»Da schmerzen einem ja die Ohren«, sagte Marga, als sie die Wolgasts endlich wieder verließen. Es war schwer gewesen, sich von der von Rührung übermannten Ortrud loszureißen, sie hatte sie einfach nicht fortlassen wollen. »Tante Ortrud redet ja ohne Punkt und Komma.«

Katharina nickte müde, sie war froh, dass dieser Tag hinter ihr lag. Allerdings nicht ganz. Der Heimweg lag noch vor ihnen, er war weit, außerdem war es schon spät – ihre einzige Chance, Wittenberg vor Einbruch der Nacht zu erreichen, war ein konstant scharfer Ritt, der nicht nur die Pferde, sondern auch die beiden Frauen schlichtweg überforderte.

Als sie endlich ankamen, konnten sie von Weitem erkennen, wie sich die Stadttore schlossen. Langsam und unerbittlich.

»Ach verflixt«, sagte die sonst so unerschütterliche Marga neben ihr. »Das hat uns ja gerade noch gefehlt. Mit tut alles weh. Wirklich alles.«

Katharina ging es nicht anders. Ihre Beine und vor allem ihr Hinterteil waren Gewaltritte nicht gewohnt. Anscheinend besaß sie Muskeln und Knochen, von deren Existenz sie nicht das Mindeste geahnt hatte. »Was machen wir denn jetzt?« Sie hörte selbst den panischen Unterton in ihrer Stimme.

Thomasus würde schäumen vor Wut. Sie hatte gestern zwar einen Boten nach Hause gesandt mit der knappen Mitteilung, sie begleite Marga auf einem Verwandtenbesuch und komme voraussichtlich erst spät nach Hause, aber so spät – dafür würde Thomasus kein Verständnis aufbringen. Dabei hatte sie sogar kurz damit geliebäugelt, ohne eine Nachricht zu verschwinden. Gerade wegen seiner abstrusen Vorbehalte wäre Thomasus jedoch ganz sicher außer sich vor Sorge, bliebe sie ohne Erklärung eine weitere Nacht fort, und es gehörte sich einfach nicht, ihn zu quälen. Fakt war aber, dass er nur durch die knappe Botschaft eines Laufburschen von ihrer Reise erfahren und sie nicht abgewartet hatte, ob er diese gestattete. Er würde also zornig sein. Und wenn sie nun nicht in die Stadt hineingelassen wurde, war sie die zweite Nacht hintereinander nicht zum Schlafen daheim, und *das* würde er auf keinen Fall gutheißen. Sie konnte es ihm nicht einmal verübeln.

Die junge Tilferin war keine Frau, die sich so leicht unterkriegen ließ. »Wir müssen rein. Irgendwie. Wenn etwas nur ›irgendwie‹ geht, kann man es häufig mit Geld regeln. Hans?«

Katharina registrierte beinahe überrascht, dass die Reisigen immerhin über Namen, wenn auch anscheinend nicht über Stimmen verfügten, denn einer der drei nickte, immer noch ohne einen Ton von sich zu geben. Mit einer raschen Bewegung griff er unter sein dick gestepptes Wams, in dem er rund wie eine Tonne aussah und das eine Schutzmaßnahme gegenüber feindlichen Angriffen darstellte. Er förderte eine schmale Börse zutage, ließ sie zuerst in seiner Hand und dann diskret in der des Stadttorwächters verschwinden.

Dieser blickte entschlossen in die andere Richtung, als sie den knapp geöffneten Durchlass passierten. Das letzte Pferd war kaum hindurch, da schloss sich das Tor schon, so schnell, dass es die Flanke des Tieres erwischte. Es wieherte empört und machte einen Satz nach vorn, verursachte einen solchen Radau, dass Katharina nervös der Schweiß ausbrach. Doch die Straßen der Stadt lagen einsam und still vor ihnen, und als sich die kleine Reisegruppe erneut in Bewegung setzte, hallten die Hufe aufdringlich laut zwischen den Mauern. Katharina war sicher, sämtliche Bürger Wittenbergs würden im nächsten Moment aus ihren Betten hochschrecken und aus den Häusern stürzen, um zu sehen, was der Krach bedeutete.

Nichts geschah. Die Stadt blieb so stumm wie die verspäteten Reisenden auch. Erst als sie vor dem Tilfer'schen Hof anhielten, fand Hans Worte, die es offenbar wert waren, ausgesprochen zu werden. »Da wären wir also«, sagte er aufatmend.

Katharina wurde klar, dass er diesen Auftrag nicht für unter seiner Würde erachtete, wie sie gemutmaßt hatte, sondern schwer an der Verantwortung für die beiden Damen trug. »Ich danke Euch sehr, dass Ihr uns so sicher auf unserem Weg begleitet habt«, sagte sie wahrheitsgemäß.

Tatsächlich blitzte ein Lächeln in den Augen des Mannes auf, die erste freundliche Regung nach so vielen Stunden des Beisammenseins. Er nickte, hob kurz die Schultern und öffnete das Hoftor.

Katharina wandte müde den Blick von ihm ab und sah direkt in das aufgebrachte Gesicht von Dietmund Tilfer. Unmittelbar neben ihm stand Thomasus und starrte ihr geradewegs in die Augen. Ein harter, unnachgiebiger Ausdruck lag in seinen eigenen.

Erschöpft dachte Katharina: Ich kann nicht mehr.

Burkhardt Gantzer war an diesem Freitag nicht untätig gewesen, auch wenn ihn eine sich ermüdend in die Länge ziehende Ratssitzung zunächst von weiteren Ermittlungen abhielt. Direkt nach den Osterfeierlichkeiten ging es bereits um die Vorbereitungen für die Umzüge während der Pfingstprozession, und die berührten natürlich die Belange der Sicherheit innerhalb der Stadtmauern. Daher hatte Burkhardt in seiner Funktion als Schützenmeister die

Versammlung mit seiner Anwesenheit beehren müssen, obwohl es ihn vor Ungeduld am gesamten Leib kribbelte.

Erst am frühen Nachmittag fand er endlich die Gelegenheit, sich den Nachforschungen im Todesfall Anni Oertel zu widmen. Direkt nach seiner Mittagsmahlzeit machte er sich auf, er wusste, ihm lief die Zeit davon. Die Tote war fremd in dieser Stadt gewesen, der Täter möglicherweise ebenfalls. Kam es ganz schlimm, hatte er Wittenberg längst unerkannt verlassen. Vielleicht aber auch nicht, und wenn Burkhardt Glück hatte, wurde er unvorsichtig.

Jedenfalls musste er mehr über Anni wissen, fast immer kam ein Mörder aus dem Umkreis des Opfers. Die junge Dame besaß eine Vergangenheit, und die wollte Burkhardt kennenlernen. Sie hatte ein Leben vor dem Klostereintritt geführt, dann das in Marienthron gehabt. Sie hatte Kontakte gepflegt, wenn auch keine engen Freundschaften, Käthe war da völlig sicher gewesen. Aber Feindschaften? Käthe hatte von keiner gewusst, aber vielleicht vermochte ihm eine der anderen Ordensfrauen mehr zu berichten. Er wusste einfach, da gab es etwas, das ihn weiterbringen würde. Es konnte gar nicht anders sein. Die Frauen hatten Monate, Jahre zusammengelebt, und selbst, wenn sie nicht vertrauensvoll und offen miteinander umgingen, mussten sie etwas voneinander wissen. Auch Nonnen schwatzten, jedenfalls wenn sie nicht einem strengen Schweigeorden angehörten, und der Zisterzienserorden war keiner.

Es gab einen Grund, warum Anni ihr Leben hatte lassen müssen. Sie war nicht bestohlen worden, sie war nicht vergewaltigt worden, folglich musste dieser Grund woanders liegen. So ein Tod war nie und nimmer ein Zufall. Der Täter hatte Anni Oertel gemeint. Anni Oertel und niemand anderen.

Mit raschen Schritten lief Burkhardt zum ehemaligen Augustinereremitenkloster, das nahezu verwaist im äußersten Osten der Stadt nahe des Elstertores lag. Seit Wittenberg sich endgültig den reformatorischen Ideen angeschlossen hatte, gab es keine Grundlage mehr für die alten Formen, den Glauben zu leben, und die Mönche waren einer nach dem anderen ausgezogen. Zurzeit wohnte nur noch Doctor Luther hier und ein betagter Bruder, der ihm zur Hand ging und ihn eher schlecht als recht versorgte. Es war genug Raum vorhanden, um Käthe und die Schar ihrer ehemaligen

Mitschwestern vorerst aufzunehmen, obschon die Situation äußerst delikat war. Ganz sicher fing man in der Stadt bald das Klatschen und Raunen über die skandalösen Zustände an. Burkhardt war gespannt, was Luther dem entgegnen würde. Falls er das Gerede überhaupt bemerkte.

Er hatte richtig spekuliert. Käthe von Bora und das Grüppchen der mutigen – oder anrüchigen, je nachdem, wie man die Sache sah – Nonnen hatte sich im Refektorium des ehemaligen Klosters versammelt und scharte sich um Martin Luther wie Küken um eine Henne. Allerdings schwatzten sie entgegen Burkhardts Vermutung nicht aufgeregt, sondern saßen stumm am Tisch und sahen samt und sonders so aus, als läge ihnen eine große Last auf der Seele.

»Gut, dass Ihr da seid, Schützenmeister«, sagte Luther, der es gewohnt war, das Heft in die Hand zu nehmen. »Wir kommen hier allein nicht weiter.«

»Das müsst Ihr auch nicht. Dafür bin ich da.« Burkhardt zog sich einen Stuhl an den Tisch und ließ sich betont entspannt darauf nieder. Er wollte unbedingt eine zwanglose Atmosphäre erzeugen, die es den Frauen leichter machte, mit ihm zu reden. Sicher hatten einige von ihnen seit Jahren mit keinem Mannsbild mehr gesprochen, und ebenso sicher war nicht jede so forsch wie Käthe von Bora. Wollten die Damen ihren Weg in die Gesellschaft finden, so sollten sie sich indes schleunigst an den Umgang mit Männern gewöhnen.

»Darf ich Euch einen Becher Wein anbieten?« Käthe von Bora übernahm die Rolle der Hausherrin, wie Burkhardt mit Interesse bemerkte. Dabei war sie mit Abstand nicht die Älteste der Gruppe. Das war vermutlich die Dame, die ihm direkt gegenübersaß. Schmale Gestalt, feine Züge, kluge graue Augen, die ihn aufmerksam musterten.

Burkhardt lächelte sie an, nickte aber höflich in Käthes Richtung. »Sehr gern.«

Der Wein war dünn und wässrig, und Burkhardt fiel wieder ein, wie konzentriert sich Luther im »Angelpunkt« über die angebotenen Speisen hergemacht hatte. Seit das Kloster aufgegeben worden war, wurde Doctor Luther nicht mehr versorgt, seine Schützlinge natürlich ebenfalls nicht. Ganz sicher wurden Frauen, die etwas derart Unerhörtes taten, von ihren Familien finanziell nicht unterstützt. Vermutlich waren sie alle derzeit bettelarm. Und hungrig.

»Nein danke«, sagte Burkhardt also und schüttelte den Kopf, als Käthe ihm eine Platte mit klein geschnittenen Käsewürfelchen anbot. Ihm schien, als lese er Erleichterung in ihrer Miene.

Er ließ seinen Blick um den Tisch wandern, nahm eine jede der Frauen kurz in Augenschein. Einige scheuten davor zurück, ihm offen ins Gesicht zu schauen, und ließen ihre Blicke hin und her huschen, ein paar wirkten nachdenklich und grübelten still vor sich hin. Eine mit einem spitzen Mausgesichtchen, die wie ein Kind wirkte, hatte verweinte Wangen. Die leuchtend grünen Augen einer anderen hatten vermutlich noch nie eine Träne vergossen, sie zeigten einen harten, gierigen Ausdruck. Eine von ihnen war eine Schönheit. Ebenmäßige Züge, leuchtende blaue Augen, wundervoll geschwungene Lippen.

Wie so häufig gaben Schönheit und Selbstbewusstsein ein enges Gespann ab. Die junge Dame verschränkte die Arme auf dem Tisch, sie hatte wunderbar schlanke und gepflegte Hände, die sich nun in den schäbigen Stoff ihrer Ärmel gruben. Trotz ihrer offenkundigen Nervosität ergriff sie als Erste das Wort. »Habt Ihr schon etwas herausgefunden?«

»Darf ich fragen, wer Ihr seid?«, erkundigte sich Burkhardt. Das Fräulein konnte so blendend aussehen, wie es wollte, den Ablauf der Befragung bestimmte er.

»Natürlich, das müsst Ihr sogar.« Doctor Martin legte kurz die Hand auf den Arm der Dame, dann zog er seine Finger hastig zurück, als habe er sich verbrannt. »Dies hier ist Dame Ave von Schönfeld, Tochter des Georg von Schönfeld im sächsischen Löbnitz. Sie war acht Jahre in Nimbschen.« Wenn Burkhardt nicht alles täuschte, waren die Blicke, mit denen Luther die junge Frau maß, durchaus bewundernd.

»Zusammen mit meiner Schwester«, erklärte Ave. »Margarete.« Sie wies kurz auf die unscheinbare junge Frau, die direkt neben ihr saß, und nickte ihr aufmunternd zu. Offenbar war sie nicht nur hübsch und selbstsicher, sondern auch noch freundlich. Die Schwester dagegen war das komplette Gegenteil, farblos, mager, blass. Wahrscheinlich stand sie schon ihr ganzes Leben im Schatten der schönen Ave.

»Soll ich Euch die anderen Damen ebenfalls kurz vorstellen?« Offenbar gefiel es Käthe nicht, wie Ave in den Mittelpunkt des Geschehens gerückt war. Vermutlich war es immer so.

»Sehr gerne«, sagte Burkhardt.

Es war interessant zu sehen, wie sie auf ihn reagierten. Elisabeth von Canitz hieß die, die ihm gegenübersaß, und sie neigte vornehm das Kinn, um ihn zu grüßen. Die grünen Augen gehörten Margarete von Zeschau, sie warf den Kopf in den Nacken und musterte Burkhardt neugierig. Der Mund ihrer Schwester Veronika zitterte, als würde sie gleich weinen. Loneta von Gohlis, das Mausgesicht, starrte auf die Tischplatte und schien dort etwas Fesselndes zu beobachten, Eva Große bewegte stumm die Lippen, als spräche sie unausgesetzt ein Gebet. Vielleicht stimmte das sogar, Burkhardt erkannte ein klein wenig verspätet, dass sie einen zierlichen Rosenkranz durch die Finger gleiten ließ. Am besten gefiel ihm Magdalena von Staupitz, eine Frau mit klugen braunen Augen und Händen, die fest ineinander verschlungen in ihrem Schoß ruhten. Sie schien sie nur mit Anstrengung stillhalten zu können, was auf ein energisches Temperament deutete. Wahrscheinlich empfand sie den gemächlichen Fortgang der Ereignisse als reine Plage.

Als die Vorstellungsrunde beendet war, nickte Burkhardt den Damen freundlich zu. »Mein Name ist Burkhardt Gantzer, ich bin der Schützenmeister von Wittenberg und habe die Aufgabe übernommen, Licht in das Dunkel der Geschehnisse um den Tod von Anni Oertel zu bringen«, erklärte er. »Mit Dame von Bora habe ich mich bereits ausführlich unterhalten. Nun möchte ich auch mit Euch sprechen. Nacheinander.«

Eine Welle deutlicher Unruhe lief um den Tisch, als sie nach und nach verstanden, dass er sie nicht im tröstend vertrauten Kreis, sondern einzeln befragen wollte. Die beiden Zeschaus rissen die Augen auf, Loneta sah aus, als würde sie am liebsten unter den Tisch kriechen, Margarete von Schönfeld griff nach der Hand ihrer Schwester, die sie beruhigend drückte, Elisabeth nickte sachte, und Magdalena von Staupitz' Augen leuchteten voller Interesse.

»Ich beginne mit Euch«, wandte Burkhardt sich an sie und stand auf. »Gibt es hier einen Ort, an dem wir ungestört sind? Ansonsten müsste ich Euch zum Rathaus bitten.«

»Das wird nicht nötig sein«, erklärte Doctor Luther und schob äußerst energisch seinen Sessel zurück, die einzige einigermaßen bequeme Sitzgelegenheit an diesem Tisch. Die Erleichterung, dass er sich endlich zurückziehen durfte, war Luther deutlich anzusehen. »Ihr findet mich in meiner Studierstube, wenn Ihr mich braucht.«

»Wir anderen sollten uns um das Abendessen kümmern.« Käthe blickte in die Runde. »Kommt ihr mit in die Küche?«

Allgemeines Stuhlbeinscharren und raschelnde Kleider waren zu hören, dann aufgeregte, aber leise Stimmen, als die kleine Schar davonstob. Als Letzte ging Käthe, und sie schloss nachdrücklich die Tür.

Stille legte sich über den Raum. Magdalena von Staupitz blieb seelenruhig sitzen und wartete ab.

Burkhardt sammelte sich, erleichtert, dass er endlich mit der Befragung beginnen konnte. »Ihr wart die Kantorin Eurer Gemeinschaft?«, fragte er.

Dame von Staupitz nickte. »Ich liebe Musik und war sehr glücklich, als ich diese Neigung in Marienthron ausleben durfte. Es ist ja in Klöstern nicht immer gesagt, dass man tun darf, was einem ohnehin am Herzen liegt.«

Burkhardt lächelte schwach. »Wahrscheinlich ist häufiger das Gegenteil der Fall, vermute ich.«

Magdalena gab das freimütig zu. »Der Demut wegen. Der einen geht das leichter von der Hand, der anderen schwerer. In meinem Fall lag in der Waagschale die Frömmigkeit unserer Mutter Oberin, da wir durch unseren Gesang Gott wunderbar lobpreisen können. Vielleicht wog in dieser Waagschale noch schwerer, dass sie über ein sehr gutes Gehör verfügt und schlechte Chöre einfach nicht erträgt.«

»Ihr habt also mit den anderen Damen Lieder einstudiert. Und sie dabei zwangsläufig ein wenig besser kennengelernt, nehme ich an.«

»Nicht sehr gut, fürchte ich, jedenfalls nicht so, dass ich Euch eine große Hilfe sein könnte. Es bringt Euch vermutlich nicht weiter, aber Schwester Anni konnte ganz wunderbar singen, sie besaß eine reine und klare Altstimme. Außerdem traf sie jeden Ton, hielt immer präzise den Takt. Es war eine Freude, ihr zuzuhören.« Magdalena beugte sich vor und senkte vertraulich ihre Stimme.

»Das kann man von den anderen nicht in jedem Fall behaupten. Loneta bewegt nur die Lippen und hofft, ich merke nicht, dass sie die Stimme gar nicht erhebt. Eva singt voller Inbrunst, aber entsetzlich falsch, es ist ihr einfach nicht beizubringen. Sie hört es nicht. Aber das ist es sicher nicht, was Euch interessiert.«

Burkhardt hob bedauernd die Schultern. »Wenn es um mich persönlich ginge, dann schon. Aber im Moment müssen wir dieses faszinierende Thema leider zurückstellen.«

Magdalena lächelte, ein amüsiertes Funkeln in den Augen, und sah ihn aufmerksam an.

»Erzählt mir mehr von Anni. Sie muss noch andere Eigenschaften gehabt haben neben ihrer Begabung für die Musik.«

»Ich fürchte, ich muss Euch enttäuschen. Über die Belange des Chores hinaus haben wir kaum miteinander gesprochen. Anni war eher in sich gekehrt, still. Sie ging ruhig ihrer Arbeit nach, nicht übereifrig, aber auch nicht säumig.« Magdalenas Blick ruhte auf der Tischplatte und dem leeren Brotbrett, doch schien sie beides nicht wahrzunehmen. »Ich habe sie nie wirklich eng vertraut mit einer der anderen Nonnen erlebt. Oder, schlimmer noch, bei albernem Geschwätz.« Ein ironisches Lächeln saß in ihren Mundwinkeln. »Sie schien sich nicht leicht anzuschließen. Oder Freundschaften anzustreben, wie sie ja auch in Klostergemeinschaften nicht ausbleiben. Bei aller Hingabe an Gott und an unsere Aufgaben sind wir doch auch Menschen mit Vorlieben und Abneigungen. Manche fügen sich gut zusammen, andere passen nicht zueinander.«

»Und da gab es niemanden, dem Anni näherstand als anderen?« Burkhardt konnte das kaum glauben. Annie Oertel hatte mitten in einer Gemeinschaft gelebt und war doch ganz allein gewesen?

Magdalena von Staupitz wiegte das Haupt und starrte nachdenklich in die Ferne. »Nein, nicht wirklich.« Dann schien ihr etwas einzufallen, und sie blickte auf. »Die Einzige, mit der sie wenigstens manchmal redete, war Dorothee von Linnitz. Das Mädchen, das verschwunden ist. Nach der wolltet Ihr doch ohnehin fragen, oder?«

Das hatte er eigentlich nicht beabsichtigt. Für Dorothee fühlte Burkhardt sich nicht zuständig. »Sie waren Freundinnen?«

»So weit würde ich nicht gehen, das nicht. Aber es schweißte sie wohl in gewisser Weise zusammen, dass sie beide nicht freiwillig nach Marienthron gekommen sind. Allerdings trifft das auf viele von uns zu. Die meisten waren einfach zu jung, um die Dimension eines Klostereintritts schon einschätzen zu können. Außer Eva Große sind wir alle mehr oder weniger ergeben diesen von unseren Eltern vorgezeichneten Weg gegangen. Nur Eva ist aus eigenem Entschluss Nonne geworden.«

»Anni und Dorothee standen sich also nahe?« Burkhardt wollte Dame von Staupitz gerne zurück auf den ursprünglichen Pfad bringen.

Sie hob die Schultern. »Ich glaube es eigentlich nicht. Vielleicht ein bisschen enger als mit den anderen. Anni hatte sich schon vor Jahren praktisch selbst aus der Gemeinschaft ausgeschlossen. Und mit Dorothee«, sie senkte wieder die Stimme, »wollte niemand so recht etwas zu tun haben. Sie ist ein überhebliches und freches Ding. So jemand erfährt in einem Zisterzienserkloster wenig Zuspruch.«

Dorothee saß auf der Bank im Elsniger Wirtshaus, spielte gelangweilt mit dem Krug, der seit geraumer Zeit geleert war und den sie sich nicht füllen lassen konnte, weil sie zum ersten Mal in ihrem Leben mit ihren Notgroschen haushalten musste. Aber gut. Sie hatte sich auf eigene Füße stellen wollen, nun durfte sie nicht vergessen, wie froh sie gewesen war, als sie den Klostermauern entrinnen konnte.

Sie wusste, dass sie innerhalb der Nonnenschaft von Marienthron keinen guten Stand gehabt hatte, allerdings war es ihr herzlich gleichgültig gewesen. Wenn eine der anderen Frauen ihr Vorhaltungen wegen ihres Verhaltens machte, hatte sie sich ehrlich erstaunt gefragt, warum sie das bekümmern sollte. Nichts lag ihr ferner, als es den Damen um sie herum gleichzutun und ihr Leben Gott zu weihen. Nein, Dorothee von Linnitz wollte nicht hinter engen Mauern versauern, sie wollte nicht in einem von Weibern bevölkerten Kloster ihr Dasein fristen, sie wollte heiraten und Kinder kriegen und ihrer eigenen Familie und der ihres Mannes zur Zierde gereichen, indem sie für den Fortbestand der Linien sorgte.

Dumm war nur, dass sie sich mit ihren uneinsichtigen Eltern nicht auf einen entsprechenden Kandidaten hatte einigen können.

Dorothee horchte auf. War da nicht Hufgetrappel zu hören?

Greta hatte es auch bemerkt. Sie starrte in Richtung Eingangstür und ließ das Leinentuch sinken, mit dem sie völlig sinnlos die Becher polierte, aus denen seit Tagen niemand getrunken hatte. Dorothee war genauso lange der einzige Gast.

Draußen herrschte wieder Stille.

»War wohl nix.« Greta seufzte.

»Meine Güte, ist das immer so öde bei euch?« Es fiel Dorothee allmählich immer schwerer, ihren Ärger zu unterdrücken. Was, wenn sie noch Wochen hier ausharren musste? Und niemand kam?

»Nee. Nicht immer. Bloß im Winter. Sobald das Wetter besser wird, sind auch mehr Leute unterwegs. Ist noch früh im Jahr. Wollt Ihr was essen?«

Greta hatte eine Neigung, Dorothee zu mästen, wenn sie auf der Suche nach Beschäftigung war. Leider verfügte Dorothee über zu wenig Barschaft, um ihr den Gefallen zu tun und sich vollstopfen zu lassen. Natürlich sagte sie das nicht, sie war ja nicht dumm. Kein Schankwirt schätzte es, Kunden zu beherbergen, bei denen abzusehen war, dass sie bald pleite waren. Dorothee winkte ab und ignorierte ihr Magenknurren.

»Da sind *doch* Leute.« Greta besaß das bessere Gehör. Sie warf energisch ihr Tuch auf den Tisch und stürzte zur Tür. Dorothee konnte sich nur mühsam beherrschen, es ihr gleichzutun.

Es war aber gar nicht nötig, sich derartig zu entwürdigen, denn wenige Augenblicke später schon trat Greta strahlend beiseite, um ihre Gäste einzulassen, zwei Männer in unauffälliger Reisekleidung, mit schlammbespritzten Stiefeln und durchweichten Hüten. Einer war jung und hübsch mit einer Flut blonder Locken, die denen Dorothees in Nichts nachstanden, der andere war älter, hatte silberne Fäden im dunklen Haar und eine enorme Nase. Außerdem war er äußerst guter Laune, denn er legte sofort den Arm um Greta und rief: »Welch eine Gottesfügung, an diesem entlegenen Fleck eine solche Schönheit vorzufinden!«

Greta war in der Tat ein bezauberndes Wesen, rosige Wangen, ein paar gefällig verteilte Sommersprossen, die für eine Dame des Adels ganz und gar katastrophal gewesen wären, ihr jedoch sehr gut standen. Dicke rotblonde Zöpfe, in einem üppigen Kranz umeinander gewunden, waren anscheinend unverrückbar auf ihrem Oberkopf platziert.

Doch Greta war nicht nur hübsch, sondern auch selbstbewusst. Gekonnt verpasste sie dem Mann einen kräftigen Klaps in den Magen und entwand sich seinem Arm. »Hier sind nicht nur alle schön, hier gibt's auch Leckeres zu speisen. Was darf ich Euch bringen, werter Herr?«

»Ein weiches Daunenkissen für ein Lager mit dir?«

»Träumt weiter.« Greta verzog sich hinter den Ausschank und griff zwei Humpen vom Regalbrett. »Ist Bier recht, oder wollt Ihr Wein?«

»Ist der Wein genießbar?« Der Blondgelockte schob seinen Freund beiseite und baute sich vor Greta auf.

»Das Bier ist besser. Insbesondere, da es bereits eingeschenkt ist.« Greta zwinkerte ihm zu.

»Gut. Bier also. Und Eintopf, kaltes Fleisch, was es so gibt. Wir haben einen ordentlichen Ritt hinter uns und Hunger. Und das nicht nur nach Schönheit und weiblicher Gesellschaft.«

Die beiden neuen Gäste sackten auf eine Bank, setzten bemerkenswert gleichzeitig die Becher an und tranken. In genau denselben Zügen, man sah es an den hüpfenden Adamsäpfeln. Dorothee beobachtete sie fasziniert und fragte sich, ob die beiden dieses Verhalten einstudiert hatten oder ob Männer einfach so waren – so zechten, so lachten, sich so unternehmungslustig umsahen, kaum dass sie die Humpen – gleichzeitig – auf dem Tisch abgestellt hatten. Dann entdeckten die Männer Dorothee.

»Na, was haben wir denn da?« Der Ältere leckte sich genießerisch die Lippen.

Dorothee zwang sich, den Rücken gerade zu halten und keine Unsicherheit zu zeigen. Auch wenn es sehr wahrscheinlich war, dass dieses aufdringliche Lippengelecke ihrem Anblick geschuldet war und mit dem Schaum, der von seinem Bier übrig geblieben war, nichts zu tun hatte. »Nichts, was für Euch von Interesse sein könnte.« Sie hörte selbst, wie schnippisch sie klang, es war genau der richtige Ton. Niemand sollte denken, er könne mit Dorothee von Linnitz umspringen, wie es ihm beliebte. Sie starrte an den Männern vorbei, als interessiere sie sich brennend für Greta, die gerade dicke Scheiben Brot absäbelte.

»Wir tun doch gar nichts.« Der mit den blonden Locken lehnte sich gemütlich zurück und fixierte Dorothee, die inständig hoffte, er käme nicht auf die Idee, sich zu ihr zu setzen. Ein kleines bisschen hoffte sie auch, er täte es doch. Sie war die Langeweile so satt.

»Ganz klarer Fall, Dietmar. Lass die Dame in Ruhe.« Der Ältere, offenbar von besserer Erziehung, erhob sich eine Handbreit von seiner Bank und deutete eine Verbeugung an. »Du willst doch sicher keinen Ärger mit ihrem Gatten bekommen.«

»Oder mit mir«, bekräftigte Ranulf, der Wirt, der in diesem Moment die Schankstube betrat und sich neben Dorothee aufbaute. Er war sehr groß, sehr breit, verfügte über äußerst ansehnliche Oberarme. Insgesamt sah er so aus, als sei nicht gut Kirschen essen mit ihm. Dabei war er eine Seele von Mensch, das hatte jedenfalls Greta Dorothee anvertraut. Sie musste es wissen, denn Ranulf war ihr Vater.

Der, der Dietmar genannt worden war, winkte ab. »Nur keine Aufregung. Wird das noch was mit dem Eintopf? Wir müssen bald weiter.«

»Wie schön, dann kehrt ja wieder Ruhe ein«, sagte Dorothee und reckte das Kinn. Um nichts in der Welt wollte sie sich anmerken lassen, wie die Furcht vor der Leere in ihr aufstieg. Die Enttäuschung legte sich bleiern auf ihr Herz und drückte ihre Schultern nieder.

Die Befragung von Magdalena von Staupitz war nicht sehr ergiebig gewesen, und Burkhardt hatte keinen Anlass zu der Annahme, das Gespräch mit Margarete von Zeschau würde anders verlaufen. Sie weigerte sich, mit ihm alleine zu sprechen, und er gab sich große Mühe, angesichts dieser Empfindlichkeit nicht von vorneherein eine gewisse Abneigung gegen sie zu entwickeln. Er holte sie selbst aus der Küche ab, die Staupitz hatte er nicht für Botendienste einspannen wollen. Nonne oder nicht, sie war eine wahre Dame. Und er war zunächst auch gewillt, besonders rücksichtsvoll mit Margarete zu reden, als er hinter ihr und Käthe von Bora herging. Die Zeschau hatte sie um ihren Beistand gebeten.

»Nun erzählt mir doch erst einmal, wer Ihr seid«, bat er und sprach dabei so sanft wie möglich. Weniger, um sie nicht zu erschrecken, sondern vor allem, um sich seine wahren Gefühle nicht anmerken zu lassen. Margarete von Zeschau ging ihm auf die Nerven, noch bevor sie das erste Wort gesprochen hatte.

»Mein Vater ist Heinrich von Zeschau von Schloss Obernitzschka im Kursächsischen«, flüsterte sie.

Käthe war im Hintergrund damit beschäftigt, einen Knäuel Wolle zu entwirren, und Burkhardt hatte den Eindruck, sie verdrehe ein ganz klein wenig die Augen.

Er ließ das Grinsen nicht zu, das bereitwillig in seinen Mundwinkeln zuckte, und widmete sich wieder seiner Zeugin. »Ihr und Eure Schwester habt schon lange Euren Wohnsitz im Kloster Marienthron gehabt?«

»Seit acht Jahren.« Die Ansicht der Tischplatte schien interessanter als Burkhardts Anblick. Oder beruhigender. Jedenfalls weigerte Margarete von Zeschau sich, ihn anzusehen.

»Da müsst Ihr Anni Oertel doch recht gut gekannt haben. Immerhin habt Ihr jahrelang Zeit miteinander verbracht.«

Margarete hob nun doch ruckartig den Kopf und starrte Burkhardt an. Er konnte deutlich das Weiße rund um ihre grüne Iris sehen. »Ihr wollt mir doch nicht … Ihr meint … Also nein, wirklich nicht!«

Burkhardt blickte sie überrascht an, einen derartigen Ausbruch hatte er nicht im Mindesten erwartet.

»Antworte einfach auf die Frage«, sagte Käthe, nicht unbedingt unfreundlich, eher routiniert. Burkhardt hatte den Eindruck, dies war der normale Umgangston der Dame von Bora mit Margarete von Zeschau.

»Ihr denkt doch nicht, ich habe etwas mit dem Tod der armen Anni zu tun?« Margarete hob die blasse Hand und legte sie über den Mund. Die Geste – kam zu spät, wirkte irgendwie falsch. Aufgesetzt. Burkhardts Wille, seine Abneigung der Frau gegenüber zu bändigen, schwand.

»Von dem Todesfall habe ich nicht gesprochen«, erklärte er knapp. »Ich habe Euch gefragt, welcher Art Eure Beziehung zu Schwester Anni war. Es wäre hilfreich, wenn Ihr mir eine ebenso genaue wie einfache Antwort geben würdet.«

Käthe von Bora unterdrückte ein Lächeln, Burkhardt war ganz sicher.

Margarete knetete ihre Finger und legte sie dann vor ihre Kehle, als sei die Belastung durch diese Befragung nahezu unerträglich. »Ich *weiß* doch nichts über die arme Anni! Sie und ich, wir hatten nur wenig miteinander gemein. Sie war so … so …« Sie warf einen um Hilfe heischenden Blick zu Käthe, die beharrlich schwieg und ihr die Suche nach einer passenden Beschreibung selbst überließ. »Schlicht«, vollendete Margarete schließlich ihren Satz. »Sie kam von einem einfachen Landrittergut, und ich glaube, sie hat keine sehr gute Erziehung genossen. Wisst Ihr, da hatten wir uns nicht viel zu sagen.«

Jetzt verdrehte Käthe wirklich die Augen, da gab es nichts zu deuteln. Am liebsten hätte Burkhardt es ihr gleichgetan. Stattdessen besann er sich auf seine Berufsehre. »Ihr werdet gleichwohl einen Eindruck von ihr gehabt haben.«

Margarete ließ ihre zitternden Hände auf dem Tisch zur Ruhe kommen. »Nicht mehr als das, was ich gerade ausgesagt habe.«

Ausgesagt! Schön wär's, dachte Burkhardt.

»Ich weiß nur, dass die arme Anni ab und an mit Dorothee zusammenstand. Dem Mädchen, das nun verschwunden ist. Oh, was mag nur mit ihr geschehen sein? Ich befürchte so sehr, dass auch sie ein so schreckliches Schicksal erleiden musste wie die arme, arme Anni!«

Margarete von Zeschaus Augen glänzten und drohten überzulaufen. Burkhardt fragte sich, wie es ihr gelang, genau in dem Moment, als es die Situation erforderte, mit einem Mal so überschäumendes Einfühlungsvermögen zu zeigen. Und dieses lobenswerte Verhalten nun vor sich herzutragen wie eine Monstranz, was die Wirkung um einiges schmälerte.

»Das wollen wir tatsächlich nicht hoffen«, sagte er barsch. »Wenden wir uns noch einmal Eurer Reise zu. Habt Ihr da irgendetwas beobachten können? Hat Anni sich auffällig verhalten?«

»Ich soll das wissen?« Wieder diese Hand, die an den Hals fuhr – Dame von Zeschau ging Burkhardt allmählich entschieden gegen den Strich. »Ich habe Euch doch schon gesagt, dass Anni und ich einander nicht nahestanden. Da habe ich natürlich nicht weiter auf sie geachtet.«

»Natürlich nicht«, murmelte Käthe so leise, dass Burkhardt so tun konnte, als habe er sie nicht gehört.

»Ach, wäre Dorothee nur hier.« Margarete entging anscheinend, dass ihr Auftritt nicht allgemein auf Wohlwollen stieß. »Ich glaube, die beiden hatten sich ein wenig aneinander angeschlossen. Mich hat das gewundert. Dorothee ist aus viel besserem Hause als die arme Anni.«

Wenn sie noch einmal »arme Anni« sagt, gehe ich, dachte Burkhardt, der dies selbstverständlich nicht tun würde. Weil es einfach vollkommen indiskutabel war, auch wenn es ihn ernsthaft danach gelüstete.

»Dorothee wollte ja schon lange fort.« Margarete blickte ein wenig streng. »Schon vor uns anderen, da habe ich es noch gar nicht verstanden. Es war doch schön in Marienthron.«

»Obwohl die meisten Nonnen nicht dieselbe Erziehung genossen hatten wie Ihr.« Burkhardt konnte einfach nicht anders.

»Ja, trotzdem.« Mit einem gezierten Augenklimpern deutete Margarete eine Sanftheit des Herzens an, die ihr zweifellos völlig abging.

Käthe räusperte sich, und Burkhardt hoffte, sie würde in das Gespräch eingreifen. Leider riss sie sich genau wie er selbst zusammen und schwieg.

Dame von Zeschau hatte indes für das Thema Feuer gefangen. »Sie war einfach zu aufsässig, unsere Dorothee. Mehr, als für eine junge Frau aus gutem Hause akzeptabel ist, wenn Ihr mich fragt. Mein Vater hätte ein solches Betragen niemals durchgehen lassen.« Sie hob die Schultern mit einem nachsichtigen Lächeln und zeigte so der Welt, wie einverstanden sie mit den strengen Ansprüchen ihres Erzeugers war. »Nun, sie wollte fort und hatte offenbar längst einen Plan dazu geschmiedet.«

»Mit Dorothee von Linnitz habt Ihr also gesprochen?«

»Nun, nicht wirklich gesprochen … Ich habe es versucht, wirklich versucht.« Margarete senkte das Kinn. Sicher wollte sie damit ihre Betrübnis andeuten.

Alles an dieser Frau war auf Wirkung bedacht. Es war ein Wunder ganz eigener Art, dass sie es so lange im Kloster ausgehalten hatte. Oder das Kloster sie. »Ich musste nur mit ansehen …« Sie stockte.

Burkhardt hoffte, dass nun etwas Substanzielles kommen würde, damit diese Befragung ihn nicht völlig sinnlos Zeit und Nerven gekostet hatte. »Was habt Ihr gesehen, das Euch beinahe zu stark bekümmert, um es frank und frei auszusprechen?« Es gelang ihm beinahe, den Sarkasmus in seinem Tonfall zu unterdrücken. Beinahe, aber nicht ganz.

Margarete von Zeschau war gegenüber derartigen Zwischentönen immun. »Ich habe beobachtet, wie sie ein paar Tage vor unserer Flucht aus Nimbschen – und die war dramatisch genug, man hat Euch doch sicher davon berichtet?« Sie zauderte plötzlich, warf einen Blick auf Käthe, wie um sich zu versichern, dass sie nichts Falsches sagte.

Käthe widmete sich emsig ihrer Wolle und sprang ihr nicht bei.

Auch Burkhardt schwieg standhaft und unterdrückte den Impuls, die Zeschau zu schütteln oder einfach aufzustehen und zu gehen.

Als sie merkte, dass sie keine Reaktion erhielt, fuhr Margarete schließlich ohne Unterstützung fort: »Ich habe gesehen, wie Dorothee einige Kleidungsstücke in ein Bündel packte, ganz so, als wolle sie in Kürze eine Reise antreten. Natürlich habe ich sie vorsichtig ausgehorcht. Wir mussten schließlich herausfinden, ob sie sich uns anschließen wollte. Aber das hätte sie doch nur tun können, wenn sie uns gefragt hätte, ob wir sie mitnehmen, oder?«

Käthe verschränkte fest die Arme vor der Brust. Burkhardt wusste, dass sie ein schlechtes Gewissen hatte. Dorothee hatte genau das getan, nämlich mit ihr gesprochen. Und sie hatte das Mädchen abgewiesen.

»Dorothee wollte sich nicht bei mir aussprechen.« Margarete war offenbar immer noch gekränkt. »Dabei habe ich es ihr in allerfreundlichster Art angeboten!« Ja, das konnte Burkhardt sich gut vorstellen. »Ich hatte den Eindruck, dass es keine Lüge war, als sie behauptete, gar nichts mitbekommen zu haben. Von unseren Plänen. Als sie sich hinter der Schlehe versteckt hatte und wir dachten, sie habe uns belauscht. Nein, sie wirkte völlig ahnungslos. Also nehme ich an, dass sie eigene Vorkehrungen ganz unabhängig von uns getroffen hatte.«

Nicht sympathisch, selbstbezogen und arrogant. Aber auch nicht dumm.

5

Am liebsten hätte Katharina ihre Schlafkammer an diesem Morgen überhaupt nicht verlassen.

Sie hatte nicht gewagt, darum zu bitten, eine weitere Nacht bei den Tilfers verbringen zu dürfen, so gerne sie es auch getan hätte. Stattdessen war sie neben Thomasus nach Hause gegangen, an seiner Seite und doch meilenweit von ihm entfernt. Sie schämte sich, doch sie war erleichtert gewesen, dass Thomasus schwieg, sie kein einziges Mal ansprach, bis sie daheim angelangt, bis sie ins Bett gesunken waren. Nicht einmal nachdem sie die Decke über sich gezogen hatten, fand er Worte, ihr eine gute Nacht zu wünschen. Katharina hatte ihm den Rücken zugedreht und es ihm gleichgetan. Beinahe noch erleichterter als über sein Schweigen war sie, dass er bereits fort war, als sie erwachte. Ehestreitigkeiten am frühen Morgen waren nichts, was sie für einen guten Start in den Tag gebrauchen konnte.

Außerdem ging es ihr schon schlecht genug. Hatte sie gestern noch gehofft, die Schmerzen in ihrem Leib kämen von dem ungewohnt langen Ritt, so war sie heute direkt nach dem Aufstehen eines Besseren belehrt worden.

Es war wie immer ein Schock. Jeden Monat aufs Neue. Doch heute hatte sie einfach keine Kraft, sich gegen die Mutlosigkeit zu stemmen, die sie an diesen Tagen überfiel. Nein, heute hatte sie sich sofort wieder unter ihren Decken verkrochen und mit sich und dem Schicksal gehadert.

»Hol mir mein Leinen«, sagte sie mit verstopfter Nase zu Berthe, die in ihre Schlafkammer gekommen war und die Fensterläden aufstieß.

»Ach du je. Na, das wird schon noch.«

Berthe besaß einfach zu wenig Taktgefühl. Sie sprach aus, was ihr in den Sinn kam, auch wenn man es nicht hören wollte. »Halt den Mund.« Katharina mochte den mitleidigen Ausdruck in Berthes Augen nicht sehen. Außerdem wollte sie nicht, dass die Magd die Verzweiflung in ihren eigenen erkannte.

Ihre Reise nach Torgau gestern war vollkommen überflüssig gewesen. Sie hatten rein gar nichts herausbekommen und die unweigerlich fällige Auseinandersetzung mit Thomasus gänzlich umsonst provoziert. Dabei wollte sie gar nicht mit ihm streiten. Sie wollte in Frieden mit ihm leben und ihm einen Sprössling nach dem anderen schenken. Oder wenigstens einen. Gelang ihr kein Sohn, war sie auch mit einem Mädchen zufrieden. Doch nicht mal das brachte sie zustande. Katharina liefen die Augen wieder über.

»Hör mal, Kind«, fing Berthe an, und Katharina zog sich die Decke über den Kopf.

»Ich will aber nichts hören.«

Berthe seufzte schwer. »Ist gut, ich sag ja nichts. Ich hab Euer Leinen auf den Hocker neben dem Bett gelegt. Soll ich noch irgendwie helfen?«

»Du kannst gehen.«

Katharina wartete unter ihren Decken ab. Sie kam sich kindisch und lächerlich vor und schaffte es dennoch nicht, darunter hervorzukriechen, bevor sie das nachdrückliche Klacken der Zimmertür vernahm. Dann strampelte sie sich frei, atmete die frische, klare Luft, die durch das weit geöffnete Fenster hereindrang, und riss sich zusammen. Griesgrämig erledigte sie die Morgentoilette, zerkrümelte ein Safranbrötchen, weil sie nichts hinunterwürgen konnte in diesem Zustand, und machte sich auf den Weg zu Marga. Nichts hielt einen so von sinnlosem Gegrübel ab wie die tatkräftige Unterstützung einer Freundin, die selbst dringend Hilfe benötigte. Dabei wusste Katharina, dass Marga ihre Probleme wunderbar alleine in den Griff bekam, ganz im Gegensatz zu ihr selbst.

Himmelherrgott, hatte sie sich nicht vorgenommen, *nicht* mehr über sich nachzudenken? Katharina atmete einmal tief durch und betätigte energisch den Klopfer an der Tilfer'schen Haustür. Im gleichen Atemzug wurde schon geöffnet, und Katharina blickte in das von einem rosigen Hauch überzogene Gesicht von Marga, die gerade mit Schwung ihren Umhang über die Schultern warf und augenscheinlich im Begriff stand, das Haus zu verlassen.

»Das nenne ich Gedankenübertragung, meine Liebe!« Marga strahlte. »Du kommst genau zum richtigen Zeitpunkt, als hättest du es geahnt!«

»Was habe ich geahnt?« Katharinas Niedergeschlagenheit verflog. Margas gute Laune hatte wie stets einen sehr wohltuenden Einfluss auf ihr Gemüt.

»Dass ich mich gerade aufmache, um Käthe von Bora zu besuchen. Wir können uns doch nicht einfach mit unserem gestrigen Misserfolg zufriedengeben, schließlich haben wir in Torgau ja keinen Deut herausgefunden … Was war mit Thomasus? War er sehr ärgerlich?«

»Bestimmt. Aber er spricht nicht mit mir.« Katharina zuckte mit den Schultern, sie wollte jetzt nicht darüber reden. Später. Irgendwann einmal.

»Oh. Und … Ich meine … Ach, ist egal, was ich meine. Es gibt Wichtiges zu tun. Ich dachte, wir unterhalten uns zuerst noch einmal mit Käthe, sie schien mir recht aufgeschlossen. Vielleicht erzählt sie uns etwas, das sie in Gegenwart des Schützenmeisters nicht aussprechen mochte.« Marga schüttelte den Kopf. Offenbar konnte sie sich kaum vorstellen, dass nicht jedermann direkt grenzenloses Vertrauen zu Burkhardt fasste. »Oder wir stellen ihr Fragen, auf die er noch nicht gekommen ist.«

»Was denn für Fragen?« Wenn sie ehrlich war, fielen Katharina keine ein, die Burkhardt nicht ganz sicher längst gestellt hatte.

»Na, zum Beispiel, ob Dorothee männliche Besucher empfangen hat. Da sie nicht gerne im Kloster lebte, war ihr die Gemeinschaft allein mit Frauen vielleicht nicht genug. Das könnte dann allerdings bedeuten, Burkhardt hätte recht, wenn er glaubt, dass Dorothee aus eigenem Antrieb untergetaucht ist.«

»Aber wir sollten sie trotzdem weiter suchen. Falls sie eines Mannes wegen die Reisegruppe verlassen hat, müssen wir zusehen, dass wir das Schlimmste noch verhindern. Bevor sie sich völlig unmöglich macht.«

»Eben. Und deshalb sollten wir jetzt los.« Marga ergriff Katharinas Hand und zog sie einfach mit sich.

Das Augustinereremitenkloster bestand aus einem schmucklosen zweistöckigen Bau und einem mächtigen Treppenturm. Es stand in einem Garten, der einst zweifellos der Erbauung – und der Versorgung – der Mönche gedient hatte und derzeit in einem beklagenswerten Zustand war. Es gab einfach niemanden mehr, der sich darum kümmerte.

Außer Käthe, die sich offenbar entschlossen hatte, den Kampf gegen Unkraut und die allgemeine Verwahrlosung aufzunehmen, und sich gerade mit aufgekrempelten Ärmeln von einem Beet erhob. An dem einen Arm trug sie einen Korb mit recht kümmerlichen Möhren, und unter den anderen hatte sie ein paar Lauchstangen geklemmt. Beides ließ sie beinahe fallen, als Katharina und Marga plötzlich vor ihr standen.

»Entschuldigt, Käthe, wir wollten Euch nicht erschrecken. Darf ich?« Marga ergriff den Korb. »Wo soll er denn hin?«

Käthe sah aus, als wisse sie nicht, ob sie lächeln oder die Stirn runzeln sollte. »In die Küche«, sagte sie zögernd. »Die ist dort drüben.«

»Ihr versorgt Euch selbst?«, erkundigte sich Marga, während sie durch den frühlingskargen Klostergarten schritten, und ignorierte höflich dessen Zustand.

»Ja. Bruder Bruno ist überfordert mit so vielen Gästen.« Käthe hob die Schultern, und die Lauchstangen gerieten bedenklich ins Rutschen. »Außerdem … Ihr seht ja selbst.«

In der Küche war bereits eine der Nonnen emsig damit beschäftigt, Zwiebeln zu schneiden. Sie war klein und schmal und sah auf den ersten Blick aus wie ein Kind. Bei näherem Hinsehen entpuppte sie sich als eine junge Frau etwa in Käthes Alter.

»Das ist Loneta von Gohlis«, stellte Käthe sie vor. »Sie ist mit uns aus Nimbschen gekommen.«

Loneta sah den Bruchteil eines Wimpernschlages hoch, nickte und nahm wieder ihre Zwiebeln ins Visier, die sie hackte, als hinge ihr Leben davon ab. Irgendwie erinnerte sie Katharina in ihrer Schüchternheit an Walli. Adel hin, Magd her, manchmal waren die Dinge gar nicht so weit voneinander entfernt.

»Habt Ihr auch in Marienthron schon bei der Küchenarbeit geholfen?«, fragte sie. Ihrer Erfahrung nach half es, wenn man scheue Menschen unbefangen ansprach und so tat, als merke man gar nicht, wie unangenehm ihnen die Unterhaltung mit einem Fremden war.

»Ich mache das gerne.« Loneta schob die winzig kleinen Zwiebelwürfelchen beiseite und griff sich einen schrumpeligen Winterapfel.

»Das muss ja entsetzlich aufregend gewesen sein mit Eurer abenteuerlichen Flucht aus Nimbschen! Darf ich?« Marga langte nach einem Küchenmesser und einem weiteren Apfel. »Ich weiß nicht, ob ich den Mut zu so einem Unterfangen aufgebracht hätte.«

Loneta wurde rot und blickte hilfesuchend zu Käthe, doch die nickte ihr aufmunternd zu. Es war nett, dass sie sich nicht in den Vordergrund drängte, sondern die andere einbezog.

Loneta strich mit dem Handrücken ein paar vorwitzige Strähnen zurück, ihre Haare waren zu glatt, um sich widerspruchslos in einen Knoten binden zu lassen. »Es war leichter, weil wir in einer ganzen Gruppe aufgebrochen sind. Allein hätte ich mich das nie getraut.«

»Das kann ich gut verstehen. Ein schrecklicher Gedanke!« Katharina tat, als müsse sie sich schütteln, und ein zaghaftes Lächeln stahl sich in Lonetas Züge. »Wie habt Ihr es denn bewerkstelligt? Seid Ihr bei Nacht und Nebel über die Felder davongehuscht?«

»Nicht ganz. Es war aber tatsächlich abends.« Loneta schauderte. »Da waren die Fuhrwerke bereits da, sie haben im Gebüsch vor dem Klostergebäude auf uns gewartet. Wir sind über die Mauer geklettert und haben uns auf der Ladefläche hinter Heringsfässern versteckt.«

»Die zum Himmel stanken«, ergänzte Käthe.

»Und Ihr seid mit Eurem Habit hinein?«

»Aber nein!« Loneta war offenbar so entsetzt über diese frevlerische Annahme, dass sie vergaß zu flüstern. »Sie hatten uns Kleider mitgebracht. Weltliche Kleider. Die haben wir angezogen, während die Ostervigilien der Auferstehungsnacht abgehalten wurden und die andern abgelenkt waren.«

Das erklärte die schäbige und einfache Garderobe von Anni Oertel. Katharina erkannte an Margas hochgezogener Augenbraue, dass ihr derselbe Gedanke gekommen war. »Ihr wart sicher froh, als Ihr beinahe ohne Probleme an Eurem Ziel angekommen seid«, meinte sie und versuchte, einen mitfühlenden Schmelz in ihre Stimme zu legen.

Loneta warf Käthe einen unsicheren Blick zu und spielte mit dem Apfel herum, den sie unentschlossen in der Hand hielt.

»Ganz ohne Probleme allerdings nicht.« Katharina war sich sicher, woher Käthes Unbehagen rührte. »Schließlich war Dorothee nicht mehr da.«

Loneta nickte unglücklich, dann begann sie ohne Vorankündigung zu weinen. »Ich habe nicht bemerkt, wie sie verschwunden ist«, schluchzte sie.

»Das musstet Ihr auch nicht.« Katharina lächelte sie an, wollte sie unbedingt trösten. »Ihr wart nicht ihre Aufpasserin.«

»Und die Situation war doch belastend genug«, ergänzte Marga.

Aber Loneta wollte sich nicht beruhigen lassen. »Ich hätte wissen müssen, dass sie etwas vorhatte.« In die Schluchzer mischte sich ein Schluckauf.

»Hätte sie sich Euch denn anvertraut?« Marga blickte zu Käthe und versuchte offenbar, ihre Zweifel daran zu verbergen.

Was ihr allerdings nur sehr schlecht gelang, weshalb Käthe sich ein schwaches Lächeln nicht verkneifen konnte. »Das wäre durchaus denkbar«, erklärte sie. »Dorothee und Loneta hatten sich ein wenig miteinander angefreundet.«

Katharina sah sie überrascht an. Die schüchterne Loneta und die forsche und selbstbewusste Dorothee? Ihr fiel einfach nicht ein, wie sie danach fragen sollte, ohne dass es kränkend klang. »Ich hatte mir vorgestellt, Dorothee und *Anni* hätten sich einander angeschlossen«, wandte sie immerhin ein. »Wenn sich beide im Kloster nicht so sehr wohlfühlten …«

Loneta wischte sich noch einmal über die Augen und zog erstaunlich ungeniert die Nase hoch. »Sie waren viel zu verschieden. Ich meine, ich *weiß*, dass man von Dorothee und mir dasselbe sagen kann, aber das war anders.« Sie nahm den Apfel und begann, ihn säuberlich in Spalten zu zerteilen, vermutlich, um niemandem ins Gesicht sehen zu müssen. »Ich … habe Dorothee bewundert, weil sie so selbstsicher ist und so wenig zu beeindrucken. Anni hat sich gar nicht für Dorothee interessiert, überhaupt nicht.«

»Das heißt, Ihr seht keine Verbindung zwischen Anni und Dorothee?«, hakte Katharina nach.

Loneta kämpfte mit sich. »Ich muss jetzt kochen. Sind wir hier fertig?«, fragte sie, und wie zum Beweis ihrer Erschöpfung schnitt sie sich in den Finger. Ihr Blut tropfte auf die Apfelspalten und färbte sie rot.

»Kommst du mit zum Rathaus?« Kaum standen sie auf der Straße vor dem Kloster, wippte Marga auf den Fußspitzen und sah so aus, als wolle sie sofort loslaufen. »Mein Vater hat mir ausrichten lassen, er wünsche mich zu sprechen. Heute früh war er schon fort, als ich aufstand, insofern gab es noch keine Gelegenheit.«

Katharina nickte. Wenn sie Glück hatte, traf sie im Rathaus auf Thomasus, er hatte häufig dort zu tun. Die erste Begegnung nach ihrer hässlichen, schweigsamen Nacht unter den strengen Augen der Öffentlichkeit – das wäre vielleicht gar nicht so schlecht.

»Was hältst du von Loneta?«, fragte sie, während sie sich auf den Weg und einen großen Bogen um eine Horde Bengel machten, die um ein Lumpenbündel rauften. Vermutlich war es ursprünglich zu einem Ball geschnürt gewesen, jetzt löste es sich allerdings in Fetzen auf. »Loneta ist ein armes Mäuschen. Man denkt als Bürgerstöchterlein ja immer, den adeligen Damen müsse es anders gehen als unsereinem. Dass sie hochmütig und standesbewusst sind, überzeugt davon, die Welt drehe sich nur um sie. Wie man sieht, gilt das nicht für jede.«

»Für Dorothee trifft es aber zu«, wandte Marga ein. »Deshalb kommt es mir auch so seltsam vor, dass sie sich mit einem stillen Wasser wie der kleinen Gohlis abgegeben haben soll.«

»Ich vermute, sie war einsam.« Katharina erinnerte sich noch sehr gut daran, wie verzagt ihr am Anfang in Wittenberg ums Herz zumute gewesen war, als sie ohne Freundin und ganz allein gewesen war. »Irgendjemanden braucht schließlich jeder. Selbst eine Dorothee von Linnitz.«

»Loneta war bestimmt ein ideales Publikum. Wenn sie so zu ihr aufsah. Wie ich Dorothee einschätze, hat ihr das sicher gefallen.« Marga grüßte in Richtung einer dunkel gekleideten Matrone, als sie auf den Marktplatz einbogen, schritt aber schneller aus. Ganz sicher wollte sie nicht angesprochen werden. Marga Tilfer war eine junge Dame, die alle paar Augenblicke in eine Unterhaltung verwickelt wurde, wenn sie nicht aufpasste.

Katharina erinnerte sich, dass sie der älteren Frau bei den Tilfers schon einmal begegnet war. Eine weitere Tante aus dem verzweigten Familienclan.

»Ob sie wohl … Ich meine, ob wir Dorothee sympathisch gefunden hätten?«, überlegte Marga.

»Finden *werden*«, verbesserte Katharina. »Wenn wir sie kennenlernen, bekommen wir es heraus. Wir müssen davon ausgehen, dass sie noch lebt, sonst hat das alles doch gar keinen Zweck.«

»Genau. Und ob wir sie schließlich mögen oder nicht, ist vollkommen unerheblich.« Marga öffnete die Rathaustür, und sie und Katharina schoben sich an einem dicken Kaufherrn vorbei, der mit energischen Schritten ins Freie drängte. Die Tür war kaum hinter ihnen ins Schloss gefallen, da sahen sie schon Dietmund Tilfer, der die Treppe hinunterkam und hektisch mit den Händen wedelte. Burkhardt Gantzer stand im Einlass zu seiner Kammer und lächelte Marga entgegen. Deren Mundwinkel hoben sich wie von selbst, um es zu erwidern. Gehorsame Tochter, die sie war, wandte Marga sich jedoch zunächst ihrem Vater zu.

»Du hast dir reichlich Zeit gelassen«, begrüßte er sie ungewohnt barsch, und Margas Schritt stockte. Katharina konnte genau sehen, wie sich ihre Verblüffung über diesen Empfang in ihren ebenmäßigen Zügen abmalte.

»Du hattest keinen genauen Zeitpunkt genannt, an dem du mich erwartest. Außerdem ging es nicht früher.«

Dietmund verschränkte die Arme vor der Brust. Katharina kam es so vor, als drücke er sein Rückgrat durch, wie es jemand tat, der eine unangenehme Aufgabe zu erledigen hatte.

»Siehst du, das ist das Problem«, sagte er streng. »Widerworte, Eigensinn, mangelnde Einsicht. So geht das nicht weiter.«

Katharina hielt unwillkürlich die Luft an. Dass der gemeinhin freundliche Tilfer sich so hart, so bärbeißig gab, verhieß nichts Gutes.

Marga schien von der Stimmung ihres Vaters nichts zu spüren. Oder sie ignorierte sie einfach. »Verzeih, falls ich dich erbost habe. Das soll nicht wieder vorkommen.«

Dietmund trat einen Schritt zurück, als könne er ihre Berührung nicht ertragen und ihren Anblick auch nicht. Er straffte die Schultern. »Du bist ein gutes Kind, Marga, und du weißt, ich liebe dich sehr. Aus genau diesem Grund werfe ich mir vor, dass ich viel zu lange viel zu nachsichtig mit dir gewesen bin.«

»Aber …«

»Unterbrich mich nicht!« Dietmund fing übergangslos an zu brüllen, und Marga fuhr erschrocken zurück. Sie trat Katharina dabei auf den Fuß, was die jedoch kaum spürte, da sie mindestens so schockiert war wie Marga selbst. »Das steht dir nicht zu! Und ich verbitte es mir! Ich …«

Katharina nahm aus dem Augenwinkel wahr, wie Burkhardt einen Schritt in ihre Richtung tat und dann unschlüssig innehielt. Dietmund bemerkte – endlich –, dass sich die Aufmerksamkeit sämtlicher im Rathaus Anwesender neugierig auf ihn und seine Tochter richtete, und er mäßigte sich. Doch weil er immer noch entrüstet war, wurde aus seinem wahrscheinlich beabsichtigten Flüstern ein Zischen, und das klang nicht minder bedrohlich. Katharina schnitt Margas verwirrter Blick ins Herz, aber Dietmund schien ihn nicht einmal zu bemerken.

»Ich bin zu alt, um weiterhin die Verantwortung für ein derart eigenwilliges Mädchen zu übernehmen. Ein Mädchen, das auch noch andere in ihr Tun hineinzieht. Dame Roeseling, die Reise nach Torgau, die Ihr gemeinsam mit Marga unternommen habt, hätte ich niemals erlaubt, wäre ich vorher davon unterrichtet worden. Euer Gatte war sehr erbost, und ich bin es ebenfalls.«

Katharina stockte der Atem. Thomasus! Thomasus hatte sich bei Dietmund Tilfer über dessen Tochter beschwert? Und über seine eigene Ehefrau? Er hatte die schmutzige Wäsche seines Hauses in aller Öffentlichkeit gewaschen? Thomasus? Katharina zwang sich, Dietmund weiter zuzuhören, der in einem Redeschwall fortfuhr, als wolle er sich von allem, was sein Gemüt bedrückte, endlich befreien.

»Du gehst jetzt nach Hause und ziehst dich in deine Kammer zurück. Ich überlege mir derweil, was zu tun ist. Ganz genau überlege ich mir das. Aber es braucht wohl einen jüngeren, stärkeren Mann als mich, dir die Zügel anzulegen, mein Kind«, erklärte er. Wenigstens hatte er zu einer normalen Tonlage zurückgefunden. »Es tut mir leid, dass diese Unterhaltung hier zwischen Tür und Angel stattfinden muss. Aber du bist zu spät, und ich werde bei einer Ratssitzung erwartet.« Auf seiner Stirn hatten sich feine Schweißtröpfchen gebildet, obwohl es in der Eingangshalle kühl war. Meister Tilfer stand unter Druck. Doch er wollte offenbar unbedingt loswerden, was er zu sagen hatte, auch wenn Marga kalkweiß und reglos wie ein Felsbrocken vor ihm stand. »Deshalb wirst du heiraten.« Dietmund war nun deutlich bestrebt, das Gespräch nicht unnötig in die Länge zu ziehen. »Ich suche dir einen guten Mann, darauf kannst du dich verlassen. Aber ich werde nicht tatenlos warten, bis du eine Entscheidung gefällt hast und dich dabei allmählich unmöglich machst. Du wirst erstens nicht jünger und bist zweitens selbstständiger, als ein Ehemann es gutheißen wird. Und bevor du jeden möglichen Interessenten mit deinem unbotmäßigen Verhalten vor den Kopf stößt, sorge ich selbst dafür, dass du endlich unter die Haube kommst.«

Katharina führte die vor Entsetzen verstummte Marga bis vor ihr Heim und wusste nicht weiter. Auf keinen Fall wollte sie Marga jetzt alleine lassen. Sie ins Haus begleiten konnte sie aber auch nicht, vielleicht brachte sie das in noch größere Schwierigkeiten. Unter Umständen war Dietmund der Ansicht, seine Tochter dürfe nicht einmal Besuch empfangen. Ganz eindeutig war er nicht gewesen. Darauf ankommen lassen wollte Katharina es nicht.

Also harrte sie unsicher aus und sah, dass es Marga nicht anders erging. Sie zögerte ein paar Atemzüge vor der geöffneten Tür und drehte sich schließlich noch einmal um.

»Ich weiß nicht, was ich tun soll«, flüsterte sie. Es waren die ersten Worte, die sie sprach, seit die vernichtende Empörung ihres Vaters auf sie niedergeprasselt war.

»Natürlich nicht.« Katharina schlang impulsiv die Arme um sie. Eigentlich neigte sie nicht zu derlei Vertraulichkeiten, aber das Mitleid schnürte ihr die Kehle zu, und irgendwo mussten die Gefühle hin. »Dafür ist es noch zu früh. Jetzt verschwindest du erst einmal in deiner Kammer, ganz wie dein Vater es verlangt hat. Und sowie du dich ein bisschen gefangen hast – und wir sicher sein können, dass er Besuche erlaubt –, überlegen wir gemeinsam, was wir tun können.«

Marga nickte. Sie sah nicht so aus, als glaube sie, dass ihr Vater sich würde umstimmen lassen. »So ist er manchmal. Hin und wieder. Selten. Dass er ein Donnerwetter loslässt. Aber es hält normalerweise nicht lange vor. Aber jetzt … Ich weiß nicht. Es war anders.«

»Er muss sich erst einmal beruhigen. Er hat sich aufgeregt, weil Thomasus … weil Thomasus …« Katharina brach ab. Ihr fehlten die Worte.

»Weil Thomasus sich beschwert hat, und das war sein gutes Recht.« Marga drückte kraftlos Katharinas Hand. »Ich hätte dich da nicht hineinziehen dürfen.«

»Gutes Recht? Meinst du das im Ernst? Dieser Ansicht *kannst* du einfach nicht sein. Es war *nicht* in Ordnung, dass er einfach ohne mit mir zu sprechen zu deinem Vater gelaufen ist und dich und mich in diese Situation gebracht hat. Er hätte damit warten müssen, bis ich ihm erklärt habe, warum wir nach Torgau geritten sind.« Irgendwo wartete da der Zorn in ihr, nur schaffte er es noch nicht, sich gegen das bleierne Unbehagen Bahn zu brechen.

»Männer warten für gewöhnlich nicht, bis sie die Absichten von Frauen verstanden haben«, wandte Marga ein, und mit einem Mal fielen Katharina die bläulichen Schatten unter ihren Augen auf. Die sonst so blühende Marga sah müde aus.

»Ein Gutes hat die ganze Angelegenheit jedoch«, sagte Katharina. Sie wollte so gerne etwas Tröstendes zum Abschied finden. »Burkhardt war mindestens ebenso geschockt wie du.«

»Was soll mir das bringen?« Marga winkte ab. »Er erklärt sich nicht, und wenn, würde mein Vater nicht einwilligen. Er will mich disziplinieren, du hast es doch gehört.« Sie legte eine Hand auf Katharinas Wange, und diese Zärtlichkeit rührte Katharina sehr. »Danke für deine Unterstützung. Für alles. Bis bald.«

Dann verschwand sie im Hausflur, die Tür schloss sich mit einem endgültigen Geräusch, und Katharina machte sich trübsinnig auf den Heimweg. Ihre Beine waren schwer, sie war fast zu müde, um zu Fuß nach Hause zu gehen. Niedergedrückt schleppte sie sich durch die Straßen und zerbrach sich den Kopf darüber, wie es nun weitergehen musste. Wie sollte sie auf Thomasus zugehen? Was konnte sie für Marga tun? War Dietmund Tilfer noch umzustimmen? War es möglich, mit Burkhardt offen über die ganze verfahrene Angelegenheit zu reden?

Blieb ihnen überhaupt etwas anderes übrig, als den Vorsatz aufzugeben, Dorothee von Linnitz zu suchen?

Als sie schließlich das weite Areal des Marktplatzes betrat, erblickte sie direkt vor sich Loneta von Gohlis, die ihr mit einem ramponierten Weidenkorb am Arm entgegenkam und offenbar für die mittägliche Tafel einkaufte. Katharina schien es Ewigkeiten her, dass sie mit ihr gesprochen hatte, dabei waren höchstens ein, zwei Stunden seit ihrem Besuch im Augustinereremitenkloster vergangen. Loneta sah ihr einen Moment in die Augen, dann blickte sie sich hektisch um auf der Suche nach einer Ausweichmöglichkeit. Aber da war keine. Loneta hätte auf dem Absatz umdrehen und sich davonmachen müssen, und das wäre wirklich seltsam gewesen.

Katharina erwachte aus ihrem Dämmerzustand. In der Regel wirkte sie nicht so bedrohlich auf ihre Mitmenschen, dass diese vor ihr fliehen wollten. Sie hätte zu gerne den Grund gewusst, warum die kleine Gohlis nicht mit ihr reden wollte.

»Wie nett, Euch so bald wiederzusehen«, sagte sie erbarmungslos und drängte ihre Gedanken an Marga in den Hintergrund. Stattdessen zwang sie sich zu einer freundlich-unbefangenen Miene.

Loneta versuchte sich an einem höflichen Lächeln, doch ihre Augen huschten unstet hin und her, und ihre Finger zupften an ihrem Halsausschnitt herum, als wäre er ihr plötzlich zu eng.

»Ich sehe, Ihr kennt Euch schon aus in Wittenberg.« Katharina überlegte hastig, wie sie Loneta überrumpeln und zu einem Gespräch verführen könnte. »Wenn Ihr gutes Brot sucht, Bäcker Sebalds Schwarzbäckerei macht das beste. Das Geschäft ist gleich dort drüben. Soll ich es Euch zeigen?«

»Das ist nicht nötig, danke. Ich habe alles, was ich brauche.« Loneta zuckte mit den Beinen, so dringend strebte sie fort.

Da war etwas. Etwas, das nicht einfach durch Schüchternheit erklärt werden konnte. Loneta von Gohlis stand unter Druck. Litt sie unter der Last einer Schuld? Oder wusste sie etwas, das sie nicht weitergeben durfte?

Normalerweise verspürte Katharina Scheu, in einen Menschen zu dringen, dem das ganz offensichtlich nicht behagte. Doch eine Frau war getötet worden, da war nichts normal. Und Loneta wusste etwas darüber, Katharina war sich ganz sicher. »Ich sehe doch, dass es Euch nicht gut geht«, sagte sie so sanft wie möglich. »Möchtet Ihr Euch nicht einmal aussprechen? Von Frau zu Frau?« Deutlicher konnte sie nicht werden, um Loneta klarzumachen, dass sie nicht beabsichtigte, sie wegen eines Verhöres zum Schützenmeister zu schleppen.

»Ich habe nichts zu sagen«, wisperte Loneta. »Ich habe auch gar keine Zeit. Die anderen warten auf das Mittagessen, und ich muss es noch zubereiten.«

Katharina nickte, um Verständnis zu zeigen, auch wenn sie am liebsten mit den Zähnen geknirscht hätte. »Wie schade. Vielleicht ein andermal? Ich will ja nicht, dass Eure Mitschwestern Hunger leiden.« Wahrscheinlich war es besser so. Auf keinen Fall durfte sich die kleine Gohlis von ihr bedrängt fühlen.

Jedenfalls jetzt noch nicht. Wenn Katharina sich nicht täuschte, glänzten in Lonetas Augen mühsam zurückgehaltene Tränen. Tränen, die einen Grund hatten. Und diesen Grund würde sie herausfinden.

Katharina wollte die Planung der Tafel für die nächste Woche schnell hinter sich bringen, aber sie merkte, dass sie nur wenig Geduld aufbringen konnte für Kapaun mit Ingwer und eingeweckten Pflaumen oder Erbspüree mit Schweinefuß.

»Du machst das schon, ich vertraue dir vollkommen«, sagte sie schließlich zu Mechthild. Sie ignorierte das ebenso geschmeichelte wie unverschämte Gebrumm der Köchin und zog sich umgehend in ihre Kammer zurück. Wenn sie jetzt nicht der Betriebsamkeit ihres Haushaltes entfloh, nicht wenigstens einen kurzen Moment der Muße fand, würde sie verrückt. Kaum zu glauben, dass sie vor nicht allzu langer Zeit noch darüber geklagt hatte, zu viel Leere und zu wenig Sinn in ihrem Leben zu verspüren. Jetzt fehlte ihr die dringend benötigte Zeit, um darüber nachzudenken, was nun als Nächstes zu tun war.

Es sollte nicht sein, sie kam nicht weit. Den Fuß bereits auf der schmalen Treppe, vernahm sie ein schüchternes Pochen an der Haustür und stöhnte auf. Sie hatte keine Lust auf Gespräche. Natürlich könnte sie so tun, als habe sie nichts gehört. Rutger, Thomasus' Hauptbuchhalter und rechte Hand, *hatte* nichts gehört, sonst stünde er schon in der Diele, stets in der Hoffnung auf ein lukratives Geschäft.

Es klopfte erneut, diesmal etwas energischer. Sie konnte nicht länger so tun, als sei da nichts gewesen. Weder sollte das Haus Roeseling einen potenziellen Kunden verprellen, noch wollte sie selbst sich der Unhöflichkeit schuldig machen, falls es sich doch um einen Besucher privater Natur handelte.

Dass man hier niemals seine Ruhe haben kann, dachte sie verdrossen und machte sich auf den Weg zurück in die Eingangshalle. Wenn sie Glück hatte, ließ sich der Gast direkt ans Kontor verweisen, und sie konnte ungestört die Flucht nach oben in ihre Kammer antreten. Mit mehr Schwung als nötig öffnete sie die Tür.

Und blickte in Käthe von Boras ernstes Gesicht. Einen Schritt hinter ihr versuchte Loneta von Gohlis, sich unsichtbar zu machen.

»Ach«, sagte Katharina, und etwas zu spät fiel ihr auf, dass dies wohl wenig gastfreundlich wirkte. »Wie nett, Euch so bald schon wiederzusehen«, fügte sie eilig an. »Darf ich Euch hereinbitten?« Sie konnte nur beten, dass Thomasus nicht früher als gewohnt vom Rathaus heimkehrte und sie dabei erwischte, wie sie das tat, was er am allermeisten verabscheute: sich einmischen. Dabei konnte sie gar nichts dafür. Sie hatte Käthe und Loneta nicht eingeladen.

»Sehr gerne, falls Ihr einen Augenblick Zeit für uns habt. Wir stören Euch doch wohl hoffentlich nicht beim Mittagsmahl?« Käthe wirkte ein bisschen verlegen, vermutlich hatte sie das Gefühl, sich auf unsicherem Parkett zu bewegen. Schließlich war sie mit den Gepflogenheiten des gesellschaftlichen Umgangs seit Jahren nicht mehr vertraut. Die seltenen Kontakte zur Außenwelt hier, ein paar Briefe dort konnten das alltägliche Miteinander nicht ersetzen.

»Aber nein, das liegt noch vor uns. Leider, denn ich verspüre zurzeit wenig Appetit«, sagte Katharina und wusste selbst nicht, warum sie dies offenbarte.

Käthe honorierte Katharinas Bemühen um zwangloses Geplauder, indem sie ihr ein dankbares Lächeln schenkte. »Wir werden Euch nicht lange behelligen. Da gibt es nur etwas, was meine Freundin hier Euch gerne berichten würde.«

Katharina betrachtete Loneta, die nicht im Mindesten so aussah, als hätte sie den Wunsch, irgendetwas zu erzählen. Vorbei war die Sehnsucht nach Ruhe, Katharinas Jagdinstinkt erwachte. »Dann darf ich Euch bitten, mir zu folgen. In meiner Kammer sind wir ungestört.« Hier unten herrschte zu dieser Zeit viel zu viel Betrieb, um ungestört miteinander reden zu können. »Außerdem ist es dort sehr gemütlich«, fuhr sie fort, während sie ihre Gäste nach oben führte. Der kleine Raum lag über der Küche und wurde durch den Kamin der Herdstelle mitversorgt. Außer im Sommer, da war es manchmal unerträglich, genoss es Katharina sehr, dass ihr eigenes kleines Reich dadurch so wohlig erwärmt wurde.

Als ihre beiden Besucherinnen den behaglichen Raum betraten, sahen sie sich rasch, aber gründlich um, und zumindest Käthe machte kein Hehl daraus. Mit großen Augen betrachtete sie die Bank zwischen den Fenstern, verschwenderisch mit bunt bestickten Kissen ausgestattet, den zierlichen Tisch und den Korb mit Nähzeug neben Katharinas Sessel. Und den aufgeschlagenen Psalter auf dem Stehpult neben einem hohen Leuchter, der erlaubte, auch noch in der Dämmerung darin zu lesen.

»Ich muss gestehen, dass ich seit Ewigkeiten nicht mehr in einer so schönen Stube gewesen bin. Im Kloster sind die Gemeinschaftsräume naturgemäß groß und die Schlafkammern klein und vor allem karg. Hier ist es … wirklich anheimelnd, Ihr müsst sehr glücklich sein.«

Umgehend bekam Katharina ein schlechtes Gewissen. Vielleicht würdigte sie ihre luxuriösen Lebensumstände tatsächlich zu wenig – die ihr Thomasus ermöglichte. Weshalb er verlangen konnte, dass sie das Ihre dazu beitrug, indem sie ihn nicht verrückt machte mit ihren Eigenmächtigkeiten. Sie sollte nicht tun, was sie gerade tat. Keine Besucherinnen empfangen, die ihr Mann ganz bestimmt nicht guthieß. Andererseits wollte Thomasus sicher nicht, dass sie sich grober Unhöflichkeit schuldig machte. Sie hätte Käthe und Loneta schlecht die Tür weisen können.

»Nehmt doch bitte Platz.« Katharina lächelte ein bisschen angestrengt.

Beide Frauen legten ohne zu zögern die hübsch bestickten Kissen beiseite, bevor sie sich auf der Bank niederließen.

»Ihr braucht sie nicht zu schonen.« Diesmal war Katharinas Lächeln echt. »Es ist wärmer, wenn Ihr auf ihnen sitzt.«

»Ach, das ist wunderbar so.« Käthe neigte huldvoll den Kopf, und Katharina fiel wieder ein, dass sie zwar aus einem verarmten, aber adeligen Hause stammte, vermutlich eine ausgezeichnete Erziehung genossen hatte und sicher nicht zum ersten Mal in ihrem Leben mit einem Luxus konfrontiert wurde, der in ihrem Kloster und wahrscheinlich auch bei ihr zu Hause unüblich gewesen war. Sie schenkte drei Becher des würzigen Rotweins ein, von dem glücklicherweise ein Krug bereitstand, sodass sie nicht nach Maria rufen musste. Schließlich ließ sie sich ebenfalls nieder und richtete den Blick erwartungsvoll auf ihre Gäste.

Loneta starrte zu Boden und merkte nicht, wie Käthe sie aufmunternd ansah.

»Loneta«, mahnte Käthe leise. »Wir haben doch darüber gesprochen.«

Das Gesicht des unglücklichen Mädchens wurde noch spitzer und mausartiger, als sie nickte. Dann holte sie tief Luft. »Käthe meint, ich solle Euch etwas über Dorothee berichten.«

Katharinas Fingerspitzen begannen allmählich vor Nervosität zu prickeln. »Und das wäre?«, erkundigte sie sich vorsichtig, weil sie das Gefühl hatte, Loneta benötige noch einen letzten Schubs, um schließlich mit der Wahrheit herauszurücken.

»Ich weiß aber nicht, ob es richtig ist, Euch davon zu erzählen«, bekannte Loneta. »Schließlich hat sie mit mir im Vertrauen gesprochen.«

»Dorothee ist verschwunden. Du hilfst ihr sicher mehr, indem du offen redest, als wenn du etwas Wichtiges verschweigst«, sagte Käthe bewundernswert sanft, aber Katharina nahm aus dem Augenwinkel wahr, wie sie kurz die Fäuste ballte und sie sofort wieder lockerte. »Was, wenn sie sich in Gefahr begeben hat? Du wirst dir ewig Vorwürfe machen, falls ihr etwas geschieht und du es hättest verhindern können.«

Käthe von Bora verfügte über eine Menge Überzeugungskraft. Und gute Argumente – Katharina konnte an Lonetas Miene ablesen, wie ihr Widerstand einbrach. Das unsicher Flackernde, das Verzweifelte, schwand, und plötzlich wurden ihre blassen Augen klar, auch wenn ihre Stimme leise blieb.

»Als wir in Torgau ankamen«, hauchte sie, »auf den Fuhrwerken von Kopper und alle gleichzeitig herabgestiegen sind, da gab es ein großes Durcheinander. Ein einziges Gewusel.«

Sie brach ab. Mit dem neuen Selbstbewusstsein war es wohl doch nicht so weit her. Katharina ließ voller Ungeduld ein paar Wimpernschläge verstreichen. Von unten war der Knall einer zuschlagenden Tür zu hören und Rutger, wie er fluchte. Hier in dieser Kammer war alles still, so still, dass sie Lonetas schnelle Atemzüge vernahm. Ob es wohl nützte, wenn man sie an den Schultern packte und schüttelte? Vermutlich nicht. Katharina nahm sich Käthe als Vorbild, zwang sich zur Ruhe und wartete ab.

Endlos lange, so kam es ihr vor, wahrscheinlich währte es nur ein paar Augenblicke. Schließlich hielt Katharina es doch nicht mehr aus. »Und?«

»Und dann verabschiedete sie sich von mir und ist verschwunden«, brach es aus Loneta heraus, und nun blickte sie endlich auf, die Augen weit aufgerissen und die Finger so fest verschlungen, dass es aussah, als täte sie sich weh.

»Aus freien Stücken?«

»Aus freien Stücken. Sie ist einfach fortgegangen.«

6

Kaum hatten Käthe und Loneta sich verabschiedet, beschloss Katharina, Burkhardt Gantzer von dem Gespräch zu berichten. Es war nicht in Ordnung, dass sie Erkenntnisse gewann und ihm diese vorenthielt. Auch wenn Lonetas Geständnis nahelegte, dass Dorothee nicht das Opfer eines Verbrechens geworden war, und Burkhardt dem verschwundenen Mädchen noch weniger Aufmerksamkeit widmen würde als ohnehin schon.

Schlimmer noch, als Katharina ihm von dem Gespräch berichtete, hörte er ihr nicht einmal richtig zu.

»Hm«, sagte er und erweckte den Eindruck, er sähe einfach durch sie hindurch. »Gut zu wissen.«

»Ich finde nicht, dass wir wirklich irgendetwas *wissen*«, widersprach Katharina bedächtig. »Nur dass Dorothee noch lebte, als sie Torgau verließ.«

Burkhardt nickte. »Das ist immerhin etwas.« Er griff nach einem Messer und begann, mit einem bereitliegenden Lappen und mechanischen Bewegungen die Klinge zu polieren.

Katharina wartete ab. Ihm musste doch auch auffallen, dass da etwas unstimmig war. Burkhardt Gantzer war normalerweise gut darin, Unklarheiten zu bemerken. Zwischentöne wahrzunehmen.

»Da gibt es eine Sache, die ich gerne erfahren würde«, sagte er leise.

Katharina tat es gut, nicht so ganz falsch in der Einschätzung des Schützenmeisters zu liegen. Er interessierte sich wohl.

Allerdings nicht für das, was sie erwartet hatte.

»Eure Freundin Marga«, fuhr er nämlich fort und räusperte sich verlegen, »hat sie etwas zu Euch gesagt? Wie es ihr geht? Und darüber, was sie für Pläne hat?«

Der Arme. Katharinas Herz schmolz, Liebeskummer war eine fürchterliche Qual. Die alles überschatten konnte, selbst das Verschwinden eines unbekannten Mädchens. »Sie ist daheim, wie ihr Vater es verlangt. Ich kann nicht viel für sie tun. Er will nicht, dass sie Besuche empfängt, jedenfalls nehme ich das an. Wütend genug war er ja.«

Burkhardt nickte bedrückt. »Ich habe den Streit auch gehört. Nicht, dass Ihr denkt, ich hätte gelauscht …«

»Aber nein, Burkhardt. Ich war doch dabei, ich weiß, wie laut er gesprochen hat.« Dietmund Tilfer hatte ein öffentliches Schauspiel für jedermann im Rathaus geboten. Vielleicht war genau das seine Absicht gewesen. Er hatte aller Welt beweisen wollen, dass er sich von seiner hübschen Tochter nicht auf der Nase herumtanzen ließ. Wenn dem so war, sah es schlecht für Marga aus. Dann konnte er seine harschen Anweisungen nicht zurücknehmen, ohne das Gesicht zu verlieren.

»Wir müssen abwarten, bis er sich ein wenig beruhigt hat«, sagte Katharina und versuchte, mehr Zuversicht in ihre Stimme zu legen, als sie empfand. »Dietmund ist kein harter Vater und Marga keine unbotmäßige Tochter. Es wird sich schon wieder einrenken.«

Burkhardt nickte wieder. Seine unglückliche Miene konnte so wenig verhehlen, wie mutlos er war, als hätte er es laut ausgesprochen. Dies zu erkennen, ließ Katharina vor Mitleid die Kehle eng werden, doch andererseits tat sie weder ihm noch sonst jemandem einen Gefallen, wenn sie auf seinen Kummer Rücksicht nahm und ihr eigentliches Anliegen hintanstellte.

»Kann ich auf Loneta und ihre Aussage zurückkommen?« Ihr resoluter Ton klang in dem düsteren Raum unpassend nach, aber sie verbot sich, weich zu werden. »Obwohl wir nun wissen, dass Dorothee freiwillig gegangen ist, ist nicht klar, wohin sie aufgebrochen ist. Oder mit wem. Warum ist sie so heimlich verschwunden? Auch besteht die Möglichkeit, dass Loneta mehr weiß, als sie mir sagen wollte. Weil sie mir nichts sagen *muss*. Da wäre es sicher gut, wenn Ihr selbst mit ihr sprecht. Euch gegenüber wird sie vielleicht offener sein. Wegen Eurer größeren Autorität.« Das sah er doch wohl ein? Dass er die scheue Loneta nur ein bisschen einschüchtern musste, um sie dazu zu bringen, wie ein Vögelchen zu singen und ihm alles zu berichten, von dem sie Kenntnis hatte.

»Wie gut, dass der Schützenmeister keine Anweisungen von meiner Frau empfangen muss«, sagte da Thomasus hinter ihr. Der kühle Ton in seiner Stimme ließ die Temperatur in dem ohnehin wenig anheimelnden Raum gleich um ein paar Grad sinken.

Fast noch tiefer sank Katharinas Mut. Musste er gerade jetzt kommen? Ausgerechnet in diesem Moment? In dem sie Burkhardt fast so weit hatte, dass er tat, wonach es sie so dringend verlangte?

»Ebenfalls gut zu wissen, wo ich sie finden kann, wenn ich sie daheim vergebens suche.«

Nicht kühl, eiskalt klang ihr Ehemann. Katharina schaffte es einfach nicht, sich umzudrehen. Sie wollte ihn nicht sehen. Nicht in seine schwarzen Augen blicken, die sicher voller Missfallen auf ihr ruhten.

In Burkhardts Augen dagegen war endlich mehr zu erkennen als ein fast erloschener Funke des Interesses. »Ich freue mich auch, dich zu sehen, Thomasus«, sagte er. Katharina wusste genau, dass es eine lebenslange Gewohnheit von ihm war, der Schroffheit seines Freundes durch Ironie die Spitze zu nehmen.

Heute war das vergeudet, denn Thomasus hörte nicht zu. »Kommst du? Wir gehen nach Hause«, ordnete er an.

Sie konnte ihn schlecht abweisen. Es wäre eine Kriegserklärung gewesen, und eine solche wollte sie nicht abgeben. Auf keinen Fall. »Natürlich«, erwiderte Katharina, und es gelang ihr endlich, sich umzudrehen. Sie schaffte es sogar, Thomasus schließlich unterzuhaken. Als seien sie ein ganz normales Ehepaar. »Ich komme gern mit dir.« Doch das war gelogen.

Schwarze Wolken jagten über einen grauen Himmel, und es sah so aus, als wolle sich die Dämmerung bereits über das Land legen. Dabei war es dafür noch viel zu früh am Tag. Dorothee blickte zweifelnd in das Dräuen und überlegte, ob sie nicht doch lieber zurückgehen und sich in die Sicherheit des Wirtshauses begeben sollte. Aber im Gastraum war es noch dunkler als hier im Wald, denn Ranulf weigerte sich, die teuren Lichter anzuzünden, wenn nur ein Gast da war. Wenigstens hatte Dorothee in den vergangenen Monaten gelernt, fehlenden Komfort auszuhalten. Trotzdem dachte sie oft voller Wehmut an das Flackern der duftenden Honigkerzen zurück, die die heimische Halle auf Burg Linnitz in warmen Schimmer tauchten. Gut, nur zu den hohen Feiertagen, ansonsten hatten sie sich mit Kienspänen und Öllämpchen begnügt, aber Licht hatten diese immerhin auch gespendet.

Bald würde sie von hier fortkommen und in das Leben zurückkehren, das ihr vorherbestimmt war.

Sie war viel weiter gegangen, als sie ursprünglich beabsichtigt hatte. Dorothee blieb stehen und lauschte einen Moment dem Schweigen des Waldes nach. Dabei war es gar nicht still, es fehlten bloß die Laute und Geräusche, die die Anwesenheit von Menschen hervorbrachte. Überall sang und zwitscherte es in den Bäumen und Hecken, da waren Zaunkönige und Rotkehlchen, und von Ferne vernahm sie das Lied einer Feldlerche, dazwischen ertönte dunkel der Ruf des ersten Kuckucks in diesem Jahr. Der Winter war vorbei, und der Frühling machte sich bereit, das Leben von Mensch und Tier zu erleichtern. Dorothee seufzte. In dieser Jahreszeit erwachte alles Sein zu neuem Tatendrang, nur sie hing hier fest, zur Untätigkeit und zu einsamen Wanderungen verdammt.

»Habt Ihr Euch verlaufen oder was?«

Dorothee fuhr herum. Direkt ihr gegenüber stand eine kleine Dreiergruppe, die scheinbar aus dem Boden gewachsen war wie die Bäume, die ihre dunklen Schatten auf sie warfen. Offenbar war es hier doch nicht so einsam, wie Dorothee gedacht hatte.

Hier wie sonst auch war es am besten, selbstbewusst aufzutreten. Sie verbot es sich, auch nur einen Schritt zurückzuweichen, auch wenn der Impuls dazu stark war. Die drei Gestalten waren zu nah, der durchdringende Gestank von Schweiß und Armut drang in ihre Nase. Durch all die Schichten von Dreck und lumpigen Kleidern erkannte sie drei Frauen, glücklicherweise. Eine zahnlose Alte hielt sich schwankend nur mit Hilfe eines knorrigen Stabes aufrecht, neben ihr stand ein Mädchen mit einem dummen Grinsen und nach oben in die Baumwipfel verdrehten Augen, das Dorothee einen gehörigen Schrecken einjagte. Schließlich wusste man nie so genau, ob es sich bei solchen Geschöpfen um eine Laune Gottes oder des Teufels handelte. Ihr lief ein Schauer den Rücken hinunter, und sie zwang sich, den Blick von dem Wesen abzuwenden.

»Wenn Ihr ein paar Münzen übrig hättet, zeigen wir Euch den Weg«, sagte die dritte Frau. Sie war die Einzige, die ernst zu nehmen war. Jung und einigermaßen kräftig, doch mit struppigem, glanzlosem Haar und einem Arm, den sie in unnatürlichem Winkel vom Körper weghielt. Wahrscheinlich einst gebrochen, war er nicht richtig zusammengewachsen. Die Frau fixierte Dorothee mit einem flackernden Blick, dem diese gern ausgewichen wäre.

»Nicht nötig.« Sie versuchte, genau die richtige Mischung aus

Hochmut und Freundlichkeit an den Tag zu legen, die hier zweifelsohne angebracht war. Hochmut, weil es eigentlich indiskutabel war, dass das Lumpenweib sie überhaupt ansprach, Freundlichkeit, weil es dumm war, die Frauen mitten im Wald und umgeben von viel zu viel Einsamkeit zu provozieren. Vielleicht lauerte in Rufweite der Rest einer Horde, die auch aus Männern bestand.

Dorothee schluckte. »Ich habe kein Geld bei mir«, erklärte sie. Es stimmte leider sogar, sie besaß jetzt wirklich kaum noch welches. Außerdem wollte sie klarstellen, dass es sich nicht lohnte, sie zu überfallen. »Aber danke für das Angebot.« Freundlichkeit eben.

»Wer's glaubt«, brummelte die Frau und maß sie verächtlich von Kopf bis Fuß. Eine Unverschämtheit. Und unangenehm dazu.

Dorothee zuckte die Achseln. Sie raffte ihren Mut zusammen und wandte sich ab, um den Heimweg anzutreten. Das war nicht leicht, denn es bedeutete, den Frauen den Rücken zuzukehren. Sie konnte nicht sehen, was sie taten. Ob sie ihr einen Stein hinterherschleuderten oder Helfer herbeiwinkten, die sie doch noch überfielen, um zu prüfen, ob sie die Wahrheit gesagt und wirklich keine Münzen dabeihatte.

Bevor der Pfad eine Biegung machte, drehte Dorothee sich wie unter Zwang um, obwohl sie sich fest vorgenommen hatte, es nicht zu tun. Sie hielt die Ungewissheit nicht mehr aus. Hinter ihr war alles leer, die Stille erfüllt von den Geräuschen des Waldes, von Menschen keine Spur. Kein Ton war zu hören.

Die Frauen waren ebenso lautlos verschwunden, wie sie aufgetaucht waren. Als wären sie nur ein Spuk gewesen, reine Einbildung.

Dorothee versuchte, ihr Unbehagen niederzuringen, und schritt rascher aus. Es war der fünfte Tag ihrer neu gewonnenen Freiheit, und allmählich dämmerte ihr, dass ihr Abenteuer auch ganz anders ausgehen konnte, als sie es sich ausgemalt hatte.

Das Mittagessen – Gemüsesuppe mit Markklößchen und Gersteneinlage – verlief glimpflicher, als Katharina es sich vorgestellt hatte, und sie brachte es ohne Zwischenfälle hinter sich. Mit mäßiger Aufmerksamkeit lauschte sie den Gesprächen um sie herum und schaute dabei möglichst an Thomasus vorbei, der seinerseits wortlos und mit finsterer Miene seinen Eintopf in sich hineinschaufelte.

Sie hatte keine Ahnung, wann er ihr seine Absichten mitteilen wollte, aber besser später als früher, und sie hatte nicht vor, ihn zu reizen. Daher schwieg sie ebenfalls. Es war ein gutes Zeichen, dass er hier am Tisch ihr jüngstes Fehlverhalten nicht vor aller Ohren zur Sprache brachte. Wenn Thomasus wirklich wütend war, scherte er sich nicht darum, ob er den Mitgliedern seines Hauses ein interessantes Schauspiel bot. Eines, das für Katharina sehr entwürdigend gewesen wäre.

Also verhielt sie sich so unauffällig wie möglich, nickte nur, als Mechthild sich beschwerte, weil die Salzvorräte zur Neige gingen, folgte stumm dem erstaunlich wortgewaltigen Lamento des Viehknechts Til über die Probleme des Lammens auf den Weiden der Roeseling'schen Eigenwirtschaft in Wyberg und hörte nicht zu, als Rutger, mit dem sie eine herzliche gegenseitige Abneigung verband, das Gespräch an sich riss. Er ließ sich lang und breit über eine säumige Lieferung Zimt und Ingwer aus, die über Nürnberg aus den fernen Südländern zu ihnen nach Wittenberg gelangen sollte und Katharina nicht im Mindesten interessierte.

Schließlich schob Thomasus seinen Stuhl nach hinten und erhob sich, womit das Mittagsmahl offiziell für beendet erklärt wurde. Katharina atmete erleichtert auf. Endlich. Endlich lag das betriebsame Gesumme hinter ihr, und sie konnte sich nach oben in ihre Wohnstube zurückziehen. Es verlangte sie so dringend danach, Ruhe zu finden. Sie brauchte sie, um nachdenken zu können, brauchte sie unbedingt. Aber nichts da, heute war ihr derlei Luxus nicht vergönnt.

»Ich möchte dich noch sprechen, Katharina. In meinem Kontor«, sagte Thomasus.

Ein Gespräch in seiner Schreibstube forderte Thomasus nur, wenn etwas Ernstes anstand. Katharinas Herz sank auf einen neuerlichen Tiefpunkt.

»Gerne«, log sie und rauschte an ihm vorbei ins Kontor. Sie wollte nicht vorgeladen und abgeführt werden wie der unterste Hausdiener, der wegen einer kleinlichen Verfehlung gemaßregelt werden sollte.

»Bitte nimm Platz«, sagte Thomasus förmlich und schloss sehr nachdrücklich die schwere Tür zu seinem Arbeitszimmer. Aber er knallte sie nicht zu, was zu vorsichtigem Optimismus Anlass bot.

Die Tür schloss sich direkt vor Rutgers Nase, und selbst in diesem heiklen Moment verschaffte Katharina das durchaus Befriedigung. So elegant wie möglich ließ sie sich auf dem Stuhl nieder, der vor dem mächtigen Schreibtisch mit der stets makellos aufgeräumten Platte stand, und lehnte sich nicht an. Sie wusste aus Erfahrung, wie unbequem die steile Rückenlehne war und dass sich die kostbaren Schnitzereien unangenehm durch den dünnen Stoff eines Frauenkleides bohrten.

»Ich frage mich, wie ich bei dir Gehör erlangen kann.« Thomasus seufzte tief, als läge alle Last dieser Welt auf seinen Schultern, und sackte auf den bequemen Sessel, in dem er so viele seiner Stunden verbrachte. Normalerweise vertieft in Listen, Rechnungen und Briefe, nun jedoch studierte er mit gleicher Konzentration die Miene seiner Frau.

Katharina beschloss, es nicht unangenehm zu finden, ergründet zu werden wie ein besonders kompliziertes Schriftstück. Oder ein fremdes Wesen von exotischer Natur. Vielleicht bemühte er sich ja tatsächlich, sie zu verstehen.

»Ich wünsche nicht, dass du dich in diese Angelegenheit einmischst. Das eine Mädchen ist tot, das andere verschwunden. Kannst du nicht sehen, in welche Gefahr du dich begibst, wenn du darin herumrührst? Es steht dir vor allem nicht zu. Du wurdest von der Stadt nicht beauftragt und vom Schützenmeister auch nicht, nehme ich an. Wenn doch, muss ich ein ernstes Wort mit Burkhardt sprechen.« Thomasus grinste schwach, und Katharinas Herz wurde ein wenig leichter. Er versuchte es. Er wollte versöhnlich sein. Sie kannte Thomasus Roeselings Temperament und konnte ermessen, wie viel Mühe ihn das kostete.

»Tu das nicht, es wäre ihm unendlich unangenehm.« Sie beugte sich vor und drückte impulsiv seine Hände, die fest miteinander verschränkt auf der Tischplatte lagen. »Er weiß genau, dass ich aus eigenem Antrieb und gegen deinen Willen handele. Er weiß aber auch …« Sie zögerte.

»Dass du nicht bereit bist, damit aufzuhören?«

»So klingt es wirklich schrecklich«, gab Katharina zu. »So … dreist. Aber ich bin nicht aufsässig, ich bin nur überzeugt …«

»Dass allein du Licht in die Angelegenheit bringen kannst.« Nun runzelte er doch die Stirn.

»Nein! Und glaube mir, so hört es sich noch schlimmer an. Du kennst mich, so bin ich nicht. Ich denke doch nicht, dass ich unfehlbar bin.« Sie lächelte ihn an, mit angestrengten Mundwinkeln zwar, aber sie wollte unbedingt, dass der Ton zwischen ihnen freundlich blieb. Es war dann so viel leichter, die Dinge auszusprechen. »Ich bin nur der Meinung, dass ein bisschen Unterstützung nicht schadet. Diese Nonnen, sie sind es nicht gewohnt, mit Männern zu reden. Da ist es hilfreich, wenn sie ihr Herz erst einmal gegenüber einer Frau ausschütten können.« Vielleicht war dies das Argument, das Thomasus am ehesten einsehen konnte. Da machte es nichts, wenn es eigentlich etwas ganz anderes war, das sie antrieb.

»Gut. Deine Absichten also in allen Ehren«, Thomasus legte beide Hände flach auf den Tisch, »aber male dir bitte aus, wie unangenehm es war, als Dietmund Tilfer sich vor sämtlichen Gildekollegen über meine Frau beschwerte.«

»Das hat er getan?« Katharina starrte ihn ungläubig an.

Thomasus nickte. »Mal so, mal so«, schränkte er dann ein. »Erst entschuldigte er sich bei mir, weil Marga dich in die Sache hineingezogen hat. Dann war er plötzlich gegenteiliger Ansicht. Es ging ein bisschen durcheinander. Daran kannst du sehen, wie aufgebracht er war.«

»Das bin ich auch. Denn der Vorwurf ist … nun, er ist einfach unerhört!«

»Je mehr Gildekollegen dazukamen, umso sicherer war er, dass du die Unbotmäßige bist. Dass du Marga in etwas hineingezwungen hast, wo er sie nicht haben will.«

»Das ist Unsinn!« Katharina fühlte den Zorn in sich hochsteigen, den sie doch so unbedingt vermeiden wollte. Sie musste sachlich bleiben. Unbedingt. Also zwang sie sich zur Mäßigung. »Marga hat mich gebeten, ihr dabei zu helfen, den Fall aufzuklären …«

»*Marga* hat *dich* da hineingezogen? Sicher?«

»Ja. Nein! Himmel, es war doch in Wirklichkeit ganz anders!« Es fehlte nicht viel, und Katharina hätte die Hände gerungen. »Ich kann nicht so offen sein, wie ich gerne wäre, weil ich doch Margas Vertrauen nicht missbrauchen will. Aber sie hat nichts Böses vor, beileibe nicht.« Sie sah Thomasus unglücklich an. Es wäre so viel leichter gewesen, wenn sie ihm hätte erzählen können, wie es um Marga stand. Wie verzweifelt sie war, wie sehnsüchtig. Wie verliebt. Doch nie und nimmer hätte sie ihre Freundin derart verraten.

»Es geht um den Schützenmeister.« Thomasus ging ein Licht auf.

Entweder waren Margas Gefühle längst nicht so diskret verborgen, wie sie hoffte, oder Thomasus war empfindsamer, als man es bei Männern in der Regel voraussetzen durfte. Katharina erkannte etwas beschämt, dass sie ihm so viel Einfühlungsvermögen nicht zugetraut hatte. Aber wirklich mit ihm darüber reden würde sie nicht. Sie konnte Margas Seele einfach nicht bloßlegen, nicht einmal gegenüber ihrem Mann. »Es geht vor allem darum, dass Dietmund Tilfer seine Tochter verheiraten will und nun einen Kandidaten für sie aussucht, der ihm passt und nicht unbedingt ihr«, sagte Katharina deshalb nur. Es war das Äußerste an Offenheit, zu dem sie sich durchringen konnte.

Thomasus hob die Schultern und schwieg. Was deutlicher war, als hätte er ausführlich dargelegt, wie normal diese Haltung eines sorgenden Familienvorstandes nun einmal war.

»Ja, ich weiß, du findest, an einer vom Vater arrangierten Ehe ist nichts auszusetzen. Bei uns war es auch so, und da ist es gut gegangen.« Das war es tatsächlich, trotz des holprigen Anfangs und der dann und wann aufwallenden Unstimmigkeiten. Einem Impuls folgend stand Katharina auf und ging um den mächtigen Schreibtisch herum. »Aber ich war gefühlsmäßig nicht anderweitig gebunden und du auch nicht.«

Thomasus sah ihr ernst entgegen. Einen Moment fürchtete sie, er würde sie zurückweisen, doch schließlich schob er seinen Stuhl zurück und machte es ihr leicht, sich auf seinen Schoß zu setzen.

»Marga hat Angst, dass ihr Vater einen kopflosen Entschluss fasst, nur damit sie schnell unter der Haube und er die Verantwortung los ist. Man kann ihr doch nicht verübeln, dass ihr angst und bange bei der Vorstellung wird, oder?« Sie schlang die Arme um seinen Hals und wühlte mit den Fingern in seinen schwarzen Locken, die so viel weicher waren, als sie aussahen.

»Schade, dass du ein Weib bist«, murmelte Thomasus und schloss die Augen. »Du wärest als Advokat nicht schlecht.«

»Ich hatte bislang noch nie das Gefühl, du wärst lieber mit einem Juristen verheiratet als mit einer Frau.«

»Ich auch nicht«, erklärte Thomasus, und endlich, endlich war da ein Lächeln in seiner Stimme. »Doch bevor du mich weiter auf eine so unerhörte, unziemliche und ganz und gar unwiderstehliche Weise in meinem eigenen Kontor umgarnst und die schwachen Widerstandskräfte eines Mannes schamlos ausnutzt …«

»Genau das hatte ich vor«, bestätigte Katharina und suchte seinen Mund.

»Lass das.« Thomasus klang ein wenig kurzatmig, doch klein beigeben wollte er nicht. Noch nicht. »Beziehungsweise lass es nicht. Aber erst, nachdem du mir etwas versprochen hast.«

Katharina rückte ein Stück von ihm ab und sah ihn abwartend an. Ein bisschen misstrauisch. Thomasus konnte entsetzlich uneinsichtig sein.

»Steh Marga bei, von mir aus, obwohl ich das Dramatische einer arrangierten Ehe nach wie vor nicht so recht erkennen kann. Es wird ihr nicht viel anderes übrig bleiben, als den Wünschen ihres Vaters zu entsprechen. Gerade dann benötigt sie womöglich den Rückhalt deiner Freundschaft. Also bitte, tu, was du nicht lassen kannst. Aber …«

Katharina ließ ihre Stirn gegen seine sinken und schloss die Augen.

»Aber tu nichts, was wir nicht vorher abgesprochen haben. Nichts Unüberlegtes, nichts Gefährliches. Ich will meine Ehefrau nicht verlieren, ich will mir keine neue suchen müssen. Auch wenn die derzeitige manchmal etwas anstrengend ist.«

»Das ist eine wirklich herzzerreißend zärtliche Liebeserklärung«, sagte Katharina leise, und dann hatten sie keine Zeit mehr für weitere Gespräche.

Burkhardt Gantzer hockte allein in seiner kargen Rathauskammer, schob das leere Tintenhörnchen hin und her und ärgerte sich, weil keiner der Stadtdiener seiner Aufforderung nachkam, sich darum zu kümmern. Es klappte leidlich, dass sie die Federn gespitzt hielten. Mit dem Messer herumzufuhrwerken war in Ordnung, winzige Gefäße mit übel riechenden Flüssigkeiten zu füllen anscheinend unter ihrer Würde.

Irgendwann wurde ihm klar, dass er über Dinge nachdachte, die völlig nebensächlich waren. Noch eine Weile länger brauchte er, bis er sich schließlich eingestand, dass Katharinas Anregung gar nicht so dumm gewesen war. Er sollte mit dieser Gohris oder wie sie hieß reden. Da er sich sowieso nach und nach alle Schwestern vornehmen musste, konnte es nicht schaden, wenn er sich zuerst Dame Gobris widmete.

Eine Weile blieb er noch auf seinem unbequemen Schemel sitzen und suchte nach dem Elan, den er benötigte, um sich dieser Aufgabe anzunehmen. Das war nicht leicht, wenn sich statt der Überlegungen zur Befragung der Go… ach verdammt, ihren Namen musste er eben noch herausfinden, wenn sich also immer wieder das bleiche Gesicht von Marga Tilfer in den Vordergrund seines Bewusstseins schob. Die Erinnerung an ihre blauen Augen, die verstört auf ihrem Vater ruhten. Er hatte genau erkannt, dass Marga Mühe gehabt hatte, zu verstehen, wie ihr geschah.

Er selbst jedoch verstand es nur allzu gut. Endlich war das eingetroffen, wovor er sich fürchtete, seit er Marga vor zweieinhalb Jahren kennengelernt hatte. Ein Schützenmeister war keine passende Partie für die Tochter eines Handelsherrn, der vielleicht nicht zu den zehn führenden der Stadt gehörte, ihnen aber, was Einfluss und Vermögen anging, kaum nachstand. Dietmund Tilfer würde einen angemessenen Schwiegersohn für Marga suchen, das war Burkhardt schon immer klar gewesen. Ihm hatte stets davor gegraut.

Jetzt war es so weit.

Niedergeschlagen betrachtete er den Saum seines Wamses, das an einigen Stellen ausgefranst war. Meister Tilfer konnte gar nicht umhin, einen anderen Ehemann für seine Tochter zu finden. Burkhardt Gantzer konnte sich noch nicht einmal einwandfreie Kleidung leisten.

Aber er durfte es nicht zu allem Überfluss noch dazu kommen lassen, dass seine Arbeit unter diesem verzehrenden Kummer litt. Denn in der Aufklärung von Straftaten, der Entschleierung von Geheimnissen war er gut, und wenn ihm überhaupt etwas Selbstvertrauen verlieh, dann das Bewusstsein, dass er hier der richtige Mann am richtigen Platz war. Burkhardt gab sich einen Ruck. Er konnte auch später noch zu dieser jungen Dame gehen, doch warum lange zaudern? Zudem war er es Katharina schuldig. Es gehörte einiges dazu, Thomasus die Stirn zu bieten, denn der war in seinen schlechten Momenten unerbittlich. In seinen guten war er klug, humorvoll und der verlässlichste Freund, den man sich wünschen mochte. Katharina und Thomasus waren einander gar nicht so unähnlich. Vielleicht gerieten sie deshalb immer wieder aneinander.

Burkhardt schob energisch seinen Stuhl zurück und erhob sich. Auf alle Fälle musste er sich jetzt stärker auf die Nonnen konzentrieren. Selbst wenn er sich nicht allzu viel davon versprach, war es schließlich nicht unmöglich, dass ihn die Befragung bei der Aufklärung des Todesfalles von Anni Oertel tatsächlich weiterbrachte. Nur, warum hätte diese Gothis Katharina etwas verschweigen sollen, was sie vor dem Schützenmeister bereitwillig offenlegte? Dass Dorothee, die Katharina und anscheinend auch Marga so am Herzen lag, für den Fall von Interesse sein sollte, sah er allerdings nicht ein. Nichts deutete darauf hin, dass beim Verschwinden der Dame von Linnitz eine kriminelle Handlung unterstellt werden musste.

Als Burkhardt beim Kloster eintraf, entdeckte er Loneta sofort. Sie stand mit lehmverkrusteten Händen und einer erschreckend geringen Ausbeute an Gemüse in ihrem Korb im Kräutergarten und blickte suchend die verkrauteten Beete entlang. Anscheinend in der Hoffnung, sie habe etwas übersehen, was ihr den Topf noch füllen konnte.

Der Schützenmeister stellte sich erneut vor und setzte auf seinen Charme, über den er zu seinem eigenen steten Staunen offenbar überreichlich verfügte und der normalerweise dafür sorgte, dass auch der verstockteste Gesprächspartner irgendwann seinen Widerstand aufgab. Besonders bei Gesprächspartner*innen* hatte Burkhardt eigentlich immer Erfolg. Hier hätte er sich die Mühe sparen können. Loneta sah erst auf ihre Füße, studierte dann den weißgrauen Himmel, prüfte schließlich den Inhalt ihres Korbes und wich Burkhardt so nachdrücklich aus, dass seine eh schon angegriffenen Nerven bald blank lagen. Trotzdem versuchte er, freundlich zu bleiben.

»Wie gut kanntet Ihr denn Dorothee von Linnitz?«, insistierte er und zwang seine Stimme zu einem sanften Plauderton, um Loneta nicht noch mehr zu verstören, als sie es ohnehin schon war.

»Nicht so wirklich gut.« Loneta bückte sich, um ein Unkraut auszuzupfen.

»Aber sie hielt es für angebracht, sich von Euch – und nur von Euch – in Torgau zu verabschieden. Also nehme ich an, dass sie Euch gegenüber ein stärkeres Freundschaftsgefühl empfand als den anderen Damen Eurer kleinen Gruppe.«

»Das kann ich mir nicht vorstellen.« Loneta stand mit hängenden Schultern vor ihm und sah angestrengt an ihm vorbei.

Burkhardt verspürte wieder einen für ihn ganz ungewöhnlichen Anflug von Gereiztheit. »Wie erklärt Ihr Euch dann diesen Abschied?«

Sie zuckte mit den Achseln und schwieg.

»Gar nicht also. Nun denn. Was könnt Ihr mir über Anni Oertel sagen?«

»Ich habe mit Anni nie ein Wort gesprochen. Sie wollte das auch gar nicht. Anni ist am liebsten für sich geblieben.«

Aha, über Anni Oertel konnte sie offenbar Auskunft geben, nur nicht über Dorothee, der sie laut Aussage Käthe von Boras sehr viel näher gestanden hatte. Burkhardt verlor allmählich die Geduld. Ein letztes Mal riss er sich zusammen und fragte: »Und die Verbindung Annis mit Dorothee? Gibt es da etwas, was Ihr mir erzählen könntet?«

»Nein«, flüsterte Loneta und ordnete die verschrumpelten Möhren und die magere Petersilienwurzel in ihrem Korb akkurat nebeneinander.

Burkhardt gab auf, trotz des Widerspruchs, der sich aufdrängte. Käthe von Bora hatte Katharina gegenüber angegeben, dass Loneta und Dorothee eine Art Freundschaft gepflegt hatten. Im Gespräch mit ihm selbst hatte sie aber behauptet, Dorothee sei mit niemandem befreundet gewesen, und die Verbindung zu ihr selbst verschwiegen. Auf den ersten Blick war das irritierend, auf den zweiten erschien es ihm jedoch plausibel. Angesichts der Schüchternheit der kleinen Gohlis hatte er Verständnis dafür, dass Käthe diese hatte schonen wollen.

Die Befragung der Loneta von Gohlis war genauso unergiebig gewesen, wie er befürchtet hatte. Nur ihren Namen kannte er jetzt wenigstens.

Katharina beschloss nach einigen Stunden Grübeln, sich Dietmund Tilfer nicht zu beugen. Genau genommen hatte er ein Besuchsverbot gar nicht ausgesprochen. Warum auch? Es gab überhaupt keinen Anlass für eine so drastische Maßnahme, schließlich hatte sie nichts Böses getan, und sie dachte nicht daran, sich in vorauseilendem Gehorsam behandeln zu lassen wie eine Kriminelle.

Wenn selbst Thomasus das einsah, konnte es Meister Tilfer doch nicht *so* schwerfallen.

Natürlich war es trotzdem der Wink eines günstigen Schicksals, dass Margas Vater nach seiner Mittagspause das Haus wieder verlassen hatte. Auch hatte er niemanden instruiert, Katharina Roeseling abzuweisen. Also stand sie bereits vor dem Läuten zur Non vor der Tür zu Margas Kammer, in der sie schon so viele Stunden sehr angenehm verbracht hatte. Sie klopfte. Drinnen blieb es still.

Marga war da, das wusste Katharina genau. Die Magd, die sie hereingelassen hatte, war ganz sicher gewesen. Alles andere war auch undenkbar. Nie und nimmer hätte Marga offen Dietmund Tilfers strikter Anordnung zuwidergehandelt, in ihrer Kammer zu bleiben.

Sie pochte erneut an das glänzend polierte Holz, diesmal etwas nachdrücklicher. »Mach auf. Ich bin's, Katharina.«

Ein paar huschende Schritte, dann wurde die Tür einen Spaltbreit geöffnet. Dahinter war Margas verweintes Gesicht zu sehen und eine zerzauste Haarpracht. »Ich dachte, es wäre schon wieder mein Vater. Ich hatte keine Lust auf weitere erbauliche Ausführungen über den Sinn töchterlichen Gehorsams. Sogar wenn er recht hat, ich weiß es ja. Komm rein.«

»Schlimme Mittagspause gehabt?« Katharina schloss Marga in die Arme. Mit einer gänzlich untypischen Mattigkeit ließ diese den Kopf an ihre Schulter sinken.

»Gar keine. Ich konnte nichts essen. Und ich wollte auch nicht.«

»Das ist falsch.« Katharina streichelte zärtlich über den wirren Schopf. »Ganz falsch. Für das, was jetzt kommt, brauchst du Energie. Du musst deinen Vater überzeugen, dass er nicht Hals über Kopf handelt. Außerdem ist Dorothee immer noch verschwunden, hast du das vergessen? Und wir wollen sie immer noch suchen. Davon gehe ich jedenfalls aus. Ich kann das nicht alleine. Und ich will es obendrein nicht.«

Sie schob die teilnahmslos wirkende Marga hinüber zu ihrem

Sessel, dann ging sie zur Tür und rief nach der Magd, die unglücklich auf dem Flur vor der Kammer herumwuselte. Sie war ihrer Herrin sehr ergeben, das wusste Katharina. »Bring einen Teller dicke Hirsesuppe. Mit Weinbeeren.« Nichts brachte so schnell die Kraft zurück wie eine ordentliche Portion süßer Brei. Bei Kranken wie bei Gesunden. »Und Würzwein.« Vielleicht hellte der Margas Stimmung auf.

Es dauerte tatsächlich nur wenige Augenblicke, bis ein dampfender Teller vor Marga stand, offenbar hielt man im Hause Tilfer ständig einen Kessel bereit. Katharina lächelte die Magd dankbar an, dann schob sie sie resolut aus dem Raum. Sie wollte keine Lauscher haben bei dem, was nun folgte.

»Danke, Mama«, sagte Marga mit einer schwächlichen Spur ihres Humors, tauchte gehorsam den Löffel in den Brei und rührte darin herum. Ein kleines Zeichen, dass sie sich nicht länger hängen lassen wollte. Gleichwohl versetzte Katharina das »Mama« einen dummen kleinen Stich mitten ins Herz. Aber Marga konnte das nicht ahnen, Katharina hatte nie mit ihr über ihren Kummer gesprochen. Sie fand einfach die Worte nicht.

»Also, meine Liebe«, sagte sie schnell, um die dumpfe Niedergeschlagenheit fernzuhalten, die unweigerlich folgte, wann immer ihr einfiel, dass sie offenbar nicht Mutter werden konnte. »Ich habe noch einmal mit Loneta geredet und …«

»Du bist zu ihr gegangen? Meinst du, sie hat uns angeschwindelt?« Gott sei Dank kehrte ein wenig Neugier in Margas Miene zurück, und sie füllte auch endlich ihren Löffel mit dem dickflüssigen goldenen Brei.

»Nein. Käthe kam mit ihr bei mir zu Hause vorbei. Hat sie praktisch vor die Tür gezerrt, das arme Lämmchen.«

Marga schob mit spitzen Fingern eine Weinbeere in den Mund. »Glaubst du, sie hat Angst?«

»Angst, weil sie den Mörder gesehen hat? Oder weil sie fürchtet, ihr drohe dasselbe Schicksal wie Anni? Nein, diese Art Angst nicht.« Eine wie Loneta wäre vor Entsetzen gestorben, wenn sie einen kaltblütigen Mord hätte mit ansehen müssen. Oder um ihr eigenes Leben fürchtete. Ausgeschlossen, dass sie das würde unterdrücken können. »Nein, ich denke, ihre Furcht ist mehr allgemeiner Natur. Sie schlottert nicht wie vor einer großen Gefahr …«

»Schlottern? Hübsch ausgedrückt«, unterbrach Marga, und jetzt lauerte auch wieder ein Lachen in ihren Augen.

»Mach dich ruhig lustig über mich. Sie ist schüchtern, unsere Loneta, und sie hat Angst vor der eigenen Courage, weil sie ihr sicheres Leben im Kloster hinter sich gelassen hat. Es sieht nicht so aus, als wisse sie auch nur ansatzweise, was nun aus ihr werden soll.«

»Wahrscheinlich erschien es ihr schlicht als das schlimmere Übel, alleine zurückzubleiben. Ohne eine Freundin.«

»Und genau an dem Punkt wären wir wieder bei der Linnitz. Loneta hat mir erzählt, Dorothee habe sich in Torgau von ihr verabschiedet und den Tross freiwillig verlassen. Weshalb hier kein Verbrechen vorliegt. Dorothee wollte wohl einfach nur weg.«

»Dann können wir unsere Bemühungen ja einstellen«, meinte Marga und zog die Stirn kraus.

Katharina sah sie an. »Falls wir annehmen wollen, dass Dorothees freiwilliger Abschied von den Nonnen bedeutet, sie wäre in sicheren Lebensumständen gelandet.«

Sie schwiegen einen Moment. Schließlich straffte Marga die Schultern und sagte streng: »Aber so dumm sind wir nicht, dass wir das annehmen würden. Es wäre geradezu fahrlässig. Selbst wenn Dorothees erster Schritt freiwillig war, können ihr anschließend alle möglichen katastrophalen Dinge passiert sein.«

»Genau. Wir müssen also herausfinden, *warum* sie weg ist. Mit welchem Ziel. *Zu wem*. Was für einen Plan sie hatte, und ob es überhaupt einen Plan gab. Oder ob sie kopflos gehandelt hat, aus einem spontanen Entschluss heraus.«

»Da wäre der Auslöser fast noch wichtiger. Vielleicht hatte *Dorothee* ja Angst vor irgendetwas oder irgendjemandem.«

»Womit wir wieder bei der Ermordung von Anni Oertel wären. Was, wenn Dorothee etwas darüber weiß und nun fürchtet, man wolle auch sie aus dem Weg räumen? Möglicherweise ist sie in Torgau deshalb weggelaufen und hat keine Ahnung, wie es nun weitergehen soll. Sie ist schließlich ganz allein.«

»Wir müssen mehr über dieses Mädchen in Erfahrung bringen«, erklärte Marga. »Aber zuerst möchte ich noch eine Schale von dem Hirsebrei. Ich habe plötzlich einen Bärenhunger.«

Es hatte gutgetan, gemeinsam die nächsten Schritte zu planen, auch wenn Katharina sie nun ohne Marga gehen musste. Ohne jedes Zögern eilte sie direkt im Anschluss ihres Gespräches zum ehemaligen Augustinereremitenkloster, sie wollte unbedingt mit weiteren Ordensfrauen reden und hatte zudem das drängende Gefühl, dass ihnen die Zeit davonlief. Zum Glück musste sie nicht lange suchen. Kaum hatte sie den Garten betreten, kam ihr auch schon Veronika von Zeschau entgegen.

Und dabei hatte sie wirklich Glück, denn inzwischen hatten die Kirchturmglocken längst geläutet. Alle anderen Frauen waren in der Kirche. Nur Veronika nicht.

»Ich wusste nicht, ob ich zur Non die Kirche besuchen sollte. Es ist … hier draußen ist alles so anders«, sagte sie leise zu Katharina, und diese hatte den Eindruck, es täte ihr gut, sich einmal auszusprechen.

»Man muss mehr Entscheidungen treffen«, sagte Katharina also sanft. Es war wichtig, dass Veronika sie als verständnisvoll empfand, umso mehr würde sie sich öffnen. »Das ist sicher nicht immer so einfach, vor allem, weil Ihr es ja nicht gewohnt seid.«

Veronika nickte. »Überhaupt ist das Leben außerhalb des Klosters komplizierter, als ich erwartet hatte. Oder als einige der Mitschwestern behauptet haben.«

Wahrscheinlich meinte sie Käthe. Mit ihrem zupackenden Wesen hatte Käthe sicher nicht viel Unüberwindliches gesehen. Wenn doch, würde sie Möglichkeiten auftun, um mit sämtlichen Schwierigkeiten fertigzuwerden. Der resoluten Nonne konnte es auf keinen Fall leichtgefallen sein, gemeinsam mit Frauen wie Veronika von Zeschau Pläne zu schmieden. Gefährliche Pläne. Und diese auch noch durchzuführen.

»Das wird sich bald alles finden.« Katharina hatte Mühe, sich zu aufmunternden Worten für Veronika durchzuringen. »Ihr müsst Euch nur erst einmal an das neue Leben gewöhnen.«

»Wenn wir nur wüssten, wo wir hin sollen.« Veronikas blaue Augen füllten sich mit Tränen, und Katharina hoffte inständig, sie würde nicht anfangen zu weinen. Dann müsste sie sie trösten, und dazu hatte sie keine Zeit. Und keine Lust, wenn sie ehrlich war. Mit Jammerlappen wie der Zeschau konnte sie genauso wenig anfangen wie Käthe von Bora.

»Hier hast du dich also versteckt«, war eine aufgebrachte Stimme hinter ihnen zu hören.

Veronika fuhr erschrocken zusammen. »Meine Güte, Margarete, musst du dich immer so anschleichen!«, sagte sie und wandte sich rasch Katharina zu. »Das ist meine Schwester.«

»Katharina Roeseling.« Katharina betrachtete den Neuankömmling neugierig.

Die Zeschau-Schwestern waren sich äußerlich gar nicht so unähnlich, doch strahlten sie eine sehr unterschiedliche Haltung aus. Beide waren hübsch, doch nicht mehr ganz jung, bereits auf dem Weg, bald schon zu verwelken, mit einem Kranz noch kaum sichtbarer Fältchen um den Mund und den ersten grauen Fäden im Haar. Aber Veronikas Augen waren unruhig, sie schien sich vor allem und jedem zu fürchten. Margarete dagegen stand kerzengerade da und ließ einen abwägenden Blick auf Katharina ruhen. Anscheinend hoffte sie, diese könne ihr irgendwelche Neuigkeiten verraten, denn nach einem Moment des Überlegens setzte sie ein strahlendes – und ganz offensichtlich falsches – Lächeln auf. Da kannst du lange warten, dachte Katharina.

Margarete fächelte sich mit ihrer schmalen Hand nervös Luft zu, als wäre es Mitte August und die Sommerhitze drücke sie nieder. Dabei war es April und erbärmlich kalt.

»Verratet mich nicht, aber ich bin so erleichtert, dass wir nicht mehr mehrmals am Tag in die Klosterkirche zum Gebet müssen. Nicht, dass ich nicht gerne die Lobpreisung Gottes leiste, doch hier draußen kann man das doch genauso gut, meint Ihr nicht?« Sie riss ihre grünen Augen auf und sah Katharina beschwörend an.

Der wurde umgehend unbehaglich zumute. Margaretes Verhalten wirkte so – künstlich. Katharina räusperte sich. »Dann seid Ihr gewiss besser außerhalb der engen Klostermauern aufgehoben.«

»Deshalb sind wir ja auch gegangen.«

»Ein guter Grund«, bestätigte Katharina hölzern.

Gottlob tat Margarete ihr den Gefallen und kam nun von selbst auf das Thema, weswegen Katharina überhaupt beschlossen hatte, die entlaufenen Ordensfrauen erneut aufzusuchen. »Auf jeden Fall ein vernünftigeres Motiv als das gewisser anderer Mitreisender«, bemerkte sie nämlich.

»Margarete! Schweig still!«, flüsterte Veronika.

»Wieso? Sie ist fort. Was habe ich jetzt noch für Verpflichtungen ihr gegenüber?«

Katharina verhielt sich mucksmäuschenstill. Wenn die Schwestern in Streit gerieten, erfuhr sie von ihnen bestimmt mehr, als wenn sie sie ausfragte.

»Aber du solltest sie nicht verraten! Das gehört sich nicht.«

Ganz sicher gehörte sich das nicht. Hoffentlich tat Margarete es trotzdem. Katharina hielt den Atem an.

»Ach was. Jeder muss selbst wissen, was er tut, und ist seines Glückes Schmied. Nicht?« Margarete blickte Katharina herausfordernd an. Kurz schien sie noch abzuwägen, ob sie das Geheimnis wirklich ausplaudern sollte. Katharina sah genau, wie sehr es sie danach verlangte. Gottlob siegte letztendlich ihr Mitteilungsbedürfnis. Und die Freude an der eigenen Wichtigkeit, nahm Katharina an. »Dorothee von Linnitz war nicht so, wie sie es uns hat glauben lassen«, erklärte Margarete und ließ einige bedeutungsschwangere Momente verstreichen.

Offensichtlich brauchte sie eine würdige Bühne. Katharina zuckte also zurück und schlug die Hand vor den Mund. »Nein! Sie hat Euch Dinge vorgegaukelt, die Euch einen völlig falschen Eindruck von ihr vermittelten?« Hoffentlich trug sie nicht zu dick auf.

»So ist es.« Margarete blickte sich um, als wolle sie ganz sicher sein, dass sich nirgends unerwünschte Zuhörer versteckten, und senkte die Stimme. »Sie war längst nicht so seriös, wie sie tat. Nicht so *tugendhaft*, falls Ihr versteht, was ich meine.«

»Ob ich verstehe, was Ihr meint – ich hoffe doch nicht«, hauchte Katharina. Sie freute sich schon darauf, Marga zu erzählen, wie dieses Gespräch verlaufen war. Sie würde es getreulich und mit verteilten Rollen nachspielen.

Margarete wurde immer leiser. »Kurz nachdem sie nach Marienthron gekommen war, habe ich beobachtet«, sie ignorierte Veronika, die die Hände vors Gesicht schlug, »wie sie sich mit jemandem traf. *Einem Mann.*«

»Einem Mann?«, wiederholte Katharina und sprach vor Verblüffung mit völlig normaler Stimme.

»Einem Mann«, bestätigte Margarete, und der Triumph ließ ihre Augen leuchten. »Blond, jung, gut aussehend. Und sie traf ihn heimlich. Verschwiegen. Versteckt in der Hecke hinter dem Kornhaus.«

»Als Ihr in Torgau ankamt und Dorothee verschwunden ist, habt Ihr diesen Mann da auch wieder gesehen?«, fragte Katharina scharf. Was sie hier erfuhr, war zu wichtig, um weiterhin so zu tun, als ginge es nur um alltäglichen boshaften Tratsch.

»Als wir in Torgau von den erbärmlich stinkenden Fuhrwerken gestiegen sind, waren überhaupt keine Fremden in unserer Nähe. Das war eine große Erleichterung, kann ich Euch sagen. Wir hatten alle große Angst, verfolgt zu werden. Obschon im Kloster ja keine Männer lebten, die uns hätten nachreiten können. Außer Pfarrer Zwilling und natürlich Koppe und seinen Leuten war kein Mann weit und breit zu sehen.«

»Also hat Dorothee sich nicht mit diesem Freund in Torgau getroffen«, schloss Katharina nachdenklich.

»Wenn es überhaupt ein Freund war.« Margarete kniff die Augen zusammen und sah Katharina herablassend an. »Ehrlich gesagt habe ich auf Dorothee nicht besonders geachtet«, erklärte sie. »Sie tat sowieso immer, was sie wollte. Unter Umständen gab es da ja noch einen weiteren Mann. Weitere *Männer*. Wer weiß schon, was so einer alles einfällt.«

»Ja, wer weiß das schon so genau«, bestätigte Katharina grimmig.

Plötzlich wurde es ihr zu viel. Der vernachlässigte Garten, die gezierten Schwestern, die Last ihres Vorhabens. »Ich muss gehen«, sagte sie, und es war ihr egal, dass es brüsk und unhöflich klang. Frauen wie die Zeschau-Schwestern hatten nette Umgangsformen nicht verdient.

Sie drehte sich auf dem Absatz um und floh, froh und erleichtert, dass sie solche Freundinnen nicht nötig hatte.

7

Dorothee von Linnitz war allein, doch sie war von Natur aus nicht furchtsam. Allmählich legte sich jedoch eine gewisse Anspannung auf ihre Seele. Die Lumpenfrauen im Wald hatten ihr klar genug aufgezeigt, wie schutzlos sie als Alleinreisende war. Nicht, dass sie sich über die Maßen ängstigte, aber dass ihr nichts geschehen war, war nur dem Zufall geschuldet. Genauso gut hätten statt dreier Frauen auch ein paar Söldner vor ihr auftauchen können, die sich einen Teufel um Dorothee von Linnitz' Ehre und Tugend geschert hätten.

Dass es nicht schlimmer gekommen war, verdankte sie ihren Schutzengeln und nicht dem, der eigentlich für ihre Sicherheit zuständig war.

Dabei war sie so sicher gewesen, dass am Ende ihrer gewagten Flucht das reine Glück stehen würde. Ein Glück in der Gestalt von Hans Christian, den sie von Herzen liebte und den ihre Eltern aus ebenso ganzem Herzen ablehnten. Gut, er war der Sohn des Wildhüters auf dem Linnitz'schen Stammsitz. Heinrich und Giesela von Linnitz betrachteten ihn schlicht als Mesalliance. Aber sie würden bestimmt noch einsehen, was für ein wunderbarer Mensch Hans Christian war. Sie mussten ihm nur eine Chance geben. Und da ihre Eltern ihm diese Chance nicht freiwillig einräumten, wollte Dorothee sie dazu zwingen. Sie hatte nicht den geringsten Zweifel, dass ihr dies gelingen würde.

Mit Hans Christian war längst alles abgesprochen, seit ihren ersten Tagen in Nimbschen schon. Er war ihr gefolgt, der Gute, genauso verzweifelt wie sie selbst, dass sie von ihren verstockten Eltern getrennt worden waren. Nicht einmal voneinander verabschieden durften sie sich. Geschickt, wie Hans Christian war, hatte er ihr eine Nachricht zukommen lassen über Anni, die er zufällig getroffen hatte – nun, nicht ganz so zufällig. Zwei volle Tage hatte er vor den Klostermauern herumlungern müssen, bis er endlich jemanden ansprechen konnte. Dass es sich dabei ausgerechnet um Anni Oertel handelte, war ein großes Glück, denn die lehnte das Klosterdasein genauso vehement ab wie Dorothee selbst. Es war dann gar nicht so schwer gewesen, sich unauffällig mit Hans Christian zu treffen, im Schutz der Dunkelheit, an einem lauschigen, verschwiegenen Plätzchen irgendwo hinten auf dem weitläufigen Gelände des Klosters. Ihre Begegnung war sehr romantisch gewesen, und die tiefen Seufzer von Hans Christian waren es auch. Genau an diesem Ort hatte Dorothee ihm ihren Plan vorgetragen, und Hans Christian war – erwartungsgemäß – hellauf begeistert gewesen. Dorothee konnte überaus beredt sein, wenn sie wirklich etwas wollte. Ihre lockenden Küsse und streichelnden Hände hatten ein Übriges getan.

Sie hatte nur noch einen Weg finden müssen, ihre Pläne in die Tat umzusetzen, und der bot sich ihr schließlich, als sie Zeuge wurde, wie die Nonnen ihre Flucht planten. Dorothee von Linnitz war nicht die Frau, die eine günstige Gelegenheit verstreichen ließ. Und so sandte sie Hans Christian das verabredete Zeichen, überrumpelte Käthe von Bora und sagte gemeinsam mit ihr und den anderen Marienthron Adieu. Nur hatte Dorothee ein völlig anderes Ziel.

Doch wartete sie nun schon seit fünf Tagen auf Hans Christian, und allmählich wurde sie ärgerlich. Was konnte wichtiger für ihn sein, als zu ihrem vereinbarten Treffpunkt nach Elsnig zu kommen? Was dachte er sich, sie ohne Nachricht und ohne Erklärung zu lassen? Ganz allein. Das gehörte sich einfach nicht.

Die Frage war, wie lange sie noch ausharren sollte. Oder was sie tun könnte, falls er nicht kam. Dorothee brauchte einen Plan, einen neuen Plan. Plötzlich wurde ihre Unruhe einfach zu groß. Sie sprang so heftig von ihrer Bank unter dem Fenster auf, dass Greta erschrocken zusammenfuhr.

»Soll ich dir noch frisches Bier bringen?«, fragte sie und griff schon nach einem Krug.

Dorothee schüttelte den Kopf. »Ich muss hier raus. In dieser Schankstube kriege ich nicht genug Luft.«

»Ich will noch einmal aus dem Haus.«

»Jetzt? Es wird bald dunkel.« Zwischen Thomasus' zusammengezogenen Brauen bildete sich diese Furche, die nichts Gutes bedeutete. Sie verwies nämlich darauf, dass Thomasus Roeseling ungehalten wurde.

»Richtig. Es *wird* bald dunkel, aber jetzt ist es noch hell«, wandte Katharina ein und versuchte, zart und lieblich zu klingen. Sie war nicht sehr gut darin, einen Mann nach Weiberart zu umgarnen, doch sie wollte es zumindest versuchen. »Zum Abendessen bin ich zurück.«

»Kannst du nicht zu Hause bleiben wie jede andere Frau auch?«, fragte Thomasus, und auch wenn er leise sprach, so klangen seine Worte nicht weniger düster.

»Ich tu doch nichts Böses.« Katharina lächelte ihn an, möglichst unbefangen und freundlich, obwohl ihre Fingerspitzen vor Ungeduld kribbelten.

»Davon gehe ich aus.«

»Eben.«

»Aber ich frage mich, was so unaufschiebbar ist, dass es nicht bis morgen warten kann. Du gehst morgen doch ohnehin in die Stadt.«

Katharina zögerte. Unaufschiebbar war das Gespräch mit Burkhardt letztlich nicht. Doch er sollte wissen, was die beiden Zeschaus ihr berichtet hatten. Die Darlegung bot einen Anhaltspunkt für das, was mit Dorothee von Linnitz geschehen sein könnte. Selbst wenn deren Verschwinden nichts mit dem Tod von Anni zu tun hatte, so war das Mädchen trotzdem in Gefahr. Mit wem auch immer es sich eingelassen hatte – wer sagte denn, dass dieser Jemand nichts Böses im Schilde führte? Wenn sie Dorothee nicht bald fanden, war es vielleicht zu spät. Noch war das Verhängnis womöglich aufzuhalten, das unter Umständen ihr ganzes Leben ruinierte. Katharina hatte es sich genau überlegt. Die Frage war nur, ob sie Thomasus gegenüber ehrlich sein durfte. Er hatte oft so beklagenswert wenig Verständnis für das Offenkundige.

Thomasus lehnte sich in seinem Sessel zurück und verschränkte fest die Arme vor der Brust. »Ich finde es bedenklich, dass du derart lange brauchst, um dir darüber klar zu werden, ob du zugeben sollst, was du im Schilde führst. Sehr bedenklich.«

»Tu doch nicht so, als sei es eine Freizeitbeschäftigung von mir, frevlerische Pläne zu schmieden«, erwiderte Katharina, und weil sie sich ertappt fühlte, wurde sie wütend.

Thomasus atmete einmal tief durch und legte die Hände breit auf den Tisch. »Werde bitte nicht unsachlich. Also, raus mit der Sprache. Du musst mir schon sagen, um was es geht.«

Weil du entscheiden willst, ob du mir erlaubst, aus dem Haus zu gehen?, hätte Katharina am liebsten gefragt, aber sie tat es nicht. Vielleicht war es tatsächlich besser, sie bezog Thomasus in ihre Pläne ein. Dann konnte er sich selbst ein Urteil bilden darüber, dass sie nichts Dummes oder Unrechtmäßiges vorhatte.

»Ich wollte Burkhardt besuchen«, erklärte sie nach einer weiteren zu langen Pause.

Thomasus ließ sich noch mehr Zeit mit seiner Antwort. So lange, dass er nicht mehr dazu kam.

»Nicht nötig.« Die ölige Stimme von Rutger drängte sich in die entstandene Stille. »Der Schützenmeister ist gerade eingetroffen.«

Im Eifer des Gefechts hatte Katharina den Türklopfer überhört. Genauso wenig hatte sie bemerkt, dass Rutger sich in der Nähe aufhielt und ganz offensichtlich schamlos ihre Unterhaltung belauscht hatte. Über das Versäumnis, nicht die Tür geschlossen zu haben, konnte sie sich später noch ärgern, jetzt erst einmal betrat Burkhardt die Wohnstube. Wie beinahe immer wirkte seine Kleidung etwas ramponiert, und seine Züge waren zerknautscht. Eigentlich machte genau das seinen Charme aus. Heute nicht. Heute sah er einfach nur müde aus.

»Du erscheinst im passenden Moment.« Thomasus legte einen sarkastischen Ton in seine Stimme, aber Burkhardt ignorierte ihn. Katharina hatte sich längst daran gewöhnt, es war immer so mit den beiden.

»Freut mich, wenn mein Besuch dir nicht ungelegen kommt.« Burkhardt zeigte einen Anflug seines entwaffnenden Grinsens und ließ sich ohne weitere Umschweife auf einen eilig herangezogenen Schemel sacken. Soweit Katharina wusste, war der das bei Weitem unbequemste Möbel in diesem Raum, aber er schien es nicht zu bemerken. »Ich wollte mich eigentlich zum Abendessen einladen, sofern ich nicht störe.«

Katharina betrachtete ihn mitleidig. Nicht nur Marga ging es schlecht. Burkhardt sah nicht viel besser aus. Nachlässig rasiert, mit geröteten Augen von zu wenig Schlaf. »Ihr seid immer von Herzen willkommen, das wisst Ihr doch«, sagte sie.

»Und dazu ist der Moment auch gerade so furchtbar günstig«, warf Thomasus ein. »Meine Frau wollte sich nämlich just in der hereinbrechenden Dunkelheit aufmachen, um dich aufzusuchen. Gewiss wollte sie dich zum Abendmahl einladen. Oder, Katharina? Wolltest du noch etwas anderes mit Burkhardt besprechen?«

Katharina fixierte Rutger mit strengem Blick in der Hoffnung, er verstünde das als Aufforderung, zu verschwinden. Das tat er vermutlich sogar. Aber er dachte gar nicht daran, das gesellige Beisammensein zu verlassen, und starrte ebenso unnachgiebig zurück.

Irgendwann würde sie einen Weg finden, ihn in die Schranken zu weisen. Katharina wandte sich ab.

»Eigentlich ist mir jeder Besucher mit einigermaßen passablen Manieren willkommen.« Thomasus seufzte. »Hier im Haus mangelt es offenbar daran. Rutger, du kannst gehen. Mach die Liste mit den Safran-Auslieferungen fertig.«

Katharina räusperte sich und schluckte das peinliche Gefühl hinunter, sich mit dem Hauptbuchhalter wieder einmal einen Machtkampf geliefert zu haben. Sie hatte ihn zwar gewonnen, aber dass sie diese Auseinandersetzungen überhaupt zuließ, war schon falsch. Sie wartete, bis Rutger beleidigt die Tür ins Schloss gezogen hatte, dann gab sie sich einen Ruck.

»Ich hatte heute ein sehr aufschlussreiches Gespräch mit den Damen Margarete und Veronika von Zeschau …«

»Wer um Himmels willen sind denn die beiden?«, unterbrach Thomasus.

»Zwei Schwestern, die zu den Ordensfrauen gehören, die zurzeit bei Doctor Luther untergekommen sind«, erklärte Katharina und beobachtete Burkhardt, der sie freundlich anlächelte und anscheinend mit den Gedanken ganz woanders war. Davon würde sie sich nicht entmutigen lassen. »Sie wussten etwas über Dorothee von Linnitz«, sagte sie ein bisschen zu laut.

»Nichts über Anni Oertel?«, fragte Burkhardt, und das bewies zumindest, dass er zuhörte.

»Nur indirekt«, bekannte Katharina. »Aber sie haben mir erzählt, dass Dorothee sich kurz nach ihrer Ankunft in Marienthron heimlich mit einem Mann getroffen hat.«

»Warum auch nicht. Sie wird ihre Verbindungen gehabt haben, bevor sie ins Kloster ging.« Burkhardt verschränkte die Arme.

»Ins Kloster *geschickt* wurde«, präzisierte Katharina. »Gegen ihren eigenen ausdrücklichen Wunsch. Auf jeden Fall könnte dieser

Mann durchaus wissen, was Dorothee geplant hatte. Oder wohin sie wollte. In Torgau ist sie noch bei den Nonnen gewesen.«

»Wurde dieser Mann dort ebenfalls gesehen?«, fragte Thomasus. Wenn er sich einmischte, war das immerhin besser, als wenn er das Gespräch gleich abbrach. Dennoch hätte Katharina diese Information lieber später alleine an Burkhardt weitergegeben.

»Nein«, erklärte sie. »Die Zeschaus haben aber laut ihrer Aussage nicht auf Dorothee geachtet.«

»Was ja nicht heißt, dass er nicht dort gewesen ist. Dorothee kann den Mann nach Torgau bestellt haben, ohne dass die anderen es bemerkt haben.« Burkhardt winkte ab. »Sie hat sich also mit ihrem Freund getroffen oder ihrem Liebhaber oder was weiß ich, mit wem. Aus freien Stücken. Selbst wenn Dorothee von Linnitz sich ihren Ruf ruiniert, Katharina, habe ich damit nichts zu schaffen. Mir ist klar, Ihr seht das anders, doch dies ist eine Familienangelegenheit der von Linnitz. Aber Ihr hattet angedeutet, Dorothee habe – indirekt – mit der Oertel zu tun gehabt. Wie genau war das Verhältnis der beiden?«

»Nun, Anni hatte Nachrichten zwischen Dorothee und ihrem … Gefährten befördert«, erklärte Katharina. »Da sie aber derart vertraut miteinander waren, kannten sie sich vermutlich auch gut. Und dann kann Dorothee die Umstände, die zu Annis Tod geführt haben, womöglich irgendwie erhellen.« Dieses effektive Argument war ihr gerade erst eingefallen. »Es ist vor allem aus diesem Grund unbedingt wichtig, dass Dorothee gesucht wird.«

Burkhardt seufzte. »Ich überleg's mir.«

Einen Moment lang schwiegen sie alle drei, und Katharina spürte, wie erschöpft sie war. Und wie erleichtert, weil sie Burkhardt hatte vortragen können, was sie ihm sagen wollte, und sie Thomasus nicht weiter damit erzürnt hatte. Denn auch wenn seine Miene alles andere als entspannt war, so sah er doch davon ab, den Streit weiterzuführen. Es musste ihn Kraft kosten, davon abzusehen, sie mit Gewalt zu zähmen. So, wie es manch anderer Ehemann getan hätte.

Plötzlich fiel ihr wieder ein, warum sie ihn liebte. Weil er sie ernst nahm und ihre Meinung gelten ließ. Selbst wenn es schwierig für ihn wurde, sie zu verstehen.

Burkhardt Gantzer verspürte so wenig Wissbegierde hinsichtlich Dorothee von Linnitz' und ihres Liebeslebens, dass er Katharinas Anmerkungen längst beiseitegeschoben hatte, als er vom Roeseling'schen Abendbrottisch aufstand und sich auf den Heimweg machte. Wahrscheinlich war das Mädchen bloß ein selbstsüchtiges und rücksichtsloses Ding, und ihre armen Eltern konnten einem leidtun. Von ihm aus konnte sie bleiben, wo der Pfeffer wuchs, und sich in fremden Kissen tummeln, so viel sie wollte. Ihn interessierte allein der Mord an Anni Oertel, und da kam er keinen Schritt weiter.

Allerdings schaffte er es auch kaum, sich richtig auf den Fall zu konzentrieren. Beharrlich und niederschmetternd drängte sich immer wieder die Erinnerung an die katastrophale Begegnung im Rathaus zwischen Marga und ihrem Vater in seine Gedanken. Warum, warum nur war er ein solcher Einfaltspinsel gewesen? Er hatte doch kommen sehen, dass dieser Moment eines Tages einmal über ihn hereinbrechen würde. Es hatte seit jeher klar auf der Hand gelegen. Dietmund Tilfer durfte nicht ewig warten, bis er seine Tochter einem geeigneten Ehemann übergab, denn irgendwann war es dafür zu spät. Da konnte Marga so liebreizend sein, wie sie nur wollte.

Burkhardt stöhnte auf, es hallte überlaut in den stillen Gassen. Wittenbergs Bürger waren in ihren Häusern und Stuben verschwunden und saßen nach dem Abendessen noch gesellig beieinander. Außer ihm war niemand mehr unterwegs.

Die Vorstellung, jetzt schon in sein einsames Zuhause zurückzukehren, erschien Burkhardt völlig abwegig. Seit letztem Jahr wohnte er nicht mehr zur Untermiete, sondern in einem kleinen Häuschen im Nordwesten der Stadt, das ihm einen willkommenen Rückzugsort bot. Leider war das Haus ungemütlich und wenig einladend, denn er hatte bislang weder Zeit noch Lust gehabt, es wohnlich herzurichten. Außerdem hatte er keine Ahnung, wie man karg eingerichtete Räume in ein Domizil verwandelte, in dem man sich geborgen fühlte und von des Tages Last erholen konnte.

Hatte er sich allen Ernstes eingebildet, in einer nicht allzu fernen Zukunft Marga Tilfer dorthin heimzuführen? Jedenfalls wusste er nun, zu welcher Blödheit ein verliebter Esel fähig war.

Wenn er jetzt nach Hause ging, würde er verrückt. Also machte

Burkhardt auf dem Absatz kehrt und begab sich auf den Weg zum Rathaus. Irgendetwas gab es immer zu tun.

»'n Abend, Meister«, begrüßte ihn Kunibert erfreut. Kunibert war einer der Stadtdiener und derjenige, mit dem Burkhardt am liebsten zusammenarbeitete. Er war fix im Kopf, engagiert bei der Sache und verbreitete im Allgemeinen beste Laune. Die zusammengewachsenen buschigen Augenbrauen verliehen seinen Zügen etwas Finsteres, darunter jedoch blitzten lustig braune Äuglein, eine Kombination, die vor allem Frauen offenbar unwiderstehlich fanden. Kuniberts Weibergeschichten waren legendär im Rathaus, nur in der letzten Zeit war es untypisch still in der Gerüchteküche geworden.

»Was machst du denn noch hier?«, fragte Burkhardt. Es war schon spät, und Kunibert hatte eigentlich nicht einmal Dienst.

»Ich musste mein Messer schärfen. Und dann hab ich's ausprobiert und ein bisschen rumgeschnitzt und wohl irgendwie die Zeit vergessen.« Kunibert kratzte sich am Kopf mit dem Ding, das er gerade geschaffen hatte. Soweit Burkhardt es erkennen konnte, handelte es sich dabei um die getreue Nachbildung eines Kätzchens. »Und Ihr, Schützenmeister? Was treibt Euch noch so spät in die Wachstube?«

Burkhardt ging nicht auf die Frage ein, das konnte er schlecht erklären. »Es ist gut, dass ich dich antreffe, ich habe einen Auftrag für dich. Jemand wirft anscheinend immer wieder seine Abfälle in die Lebendfisch-Becken hinter dem Markt und verunreinigt damit das Wasser. Kümmer dich darum, das muss aufhören. Die Fischhändler steigen mir allmählich aufs Dach.«

»Ist gut. Gleich morgen früh?« Kunibert wischte das Schnitzmesser sorgfältig an seinem Wams ab und steckte es in den Gürtel.

»Je schneller, je besser.«

Irgendwo war da ein Laut wie von einer zufallenden Tür. Konnte das sein? Burkhardt war ganz sicher, dass sich zu dieser späten Stunde außer ihnen niemand mehr in dem Gebäude aufhielt. Trotzdem. »Meinst du, da kommt jemand?«

»Ich hab's auch gehört. Ist aber reichlich spät für einen Besuch im Rathaus, was, Schützenmeister?«

Burkhardt ging zur Tür. Draußen irrte im Halbdunkel der Halle ein Mann in leicht ramponierter Reisekleidung herum.

»Sucht Ihr wen?«, rief Burkhardt quer durch die Halle.

Der Mann wirbelte einmal um die eigene Achse und kam mit raschen Schritten zu ihnen herüber. »Oja, das tue ich.«

Als der schwache Lichtschein aus der Wachstube auf ihn fiel, erkannte Burkhardt, dass der Mann jünger war und noch weitaus staubiger und zerzauster, als es zunächst den Anschein gehabt hatte. Offenbar hatte er eine eilige Reise hinter sich. Unruhig fuhr er sich durch das blonde Haar, was dieses auf abenteuerliche Weise abstehen ließ. »Im Moment suche ich den Schützenmeister. Mir wurde gesagt, er sei der Beste, wenn es darum geht, verschollene Personen aufzuspüren.«

»Hoffentlich hat man Euch da nicht zu viel versprochen.« Burkhardt verspürte nicht die geringste Lust, sich noch einen weiteren unlösbaren Fall aufzuladen.

»Sicher nicht, ich kann jede Unterstützung gebrauchen, gleich, welcher Art. Helft Ihr mir? Vorausgesetzt natürlich, Ihr seid der Schützenmeister. Seid Ihr das?«

»Bin ich«, bestätigte Burkhardt wohl oder übel. »Burkhardt Gantzer. Was genau kann ich denn für Euch tun?«

»Meine Verlobte ist verschwunden und …«

»Vielleicht hat sie Angst vor der eigenen Courage bekommen«, warf Kunibert ein. Burkhardt maß ihn mit einem strengen Blick, doch an Kunibert waren subtile Formen von Zurechtweisung gänzlich verschwendet.

»Auf keinen Fall.« Der junge Mann schüttelte heftig den Kopf. »Nicht meine Braut. Wir waren uns einig. Sehr einig. Und nun ist sie wie vom Erdboden verschwunden. Ich mache mir entsetzliche Sorgen um sie.«

»Nun, es ist ja nicht völlig ausgeschlossen, dass sie es sich doch anders überlegt hat«, wandte Burkhardt behutsam ein. Er wusste schließlich selbst am besten, wie schmerzhaft Liebeskummer sein konnte.

»Nein! Nicht meine Dorothee. Dorothee würde so etwas niemals tun, jedenfalls nicht heimlich. Nicht, ohne mich mit offenen Worten darüber in Kenntnis zu setzen.«

Dorothee! Auch das noch. »Dorothee und wie weiter?«, erkundigte sich Burkhardt ohne jede Hoffnung, dass es sich um eine ganz neue Dorothee handeln könnte. Die Wahrscheinlichkeit, dass sich gleichzeitig mehrere Dorothees in Luft auflösten, war doch sehr gering.

»Dorothee von Linnitz. Und mein Name ist Hans Christian Brandt. Wir wollten bald heiraten und …« Er verstummte und sah so aus, als bräche er gleich in Tränen aus.

»Und Ihr habt sie vor einer Woche in Torgau das letzte Mal gesehen?« Burkhardt wusste schon, als er die Frage stellte, dass er nicht die Antwort erhalten würde, die er sich wünschte.

»Torgau? Warum Torgau? Nein, natürlich nicht. Und wieso vor einer Woche? Ich habe Dorothee vor Monaten zuletzt getroffen, in Nimbschen, da war sie in einem … Ich meine, da wohnte sie zu der Zeit.« Hans Christian verschränkte die Arme hinter dem Rücken und sah aus, als fühle er sich unbehaglich. Anscheinend war dem Jungen eingefallen, dass er die genauen Umstände zu Dorothees Gunsten besser geheim hielt.

»Im Zisterzienserinnenkloster Marienthron, ich weiß.« Burkhardt verschloss gerade noch rechtzeitig einen abgrundtiefen Seufzer in seiner Brust.

»Das wisst Ihr?« Der junge Brandt riss die Augen auf. Dann schlug er die Hand vor den Mund. »Warum wisst Ihr das denn? Was hat das zu bedeuten? Das müsst Ihr mir sagen! Was wisst Ihr denn noch?«

»Nichts«, erklärte Burkhardt mit Grabesstimme. »Absolut nichts weiß ich.«

TEIL 2

1

Als sich Burkhardt am nächsten Tag auf den Weg zur Morgenandacht begab, ging er endlich einmal wieder mit festem Schritt. Es tat ihm gut, dass er einen Entschluss gefasst hatte. Denn das hatte er.

Er reihte sich ein in die Menge plaudernder Leute, die wie er zur Kirche strebten, nickte dem Stadtkämmerer Eberwin Rößler zu, winkte Meister Lucas Cranach, der mit der ganzen Familie und sämtlichen Werkstattangehörigen anrückte und damit bereits eine stattliche Anzahl Gottesdienstbesucher stellte. Burkhardt kannte wirklich jeden hier in der Stadt, und meistens gefiel ihm das ausnehmend gut. Manchmal fand er es auch lästig. So wie heute. Denn heute musste er sich konzentrieren.

Solange er seine Privatangelegenheiten nicht in Ordnung gebracht hatte, konnte er sich seinen beruflichen Aufgaben nicht mit der erforderlichen Aufmerksamkeit widmen. Bitter, aber wahr. Burkhardt war niemand, der sich leicht aus dem Konzept bringen ließ, allerdings war er auch noch nie verliebt gewesen. Oft hatte er sich gefragt, warum anderen so mühelos gelang, was ihm selbst so schwerfiel. Nun war sie da, die Liebe, und er empfand sich als reichlich naiv, weil er sie so heiß ersehnt hatte.

Er musste die Sache mit Marga jetzt aus dem Kopf kriegen, so oder so.

Dazu bot der Kirchgang eine hervorragende Gelegenheit. Auch die Tilfers würden der Morgenandacht beiwohnen, schließlich hatte Dietmund seine Tochter nicht in den Kerker gesperrt. Den Besuch des Gottesdienstes konnte er ihr nicht verwehren. Allzu schwierig dürfte es nicht sein, einen günstigen Moment abzupassen, um Marga zur Seite zu ziehen und – ja, um was zu tun? Mit ihr zu reden jedenfalls. Teufel noch mal, er würde ihr sein Herz anbieten, und wenn sie es nicht wollte, warf er es ihr vor die Füße, damit sie nach Gutdünken darauf herumtrampeln konnte.

Du bist ein Idiot, dachte er. Er liebte Marga Tilfer doch gerade deswegen, weil sie eben *nicht* dazu neigte, die Gefühle ihrer Mitmenschen in den Staub zu treten. Aus diesem Grund und aus tausend anderen.

Burkhardt gab sich einen Ruck und sammelte sich. Dann schlängelte er sich zwischen den Grüppchen Wittenberger Bürger hindurch, die noch auf dem Vorplatz beisammenstanden, in das übliche Palaver vertieft waren und das ganz sicher mindestens so genossen wie die Erbauung durch einen Gottesdienst. Burkhardt betrat die Stadtkirche und verhielt einen Moment. Das Hohe und Klare des Raumes, die zarten Rippen, mit denen die Gewölbe gehalten wurden, erfüllten ihn mit Staunen und Ehrfurcht, sooft er ihrer angesichtig wurde. Jedes Mal. Noch war er beinahe allein, und genau das hatte er beabsichtigt. Sorgfältig wählte er eine günstige Position an einer der Säulen des Mittelschiffs. Von dort aus konnte er die herbeiströmenden Gottesdienstbesucher beobachten und würde Marga bemerken, sobald sie eintraf.

Dann fiel ihm etwas ein. Falls Marga überhaupt kam – wovon er ausging –, dann garantiert an der Seite ihres Vaters, was es unmöglich machen würde, mit ihr zu sprechen. Diesen Umstand hatte er nicht bedacht, ein deutliches Zeichen dafür, wie durcheinander er war.

Er versuchte sich zu entspannen. Wenn sie erst einmal da war, würde er auch einen Weg finden, mit ihr zu reden. Irgendwie.

Kuno Riesener betrat die Kirche, in gemessenem Schritt und mit Marlies an der Seite, der Hebamme. Sieh an, dachte Burkhardt. Kurt Feisal, Eberwin Rößler und die anderen Ratsherren folgten den beiden. Bäcker Sebald, der das beste Brot der Stadt herstellte. Der gesamte Haushalt Roeseling traf ein. Burkhardt beobachtete, wie Thomasus eine zackige Richtungsänderung vornahm, um sich nicht zu Walram und Sieglind Darrer stellen zu müssen, die beide laut und roh waren und die Thomasus nicht ausstehen konnte. Burkhardt auch nicht. Stattdessen gesellten sich die Roeselings zu Ratsherr Waertz und seiner Gattin. Es kam die halbe Stadt und noch ein paar mehr, und der Kirchenraum hallte von unzähligen Stimmen.

Weder Marga noch Dietmund Tilfer ließen sich blicken.

Dem Gottesdienst vermochte Burkhardt nicht so recht zu folgen, und er hatte seine liebe Mühe, das Erbauliche daran wahrzunehmen. Was sollte er jetzt bloß tun? Er konnte schlecht bei den Tilfers daheim aufkreuzen. Wenn er es trotzdem tat, würden sie ihn nicht zur Tochter des Hauses vorlassen. Dann musste er direkt mit Meister Dietmund sprechen, und das wollte er nicht. Diesen Schritt würde er nur tun, wenn er sicher wusste, dass dies auch in Margas Sinne war. Vielleicht hatte er sich geirrt, vielleicht bekam er seine Chance nicht. Am Ende mochte Marga den Kampf gar nicht ausfechten, war womöglich einverstanden mit den Plänen, die ihre Familie für sie gefasst hatte. Obendrein würde sie Ärger bekommen, weil ihr Vater ihr todsicher – und ohne jede Grundlage – vorwarf, sie habe einen Mann ermuntert, der nicht für sie in Frage kam. Ärger wollte er ihr nicht machen.

Irgendwie stand Burkhardt die sich ewig hinziehenden Lobpreisungen Gottes durch und brütete über seinen düsteren Zukunftsaussichten.

Als dann endlich der letzte Psalm gesprochen, das letzte Gebet verhallt war, blieb er gleichwohl eine Weile länger an den Stützpfeiler gelehnt stehen. Ohne den nötigen Schneid, sich aufzuraffen. Allmählich empfand er sich selbst als eine Last, er war nicht gewohnt, so antriebsschwach zu sein. Reiß dich jetzt zusammen, Schützenmeister, dachte er und machte sich schließlich auf, Sankt Marien zu verlassen.

Draußen kniff er gegen das grellgraue Licht die Augen zusammen. Wippten da vorne nicht kastanienbraune Locken? Er blieb so abrupt stehen, dass der hinter ihm gehende Ratsherr Darrer beinahe in ihn hineinlief.

»Meine Güte, Gantzer, wollt Ihr mich zu Fall bringen?« Jovial gestimmt, wie Darrer nach dem Kirchgang war, hieb er ihm mit seiner fleischigen Hand derb auf den Rücken und verzichtete darauf, sich zu beschweren.

Burkhardt hätte ihm auch gar nicht zugehört. Denn nur ein paar Mannlängen entfernt, direkt vor der Cranach'schen Apotheke, standen Marga und ihr Vater. Sie wurden begleitet von einem hochgewachsenen Mann in einem kostbaren Mantel, und Meister Tilfer hatte in einer Demonstration von Vertraulichkeit seinen Arm um die breiten Schultern des Fremden gelegt.

Er hatte nicht lange gezögert, einen Bewerber um Margas Hand aufzutun. Der Bursche schien dieser Verbindung nicht abgeneigt zu sein, denn er klopfte Meister Tilfer auf den Rücken und machte offenbar einen Scherz. Alle lachten. Alle. Marga auch.

Burkhardt hatte sich geirrt. Marga wollte ihn nicht. Seine

eigenen Gefühle waren so stark, dass er sich einfach nicht hatte vorstellen können, sie erwidere diese nicht. Wie dumm er gewesen war! Wie sehr er sich selbst überschätzt hatte! Sie dachte überhaupt nicht daran, ihn als Ehemann in Erwägung zu ziehen. Hatte es wohl nie getan. Sie stand dort bei ihrem Vater und dem Mann, mit dem sie sich verloben würde, und sah der ganzen Angelegenheit dem Anschein nach gänzlich gelöst entgegen.

Burkhardt drehte sich auf dem Absatz um und floh.

Katharina stand während des Gottesdienstes nah bei ihrem Mann, und anders als sonst schenkte ihr die Versenkung in das himmlische Mysterium keinen Frieden. Auch Thomasus seufzte von Zeit zu Zeit schwer, was darauf schließen ließ, dass er dem Verlauf der heiligen Handlung nicht so aufmerksam folgte, wie es sich gehört hätte. Nach der Hälfte des Gottesdienstes stieß ihm Katharina den Ellenbogen leicht in die Seite, damit er sich besann. Dabei verhielt sie sich selbst auch nicht besser, denn sie hörte nur mit einem Ohr zu und ließ die Augen müßig wandern. In einer Ecke erblickte sie Marga inmitten einer munter miteinander tuschelnden Gruppe und winkte ihr heimlich. Burkhardt war ebenfalls da, verschmolz beinahe mit dem Schatten eines Stützpfeilers und sah so aus, als sei er innerlich ganz weit weg.

Der Schützenmeister verhielt sich merkwürdig. Eigentlich schätzte Katharina ihn gerade wegen seines freundlichen, den Menschen herzlich zugewandten Wesens. Warum nur brachte er ein so geringes Interesse für Dorothee auf? Für ein Mädchen, das an einer Weggabelung seines Lebens stand, womöglich die falsche Wahl traf und sich die Zukunft völlig verbaute. Ein solches Schicksal musste doch Burkhardts ungeteilte Aufmerksamkeit finden. Katharina hatte ganz sicher erwartet, dass er alles daransetzen würde, in einem solchen Fall das Schlimmste noch einmal abzuwenden.

Vielleicht hatte sie ihm ihre Befürchtungen nicht klar genug gemacht. Da er sein Augenmerk ausschließlich auf Anni richtete, war ihm unter Umständen schlicht entgangen, wie prekär Dorothees Situation sich darstellte. Gut, es mochte sein, dass da kein Mörder war, der durch einen Stich ins Herz ihr Irdendasein auslöschte. Doch in einem anderen Sinne war das Leben des Mädchens sehr wohl in Gefahr. Wenn sich ein junges, unschuldiges Fräulein mit Männern einließ, war dies genauso deutlich ein Aus für die Zukunft innerhalb ihres Standes, als wenn sie ein »Ich will nicht dazugehören« laut herausgeschrien hätte.

Katharina würde ein weiteres Mal mit Burkhardt sprechen müssen. Und zwar heute. Jetzt gleich. Er gehörte nicht zu denjenigen, die auf ihre Sonntagsruhe pochten, und in kritischen Zeiten war die für einen Schützenmeister sowieso nicht vorgesehen. Täter warteten nicht höflich ab, bis ein neuer Werktag begann, um sich aufspüren zu lassen.

Draußen auf dem Kirchplatz suchte Katharina Burkhardt allerdings vergebens. Überall standen Menschen und schwatzten, doch er war nicht darunter. Aber die Gildekollegen von Thomasus, die Ratsherren und alle andern auch unterhielten sich nach dem Gottesdienst, weswegen sich das Herumstehen und das Warten hinzogen – schier endlos, und Katharina wurde der Gespräche rasch überdrüssig. Eigentlich mochte sie derartige Begegnungen, denn sie und Thomasus führten kein sehr reges Gesellschaftsleben. Abgesehen von der Freundschaft zu Marga war Katharina häufig für sich. Doch heute fand sie die ewig gleichen Fernhändlerangelegenheiten langweilig und enervierend. Sie wälzte genug eigene Probleme im Kopf.

Als sie gerade überlegte, ob sie Thomasus bitten sollte, sie allein nach Hause gehen zu lassen, wandte er sich ihr zu und fragte: »Du hast doch nichts dagegen, meine Liebe?«

Katharina hatte nicht die allergeringste Ahnung, wovon er sprach. Dennoch erwiderte sie artig: »Keineswegs«, und hoffte inständig, dass sie damit nicht etwas unverzeihlich Dummes geäußert hatte.

Offenbar nicht. »Wunderbar«, gab Thomasus einigermaßen aufgeräumt zurück und drückte kurz ihre Hand. »Ich verspreche auch, dass ich pünktlich zum Mittagessen an der Tafel sitze. Soll ich dich noch heimbringen?«

Auf keinen Fall. Dies war die Gelegenheit, nach der sie gesucht hatte. Katharina lächelte ihn strahlend an. »Das ist nicht nötig. Ich gehe einfach vor, und du kommst, wann immer es dir beliebt. Ich weise Mechthild an, dass sie das Mittagsmahl etwas später serviert.« Sie hatte ein schlechtes Gewissen – ein sehr schlechtes Gewissen sogar –, weil sie Thomasus so dringend loswerden wollte. Und fühlte sich noch schlechter, weil er nichts davon merkte, sondern sie für einen Moment zärtlich anlächelte. Es schnitt ihr ins Herz. Das Gefühl, ihn zu betrügen, war stark. Außerdem unnötig, denn sie hatte doch gar nichts Böses vor.

Andererseits war es natürlich gut, dass er nicht ahnte, was sich gerade im Gemüt seiner Frau abspielte. Und das tat er offensichtlich nicht, denn er wandte sich ab und machte sich mit Kurt Feisal und Franzmann Riet auf den Weg. Wahrscheinlich zu einer Gastwirtschaft, in der sie einen sonntäglichen Humpen stemmen wollten. Katharina blickte ihnen noch einen Augenblick angespannt hinterher. Nicht ausgeschlossen, dass sie die Ratsstube ansteuerten. Das wäre schlecht, denn dann konnte sie nicht Burkhardts Wachstube aufsuchen, ohne fürchten zu müssen, sie liefe Thomasus über den Weg. Doch Wirtshäuser gab es viele in der Stadt, und die drei Herren schlugen gut gelaunt den Weg in Richtung Holzmarkt ein. Katharina atmete fürs Erste auf.

Viel Zeit hatte sie allerdings nicht, denn wann immer Thomasus auch heimkam, sollte sie schon dort sein. Mit raschen Schritten lief Katharina los, überzeugt, dass Burkhardt nach dem Kirchgang sofort zurück ins Rathausgebäude geeilt war, dort war er meistens zu finden.

Heute allerdings nicht.

Auch war keiner der Stadtwächter anwesend, den sie hätte fragen können, wo sein Dienstherr sein könnte. Nur ein junger Mann lümmelte vor der Stube herum. Er war blond und hübsch und offenbar tief unglücklich, denn er ließ die Schultern hängen und starrte stumpf auf seine Stiefelspitzen.

»Ich möchte zu Burkhardt Gantzer.« Katharina sprach den jungen Mann ohne Rücksicht auf seine offenkundige Gemütsverfassung an. »Wisst Ihr zufällig, wo er sein könnte?«

»Nein, leider nicht. Ich bin selbst auf der Suche nach ihm. Das heißt, ich warte bloß. Keine Ahnung, wo ich ihn finden könnte. Ich kenne mich in Wittenberg nicht aus.«

Katharina betrachtete ihn neugierig. »Falls Ihr nicht ein Anliegen speziell für den Schützenmeister habt, sondern eine ganz allgemeine Frage, kann ich Euch vielleicht weiterhelfen?«

»Das ist nett von Euch, aber ich glaube nicht. Ich … ach, warum soll ich es nicht sagen, auch wenn es Euch am Ende genauso seltsam anmuten wird wie den Schützenmeister. Ich forsche nach dem Verbleib meiner Verlobten. Sie ist unauffindbar«, sagte er mit Grabesstimme und ehrlicher Verzweiflung im Blick. »Ich wollte den Schützenmeister noch einmal inständig bitten, mir bei meinen Nachforschungen zu helfen. Aber er denkt, sie habe mich verlassen, und er will nichts für mich tun.«

»Dann müsst Ihr noch einmal mit ihm sprechen. Burkhardt Gantzer ist kein hartherziger Kerl. Er wird Euch helfen, wenn er sieht, dass Eure Sorge aufrichtig ist.« Das nahm sie jedenfalls an. Der Burkhardt früher hätte es getan. Der derzeitige – sie war sich nicht sicher. »Seid ihr denn ganz gewiss, dass Eure Braut es sich nicht anders überlegt hat?«, fragte sie behutsam.

»Nein. Ich meine, ja. Ach, Ihr wisst schon, was ich meine. Auf keinen Fall hätte sie sich ohne ein Wort davongemacht. Sie wäre nicht so … abgefeimt. Wenn sie mir die Verlobung aufkündigen wollte, würde sie es mir ins Gesicht sagen.« Ins Gesicht schmettern traf es wohl eher, denn ein Schauer durchlief ihn bei dieser Vorstellung.

Der arme Kerl. So in Sorge um seine Liebste, die ihn einfach verlassen hatte. Abgetaucht war. *Verschwunden* war. Katharina traf die Erkenntnis wie ein Schlag. Wenn es sich bei der Vermissten – oh Gott, sie mochte es kaum zu Ende denken. Dann gab sie sich einen Ruck. »Handelt es sich bei Eurer Verlobten vielleicht um Dorothee von Linnitz?«, fragte sie beherzt und hatte Mühe, ruhig weiterzuatmen.

Der junge Mann starrte sie an. »Woher wisst Ihr das?« Er fuhr sich mit beiden Händen durch sein schimmerndes Haar, das dringend einmal geschnitten gehört hätte.

»Es gibt nicht so furchtbar viele verschollene Frauen«, erklärte Katharina, und das Unglück des jungen Mannes schnürte ihr die Kehle zu. »Dass Dorothee verschwunden ist, weiß ich von einer ihrer … Freundinnen.«

»Dann sucht Gantzer sie also tatsächlich?«, fragte er voller Hoffnung, doch der freudige Ausdruck seiner Augen erlosch, als Katharina den Kopf schüttelte. Es nützte ja nichts, ihn anzulügen, nur um ihm nicht wehzutun.

»Der Schützenmeister kümmert sich um einen anderen Fall«, erklärte sie, sie wollte Burkhardt nicht verunglimpfen. Letztlich musste er selbst entscheiden, wie er mit diesem Jungen und seinem Anliegen umging.

»Mein Name ist Hans Christian Brandt«, stellte er sich etwas verspätet vor.

»Katharina Roeseling. Willkommen in Wittenberg, trotz allem.«

»Danke. Ich … weiß nicht, was ich tun soll«, bekannte er rau. »Dorothee muss schließlich irgendwo sein, oder? Man kann sich doch nicht einfach in Luft auflösen?«

Nun, Dorothee von Linnitz wäre nicht die erste Frau, die einfach verschwand, die vielleicht verschleppt worden war, doch das würde sie jetzt nicht sagen. Es gab auch eine Offenheit, die unangemessen war. Katharina rang um Worte. »Bestimmt gibt es eine ganz plausible Erklärung. Eure Verlobte wird sicher bald auftauchen.« Es war wirklich nicht schön, zu lügen. Aber sie konnte nicht anders.

Hans Christian sah sie aus runden Kinderaugen dankbar an. »Ich hoffe das so inständig. Betet für sie. Ich bitte Euch.«

Burkhardt Gantzer versuchte mit großer Kraftanstrengung, jedweden Gedanken an seine privaten Nöte zu unterdrücken. Also hatte er den Mann an Margas Seite innerlich mit ein paar hässlichen Ausdrücken bedacht und ihn dann in eine Ecke seines Bewusstseins verbannt, wo er ihn nicht länger quälen sollte. Am besten half dabei, den Geist auf ein anderes Ziel zu richten und etwas Sinnvolles zu tun. Burkhardt ballte unbewusst die Fäuste und schloss sich den Nonnen an – den ehemaligen Nonnen –, die an der Seite ihres Mentors Martin Luther ebenfalls dem Gottesdienst in der Marienkirche beigewohnt hatten. Vereint schlenderten sie die Collegienstraße entlang in Richtung des Schwarzen Klosters – des ehemaligen Schwarzen Klosters. Manchmal fand Burkhardt es schwer, den Überblick zu behalten bei all den Veränderungen in dieser Zeit. Er seufzte unterdrückt.

»Was habt Ihr nun vor?«, erkundigte er sich bei Käthe, die auf der linken Seite Luthers lief.

»Meint Ihr an diesem Sonntag? Wir werden zunächst gemeinsam kochen, uns anschließend zusammensetzen und unsere Mahlzeit einnehmen.«

»Der Schützenmeister denkt vermutlich nicht so kurzfristig.«

Ave von Schönfeld ging an Luthers rechter Seite und lächelte strahlend zu Burkhardt herüber. Der gelehrte Doktor nahm augenscheinlich weder die Anmut der einen Dame noch die sprudelnde Energie der anderen wahr und strebte gemessenen Schrittes und in Gedanken versunken voran.

Burkhardt konnte nicht dagegen an, er erwiderte das Lächeln der Dame von Schönfeld. Derartiger Charme und solche Schönheit belebten selbst das niedergeschmettertste Gegenüber. »Mich interessiert durchaus beides«, erklärte er formvollendet höflich. »Obgleich es mir bei meiner Frage tatsächlich mehr um Eure längerfristigen Pläne ging.«

Ave war nicht nur hübsch, sie war auch fromm. »Wir tun das, was immer das Richtige ist: Wir werden beten. Das Wesen des Gebets ist die Erhebung des Herzens zu Gott, und so bitten wir ihn um seinen Beistand.«

Luther merkte auf und sah sie wohlwollend an. »Gottes Gnade kommt zu uns, wie Christus zu uns auf die Erde gekommen ist. Sein Wort ist unser tagtägliches Brot. Wenn wir nur genau hinhören, findet sich das Irdische, und die Dinge ordnen sich.«

»Ganz praktisch gesehen ordnen sich die Dinge tatsächlich allmählich«, schaltete sich Käthe ein, die Burkhardt offenbar vor einem akademischen Diskurs bewahren und überdies Ave nicht allein das Feld überlassen wollte. »Für mich hat Doctor Luther bereits vortrefflich vorgesorgt. Ich stehe kurz davor, ins Haus des Philipp Reichenbach überzusiedeln. Kennt Ihr ihn?«

Reichenbach war ehrsam, gelehrt und rührig und mischte in der Stadtpolitik mit. Man sagte ihm Ambitionen auf einflussreiche Ämter nach, und so wie Burkhardt das sah, gab er nicht die schlechteste Wahl ab. Ein Mann von Format und Anstand. »Reichenbach ist ein sehr achtbarer Bürger dieser Stadt«, sagte er. »Genau wie seine Gemahlin. Ihr werdet sicher eine Freundin in ihr finden und in ihrem Hause gut aufgehoben sein.«

Käthes Mundwinkel entspannten sich ein wenig. Wahrscheinlich war sein Impuls richtig gewesen, sie zu beruhigen. Luther würde ganz sicher gut für seine Schäflein sorgen, aber es konnte nicht schaden, wenn sie auch die Einschätzung eines handfesten Schützenmeisters vernahmen. Manchmal war der kluge Doktor vielleicht ein bisschen weltfern.

»Und Ihr, Ave? Wo seht Ihr Eure Zukunft?« Burkhardt wandte sich an die Schönheit zu Luthers Rechten. Sie war es sicher gewohnt, auf Aufmerksamkeit zu stoßen, und benötigte seine Unterstützung nicht, aber es wäre unhöflich gewesen, sich nicht ebenfalls nach ihren Zielen zu erkundigen.

»Meine Schwester und ich kehren wahrscheinlich heim zu unserer Familie.« Sie warf Luther einen schwer zu deutenden Blick zu.

»Ihr werdet sicher Eure Bestimmung finden und eine gute Eheverbindung eingehen.« Doctor Luther war anscheinend doch nicht so in seine eigene Gedankenwelt versunken. »Es gibt genug ehrenhafte Männer, die Eurer würdig sind und die gut für eine Ehefrau sorgen können.«

Luther klang ein bisschen trübselig, fand Burkhardt. Was ja verständlich war bei einem Mann, der inmitten eines von ihm selbst entfesselten Wirbels stand und ständig Gefahr lief, wegen Ketzerei bestraft zu werden. Und zwar hart bestraft zu werden. Üblicherweise mit dem Tod.

Ave senkte tugendhaft den Blick, und Burkhardt wurde mit einem Mal klar, dass ihr Verhalten gar nicht so schwer zu entschlüsseln war. Ave von Schönfeld hatte ein persönliches Interesse an dem aufrührerischen Doktor.

Burkhardt hätte zu gerne gewusst, ob Luther dieses Interesse erwiderte. Wie er wohl auf derartig weltliche Gefühle reagierte?

Im Moment gar nicht. Martin Luther schwieg. Alle anderen auch, die Pause dehnte sich. Über ihnen saßen die Amseln in den erst hell und frisch belaubten Bäumen und sangen ihre süßen Lieder.

Käthe von Bora hatte für nichts davon einen Blick übrig und strebte stur ihrem Ziel entgegen. Ave und ihr zartes Bandeln mit dem gemeinsamen Mentor schien sie nicht zu bemerken. Vielleicht auch geflissentlich zu ignorieren, denn sie wechselte abrupt das Thema. »Wisst Ihr schon mehr im Fall unserer armen Anni?«, erkundigte sie sich.

Burkhardt schüttelte den Kopf. »Niemand von Euch kann mir viel von ihr berichten. Wenn ich nichts über sie weiß, kann ich keine Schlüsse ziehen und ohne Anhaltspunkte auch nicht viel ermitteln«, bekannte er offener, als er eigentlich vorgehabt hatte.

»Hat Anni vielleicht einmal geäußert, was sie lieber getan hätte, als ins Kloster zu gehen?«

»Ihr meint, das hätte dann zu konkreten Plänen für die Zeit nach ihrer Flucht geführt?« Käthes wache Augen funkelten unter konzentriert zusammengezogenen Brauen.

Ave und Luther stapften stumm die Collegienstraße entlang und hörten nicht zu.

»Ich kann Euch nicht helfen«, bekannte Käthe. »*Uns* nicht helfen. Es war nicht so, dass ich mit Anni nicht zurechtkam, aber wir waren keine Freundinnen. Sie hat mir nichts Vertrauliches erzählt. Dir, Ave?«

»Bitte? Ach, Anni … Nein, wir hatten nicht viel miteinander zu tun.«

Burkhardt nickte. Das wusste er alles bereits. »Hatte sie denn vielleicht Not, weil sie dachte, dass nach dem Klosteraustritt nicht für sie gesorgt werden würde?«

»Nun, womöglich schon. Aber wie gesagt, sie vermied es, über Persönliches zu sprechen. Und sie hat sich ja nicht selber umgebracht. Selbst wenn sie also Furcht vor der Zukunft verspürte, dann hätte das wohl nicht viel mit ihrem Tod zu tun.« Käthe legte rücksichtslos, jedoch mit freundlicher Stimme den Finger auf die Schwachstelle in Burkhardts Gedankenkette. Er schämte sich ein bisschen für seine unüberlegte Frage.

»Natürlich nicht«, erklärte er deshalb ein wenig schroff. »Ich versuche nur, mir ein Bild zu machen. Wenn wir nicht davon ausgehen wollen, dass Annis Tod ein Zufall war und sie als Opfer damit völlig austauschbar, müssen wir herausfinden, mit wem sie sich zuletzt getroffen hat. Erst dann kann ich entscheiden, was für die Ermittlungen wichtig ist und was nicht.« Obwohl aus der Not geboren, war das immerhin eine vernünftige Überlegung.

Er hatte das unangenehme Gefühl, dass Käthe ihn mühelos durchschaute. Ein sanftes Lächeln kräuselte ihre Mundwinkel. Doch glücklicherweise schwieg sie, und Burkhardt atmete auf.

2

Der Gastraum war makellos sauber, kein Stäubchen war zu finden, die Krüge waren gespült, der Boden gefegt, Greta hatte nichts mehr zu tun, und Dorothee langweilte sich sowieso. Sie hatte sich gerade an ihrem Platz zu einem lustlosen Mittagessen niedergelassen, als mit einem Donnerschlag die Tür aufflog, eine staubige Reisegruppe mit erstaunlich viel Getöse die Gaststube betrat und umgehend fast alle Tische besetzte. Der Lärm, den sie veranstalteten, dröhnte in Dorothees Ohren, und nicht zuletzt daran merkte sie, wie verheerend allein sie in den letzten Tagen gewesen war.

Aufdringliches Gelächter, geschmacklose Gewänder, ungeschliffene Manieren – hätte Dorothee solche Leute früher nicht einmal zur Kenntnis genommen, so war sie jetzt regelrecht entzückt, sie zu sehen. Zumal es nicht nur Männer waren, die sich munter auf die Bänke warfen und nach Greta riefen. Es befanden sich auch Frauen in der Gruppe, was die Lage ganz entschieden entspannte. Denn eines hatte Dorothee inzwischen wirklich begriffen: Es war besser, nicht ganz allein einer Horde Männer gegenüberzustehen und deren Aufmerksamkeit auf sich zu ziehen. Männer, die mit ihren Frauen unterwegs waren, suchten keinen Anschluss und belästigten anderes Weibsvolk nicht mit Späßen oder Anzüglichkeiten. Dorothee neigte nicht dazu, sich in Ängsten zu verlieren, fand die mit solchen Begegnungen verbundene Anspannung allerdings nicht angenehm. Schließlich konnte sie sich nicht darauf verlassen, dass sie im Ernstfall irgendjemand beschützen würde. Nicht, solange Hans Christian sie immer noch versetzte.

»Bring uns Eintopf. Reichlich«, bestellte einer, der vermutlich der Anführer war. Jedenfalls war er am elegantesten gekleidet. Wams und Kniehose waren schmutzig, doch von einigermaßen guter Qualität, und er warf sein großes, mit einer üppigen Feder geschmücktes Barett mit einer Lässigkeit von sich, die auf unbekümmert selbstsichere Umgangsformen verwies.

»Und schnell«, fügte ein Mann an, der sich neben ihm auf die Bank sacken ließ. »Wir haben Hunger.« Er war grobschlächtiger, breiter, *billiger*, doch seine Aura nicht minder selbstbewusst.

Greta rief nach Ranulf und füllte eilig Humpen um Humpen, schleppte sie zu den Tischen und wich lachend und geschickt manch einer Hand aus, die auf ihrem Hinterteil landen wollte. Dorothee genoss das Schauspiel in vollen Zügen. Noch vor einer Woche hätte sie eine so lautstarke Gruppe bestenfalls gelangweilt, wahrscheinlicher aber hätte sie sich belästigt gefühlt. Jetzt konnte sie kaum den Blick abwenden und zählte heimlich durch. Zwölf Männer und drei Frauen, zwei einfach gekleidete, die vermutlich Mägde waren, und eine, die anscheinend zum Anführer gehörte, denn sie ging sehr unbefangen mit ihm um und lehnte sich schmachtend an seine Seite.

Keine noble Dame, jedoch durchaus akzeptabel, fand Dorothee. Zwar war der Saum ihres zu farbenfrohen Kleides eingerissen und die Stiefel schlecht gepflegt, doch ihr üppiges dunkles Haar war gefällig aufgesteckt, sie hatte ebenmäßige Züge und volle rote Lippen, wenn auch zwei Schneidezähne fehlten, was dem Ganzen viel von seiner Süße nahm. Als sie quer durch den Schankraum auf Dorothees Tisch zuschlenderte und fragte: »Darf ich?«, zögerte Dorothee nicht einen Moment.

Es hatte sich eingebürgert, dass sonntags Thomasus' Neffe Ekkehard bei den Roeselings zum Mittagessen erschien, vordergründig, um mit ihnen zu speisen, eigentlich aber, damit Thomasus nicht völlig die Kontrolle über ihn verlor. Ekkehard war vor fast drei Jahren aus Magdeburg zu ihnen gekommen, um sich an der weithin berühmten Wittenberger Universität einzuschreiben. Erst unsicher, später zunehmend strebsam widmete er sich seither dem Studium der Artes liberales. Nun hatte er bereits die Hälfte seines Weges zum Baccalaureat hinter sich und grübelte noch über dem Entschluss, was er danach mit sich anfangen sollte. Jura studieren? Theologie? Medizin kam nicht in Frage, für Blut und schwärende Wunden hatte er nicht viel übrig. Oder er verließ die Universität und trat ein in das Fernhandelsunternehmen seines Vaters, was dieser dringend wünschte. Etwa vor einem Jahr hatte Thomasus Ekkehards inständige Bitten erhört und ihm ermöglicht, bei einigen seiner Studienkollegen in deren Burse einzuziehen, als dort ein Bett frei wurde. Er war vollkommen glücklich mit diesem Leben, denn wenn es auch wenig komfortabel war, so fühlte er sich »einfach näher dran«, wie er erläuterte. Allerdings hatte er nichts dagegen, dann und wann der frugalen Kost, die in der Burse gereicht wurde, zu entfliehen und sich an seinem freien Tag aus Mechthilds mächtigen Kesseln versorgen zu lassen. Ekkehard war ein junger Mann und ständig hungrig.

Lange bevor die anderen ihre Teller geleert hatten, fragte er hoffnungsvoll: »Kann ich noch ein bisschen von dem gefüllten Kapaun haben?«, und schon reichte Mechthild ihm eine üppige Scheibe weißes Fleisch. In der Mitte prangte eine frühlingshaft grüne Masse aus Kräutern und Käse, aus der heraus das goldgelbe Dotter eines hart gekochten Eies leuchtete. Mechthild hatte sich selbst übertroffen, ihre Fingerfertigkeit war enorm. Ihre Eitelkeit allerdings auch. Ekkehards Schmeichelei konnte sie niemals widerstehen.

»Und? Wie gehen die Geschäfte?«, erkundigte sich Ekkehard mit vollem Mund, obwohl ihn die Fernhändlerei keinen Deut interessierte, wie Katharina genau wusste. Sie lächelte verstohlen.

Thomasus war es natürlich auch klar. In denkbar knappster Form honorierte er die Bemühungen des Jungen um höfliche Konversation, indem er erwiderte: »Gut.«

Katharinas Lächeln wurde breiter. Längst schon nahm sie Thomasus seine eckigen Umgangsformen nicht mehr übel. Thomasus war so, wie er eben war. Verlässlich, krisenfest, seiner Ehefrau ergeben und von manchmal anstrengend barschem Wesen.

»Wie kommst du mit deinen Studien voran, Ekkehard?«, fragte sie. Sie wollte es wirklich wissen. Katharina mochte ihren Neffen sehr.

»Gut«, echote Ekkehard. Wahrscheinlich verspürte er keine Lust, über Dinge zu sprechen, die an diesem Tisch niemanden fesselten, weil niemand sie verstand. Sein gewählter Weg war noch weit und gepflastert mit äußerst anspruchsvollen Fächern wie Arithmetik oder Dialektik.

»Viel unterhaltsamer ist, was außerhalb der Vorlesungen so geredet wird«, sagte Ekkehard. »Wegen der Leiche«, raunte er und rollte übertrieben theatralisch mit den Augen. »Interessante Leichen sind selten.«

Thomasus stöhnte auf. »Gestorben wird andauernd«, brummte er. »Ich frage mich, was alle Welt an der derzeitigen Toten so faszinierend findet.«

»Na, dass sie kein versoffener Wanderarbeiter oder eine Dirne war.« Ekkehard schien vollkommen zu entgehen, dass Thomasus dem Thema nicht viel abgewinnen konnte. »Sie war eine vornehme Dame. Und sie ist aus einem Kloster abgehauen.«

»Derartiger Frevel sollte nicht auf so große Beachtung stoßen. Das Verhalten der Dame war schließlich schon verbrecherisch genug.« Rutger konnte einfach nicht anders sein als sauertöpfisch. Es war einer der Gründe, warum Katharina ihn nicht mochte.

»Du verstehst das nicht, Rutger.« Wie immer war Maria von nichts und niemandem einzuschüchtern. »Es interessiert die Leute, weil es etwas Besonderes ist. Sie hat etwas Besonderes *getan*. Eine Entscheidung getroffen und ihrem Leben eine Wende gegeben. Das traut sich nicht jeder.« Sie ließ den Löffel in der cremeweißen Mandelsuppe ruhen und blickte erwartungsvoll in die Runde.

»Eine Entscheidung, die man nicht gutheißen kann«, präzisierte Rutger und sah Maria missvergnügt an. »Wo kämen wir denn da hin, wenn jede Nonne, jeder Klosterbruder und jeder Pfaffe einfach sein Bündel schnürt und den Dienst an Gott und der Gemeinde niederlegt.«

»Pah. Brauchst du immer einen, der für dich betet? Kannst du dir nicht selbst die Mühe machen?« Der unerwartete Widerstand kam von Mechthild, und Katharina betrachtete sie überrascht. Sie hatte nicht gewusst, dass ihre Köchin mit den reformatorischen Neuordnungen sympathisierte. Über Luther und seine Darlegungen wurde in diesem Haus wenig gesprochen.

Auch jetzt wollte Katharina keinen gelehrten – oder zänkischen – Diskurs an ihrem Tisch. »Was redet man denn in der Stadt so über die Tote?«, erkundigte sie sich bei Ekkehard und ignorierte geflissentlich Thomasus' säuerliche Miene.

»Einige finden es nur ungewöhnlich, dass es keinen Anhaltspunkt dafür gibt, was geschehen ist. Von den anderen halten es viele wie Rutger und sind der Meinung, die Tote habe die Tat selbst herausgefordert. Ein paar glauben, sie wurde bestraft wegen der Flucht aus dem Kloster.«

»Bestraft von wem?« Katharina runzelte die Stirn. Vielleicht war diese Überlegung gar nicht so falsch.

»Von der Geistlichkeit«, erklärte Ekkehard kurz und bündig. Er reichte seine Schale quer über den Tisch, um eine Portion

Grießbrei mit Rhabarber zu erbitten, mit dem er von Mechthild schnurstracks üppig versorgt wurde.

»Das ist doch kompletter Blödsinn«, schaltete sich Thomasus ein, und diesmal war Katharina vollkommen einer Meinung mit ihm. »Wieso scheint eigentlich jeder hier zu wissen, dass Anhaltspunkte für die Aufklärung fehlen? Erzählt Burkhardt das denn überall herum?«

»Das kann ich mir nicht vorstellen«, wandte Katharina ein, und nun ärgerte sie sich doch. Das konnte Thomasus doch unmöglich von seinem besten Freund annehmen!

»Nee, gar nicht.« Ekkehard lächelte entschuldigend, natürlich wusste er, dass Thomasus und Burkhardt sich nahestanden. »Nur, es passiert eben nichts. Das ist es wohl, was auffällt. Die Frau liegt tot in der Baugrube, ich meine, *lag* in der Baugrube. Und Gantzer läuft wie Falschgeld durch die Gegend und findet nichts raus. Jedenfalls ist es das, was die Leute sich erzählen.«

Burkhardt war sich nicht im Geringsten darüber im Klaren, dass er Gegenstand des allgemeinen Geschwätzes geworden war, und wenn es ihm bewusst gewesen wäre, hätte es ihn einigermaßen kaltgelassen. Er hatte einen guten Stand in der Stadt, ein bisschen Tratsch änderte daran nichts. Allerdings bekam er mit, dass die ihm untergebenen Stadtwächter ihn mit kritischen Blicken bedachten, und das machte ihm zu schaffen.

Kunibert lümmelte in seiner unnachahmlichen Art auf einem Schemel herum, gleichzeitig respektlos und vollkommen natürlich, weshalb Burkhardt es nicht übers Herz brachte, ihn dafür zu rüffeln. Kunibert also griff nach seinem Schnitzmesser und fragte verdächtig beiläufig: »Haben wir eigentlich was Dringendes zu tun, Schützenmeister?«

»Haben wir das nicht immer?«, erwiderte Burkhardt zerstreut und bemühte sich, aus den Listen schlau zu werden, die den Einsatzplan für die Waffenübungen neu ordneten.

»Klar. Im Grunde schon.« Kunibert werkelte an einem der kleinen Holzklötzchen herum, die er stets überall fand. »Ich meine ja nur. Gibt eben normale Zeiten und andere.«

Burkhardt blickte auf. »Und deiner Meinung nach haben wir gerade was?«, erkundigte er sich.

»Na, seid nicht gleich sauer, Meister. Ich sag's bloß.«

»Bis jetzt hast du noch gar nichts gesagt. Und ich bin nicht sauer.« Das war er tatsächlich nicht. Dafür war er zu erledigt. Nicht zu schlafen und sich dann den ganzen Tag wegen Dingen den Kopf zu zerbrechen, die unlösbar waren, schlauchte mehr, als man denken sollte.

»Es ist nur so, dass wir da die Tote haben und …«

»… und nichts über sie in Erfahrung bringen«, fiel Burkhardt ihm ins Wort. »Aber wie auch, wenn keiner etwas von ihr weiß. Ich habe alle befragt, die zumindest ein klein wenig über sie wissen *könnten*, doch da kommt nichts.« Eigentlich musste er sich nicht vor einem Stadtdiener rechtfertigen, er redete jedoch gern mit Kunibert. Meistens war er glänzender Laune, und außerdem verfügte er über einen scharfen Verstand. Den er bei seinen Weibergeschichten häufig allerdings nicht nutzte.

»Tja.« Ein paar Späne landeten auf Burkhardts Liste, und er blies sie betont sorgfältig weg. Kunibert achtete nicht darauf, er war sehr eifrig in seine Schnitzarbeit vertieft. »Wie gesagt, ich mein ja bloß. Dann ist diese Freundin der Toten wie vom Erdboden verschluckt …«

»Das wollen wir ja nicht hoffen.« Burkhardt wollte wirklich nicht hören, was jetzt noch kam.

Doch Kunibert ließ sich nicht beirren. »Natürlich nicht. Aber geschehen zwei Fälle ähnlicher Art im gleichen Umkreis, kann's doch wohl sein, dass die zusammenhängen. Wie findet Ihr das?« Er hielt Burkhardt sein Werk vor die Nase.

Riesige Glupschaugen und ein breites Maul blickten Burkhardt miesepetrig entgegen. »Eine Kröte? Nett.«

»Fast. Sollte ein Laubfrosch werden. Ist vielleicht zu grob geraten. Na, macht nichts, dann wird es eben eine Kröte. Wär nicht schlecht, wenn wir das andere Mädchen fänden.«

»Ich denke nicht, dass uns das Erkenntnisse zum Tod der Frau in der Baugrube bringt. Was ich über das verschwundene Mädchen gehört habe, deutet darauf hin, dass sie eigensinnig genug ist, um etwas Irrationales und Riskantes zu tun. Wenn jemand verschwinden will, verschwindet er.« Burkhardt zuckte mit den Achseln. »Damit haben wir nichts zu tun.« Auch wenn niemand außer ihm der gleichen Ansicht schien.

»Ähnlicher Fall, gleiches Umfeld«, erinnerte ihn Kunibert leise und widmete sich konzentriert seiner hässlichen Holzkröte.

»Ähnliches Umfeld, ganz anderer Fall«, korrigierte Burkhardt. »Sie war keine Nonne, nur Gast im Kloster, daher ist das Umfeld nicht das gleiche. Und sie ist verschwunden, nicht tot. Also ist der Fall auch nicht vergleichbar.«

»Schützenmeister.« Kunibert brach sein Ablenkungsmanöver ab, ließ die Kröte sinken und stach mit seinem Messer in die Luft vor Burkhardts Nase. »Die eine ist weg. Die andere tot. Habt Ihr noch nicht daran gedacht, das verschwundene Mädchen könnte inzwischen ebenfalls eine Leiche sein, nur eben eine, die besser versteckt wurde?«

Burkhardt starrte Kunibert an. Dieser Gedanke war ihm in der Tat noch nicht gekommen.

Es war eine Freude, mit Marga Wittenbergs Straßen entlang zu bummeln, ganz besonders, weil eine nahezu ausgelassene Frühlingsstimmung herrschte. Kindergeschrei schallte fröhlich durch die Luft – überall spielten Kinder, nur im Hause Roeseling nicht. Der Himmel wölbte sich hoch und vergissmeinnichtblau über der Stadt, die Schlehen blühten in weißschaumiger Pracht, und Katharina spürte ganz deutlich, wie Marga nach und nach zu ihrem heiteren Wesen zurückfand.

»Ich fühle mich ein bisschen so, als sei ich einer wochenlangen Gefangenschaft entronnen.« Sie reckte ihre Nase mit geschlossenen Augen der Sonne entgegen, die an diesem Tag eine beinahe sommerlich anmutende Kraft entfaltete. »Dabei war's bloß ein Tag. Ich sollte nicht übertreiben.« Sie vollführte eine übermütige kleine Pirouette, die an die Marga von früher erinnerte und das indignierte Kopfschütteln einer dicken Matrone hervorrief, da sie diese ein wenig anrempelte.

Katharina hakte Marga unter. »Komm weiter, bevor du hier noch Ärger heraufbeschwörst. Sonst beschwert sich womöglich jemand über dich bei deinem Vater, und das Ganze geht von vorne los.«

»Um Himmels willen. Ich kenne das ja, dass er ab und an lospoltert. Sobald er Dampf abgelassen hat, beruhigt er sich auch wieder. Diesmal … war es drastischer als gewöhnlich. Ich hatte befürchtet, dass er es … na ja, ernster als sonst meinen könnte.« Marga schauderte kurz. Dann drückte sie Katharinas Arm. »Danke für deine Unterstützung.«

»Jederzeit.« Katharina lächelte. »Können wir über Dorothee sprechen? Ich weiß nicht weiter.«

»Natürlich nicht. Das tut keiner. Niemand hat die geringste Ahnung, was aus ihr geworden ist. Aber wir kümmern uns jetzt darum.« Die reine Unternehmungslust blitzte in Margas Augen, und Katharina war überrascht, wie glücklich sie das machte. Sie hatte gar nicht gemerkt, wie sehr sich in den letzten Monaten Margas Liebeskummer und ihre daraus resultierende Niedergeschlagenheit auch auf ihre eigene Seele gelegt hatten. »Wir werden uns mit aller Kraft der Sache widmen«, fuhr Marga fort. »Besser das, als allein in meiner Kammer Trübsal zu blasen. Da siehst du es: Ich bin eben doch selbstsüchtig.«

»Lieber selbstsüchtig als saumselig. Gehen wir Richtung Elbe? Vielleicht öffnet uns die freie Sicht dort auch den Geist, und es fällt uns ein, was wir jetzt am besten tun sollten.«

»Sehr gerne. Und weißt du, warum? Weil es entgegengesetzt zum Rathaus liegt und von diesem fortführt. Jedenfalls wenn du mit mir zum Elstertor gehst.«

»Du willst Burkhardt nicht sehen.«

»Ach Gott, Burkhardt. Ja, den auch nicht. Aber vor allem möchte ich meinem Vater nicht begegnen. Man soll es nicht auf die Spitze treiben. Wer weiß, was ihm einfällt, wenn er mich in aller Seelenruhe hier herumspazieren sieht.«

Katharina maß Marga mit vorsichtigem Blick und sah eine Frau, die sich nicht im Geringsten der Sünde der Eitelkeit hingab und der es dennoch gelang, ganz beiläufig eine blendende Erscheinung abzugeben. Ein hübsches grünes Kleid, wunderbar passend zu dem rötlichen Schimmer in ihrem braunen Haar, der blitzgescheite Blick, elegante Bewegungen schmaler Hände. Sie sah aus wie immer. Wie früher. Bevor der Kummer über Burkhardts Zurückhaltung ihr Gemüt vergiftete. »Ich muss dir etwas erzählen«, sagte Katharina. »Hast du schon einen Kopf dafür?«

»Oja, und wie.« Marga drückte ihren Arm. »Ich bin froh über alles, was nichts mit dem Ärger im Hause Tilfer zu tun hat.«

Katharina holte tief Luft, und während sie langsam die Collegienstraße entlangschlenderten, berichtete sie Marga Wort für Wort von der Unterhaltung mit dem jungen Hans Christian. Als sie am Schwarzen Kloster angekommen waren, schloss sie: »Ich weiß nicht, ob ich seine Geschichte furchtbar finden soll oder erleichternd. Wenn er hier ist, kann sie schlecht mit ihm durchgebrannt sein. Ist sie aber nicht mit ihm durchgebrannt …«

»… lautet die Frage, was ihr stattdessen widerfahren ist.« Marga blieb so jählings stehen, dass ihre Röcke rauschten. »Dass Dorothee nicht in Wittenberg aufgetaucht ist, war beabsichtigt. Doch dass sie nicht bei ihrem Geliebten ist, zeigt, dass etwas Unvorhergesehenes über sie hereinbrach. Und das ist selten gut. Oh Katharina, ich glaube, wir haben uns nicht zu viele, sondern zu wenig Sorgen um sie gemacht.«

Katharina nickte bedrückt. Der erste schöne Frühlingstag nach dem langen Winter verlor seinen Glanz. Sie grüßte zerstreut, als gemessenen Schrittes Bäckerin Schueller mit ihrer Familie an ihr vorbeizog. Sie und Marga waren nicht die Einzigen, die diesen wunderbaren Sonntag zu einem Spaziergang vor die Tore der Stadt nutzten. Dann wurde sie gewahr, dass wirklich halb Wittenberg unterwegs war, und sie begann zu zweifeln, ob es tatsächlich möglich sein konnte, hier mitten in der Stadt ein vernünftiges – und vor allem diskretes – Gespräch zu führen. Als ihr jemand auf die Schulter tippte, wurde sie regelrecht wütend.

Was sich schlagartig änderte, als sie den jungen Freund von Dorothee von Linnitz erkannte, der ein grobschlächtiges, aber sehr gelassen durch die Menge stampfendes Ross am Zügel neben sich herführte. Marga, die ein Herz für jede Art von Kreatur hatte, hob sofort die Hand, um die Nase des hässlichen Gauls zu kraulen, was dieser mit freundlichem Schnauben honorierte.

»Wie gut, Euch zu sehen.« Katharina begrüßte Hans Christian beinahe überschwänglich. »Ich habe tatsächlich gerade von Euch gesprochen. Darf ich Euch meine Freundin Marga Tilfer vorstellen? Und das hier«, sie wandte sich an Marga und starrte sie beschwörend an, »ist Hans Christian Brandt, der Mann, der den großen Wunsch hat, Dorothee zu finden.«

Marga musterte Hans Christian unverhohlen und sah so neugierig aus, dass Katharina fürchtete, er könne es ein bisschen unverschämt finden. Trotzdem drängte ein gänzlich unpassendes Lachen in ihrer Kehle, es gelang ihr allerdings, es zu unterdrücken. Hans Christian bekam von alldem nichts mit, da er eine höfliche kleine Verbeugung vollführte. Als er sich aufrichtete, las er vermutlich nur mitfühlendes Interesse in ihren Mienen.

»Wir helfen Euch«, sagte Marga mit all der Warmherzigkeit, über die sie in so reichem Maße verfügte. Katharina sah, wie bei Hans Christian übergangslos einsetzte, was stets geschah, wenn junge Männer auf Fräulein Tilfer trafen. Margas Locken, ihren funkelnden blauen Augen und den ebenmäßigen Gesichtszügen konnte sich so schnell niemand entziehen. Und auch nicht dem Umstand, dass sie sich unterschiedslos für einen jeden zu interessieren schien und in der Lage war, für jegliches Problem Anteilnahme zu empfinden. »Ihr seid nicht allein mit Euren Bemühungen, Hans Christian«, sagte sie mit so viel Mitgefühl in der Stimme, dass selbst in Katharina neue Hoffnung aufstieg. »Gemeinsam werden wir Dorothee finden.«

»Ich danke Euch. Ich danke Euch so sehr«, erwiderte der junge Mann gerührt und begann, etwas heftiger als vernünftig die Stirnmähne seines Wallachs zu ordnen, was diesen zu einem unwilligen Prusten veranlasste. »Es tut gut, nicht auf sich allein gestellt zu sein. Der Schützenmeister, den kennt Ihr doch? Er … na ja, er scheint wenig Anlass zu sehen, sich meiner Dorothee zu widmen. Ganz offensichtlich interessiert er sich überhaupt nicht für sie.«

»Der Schützenmeister hat viel um die Ohren«, erklärte Marga knapp. Auf Burkhardt ließ sie nichts kommen, das war ihr zur zweiten Natur geworden. Auch wenn sie ihm nicht begegnen wollte, so war sie längst nicht fertig mit ihm. »Deshalb helfen wir Euch ja.«

Hans Christian sah sie an mit einer Mischung aus vorsichtiger Skepsis und selbstverständlicher Ergebenheit. »Wisst Ihr denn schon, wie Ihr dabei vorgehen möchtet?«

Katharina seufzte leise. Natürlich legte Hans Christian damit sofort den Finger in die Wunde.

»Noch nicht.« Marga strahlte ihn an. »Aber wir lassen uns etwas einfallen. Gebt uns nur ein wenig Zeit.«

Er nickte. Dann fasste er die Zügel fester. »Ich hoffe nur, wir *haben* noch Zeit. Jedenfalls mache ich mich jetzt auf den Weg. Tatenlos hier herumzuhocken und zu warten, während Dorothee vielleicht sonst was geschieht, das halte ich nicht aus.«

»Verständlich.« Marga drückte kurz seine Hand, und Hans Christian blickte auf seine Finger, als könne er nicht glauben, dass sie ihn tatsächlich berührt hatte.

»Bitte seid so gut und schickt uns Nachricht, sobald Ihr etwas erfahren habt. Oder noch besser, kommt mit Dorothee nach Wittenberg, sobald Ihr sie findet«, bat Katharina. »Damit wir uns keine Sorgen mehr um sie machen müssen. Tut Ihr das?«

»Gerne. Sehr gerne.« Hans Christian lächelte ein bisschen hilflos in die Runde, dann schwang er sich entschlossen in den Sattel und brach auf zu seiner schwierigen Mission.

Dorothees neue Freundin Ursell schob die leicht ramponierten Schuhe von den Füßen und begann, ihre Zehen zu massieren. »Bin ich froh, dass wir endlich einmal Rast machen. Jürg ist ein richtiger Sklaventreiber. Voran, voran, keine Müdigkeit vorschützen, wir müssen weiter … Die ganze Zeit geht das so.«

»Damen sind eben nicht belastbar.« Der so Gescholtene fläzte sich auf seiner Bank, ein breites Grinsen und hellgraue Augen leuchteten aus einem wettergegerbten Gesicht.

Er war ein bisschen dreist, dieser Blick. Zu direkt, fand Dorothee. »Das ist es jedenfalls, was Männer stets glauben wollen«, wies sie Ursells Gefährten zurecht.

»Dabei lassen sie außer Acht, dass wir zäher sind, als uns nachgesagt wird.« Ursell schnappte ihre Schuhe und schlüpfte wieder hinein. Dann sah sie ihren Freund und Anführer an. »Wir wären sogar noch stärker, wenn du endlich dafür sorgen würdest, dass der Wirt uns einen weiteren Teller Suppe bringt. Ich bin völlig ausgehungert.«

»Wie lange seid Ihr denn schon unterwegs?«, erkundigte sich Dorothee. Sie wollte es wirklich gern wissen.

»Fragt nicht. Über eine Woche von Lippstadt bis hierhin. Ein Wunder, dass die Pferde das ausgehalten haben. Oder wir. Na, jedenfalls bin ich froh, dass wir heute einmal eine Pause einlegen.«

»Ihr seid eine recht große Gruppe.« Dorothee ließ ihren Blick durch den Gastraum wandern, der nicht mehr von der lähmenden Düsternis der letzten Tage niedergedrückt wurde, sondern fröhlich und bunt wirkte. Selbst die Decke schien höher. Dorothee spürte, wie ihr Lebensmut zurückkehrte, und sie schob jeden Gedanken an Hans Christian und das Grübeln darüber, warum er nicht kam, rigoros beiseite. Mit diesen neuen Gästen amüsierte sie sich zum ersten Mal seit Wochen. Ach was, seit Monaten, und Dorothee war entschlossen, den Augenblick zu genießen.

Ursell hob die Achseln, ihr nachlässig über die Schultern drapiertes Tuch verrutschte und ließ zu viel milchweiße Haut sehen. Es schien sie nicht zu bekümmern. »Ursprünglich waren wir gar nicht so viele, aber vor Kurzem sind wir auf ein paar Kaufleute getroffen, die sich uns angeschlossen haben. Ist sicherer, wenn man gemeinsam reist.«

Das war richtig. Dorothee betrachtete sie vergnügt. Eine hübsche Frau wie Ursell war immer besser in Gesellschaft aufgehoben, ob auf Reisen oder in den Gassen einer Stadt. »Und wo geht es hin? Was ist Euer Ziel?«

»Eberswalde. Noch ein paar Tage in Richtung Nordosten, dann sind wir endlich daheim.« Ursell lächelte kläglich, aber Dorothee hatte den Eindruck, sie meine das alles gar nicht so ernst. Da war eine Menge Spott in ihren Augen, Spott über sich selbst und ihre Klagen.

»Nordosten«, wiederholte Dorothee versonnen. Dort lag Jessen. In der Nähe davon befand sich Schweinitz. »Nordöstlich von hier liegt mein Zuhause.«

»Falls Ihr auf dem Weg dorthin seid, schließt Euch uns doch an«, schlug Ursell vor.

Die Idee war nicht mal schlecht. Irgendwo musste sie schließlich hin, sie konnte nicht ewig in diesem Wirtshaus im Nirgendwo bleiben. Und wenn Hans Christian nicht kam … Dorothee merkte, dass sie nicht länger auf ihn warten wollte. Dieses Wechselbad der Gefühle, das sein Fortbleiben ihr brachte, war nichts für sie. Inzwischen war sie ernsthaft gekränkt, doch machte sie sich auch Sorgen um ihn. Auf jeden Fall war es so: Wenn Hans Christian nicht aufgebrochen war, aus welchem Grund auch immer, dann befand er sich zu Hause, ganz in der Nähe ihrer Heimatburg. Also musste sie dorthin, wenn sie herausfinden wollte, was geschehen war. Wortbrüchig zu werden, lag eigentlich nicht in Hans Christians Natur.

»Würdet Ihr mich denn mitnehmen?«, fragte sie, weil es ein Gebot der Höflichkeit war. Selbstredend war es undenkbar, dass eine Reisegruppe einer alleinstehenden Frau verweigern würde, sich unter ihren Schutz zu begeben.

»Eine Dame mit dem Schmelz Eurer Schönheit kann sich ihre Reisebegleitung frei wählen«, sagte Ursells Anführer mit einer galanten Handbewegung, die zu seinen spöttischen Worten nicht so recht passte. »Kommt allerdings darauf an, wo Ihr hinwollt«, fuhr er dann wesentlich sachlicher fort. »Größere Umwege können wir nicht machen. Unsere Zeit drängt.«

»Der Stammsitz meiner Familie liegt in der Nähe von Schweinitz direkt auf Eurem Weg. Vielleicht kennt Ihr meinen Vater. Heinrich von Linnitz.« Es war gut, wenn die Leute wussten, mit wem sie es zu tun hatten.

»Ritter Jürg von Grenzow.« Er nickte und vollführte einen formgewandten Schwung mit dem Barett. Es wirkte höflich und gleichzeitig unangenehm. Ein wenig aufgesetzt.

»Oh, sieh an. Das holde Burgfräulein begehrt unsere unwürdige Begleitung.« Ein Blondgelockter mit impertinentem Lächeln mischte sich ein, aber Dorothee war es egal. Ihr war alles egal. Hauptsache, sie kam sicher heim. Auf einmal wollte sie sehr dringend fort aus Elsnig.

»Hör schon auf, Wolfhardt. Und Ihr, Dorothee, lasst Euch nicht beirren.« Ursell maß den Blonden mit strengem Blick. »Ich freue mich, Euch an meiner Seite zu haben. Es gibt nichts Langweiligeres, als sich tagelang nur mit Männern zu unterhalten, findet Ihr nicht?«

Das laute Gelächter von Ritter Jürg enthob Dorothee zum Glück einer Antwort. Sie hätte Ursell nicht gerne damit verstimmt, dass sie genau gegenteiliger Meinung war. Und endlich wusste sie, was sie als Nächstes zu tun hatte. In dieser Nacht schlief Dorothee zum ersten Mal seit Tagen ruhig und fest.

Das Ehepaar Roeseling hatte sich in einer seiner nervenaufreibenden Diskussionen verfangen, lag angespannt in den Kissen, und eine lastende Stille hatte sich zwischen ihnen ausgebreitet.

Dann hielt Katharina es nicht mehr aus. »Du hast es für Marga nur noch schwieriger gemacht«, sagte sie empört. Zum wiederholten Male, aber es nagte auch zu heftig an ihr.

Thomasus drückte so stocksteif das Kreuz durch, dass er aussah wie aufgebahrt. Er schwieg. Lange. Katharina biss sich nun doch

auf die Zunge, um sie im Zaum zu halten. Thomasus würde Zeit benötigen, um einzulenken. Diese Zeit musste sie ihm einräumen, sonst fanden sie aus dem Wirrwarr nicht heraus.
»Ich will keinen Streit«, sagte er schließlich seufzend, und Katharina wusste, dass er ihr damit eine Friedenspfeife reichte.

»Ich auch nicht.« Sie rang mit sich, dann bettete sie den Kopf an seine Brust. »Aber ich kann es eben nicht gutheißen, dass du dich bei Dietmund Tilfer über Marga beschwert hast.«

Thomasus gab sich einen Ruck, Katharina spürte es sogar, denn seine Schultern zuckten kurz. »Es war vielleicht etwas … übereilt«, sagte er. »In der Sache stehe ich dazu, doch ich hätte … tja …« Ihm fiel wohl nichts ein, was er stattdessen hätte tun können.

»Stillhalten sollen?«, schlug Katharina vor und hoffte, er hörte den versöhnlichen Ton in ihrer Stimme.

»Ist wohl nicht so ganz mein Talent.« Das kam einer Entschuldigung näher als alles, was sie sonst erwarten konnte, und Katharina beschloss, die Sache auf sich beruhen zu lassen. Sie hatte keine Lust mehr auf Auseinandersetzungen. Nicht jetzt. Sie war müde, denn es war ein langer Tag gewesen. Das unglückliche Gesicht von Hans Christian Brandt flimmerte ständig durch ihre Erinnerung, und außerdem hatte sie Leibschmerzen, was das Allerschlimmste war.

Sie schloss die Augen und versuchte, sich zu entspannen. Es war eigentlich schön im Moment. Die Kissen bauschten sich verschwenderisch unter ihr, der Raum war in das gemütlich flackernde Licht einer dicken Honigkerze getaucht, sie lag satt und behaglich in den Armen ihres Mannes.

Der seine Hände jetzt vorsichtig auf Wanderschaft gehen ließ. Katharina hielt den Atem an. Wenn sie nicht reagierte, hörte er vielleicht von selbst wieder auf.

Nein. Er begann, umständlich an ihrem Hemd herumzunesteln. »Nicht. Thomasus, hör auf.« Katharina flüsterte, sie wollte ihn nicht brüskieren.

»Hm?« Sein Mund suchte ihren, sein Atem lag warm und leicht auf ihren Wangen.

Katharina versteifte sich. »Lass das.«

Er hörte nicht zu. Allmählich kam er zurecht mit dem Hemd, seine Finger glitten unter den federleichten Stoff und berührten ihre schmerzenden Brüste.

Katharina brach in Tränen aus.

Mehr eilig als geschickt zog Thomasus seine Hand aus dem Ausschnitt ihres Hemdes. »Was ist denn? Hab ich was falsch gemacht?«

Das Wasser strömte nur so über Katharinas Wangen, und je heftiger sie versuchte, sich zu beherrschen, umso schlimmer wurde es.

»Ach du liebe Zeit.« Thomasus war hilflos, was ihm selten widerfuhr. Er wusste ganz offensichtlich nicht, was tun mit einer Ehefrau, die ohne einleuchtenden Grund ein Tränenmeer produzierte und kaum Anstalten machte, dem Einhalt zu gebieten. Im Gegenteil, denn Katharina tat es gut, sich endlich einmal alles von der Seele zu weinen.

»Jetzt hör schon auf«, sagte er irgendwann. »Sonst bist du nicht in der Lage, mir zu erzählen, was los ist.« Er klang wie ein Vater, der zu einem unvernünftigen Kind sprach.

Katharinas Schluchzen steigerte sich zu einem Schluckauf. »Ich kann nicht mit dir schlafen.«

»Ja. Hm. Gut. Ich meine, das tut mir leid, ehrlich. Aber … so schlimm ist es auch wieder nicht.« Thomasus war jetzt wirklich ratlos. »Nicht, dass ich es nicht gerne täte. Im Moment. Und überhaupt. Aber es muss nicht heute sein. Oder?«

»Ich meinte, ich *kann* nicht mit dir schlafen. Nicht, ich *will* es nicht.« Herrgott noch mal. Musste sie wirklich noch deutlicher werden? Über so etwas sprach man mit Männern nicht.

»Das ist doch gut. Wenn du mich willst. Oder? Möchtest du einen Becher Wein?«, fragte er hoffnungsvoll, als könne ein kühles Getränk den Jammer ihres Lebens einfach wegspülen.

»Nei-hei-hein.«

Thomasus war ein energischer, tatkräftiger Fernhändler. Ein Mann handfester Entscheidungen, sorgfältig abgewogener Entschlüsse. Und so wollte er jetzt anscheinend auch Katharinas Problem in Angriff nehmen. Er schob sich hoch in eine sitzende Position und lehnte sich an den Bettkasten, dann strich er Katharina das derangierte Lockengekringel aus ihrer erhitzten Stirn. »Weshalb kannst du nicht mit mir … du weißt schon?«

Katharina öffnete den Mund. Dann schloss sie ihn wieder. Sie wollte es nicht sagen. Nicht hier, nicht jetzt. Eigentlich überhaupt niemals. Was man aussprach, wurde zur Wirklichkeit. »Ich kann nicht.«

»Ich weiß. Darum geht's ja. Aber warum denn?«

»Ich meine, ich kann's nicht in Worte fassen«, flüsterte sie.

»Doch, das kannst du«, widersprach er energisch. Dabei war es ein Wunder, dass Thomasus sie mit ihrer tränendicken Stimme überhaupt verstanden hatte. »Du musst sogar. Sonst kommen wir nicht weiter.«

Katharina schwieg. Sammelte sich. Es war schwer. Nicht peinlich, das nicht. Aber schwer. »Ich habe meinen Monatsfluss, deshalb kann ich nicht«, bekannte sie kurzatmig.

Thomasus kratzte sich am Kopf. »Das kommt vor. Etwa alle vier Wochen. Das war doch bisher nie so ein Dra… ich meine, das war doch nie ein Problem.«

Sie liebte ihn. Plötzlich liebte sie Thomasus sehr, weil er sich so große Mühe gab, seiner überspannten Gattin gerecht zu werden. Das konnte sie honorieren, indem sie offen darlegte, was sie so bekümmerte.

»*Bisher* nicht. All die vielen Male nicht.« Heroisch unterdrückte sie einen neuen Tränenschwall. »So viele, viele Male. Ich habe Angst, dass ich …« Sie brach ab. Es ging einfach nicht.

»Nicht schwanger werden kannst?«, vollendete Thomasus leise.

»Du glaubst es auch!« Katharina schlug die Hände vors Gesicht. Wenn er jetzt anfing, ihr Vorhaltungen zu machen, war alles aus.

»Nein, tue ich nicht. Noch lange nicht. Es ist zu früh dafür, wir haben noch viel Zeit. Es gibt auch andere Paare, bei denen das Kinderkriegen länger dauert.«

»Das klingt, als hättest du bereits darüber nachgedacht.« Katharina war ehrlich erschüttert. Nie und nimmer hätte sie vermutet, dass Thomasus eine ähnliche Last mit sich herumschleppte wie sie.

»Ach, ich hänge das nicht so hoch«, wiegelte Thomasus so entspannt ab, dass sie wusste, er spielte es nur vor. Ihr zuliebe. »Aber dann und wann schon«, gab er zu.

»Was machen wir denn nun?« Katharina sah ihn ratlos an.

»Oh, da habe ich eine phantastische Idee. Wir schlafen einfach noch öfter miteinander als ohnehin.« Thomasus knuffte sie in den Oberarm.

Katharina lächelte nun doch, plötzlich ging es. »Das könnte dir so passen.« Aber im Grunde wollte sie es ebenfalls. Sie war gerne mit ihm zusammen. Deutlich entspannter kuschelte sie sich in seinen Arm.

»Ich will ein Kind. Jetzt«, sagte sie leise. »Oder wenigstens bald. Ich will's, weil es sich so gehört und weil unser Zweig der Familie sonst verdorrt. Aber ich will's auch, weil ich … es einfach *will*. Ich will ein Kindchen in meinen Armen halten. Ich will ihm beim Atmen zusehen. Und beim Größerwerden.« Die erneut aufsteigenden Tränen verstopften ihre Nase, und sie suchte nach einem Tuch, um sich zu schnäuzen.

»Nun weine doch nicht schon wieder. Du bist jung genug, du hast noch Zeit. *Wir* haben noch Zeit. Wir werden Kinder bekommen. Einen ganzen Stall voll. Du wirst dich nach diesen ruhigen Tagen zurücksehnen.«

Niemals. »Und wenn nicht?«

»Dann hoffen wir, dass Ekkehard kein Geistlicher wird, sondern heiratet und haufenweise ungezogene Sprösslinge in die Welt setzt, die wir ihm abluchsen und an seiner statt erziehen.«

»Du bist unmöglich«, sagte Katharina dankbar. »Ekkehard würde das nie und nimmer zulassen.«

»Hoffentlich nicht. Es spräche nicht sehr für ihn. Aber wenn es so wäre, dass er Kinder bekommt und wir … nicht, dann könnte seine Familie doch vielleicht mit in unserem Haus leben. Du würdest die beste Tante werden, die ein Kind sich nur wünschen kann.«

Es war nicht dasselbe. Katharinas Augen wurden wieder nass, aber es gelang ihr, sich zu beherrschen. Für den Moment war es genug, dass Thomasus ihr beistand. Dass er eine Lösung gefunden hatte, auch wenn Ekkehards Kinder nicht die waren, die Katharina ersehnte. »Ich liebe dich, Thomasus Roeseling«, sagte sie leise.

»Ich dich auch, mein aufreibendes Weib.« Er zog sie fest in seine Arme und bettete ihren Kopf an seine Schulter. »Und jetzt schlaf. Es wird sich alles finden, ich verspreche es dir.«

3

Burkhardt saß im »Angelpunkt« und nahm eine Schale dampfenden Gerstenbrei zu sich, obwohl er nicht den allergeringsten Appetit verspürte. Doch er musste seine Kräfte sammeln, um zur Tat zu schreiten, weshalb er Löffel um Löffel in sich hineinzwang, dabei dem Glockenschlag der vergehenden Zeit nachlauschte und sich mit sinnlosen Überlegungen quälte. Zum Beispiel mit der Frage, ob Marga überhaupt ahnte, welcher Sturm in seinem Herzen tobte. Oder mit dem viel schlimmeren Rätseln darüber, was sie wohl selbst fühlte. Ob sie wirklich etwas für diesen blöden Gecken aus der Kirche empfand.

Wenn sogar die Stadtwächter sich berufen fühlten, ihren Schützenmeister an seine Pflichten zu erinnern, war es übel um ihn bestellt. Wirklich ganz übel. Und falls sich zu allem Überfluss auch noch herausstellen sollte, dass Kunibert richtiglag und Burkhardt falsch und dass durch seine Fehleinschätzung Dorothee von Linnitz ein Leid geschehen war, dann würde er im Leben nicht mehr froh.

Als er sich nach seinem freudlosen Frühstück erhob, spürte Burkhardt jeden Knochen dabei, als habe er tagelang nicht mehr geschlafen. Dennoch machte er sich umgehend erneut auf zum Schwarzen Kloster oder wie auch immer man die frühere Heimat der Augustinereremiten heute nennen sollte, denn ein Kloster war es ja nicht mehr. Hoffentlich waren die Nonnen dort. Die ehemaligen Nonnen – es ging Burkhardt ganz entschieden auf die Nerven, dass man heutzutage bei nichts mehr wissen konnte, wie es zu benennen war.

Das Einzige, was er bereits herausbekommen hatte, war, dass die Frauen weder über Anni noch über Dorothee etwas wussten. Und das war viel zu wenig für eine vernünftig geführte Ermittlungsarbeit. Burkhardt stellte fest, dass ein schlechtes Gewissen einem entspannten Gemütszustand wenig zuträglich war, und er lief schneller, als könne er durch die plötzliche Eile etwas wettmachen.

Wenigstens ein guter Gedanke war ihm bei all dem Grübeln gekommen. Womöglich gab es Marienthroner Nonnen, die sich nicht nach Wittenberg aufgemacht hatten, sondern von Nimbschen aus direkt zu ihren Familien gereist waren. Mit einem winzigen Quäntchen Glück hatte Käthe oder eine der anderen Kenntnis davon, ob es solche Frauen gab und wo sie zu finden waren. Es war nicht auszuschließen, dass wenigstens eine von ihnen etwas wusste, das ihm helfen konnte. Wenn er sich beeilte und seine Boten noch im Laufe des Vormittags auf den Weg schickte, wusste er es bald ebenfalls.

Katharina trödelte den Vormittag über so lange herum, wie es überhaupt nur ging. Jedenfalls bis ihr rein gar nichts mehr einfiel, was sie in ihrer Kammer noch erledigen könnte. Man fühlte sich nicht so besonders, wenn man vor dem Einschlafen in Tränen gebadet hatte, stellte sie fest. Bleierne Dumpfheit im Herzen und brennende Augen, die zu klein anmuteten, um durch sie auf die Welt zu schauen. Zum Glück war Thomasus bereits fort gewesen, als sie aufstand, er hatte sie schlafen lassen, was nett von ihm war. Eine Neuauflage des Gesprächs hätte ihre Kraft überstiegen und seine vorsichtigen Fragen nach ihrem Befinden noch viel mehr.

Eigentlich wäre sie am liebsten gleich wieder ins Bett gekrochen. Hätte gerne die Decke über den Kopf gezogen und das Aufstehen auf unbestimmte Zeit verschoben. Sie hatte wirklich keine Ahnung, wie sie heute ihren Pflichten als Herrin des Hauses nachkommen sollte, allein der Gedanke daran erfüllte sie mit Grausen. Da gab es Dinge, die geplant und delegiert werden mussten – das Ausbessern der Pergamente, mit denen die Fenster im oberen Stockwerk bespannt waren, das Abschleifen und Ölen der hölzernen Fensterläden in den beiden unteren Zimmern. Sie musste eine Entscheidung fällen über die Menge Brennholz, die zugekauft gehörte. Auch, um welche Anzahl sie die Tiere ihrer Eigenwirtschaft in Wyberg vermehren sollte. Neues Viehzeug war ganz allgemein nötig zur Vergrößerung des Bestandes, doch einige Schafe, Schweine und Gänse waren auch direkt für den Speisezettel vorgesehen.

Es war kindisch, es war dumm, und niemand würde Verständnis dafür haben, aber Katharina war die Vorstellung, unschuldige Lämmchen und Ferkelchen abzuschlachten, ein Gräuel. Es war mehr, als sie ertrug. Heute jedenfalls.

Um sich diesen viel zu schwierigen Aufgaben, Mechthilds Fragen, Marias spitzbübischem Zwinkern und dem sorgenvollen Blick von Berthe zu entziehen, würde sie das Haus verlassen. Zum Glück hatte sie inzwischen lange genug herumgebummelt, um einen Besuch abstatten zu können. Direkt nach dem Morgengrauen konnte sie nicht einmal bei Marga auftauchen. Die Tilfers befürchteten wahrscheinlich längst, sie zöge demnächst bei ihnen ein, so oft, wie sie dort erschien.

Sie huschte also nach unten, rief ins ganz Allgemeine: »Ich bin bei Tilfers und spätestens am Mittag zurück«, und verließ fluchtartig das Haus.

Wenig später saß sie einer hellwachen Marga gegenüber und fühlte sich keinen Deut besser. »Ich darf dich nicht ständig so überfallen«, sagte sie unglücklich. »Du solltest mir sagen, wenn ich dir auf die Nerven gehe. Störe ich?«

»Was glaubst du denn wohl? Natürlich nicht. Du musst was essen, du bist zu blass.«

»Mir geht's gut.«

»Wie schön.« Natürlich ließ Marga sich nichts vormachen und trotzdem etwas aus der Küche kommen. Es dauerte kaum einen Augenblick, da stand ein Teller mit appetitlich duftenden Safranpastetchen vor ihnen. Sie waren noch warm, und plötzlich konnte Katharina sich vorstellen, doch ein paar Bissen zu sich zu nehmen.

»Jetzt erzähle.« Marga sah sie prüfend an. »Du wirkst … mitgenommen.«

Das war Katharina allerdings. Sie hätte der Freundin gerne ihr Herz ausgeschüttet, von all dem Elend gesprochen. Dann allerdings bekäme es mehr Wucht. Marga ließ ein paar dürre Worte ganz bestimmt nicht einfach auf sich beruhen, sie würde nachfragen, sich kümmern. Und zwar nicht nur jetzt, sondern auch in Zeiten, in denen Katharina die ganze Angelegenheit lieber verdrängt hätte. »Es ist alles in Ordnung«, sagte sie leise. Sie log und hatte ein schlechtes Gewissen deswegen, doch sie konnte nicht darüber sprechen. Später vielleicht, irgendwann einmal, aber nicht jetzt. »Ich habe bloß Hunger.«

Natürlich bekam Katharina in ihrem eigenen Haushalt so viel zu essen, wie sie nur wollte. Trotzdem tat Marga so, als sei Hunger als Erklärung ausreichend für Katharinas Zustand, und wies mit einer einladenden Handbewegung auf die Pastetchen. Sie war eine wunderbare Freundin, und Katharina schämte sich noch mehr. Das Mitgefühl und die Fragen in Margas Augen waren sehr schwer zu ertragen. »Wer war eigentlich der Mann, mit dem ihr gestern in der Morgenandacht wart?«, erkundigte Katharina sich. Eine bessere Ablenkung fiel ihr nicht ein.

Marga schwieg einen Moment. »Oswalt Peteri«, erklärte sie dann. »Wir sind um … ach, ich weiß nicht, wie viele Ecken, aber wir sind miteinander verwandt.«

»Er sah blendend aus«, bemerkte Katharina. »Und ihr scheint euch alle glänzend zu verstehen.«

»Oja. Insbesondere mein Vater war in geradezu verschwenderisch guter Laune.« Margas Augen waren nass, und Katharina wurde wieder bewusst, dass sie nicht die Einzige war, die Probleme hatte.

»Aber wenn er doch ein Verwandter ist …«, sagte sie vorsichtig. Dietmund Tilfer konnte dann doch wohl nicht im Ernst erwägen, diesem Oswald Margas Hand anzubieten?

»Entfernt verwandt. Um Tausende Ecken. Die Cousinen der Großtanten unserer Mütter oder so ähnlich waren wie auch immer verschwägert. Ich habe nicht richtig zugehört. Können wir über etwas anderes sprechen?«

»Natürlich.« Katharina hatte ihren wunden Punkt und Marga einen eigenen. »Wir sollten uns sowieso nicht von unserer Suche nach Dorothee ablenken lassen.« Katharina knabberte an ihrem Gebäck und dachte nach. Wenn sie über den Fall redeten, war es unumgänglich, dass Burkhardts Name zumindest im Raum schwebte, selbst wenn sie ihn nicht aussprach. Da Marga nicht über Oswalt Peteri reden mochte, war Burkhardt zweifellos auch kein gutes Gesprächsthema. Katharina wusste, dass beide zum gleichen Themenkomplex gehörten. Und sie wollte Marga den Gefallen tun und den einen wie den anderen meiden.

Marga nahm ihr die Entscheidung ab. »Nun, da Burkhardt nach wie vor so desinteressiert an der armen Dorothee ist, bleibt es dabei: Wir werden uns an seiner statt um sie kümmern. Er um Anni, wir um die Linnitz. Was sollen wir jetzt tun? Was schlägst du vor?«

»Wir gehen nacheinander zu den Nonnen, mit denen wir noch nicht gesprochen haben. Käthe von Bora und Loneta von Gohlis kennen wir schon …«

»Und die grässlichen Zeschaus, jedenfalls bist du mit ihnen bekannt«, fuhr Marga fort. »Ich weiß wirklich nicht, ob ich sie selbst einmal leibhaftig sehen möchte oder mir die beiden lieber erspare. Wer bleibt noch übrig?«

Katharina nahm die Finger zu Hilfe und zählte auf: »Elisabeth von Canitz, Eva Große und die beiden Schönfelds. Ave und Margarete. Da fehlt noch eine.«

»Magdalena von Staupitz.« Der Name fiel Marga nach kurzem Nachdenken ein.

»Gut.« Katharina klatschte in die Hände. Wenigstens konnte sie so tun, als sei sie munter und fröhlich. Allmählich hob sich ihre Laune tatsächlich ein wenig. Jedes Handeln war besser als dieses sinnlose Gegrübel. »Machen wir uns auf den Weg.«

Als Burkhardt zum Rathaus zurückkehrte, verfügte er über präzise Angaben zu den Familiensitzen einiger Nonnen und konnte seine Boten zu ihnen aussenden. Dennoch war er ausgesprochen schlechter Laune. Sie erreichte ihren Tiefpunkt, als er Dietmund Tilfer am Treppenaufgang stehen sah, vertieft in eine rege Unterhaltung ausgerechnet mit Thomasus. Fernhändler hatten immer viel zu besprechen. Grässlich, das dauernde Geschwätz.

Burkhardt versuchte, sich unauffällig an ihnen vorbeizumogeln, aber weil zurzeit sowieso alles schiefging, gelang ihm das nicht.

Meister Tilfer winkte ihn heran, und seine Stimme dröhnte durch die ganze Halle. Es war schlicht unmöglich, so zu tun, als habe er ihn nicht gehört. Widerwillig und langsam schlenderte Burkhardt zu den beiden hinüber.

»Schützenmeister, allmählich muss es mal vorangehen mit dem Neubau«, warf Tilfer ihm ohne einleitende Worte entgegen. »Der darf sich auf keinen Fall weiter verzögern. Das neue Rathauskonzept verschlingt ohnehin Unsummen, wir müssen dafür Sorge tragen, dass es nicht noch mehr wird.«

»Ganz Eurer Meinung. Die Bauleute sollten unbedingt bald anfangen, damit sie im Herbst bei Arbeitsniederlegung hinreichend vorangekommen sind, um den Rohbau wintersicher zu machen.« Eine Binsenweisheit, aber mit ein bisschen Glück ließ sich Tilfer damit abspeisen.

Natürlich nicht. »Habt Ihr ausreichend Wächter eingeteilt, um die Baustelle zu schützen?«

Burkhardt hakte die Finger in den Gürtel, um sie am Beben zu hindern. »So viele, wie ich erübrigen kann«, erklärte er kurz angebunden. »Nicht mehr und nicht weniger.«

»Seid Ihr sicher, dass es genug sind? Auf dem Gelände kommt immer wieder etwas abhanden. Das muss geregelt werden«, gab Tilfer zu bedenken.

Burkhardt klopfte ein Schmerz in der Schläfe. »Vielleicht ist es Euch entgangen, aber wir haben einen Mordfall in unserer Stadt zu beklagen. *Dafür* benötige ich meine Leute. Das Bauvorhaben muss da hintangestellt werden.«

»So werden wir die Handwerker nicht halten können«, wandte Tilfer säuerlich ein. »Das sind Spezialisten von überallher. Wenn denen ihre kostbaren Werkzeuge verloren gehen, werden sie nicht bleiben.«

»Sollen sie eben selber Wachen aufstellen«, erwiderte Burkhardt wütend und wich Thomasus' Blick aus, der prüfend auf ihm ruhte. Wenigstens mischte Thomasus sich nicht in den Streit ein.

»So weit kommt's noch.« Meister Tilfer wurde jetzt ebenfalls ärgerlich. Seine Augen blitzten. Blaue Augen, die Burkhardt auf bestürzende Weise an die seiner Tochter erinnerten. »Wenn Ihr Eure Arbeit nicht erledigt bekommt, dann schiebt es nicht auf die Gewerke ab. So geht das nicht!«

»Was soll das heißen, ich erledige meine Arbeit nicht?«, fuhr Burkhardt auf. Dass Meister Tilfer den Finger genau in die Wunde legte, ließ ihn heftiger werden, als es angemessen gewesen wäre. Zumindest für Burkhardt war ein solcher Ausbruch nicht normal, weshalb aus Thomasus' prüfendem Blick ein erstaunter wurde.

»Die Leiche ist vor fast einer Woche gefunden worden, und anscheinend habt Ihr noch keine Ahnung, wer sie auf dem Gewissen hat.« Meister Tilfer fasste auf sehr präzise Weise die Sachlage zusammen.

Mit einem Schlag verpuffte Burkhardts Empörung. »So ist es«, erwiderte er hölzern. »Und genau aus diesem Grunde mache ich mich jetzt wieder an die Arbeit.«

Tilfer hatte ja vollkommen recht. Auch damit, dass er eine Bewerbung Burkhardts um die Hand seiner Tochter niemals in Erwägung ziehen würde. Eines Schützenmeisters, der in seinen Augen offenbar ein Tölpel und ein Versager war. Es war nur richtig und vernünftig, sein Kind nicht ihm, sondern einem wohlhabenden und erfolgreichen Händlerkollegen zur Frau zu geben.

»Und die Wächter?«, insistierte Meister Tilfer. So leicht wollte er Burkhardt offenbar dann doch nicht vom Haken lassen.

»Das überbrücken wir«, schaltete Thomasus sich ein, hilfsbereit, mitfühlend und offenbar mit einem Ohr für Zwischentöne.

Es musste verdammt schlecht um ihn bestellt sein, wenn Thomasus seinetwegen so zartfühlend wie ein Mädchen wurde. Burkhardt gelang es nicht, Thomasus in die Augen zu sehen, Meister Tilfer schon zweimal nicht. Also nickte er bloß und floh in seine Wachstube.

Natürlich wunderte sich Elisabeth von Canitz, als Marga und Katharina bei ihr auftauchten und sie in ein Gespräch verwickelten, aber da sie eine sehr wohlerzogene Dame war und dazu von ausgeglichenem Wesen, bemühte sie sich, es sich nicht anmerken zu lassen. Katharina und Marga erwischten sie dabei, wie sie etwas unbeholfen versuchte, ein paar aufgerissene Biesen an ihrem Unterkleid zu flicken, und wegen ihrer Ungeschicklichkeit in beinahe komischer Verzweiflung die Stirn runzelte.

»Ich habe schon lange nicht mehr diese Art von Putz getragen«, erklärte sie und ließ resigniert die Nadel sinken. »Ein schlichtes Hemd, eine schmucklose Kutte – damit ist sehr viel leichter umzugehen.«

»Darf ich Euch helfen?« Marga streckte die Hand nach Nadel und Faden aus, aber Elisabeth lehnte liebenswürdig lächelnd ab.

»Ich muss es ja lernen, nicht? Und ich will nicht undankbar wirken. Es war so großzügig von den Torgauern, dass sie uns mit dieser Kleidung ausgeholfen haben. Wir hatten ja nichts. Und die Tracht mussten wir schließlich ablegen. Den Habit nach unserer Flucht noch weiter zu tragen, hätte sich einfach nicht gehört.«

»Ihr habt Euch sicher an so einiges zu gewöhnen«, sagte Katharina verständnisvoll und überlegte, wie sie elegant zu dem Thema überleiten konnte, das sie eigentlich interessierte. Sie wusste nicht recht, ob sie Hans Christian ins Gespräch bringen sollte oder sein Auftauchen besser verschwieg. Dummerweise hatten sie sich nicht abgesprochen, und Katharina sah unsicher zu Marga hinüber. Diese starrte beschwörend zurück, vermutlich war ihr das Problem auch gerade aufgefallen. Leider konnte Katharina in ihren Augen nicht lesen, was sie ihr mit dem beredten Blick mitteilen wollte. Beredt, aber nicht eindeutig.

»Ihr seid bestimmt nicht gekommen, um mir bei meinen ersten stolpernden Schritten zurück ins weltliche Leben über die Schulter zu schauen«, bemerkte Elisabeth und fädelte mit zusammengekniffenen Augen einen neuen Faden ein. »Ich nehme an, Ihr interessiert Euch für die entsetzlichen Schicksalsschläge, die uns heimgesucht haben.«

»Wie kommt Ihr darauf?« Marga wischte sich verlegen ein imaginäres Stäubchen vom Ärmel.

»Ich habe gehört, dass Ihr den Schützenmeister bei seinen Untersuchungen unterstützt. In einer so kleinen Gruppe wie der unseren wird viel geredet. Ach, endlich!« Letzteres bezog sich auf das Garn, denn es war ihr gelungen, es durch das Nadelöhr zu bugsieren. »Meine Sehkraft ist auch nicht mehr das, was sie einmal war«, erklärte sie. »Euer Einsatz ehrt Euch natürlich, und ich werde Euch gerne sagen, was ich weiß. Nur weiß ich nichts.«

Katharina entfuhr ein Seufzer. »Das hören wir andauernd.«

»Nun, das rührt vielleicht daher, dass Dorothee zu kurz bei uns gewesen war, als dass wir eine enge Beziehung zu ihr hätten aufbauen können. Und Anni hat sich bewusst von der Gemeinschaft ausgeschlossen. Warum, kann ich Euch nicht erklären.« Sie ließ die Hände in den Schoß sinken und dachte nach, das Hemd und die Ausbesserungsarbeiten waren vergessen. »Dorothee gehörte nicht ins Kloster, sie war dafür nicht geschaffen. Zu viele Hummeln unterm Rock, wenn Ihr versteht, was ich meine. Unser klösterliches Leben war ihr zu beschaulich, die Versenkung in Gott lag ihr nicht. Obwohl ich ihr Frömmigkeit und Hingabe an ihren Glauben natürlich nicht absprechen will«, fügte sie eilig hinzu. Elisabeth von Canitz war zu vornehm, um andere ohne Not in ein unrechtes Licht zu setzen.

Katharina zauderte kurz. War es richtig, dieser tugendhaften und noblen Frau indiskrete Fragen zu einem womöglich zweifelhaften Lebenswandel einer ihrer Bekannten zu stellen? Nun, es war vielleicht nicht richtig, aber es musste sein. »Was wollte Dorothee denn lieber tun? Eurer Meinung nach?«, tastete sie sich an das Thema heran.

Elisabeths Mundwinkel hoben sich belustigt. »Unsere hübsche, lebhafte Dorothee ist prädestiniert dazu, von einem Mann gezähmt zu werden.« Zweifellos fiel ihr selbst auf, wie zweideutig diese Worte klangen, und eine zarte Röte breitete sich über ihre Wangen aus. »Von einem Ehemann natürlich. Sie benötigt einen Gemahl mit fester Hand und eine Aufgabe, in die sie ihre Energien stecken kann. Einen großen Haushalt, einen Stall voll Kinder, so etwas in der Art.«

Katharina sah Marga einen Moment in die Augen. Diese nickte leicht, und Katharina sagte: »Nun, da gibt es tatsächlich einen jungen Mann, an den Dorothee ihr Herz gehängt hat. Sie wollte sich mit ihm treffen, nachdem Ihr das Kloster verlassen hattet. Allerdings ist sie an dem vereinbarten Treffpunkt nicht erschienen. Die Frage ist nun, ob sie vielleicht …« Sie brach ab, weil sie nicht wusste, wie sie ihren Verdacht in höfliche Worte packen sollte.

Elisabeth verstand sie auch so. »Ich halte es für ganz ausgeschlossen, dass Dorothee … nun, mehrere Männer ermuntert haben könnte«, erklärte sie energisch. »Sie benahm sich nicht immer angemessen, war naseweis, verzogen, manchmal starrköpfig oder einfach nur schnippisch. Dennoch ist sie auf keinen Fall liederlich. Nur jung. Und verwöhnt.«

Es war vielleicht dumm, weil Katharina das Mädchen gar nicht kannte, doch sie verspürte Erleichterung über diese so entschieden vorgetragene Ansicht. Elisabeth von Canitz war eine Frau, auf deren Urteil man vertrauen konnte.

Marga betrachtete Elisabeth, und Katharina sah genau, wie sie überlegte. »Ist das eigentlich auch der Plan für Euch und Eure Freundinnen? Sucht Ihr alle einen Ehemann? Gibt es vielleicht sogar bereits Interessenten?« Sie lächelte, und ihre Worte kamen leicht daher, aber Katharina vermutete, dass sie tief in ihr geschundenes Herz schnitten. Ohne darüber nachzudenken, drückte sie kurz ihren Arm. Marga reagierte nicht.

»Oh, Doctor Luther hat schon Überlegungen für uns angestellt und sucht händeringend für jede von uns einen geeigneten Bräutigam. Jedenfalls für die meisten. Ganz im Vertrauen gesagt, bin ich nicht sehr glücklich über die Zukunft, die er für mich vorgesehen hat. Er hat mich gefragt, ob ich nicht als Lehrerin tätig sein will.«

»Und? Ihr wollt nicht?« Marga hob Elisabeths Näharbeit auf, die ihr unbemerkt von den Knien gerutscht war. »Für die Wittenberger Mädchen wäre es sicher ein großer Gewinn, könnte er Euch überzeugen.«

Elisabeth stach energisch ihre Nadel in eine ausgefranste Biese. »Ich reise in Kürze heim zu meiner Familie nach Unternitschka. Das liegt in der Nähe von Wurzen. Dort werde ich überlegen, wie es weitergehen soll.« Sie machte ein paar Stiche, mehr schlecht als recht, mit Wallis feiner Nadelarbeit waren sie nicht im Entferntesten zu vergleichen. »Kann ich sonst noch etwas für Euch tun?«, fragte sie dann.

Es handelte sich um eine sehr wohlerzogene Art, ihnen mitzuteilen, dass ihre Geduld hiermit erschöpft war.

»Wir danken Euch sehr, dass Ihr Euch Zeit für uns genommen habt«, sagte Katharina, bemüht, ähnlich vorbildliche Manieren an den Tag zu legen.

Elisabeth neigte vornehm das Kinn, um sie huldvoll zu verabschieden. Dann biss sie wie jede schlichte Bauersfrau mit einem leisen Knacken den Faden ab.

Burkhardt benötigte eine Weile, um den Aufruhr in seinem Inneren niederzuringen, den der Zusammenstoß mit Meister Tilfer in ihm hervorgerufen hatte. Ein Zusammenstoß, den er selbst verschuldet hatte, und das machte ihm schwer zu schaffen. Dabei neigte er eigentlich gar nicht zu derart hirnverbrannten Taten, und mangelnde Fähigkeit zur Diplomatie war ihm auch nicht vorzuwerfen. Ausgerechnet Margas Vater gegenüber war ihm die Sache nun aus dem Ruder gelaufen. Wenn er überhaupt eine Chance bekam, Margas Hand zu erringen, dann bestimmt nicht, indem er sich mit ihrem Vater wegen irgendwelcher Belanglosigkeiten anlegte. Nun saß er in seiner Wachstube, leckte seine Wunden und konnte sich so gerade eben noch beherrschen, sich die Haare zu raufen.

»Ist was, Schützenmeister?«, fragte Kunibert mit hochgezogenen Brauen. »Ihr hört nicht zu.«

»Was? Doch, ich höre zu.« Jetzt jedenfalls. Ob er sich mit Meister Tilfer gestritten hatte oder nicht, er bekam Marga schließlich sowieso nicht. »Worum geht's?«

Kunibert räusperte sich. Auf diese taktvolle Art wies er darauf hin, dass Burkhardt sich gerade selbst widersprochen hatte. »Da draußen ist eine Dame, die wünscht Euch zu sprechen.«

Für einen Augenblick blitzte Hoffnung in Burkhardt auf. Eine dumme, eitle Hoffnung, denn als er Kunibert bat, die Besucherin eiligst in seine Wachstube zu führen, lächelte ihn nicht Marga an, sondern Käthe von Bora. Burkhardt gab sich Mühe, seine Enttäuschung nicht zu zeigen, und blickte ihr freundlich entgegen. Jedenfalls so freundlich es ihm gelang in diesem Moment. »Wie schön, Euch zu sehen. Ich hoffe, Ihr kommt zu mir, weil Euch etwas eingefallen ist?«

»Ja, aber viel ist es nicht.« Käthe ließ sich auf dem unbequemen Schemel nieder, der einzigen Sitzgelegenheit, die Burkhardt ihr anbieten konnte in seiner kargen Kammer. »Anni hat ganz zu Anfang ihrer Marienthroner Zeit ab und an von früher gesprochen. Da gab es einen Cousin, mit dem die Familie häufig Ärger hatte, weil er wild und schwer zu bändigen war. Dieser Cousin stand Annie jedoch sehr nahe. Vielleicht weiß er etwas über sie, das Eure Ermittlungen voranbringt. Sein Name war Wolter oder Wolfgang. Oder vielleicht auch Wulfram, ich weiß es leider nicht mehr so genau. Ihr müsstet Annis Angehörige nach ihm fragen.«

»Eine gute Idee«, stimmte Burkhardt höflich zu. »Möglicherweise ist der Kontakt über die Jahre nicht abgebrochen, und er kann uns über Anni etwas mitteilen, das wir noch nicht wissen und mit ihrem Tod zu tun haben könnte.« Viel Zuversicht verspürte er allerdings nicht wegen dieses Cousins. Hätte Anni sich häufiger mit ihm getroffen, wäre das im Kloster nicht verborgen geblieben, egal, wie verschwiegen sie war.

Käthe strich ihre Röcke glatt und streifte Burkhardt mit einem kurzen Blick. Dann schlug sie die Augen nieder. »In Wahrheit komme ich aus Neugier. Habt Ihr schon etwas herausgefunden?«

»Nicht viel.«

»Das ist schlecht.« Käthe verschränkte die Arme fest vor dem schmalen Leib, beinahe umschlang sie ihre Taille. »Nicht, dass ich Euch einen Vorwurf machen will, auf keinen Fall. Ich bin sicher, Ihr tut alles, was Ihr könnt. Aber es wäre so wichtig für uns, dass

Ihr Erfolg habt und die Umstände von Annis Tod aufklärt. Darf ich offen mit Euch sprechen?«

»Mit wem, wenn nicht mit mir?« Burkhardt versuchte, einen besonders vertrauenerweckenden Zug in seine Miene zu legen, doch eigentlich war das gar nicht nötig. In der Regel vertrauten ihm die Menschen ohnehin. »Es ist nicht so, als ob Ihr mich als Euren Beichtvater ansehen könnt, trotzdem ist es nahe dran. In meiner Position bin ich es gewohnt, verschwiegen zu sein.«

Käthe nickte leicht. Sie löste die Arme aus der Umklammerung, ordnete ihr ausgeblichenes Gewand. Wahrscheinlich ging es bei der Geste mehr um die Ordnung ihrer Gedanken. Käthe wirkte – aufgewühlt. Burkhardt wartete ab. In solchen Fällen verfügte er über alle Geduld der Welt.

Dann blickte sie auf. »Ich will mir hier in Wittenberg etwas aufbauen«, sagte sie mit ihrer klaren, präzisen Stimme. »Und Ihr würdet mir dabei helfen, indem Ihr herausfindet, was mit Anni geschehen ist. Sonst liegt ein falscher Ton in diesem Anfang. Ich, nein, *wir alle* müssen uns ein völlig neues Leben formen. Wie ein Gebäude, Stein für Stein, Raum um Raum. Dieses Gebäude können wir nicht über einem Grund errichten, auf dem ungesühnt eine tote Mitschwester liegt.«

»Natürlich nicht.« Burkhardt wusste genau, um was es ihr ging. Sie wollte Gewissheit. Keine offenen Fragen, die auf ewig schmerzten.

»Seht mich an«, forderte Käthe ihn auf, als täte er das nicht bereits die ganze Zeit. »Ich bin noch nicht alt, aber auch nicht mehr wirklich jung. Im heiratsfähigen Alter. Allerdings habe ich weder eine gesellschaftliche Stellung noch Vermögen, und deshalb ist es nicht so leicht, einen passenden Bewerber für mich zu finden.«

Niemand versteht das besser als ich, hätte Burkhardt beinahe eingeworfen, schwieg jedoch und hörte weiterhin aufmerksam zu. Offenbar musste Käthe sich von der Seele reden, was sie mit ihrem tatsächlichen Beichtvater nicht besprechen konnte. Oder nicht besprechen wollte.

»Die Reichenbachs nehmen mich aus reiner Güte bei sich auf, und ich bin unendlich dankbar dafür. Aber mein Aufenthalt bei ihnen kann nur vorübergehend sein. Das weiß ich, und genau das ist auch der Plan«, erklärte Käthe nüchtern. »Doctor Luther hat die lautere Absicht, sich derjenigen Mitschwestern anzunehmen, die wie ich nicht zu ihren Familien zurückkehren können oder von dort keinen Unterhalt zu erwarten haben. Dieser Sorge kommt er nach, indem er uns verheiratet. Seiner Überzeugung zufolge ist der Mensch zum Familienleben geboren, vor allem wir Frauen. Er findet, gerade das Weib sei von Gott zur Ehe bestimmt.«

Wie so oft war Burkhardt mit dem gelehrten Doktor vollkommen einer Meinung. »Gilt das für ihn selbst denn ebenfalls?«, erkundigte er sich. »Sucht er eine Ehefrau auch für sich selbst? Da wäre jetzt eine passende Gelegenheit.«

»Ich glaube nicht. Und falls doch, dann will er Ave. Jeder will Ave.« Wenn Burkhardt nicht alles täuschte, unterdrückte Käthe ein Seufzen.

Nonne hin, Nonne her, eine schöne Frau hatte es immer leichter, die Aufmerksamkeit ihrer Umgebung zu erringen. Das war bei den Gefährtinnen der Käthe von Bora offenbar nicht anders als bei allen anderen auch.

»Nun, das steht ja hier überhaupt nicht zur Debatte«, sagte Käthe und holte Burkhardt mit ihren Worten energisch auf den Boden der Tatsachen zurück. »Ich wollte mich nur vergewissern, ob Ihr …« Sie zögerte.

»Ob ich den Ernst der Lage begreife«, vollendete Burkhardt an ihrer statt. »Dass es nicht nur um das Mordopfer geht, dem Gerechtigkeit widerfahren soll, sondern auch um Eure Sicherheit und Euren Ruf und den Eurer Freundinnen. Ja, liebe Dame von Bora«, er ließ sich nicht beirren, als Käthe abwinkte, »ich verspreche Euch, dass ich alles in meiner Macht Stehende tun werde, um die Ermittlungen zu einem vernünftigen Abschluss zu bringen. Ihr könnt Euch auf mich verlassen.«

4

War Dorothee anfangs froh, ja geradezu übermütig gewesen, weil es endlich weiterging, fragte sie sich nun doch, ob es tatsächlich eine so kluge Idee gewesen war, sich Jürg von Grenzow und seiner Truppe anzuschließen. Die Wege wurden immer enger und dunkler, der Himmel bezog sich, ein ungemütlicher Wind war aufgekommen – von einer lustigen Landpartie war dies alles sehr weit entfernt. Zumal Jürg begonnen hatte, ihr den Hof zu machen. Zunächst hatte sie das ganz amüsant gefunden nach den langen Tagen der Eintönigkeit in Elsnig, aber inzwischen waren die Blicke, mit denen Ursell sie maß, entschieden säuerlich. Mit Ursell wollte Dorothee es sich nicht verderben. Männer waren als Schutz vor den Gefahren des Waldes wichtig, eine Frau als Schutz vor den Männern mindestens ebenso.

Ein heftiger Windstoß ließ die noch spärlich belaubten Wipfel über ihr erzittern, als Jürg zum wiederholten Male sein Pferd neben das ihre lenkte. Die Gasse zwischen den Bäumen war sehr schmal, weshalb er ihr bedenklich nahe kam, sein Knie streifte schon fast ihr Maultier, was dieses allerdings gleichmütig hinnahm.

Dorothee verspürte den Impuls, ihr eigenes Bein zurückzunehmen, damit Jürg es nicht berührte, aber sie unterließ es. Ihr Reittier hätte die Bewegung womöglich falsch verstanden, und Dorothee legte nun wirklich keinen Wert darauf, vor aller Augen eine Kostprobe ihres reiterlichen Könnens abgeben zu müssen. Auf einem *Maultier*. Die Linnitz waren edlere Tiere gewöhnt, aber Dorothee hatte sich nicht beschwert. Etwas anderes hatte man ihr nicht anzubieten gehabt, und da sie mitreisen wollte, nahm sie eben mit dem Maultier vorlieb.

»Es ist nicht nötig, dass Ihr neben mir reitet«, sagte sie frostig zu Jürg. »Ich bin durchaus in der Lage, die Strecke alleine zu bewältigen.«

Er lachte so laut, dass die Vögel des Waldes für einen Moment verstummten. »Das glaube ich Euch. Das glaube ich Euch tatsächlich. Aber gelüstet es Euch wirklich danach, einem weit gereisten Mann die einzige Freude zu vergällen, die er auf seinem

Weg hat? Endlich einmal die Gesellschaft einer schönen Frau zu genießen.«

Ursells Rücken vor ihnen wurde steif. Ihre Eifersucht war indes völlig überflüssig, Dorothee lag nicht das Geringste an Jürg von Grenzow. Das Einzige, was sie an ihm interessierte, war, dass er sie von A nach B, also von Elsnig nach Schweinitz, bringen sollte.

»Wie reizend von Euch«, erwiderte sie liebenswürdig, wenn auch mit einiger Anstrengung. Es gehörte sich, ein Kompliment artig entgegenzunehmen, und eigentlich hatte ihr diese Art Spiel auch immer viel Spaß bereitet. Jetzt nicht. Es war lästig. Sie überlegte noch, wie sie Jürg möglichst elegant loswerden konnte, als er sich mit einer übertriebenen Verbeugung von ihr verabschiedete und sich ohne jede Rücksichtnahme an den Pferdeleibern vor ihnen vorbeidrängte, um sich an die Spitze des Zuges zu setzen. Noch ein paar Schrittlängen weiter, dann hob er die Hand und hielt die Reisegesellschaft an.

Die Reiter schlossen in einem unordentlichen Haufen auf. Der eine oder andere dehnte sich verstohlen, hie und da war auch ein Stöhnen zu vernehmen. Sie waren seit den frühen Morgenstunden und ohne jede Pause unterwegs.

»Nun, an dieser Weggabelung trennen sich unsere Wege«, sagte Jürg in befehlsgewohntem Tonfall.

Aufflammende Nervosität schickte Dorothee einen heißen Stich durch den Magen. Was, wenn er sie nun fortschickte? Hier mitten im Wald, ganz allein auf sich gestellt – in einer solchen Lage würde auch das Durchsetzungsvermögen einer von Linnitz auf eine schwere Probe gestellt.

»Danke, dass Ihr uns bis hierhin mitgenommen habt«, erwiderte der Fernhändler an Jürgs Seite. Ein knochenseriöser Mann ohne den geringsten Humor und mit einer sehr tiefen Stimme, die Dorothee schon gestern Abend aufgefallen war. Eine tiefe und ruhige Stimme, der man vertrauen konnte. Seltsam, was das Alleinreisen für ungewohnte Gedanken gebar. »Ihr wart uns eine große Hilfe, Ritter von Grenzow.«

»Jederzeit gerne.« Jürg grinste breit, seine Zähne blitzten. Es sah nicht freundlich, sondern angriffslustig aus. Wölfisch. »Wer weiß, vielleicht begegnen wir uns bei einer nächsten Reise wieder.« Das Lächeln erlosch.

Der Händler, offenbar der Wortführer seiner kleinen Gruppe, nickte höflich und hob mit einer knappen Bewegung die Hand zum Abschiedsgruß.

Ursell trieb ihr Pferd an, setzte sich an seine Seite, und Dorothee sprang eine neue Sorge an. Was, wenn Ursell sich den Kaufleuten anschloss? Sie wollten in die falsche Richtung, ihr Ziel lag viel weiter östlich als Schweinitz. Jürg ritt zwar dorthin, aber falls Ursell nicht mitkam – Dorothee wurde einen Augenblick lang sehr mulmig ums Herz. Dann straffte sie den Rücken. Eine Linnitz wurde mit ein paar ungehobelten Gesellen fertig. Sie verfügte über eine spitze Zunge, eisernen Willen und eine mächtige Familie im Hintergrund. All das sollte wohl reichen, die nächsten Tage unbeschadet zu überstehen.

Der Fernhändler – Dorothee hatte seinen Namen vergessen – rief seine Begleiter und auch die beiden Frauen, von denen Dorothee angenommen hatte, sie gehörten zu Ursell, mit einer Handbewegung zum Aufbruch. Ein allgemeines Gerangel setzte auf dem engen Weg ein, als sich der Zug neu formierte. Dorothees Reittier wurde rückwärts ins Gebüsch gedrängt und stieß einen empörten Schrei aus. Jürg warf ihr einen spöttischen Blick zu, und für einen Moment fühlte sie sich dadurch ernsthaft beleidigt. Als ob sie nicht in der Lage sei, mit dem Biest fertigzuwerden! Aber dann fiel ihr ein, dass es nicht schlecht war, von Jürg von Grenzow belächelt zu werden. Wer belächelt wurde, den nahm man nicht ernst. Besser, er hielt sie für eine dumme Gans, als dass er ständig seine Aufmerksamkeit auf sie richtete. Also verhielt sie sich still.

Ursell griff energisch die Zügel auf, und Dorothee spürte ihr Herz schnell und hart in der Brust klopfen.

»Einen angenehmen Heimweg«, wünschte Ursell höflich, aber desinteressiert, denn sie sah die Händler kaum dabei an. Sie winkte ein bisschen nachlässig, gab ihrem Zelter die Sporen, drängte sich an dem Kaufmann vorbei und schob sich dicht neben Jürg. »Können wir los? Ich möchte irgendwann von diesem Gaul runter, und das nächste Wirtshaus ist noch weit.«

»Alles, was du begehrst, Teuerste«, erwiderte Jürg, doch sein ironischer Tonfall strafte seine galanten Worte Lügen.

Dorothee war das egal. Ursell nahm den Weg Richtung Norden weiter mit ihnen, das war das Einzige, was zählte. Sie atmete einmal tief durch und ritt dann entschlossen zu Ursell hinüber. Es konnte doch nicht so schwer sein, sie davon zu überzeugen, dass sie nicht im Allergeringsten an ihrem Ritter interessiert war.

»Wollen wir ein Stück nebeneinander reiten, Ursell?«, fragte sie. »Ich lechze nach einer netten Unterhaltung mit einer *Frau.*«

Ursells Blick schoss von ihr zu Jürg und wieder zurück. Dann lächelte sie breit und ließ die Lücke sehen, die die fehlenden Zähne hinterlassen hatten und die sie normalerweise so geschickt kaschierte. »Aber gern«, sagte sie.

Die Boten, die zu den Heimatsitzen derjenigen Nonnen aufgebrochen waren, die nicht den Weg nach Wittenberg genommen hatten, weil ihre Familien in der Nähe wohnten, kamen nach und nach zurück. Klack, klack, klack, wie Perlen an einer Kette trafen sie ein, doch keiner wusste etwas zu referieren. Burkhardt hockte den ganzen Tag in seiner Wachstube und kam zu nichts anderem, weil er um keinen Preis einen von ihnen verpassen wollte. Als der Tag voranschritt und nichts, aber auch gar nichts Neues brachte, wurde ihm wirklich unwohl zumute.

Was, wenn es für die Boten nichts zu berichten gab, weil Dorothee tatsächlich spurlos verloren war? Was, wenn sie von den Geistern des Waldes geholt und in ihr Schattenreich gebracht worden war? Oder verschleppt worden war von den Geächteten und Ausgestoßenen, die im dichten Forst Zuflucht suchten? Burkhardt glaubte nicht an mystische Waldwesen, weshalb er Letzteres für sehr viel wahrscheinlicher hielt.

Wenn Dorothee entführt worden war, dann war es seine Schuld, dass sie noch keine Hilfe erhalten hatte. Der Gedanke traf ihn wie ein mächtiger Schlag aus einem Hinterhalt. Er hatte Dorothees Fall zu lange zu wenig ernst genommen, sich blenden lassen vom Offensichtlichen, nämlich der Leiche der Anni Oertel. Egal, wie er es drehte und wendete, ganz ohne Frage wuchs mit jedem Tag, den Dorothee entschwunden blieb, die Gefahr, in der sie schwebte. Burkhardt wurde der Mund trocken.

Was um Himmels willen sollte er nur tun?

Er hob den Blick und stellte fest, dass er alleine war. Kunibert war fort, der weite Empfangssaal im Rathaus verwaist. Die Tür zur Wachstube stand weit offen, jeder Bote sollte ihn direkt finden.

Das hatten sie auch getan. Alle. Sie waren samt und sonders zurückgekehrt.

Mit nichts in den Händen.

Nur mit Mühe riss Burkhardt sich zusammen. Gar nicht zu handeln und sich in eine Panik hineinzusteigern, half dem Mädchen am allerwenigsten. Stattdessen sollte er seine Bemühungen verdoppeln. Mach dir nichts vor, Schützenmeister, dachte er grimmig. Wo keine Bemühungen gewesen waren, konnten sie auch nicht verdoppelt werden. Er musste endlich *anfangen*, etwas für Dorothee zu tun. Jetzt.

Nicht nur Dorothee, sich selbst war er es ebenfalls schuldig, sich und seinem Ruf, dass er diese Sache zu einem möglichst guten Ende brachte. Und wenn nicht zu einem guten Ende, so doch wenigstens überhaupt zu einem Abschluss. Nichts wäre schlimmer für die armen Eltern Linnitz, als ihr Kind zu verlieren und nicht zu wissen, was mit ihm geschehen war. Dann fiel ihm Käthe ein. Der war er es auch schuldig. Er hatte ihr sein Wort gegeben.

Ihm wurde schlecht von all den Erwartungen, die an ihn gestellt wurden.

Du musst den Kampf jetzt aufnehmen, befahl er sich. Und du *liebst* es, wenn die Leute Erwartungen an dich haben. Du liebst es, weil du sie in der Regel mühelos erfüllst.

Dann musste er eben Sorge dafür tragen, dass es diesmal nicht anders war. Ab jetzt würde er das Heft in die Hand nehmen und sich selbst auf den Weg machen. Ihn hielt nichts in Wittenberg. Marga – Marga war endgültig für ihn verloren. Ihr zu begegnen, riss nur immer wieder neu die Wunde auf. Aber wenn er die Spur der kleinen Linnitz aufstöberte und das Mädchen retten konnte, dann hatte er wenigstens seine Pflicht getan.

Doch erst musste er dafür sorgen, dass seine Stadt in einigermaßen fähigen Händen lag während seiner Abwesenheit.

»Kunibert!«, brüllte er und spürte, wie beinahe vergessene Energie durch seine Adern pulste.

Es kostete sie einige Mühe, aber schließlich widmete Katharina sich doch ihren häuslichen Pflichten. Es ging bereits auf den späten Nachmittag zu, daher musste sie sich ein wenig sputen, um noch alles zu schaffen, was sie sich vorgenommen hatte. Thomasus hatte natürlich recht, wenn er mit dem Zeigefinger auf den Umstand deutete, dass sie ihre Arbeit nicht vernachlässigen durfte. Hatte er das gesagt? Sie wusste es nicht mehr genau. Aber gemeint hatte er es ganz bestimmt. Also gab sie sich einen Ruck, rief Berthe zu sich und machte sich mit ihr auf den Weg in die Stadt.

Sie taten das ab und zu, im Andenken an frühere Zeiten. Berthe war ihre Kinderfrau gewesen, und an ein Leben ohne sie konnte Katharina sich nicht einmal erinnern. Mitunter spürte sie auch heute noch die alte Vertrautheit, obwohl sie nie von damals sprachen. Trotzdem wollte Katharina ab und zu alleine mit Berthe sein. Häufig gingen sie nur spazieren, manchmal schoben sie eine dringende Besorgung vor.

Zu dem Gang in die Stadt hatte Berthe den Anstoß gegeben. »Es ist absolut unerträglich, wie der sich aufführt«, hatte sie kategorisch erklärt. Berthe war manchmal etwas schnell bei der Hand mit unverrückbaren Überzeugungen, aber diesmal gab Katharina ihr aus ganzem Herzen recht. Es ging um Hannes, den Roeseling'schen Pferdeknecht, der seine Tiere liebte, die Menschen allerdings nicht so sehr. Deshalb sah er nicht ein, warum er sich in deren Gegenwart anständig benehmen sollte. Jedenfalls war das Katharinas Theorie, auch wenn diese Hannes' Verhalten nicht entschuldigte.

»Engelwurz«, überlegte sie laut auf dem Weg zur Cranach'schen Apotheke in der Schlossstraße. »Engelwurz müsste helfen.«

Berthe grunzte. »Gibt es nichts Stärkeres? Etwas, das weniger milde klingt?«

Katharina knuffte sie in die Seite. »Es stimmt, Engelchen scheinen in der Tat nicht gut zu passen.« Hannes war grobknochig, mürrisch und wortkarg. »Aber in diesem Fall könnten sie lindernd wirken bei seinen … Beschwerden.«

»Pah. *Unseren* Beschwerden, meint Ihr wohl. Der stinkt zum Himmel.«

Leider entsprach das den Tatsachen. Hannes hatte Probleme mit seinem Gedärm, litt unter Blähungen und verspürte keinerlei Scheu, diese loszuwerden, wenn es ihm denn gelang. Oft tat es das auch nicht, und er krümmte sich wegen bitterer Leibschmerzen. Dann tat er Katharina wirklich leid.

»Deshalb besorgen wir Engelwurz. Aus der Wurzel kochen wir einen schönen Tee, und den trinkt er dann dreimal täglich, und wir alle werden uns besser fühlen.« Katharina unterdrückte einen unangebrachten Lachreiz.

»Habt Ihr schon mal überlegt, wie Ihr ihn dazu bekommen wollt, das Gesöff zu sich zu nehmen?«, erkundigte sich Berthe ungnädig.

»Da wird mir irgendetwas einfallen. Notfalls mit Gewalt. Jedenfalls mit strenger Kontrolle. Was ist denn da los?«

An der Ecke zur Collegienstraße stand ein erschöpft wirkendes Pferd mit hängenden Zügeln. Neben ihm hatte sich ein Mann an eine Hauswand gelehnt, er sah aus, als könne er sich kaum noch auf den Beinen halten.

Berthe blieb stehen. »Da sollten wir uns mal schön nicht drum kümmern. Wer weiß, was mit dem los ist.«

»Auf jeden Fall nichts Gutes.« Katharina starrte konzentriert hinüber. Selbst so zusammengesunken wirkte der Fremde groß und schlank. Mit seinem silbergrauen Haar und der vornehmen, wenn auch staubigen Kleidung sah er vermutlich ansehnlich und nobel aus, wenn er nicht gerade vor offenkundiger Pein das Gesicht verzog. Auch sein Pferd ließ zwar ermattet den Kopf hängen, war jedoch von edlem Wuchs. Vorausgesetzt, dass Katharina ihre Menschenkenntnis nicht völlig im Stich ließ, hatten sie es wohl kaum mit einem Wegelagerer zu tun. Sie blickte sich kurz um, ob sie jemanden zu Hilfe rufen konnte, doch da war niemand. Diese Straße hier war ohnehin nicht sehr belebt, und außerdem war es schon spät.

Eigentlich mussten sie sich beeilen, wollten sie die Apotheke erreichen, bevor diese schloss. Der Mann stöhnte jammervoll. Katharina beschloss, Engelwurz Engelwurz sein zu lassen, *so* schlimm war es mit Hannes nun auch wieder nicht. Jedenfalls nicht in einem Maße, dass sie es nicht noch ein paar Tage mit ihm aushalten konnten. Entschlossen ging sie auf den Mann zu.

»Darf ich Euch meine Hilfe anbieten?«, fragte sie und strengte sich an, freundlich zu klingen. Nicht bloß neugierig.

»Liebend gern.« Er versuchte sich aufzurichten, was kläglich misslang. »Ich wüsste bloß nicht, wie.«

»Hattet Ihr einen Unfall? Oder seid Ihr am Ende sogar überfallen worden?« Katharina ließ ihre Blicke über den Fremden wandern, der zum Glück nichts davon merken konnte, weil er vor Schmerzen die Augen fest zusammenkniff. »Blut sehe ich keines«, sagte sie schließlich.

»Nein. Ich bin nicht verletzt, mir geht es gut.« Seine gepresste Stimme strafte seine Worte Lügen, doch er bemühte sich erneut unbeholfen, eine aufrechte Haltung einzunehmen.

»Man sieht's«, grummelte Berthe.

»Können wir irgendetwas für Euch tun?« Katharina war ein bisschen ratlos.

»Das ist nicht nötig. Ich brauche nur eine kleine Pause.« Der Mann presste die Hand auf seine Brust und massierte sie mit rhythmischen Bewegungen. »Es geht gleich wieder. Dann reite ich weiter.«

»Wo möchtet Ihr denn jetzt noch hin? Die Geschäfte und Betriebe schließen gleich. Oder wolltet Ihr jemanden besuchen? Wir könnten Euch hinbringen.« Katharina betrachtete ihn zweifelnd. Auf seinen Wangen lag ein Bartschatten, von dem sie annahm, dass er sonst dort nicht zu finden war. Der Mann wirkte eigentlich so, als lege er Wert auf eine makellose Erscheinung. Im Übrigen sah er nicht danach aus, als könne er derzeit alleine gehen. Tragen würden sie ihn nicht können. Sie hatte indes keine Ahnung, wie sie ihn auf sein Pferd hieven sollte.

Er schüttelte den Kopf. »Nicht besuchen«, erklärte er matt. »*Suchen*. Bloß suchen …« Er brach ab und wischte sich die Stirn.

»Und wen? Vielleicht können wir ihn herholen.«

»Ich will zu Burkhardt Gantzer. Dem Schützenmeister. Ich muss ihn etwas fragen.«

»Der ist nicht in der Stadt«, erklärte Katharina behutsam. Burkhardt hatte sich vorhin erst von Thomasus verabschiedet. Die Gesichtsfarbe des Fremden wechselte von aschgrau zu fahl. »Er ist heute am frühen Nachmittag fortgeritten. Und ich kann Euch leider nicht sagen, wann er zurückkommen wird.«

Dem Mann entwich auch noch der letzte Rest seiner Kraft, und er glitt langsam an der Wand entlang zu Boden. Es war schlechterdings unmöglich, ihn sich selbst zu überlassen.

»Sei es, wie es sei. Ihr kommt jetzt erst einmal mit uns«, sagte Katharina in bestimmtem Tonfall. »Über Burkhardt können wir später sprechen. Ihr müsst Euch ausruhen, und wir wohnen gleich da vorne, nur ein paar Schritte entfernt. Bis zum nächsten Gasthaus ist es zu weit, das schafft Ihr niemals. Aber bis zur nächsten Ecke, das sollte uns gelingen.«

»Also kein Engelwurz.« Berthe seufzte.

»Heute nicht. Und jetzt hilf mir.«

Gemeinsam, aber ungeschickt zerrten sie den Fremden empor und versuchten, ihn auf seinen müden Gaul zu wuchten. Er stieß ein atemloses Zischen durch die zusammengepressten Zähne und stöhnte.

»Bleibt bei Euch, Mann.« Katharina packte ihn kräftig am Oberarm. Wenn er das Bewusstsein verlor, hatten sie schlechte Karten. Sie wartete einen kleine Weile, und er tat ihr den Gefallen und blieb aufrecht. Oder so etwas in der Art.

»Wir gehen«, sagte Katharina entschlossen und wand ihm die Zügel aus seinen kraftlosen Fingern. »Berthe, hilf mir.«

»Was ist los mit dir?«, fragte Ursell. Sie war einfach so zum Du übergegangen, und das gefiel Dorothee nicht. Ihr gefiel inzwischen einiges nicht.

»Nichts ist mit mir los«, sagte sie kurz angebunden. »Ich bin nur müde.« Was auch stimmte, sie waren den ganzen Tag geritten. Und während die Stunden vorangeschritten waren, hatte Dorothee mehr und mehr die Orientierung verloren. Der Himmel war von undurchdringlichem Gewölk verdeckt, die Sonne nicht zu sehen und ihr nicht länger klar, in welche Richtung sie unterwegs waren. Zwischendurch hatte sie ab und zu sogar das Gefühl beschlichen, Jürg führe seine Gruppe in die Irre, aber das konnte doch wohl nicht sein. Nur ob sie immer noch Schweinitz zum Ziel hatten – sie hätte es nicht zu sagen vermocht. Deshalb war sie trotz ihrer Müdigkeit angespannt. Angespannt und wachsam.

»Dann reiß dich zusammen. Mir ist eine fröhliche Reisegefährtin lieber.« Ursell lachte perlend, stieß ihrem Pferd die Fersen in die Flanken und schloss zu Jürg auf, der ihr bereitwillig den Platz neben sich einräumte.

Dorothee war sprachlos. Sie konnte sich nicht erinnern, wann zuletzt jemand derart unverschämt mit ihr gesprochen hatte. Ob überhaupt jemals. Doch sie ritt weiter, mit starrem Blick auf Jürgs breiten Rücken und Ursells hellen Umhang, der in der einsetzenden Abenddämmerung leuchtete. Was hätte sie auch sonst tun sollen? Hier inmitten der rasch dunkel werdenden Wälder die Gruppe verlassen und sich allein auf den Weg machen? Undenkbar. Viel zu gefährlich. Außerdem hatte sie nicht die geringste Ahnung, wo sie sich befand. Dorothee riss sich zusammen und setzte sich aufrechter hin, in den letzten Stunden war sie immer nachlässiger auf ihrem Maultier zusammengesackt. Aber gab sie ihrer Erschöpfung erst einmal nach, dann verlor sie ihre Aufmerksamkeit. Und aufmerksam musste sie sein.

Endlich hielt Jürg an und hob die Hand. »Wir verlassen jetzt den Hauptpfad und beziehen Quartier für die Nacht.«

Hier? Dorothee sah sich ungläubig um. Nichts als dichtes Gehölz, helle Stämme schimmerten im vergehenden Tageslicht, die Wipfel standen schwarz und rauschend über ihr. Irgendwo rief ein Käuzchen. Es war – unheimlich. Dorothee fielen all die gruseligen Geschichten ein, die ihre Amme ihr in Kindertagen erzählt hatte. Von Feen und Trollen, von Waldmenschen. Und Wölfen. Plötzlich war sie froh, Jürg samt seiner Leute und deren Schwerter um sich zu haben.

»Bleibt dicht hintereinander«, befahl Jürg. »Wir schlagen uns durch die Büsche. Es ist eine Abkürzung, aber schwer zu finden. Seht zu, dass keiner zurückbleibt. Ich hab keine Lust, jemanden zu suchen. Dame Dorothee? Ihr kommt zurecht?«

»Selbstverständlich.« Irgendetwas mahnte Dorothee zur Vorsicht.

Erneut setzten sie sich in Bewegung, langsamer diesmal. Dorothee gab acht, dass die Nase ihres Maultieres den Schweif seines Vorgängers nicht berührte, aber sie schloss so dicht wie möglich auf. Dennoch durfte sie nicht riskieren, dass es ein Gerangel unter den Pferden gab. Manche mochten es nicht, wenn man ihnen zu nahe kam, und schlugen aus. Sie war sich nicht sicher, ob Jürg auf sie gewartet hätte, falls sie zu Boden ging.

»Meine Güte, *musste* das sein? Ist diese Abkürzung wirklich nötig?« Ursell klang verdrießlich.

Dorothee konnte gerade noch erkennen, wie sie mit beiden Armen die herabhängenden Zweige fortwischte, damit sie ihr nicht ins Gesicht peitschten. Sie selbst traute sich nicht, die Zügel des Maultieres fahren zu lassen, deshalb traf mehr als einmal ein biegsamer Ast ihre Wangen. Es tat weh, und am liebsten hätte sie lauthals geflucht. Doch abgesehen davon, dass es sich nicht gehörte, wollte sie auch nicht das Augenmerk von … von wem auch immer auf sich lenken. Von niemandem.

Der unbequeme Weg zog sich, zwischendurch schien er Dorothee endlos, doch schließlich öffnete sich der Wald auf eine Lichtung, und das Dunkel lag endlich hinter ihnen. Sie erkannte, dass der Himmel noch grau schimmerte und es nicht so spät war, wie sie angenommen hatte.

Vor ihnen ragte eine dunkle Masse aus Stein auf, es dauerte einen Moment, bis Dorothee klar wurde, um was es sich handelte. Um eine Burg. Einen Donjon, in dem nirgends Licht brannte. Nicht der allerwinzigste flackernde Schein, der von Menschen gezeugt hätte, die dort wohnten. Keine Fackel, kein Feuer. Nichts. Dorothee lauschte. Bis auf das Schnauben der Pferde und das Geräusch der Ledergeschirre war nichts zu hören. Allumfassende Stille ringsumher.

Das Bauwerk lag vollständig verlassen da.

»Wo sind wir hier?«, erkundigte sie sich, froh, dass ihrer Stimme nichts von ihrer Beklemmung anzumerken war.

»Dort, wo wir heute Nacht kampieren«, erklärte Jürg denkbar knapp. »Mehr hat Euch nicht zu interessieren. Auf geht's.«

Er setzte sich in Bewegung, und Dorothee blieb nichts anderes übrig, als hinter ihm herzutrotten. Sie passierten einen breiten, weit geöffneten Durchgang, der in einen vollkommen leeren Hof mündete. Raschelnd tanzten die letzten Blätter des vergangenen Herbstes über den Steinboden. Sonst war alles ruhig. Nicht einmal Hundegebell ertönte.

Unruhig sah Dorothee sich um. Ihr Blick fiel auf die Torflügel, die Walther und Wolfhardt unter Aufbringung ihrer ganzen grobschlächtigen Kraft anschoben, um sie zu schließen. Die viel zu lange nicht geölten Angeln knarrten. Mit einem satten Ton krachte das Tor ins Schloss.

5

Der scharfe Ritt von Wittenberg nach Torgau machte vor allem Burkhardts Pferd glücklich, denn es hatte zu viel im Stall gestanden in letzter Zeit. Burkhardt selbst schmerzten irgendwann vor Anstrengung die Knochen. Sieh zu, dass du nicht verweichlichst, Schützenmeister, dachte er. Und mach verdammt noch mal deine Arbeit.

Das tat er, er vergaß die Erschöpfung, vergaß für den Moment sogar Marga und befragte jeden, dessen er habhaft werden konnte. Das Torgauer Rathaus war nahezu verwaist, der einzige Stadtdiener, der dort die Stellung hielt, verstand offenbar nicht, was für ein Anliegen sein Besucher hatte. Dieser entschied entnervt, sein Glück allein in die Hand zu nehmen. Auf den Straßen des Ortes waren eine Menge Leute unterwegs, er stellte sich jedem in den Weg. Er fragte nach dem Verbleib von Dorothee von Linnitz, und samt und sonders zuckten sie mit den Achseln und sahen ihn verständnislos an. Spät, so spät, dass er schon überlegte, ob er nicht aufgeben sollte, weil er hier nur seine Zeit vertrödelte, stieß er auf einen Fischer, der in seinem Kahn saß und äußerst lädiert wirkende Netze ausbesserte.

Dabei nahm Burkhardt nicht einmal an, dass es sich lohnte, mit dem Mann zu sprechen, viel lieber wäre er gleich weitergeritten nach Nimbschen. Allerdings war er festen Willens, mit mehr Akribie als bisher vorzugehen, und so hob er an, zum x-ten Male an diesem Nachmittag seine Frage hinunterzubeten. »Ich suche eine junge Frau. Hast du sie vielleicht gesehen? Hellblondes Haar, meergraue Augen. Grübchen.«

»Suchen wir nicht alle so eine?«, gab der Fischer gut gelaunt zurück.

Ein Scherzkeks. Burkhardt unterdrückte heldenhaft seine Gereiztheit. »Sie ist wahrscheinlich allein unterwegs. Das ist ungewöhnlich genug für ein Fräulein aus vornehmem Hause. Falls sie hier vorbeigekommen ist, müsste sie dir aufgefallen sein.«

Der Mann ließ sein Netz sinken. »Was wollt Ihr denn von der?«, fragte er misstrauisch.

Ein gesunder Argwohn war nicht verkehrt. Gut sogar. Falls er sie gesehen hatte, lieferte er sie nicht jedem Dahergelaufenen aus, der sich nach ihr erkundigte. Das deutete auf Anstand. Burkhardt strengte sich an, ein gewinnendes Lächeln auf seine Züge zu legen. Es fiel ihm nicht so leicht wie sonst. »Ich habe nichts Übles mit ihr im Sinn. Im Gegenteil, ich suche sie, weil sie möglicherweise in Gefahr ist. Ich will sie davor bewahren, klar?«

Seine Ausführungen wurden mit einem langen, langen Blick erwidert. Einem Blick, der darauf schließen ließ, dass der Mann etwas wusste. Burkhardt lehnte sich an einen Erlenstamm hinter ihm, tat so, als verfüge er über alle Zeit der Welt, faltete seine Miene zu einem freundlichen und entspannten Ausdruck und wartete ab. In der Regel lösten seine zerknautschten Gesichtszüge bei seinen Gesprächspartnern Zutrauen aus. Und Zutrauen führte meistens zu Redseligkeit.

Der Fischer war keine Ausnahme. »Da war 'n Mädchen, auf das die Beschreibung schon passen täte«, erklärte er, nachdem er seine reiflichen Überlegungen hinter sich gebracht hatte. Er griff wieder zu seiner Holznadel. »Der taten die Füße weh. Da hab ich sie 'n kleines Stück mitgenommen in meinem Kahn den Fluss runter. Nur bis nach Elsnig, da ist sie ausgestiegen.«

Elsnig! Das war eine Spur. Sogar eine heiße Spur, der Ort war bislang noch niemals erwähnt worden. Burkhardt war auf einmal überzeugt, Dorothee dort zu finden. Er würde sie einsammeln und nach Wittenberg bringen, und dann konnte Käthe erst ihrer Erleichterung freien Raum geben und anschließend nach Belieben mit dem Mädchen verfahren. Er freute sich schon darauf. Käthe von Bora ließ sich nicht gerne auf der Nase herumtanzen. Sie würde dem feinen Dämchen bestimmt ordentlich die Leviten lesen. Und er selbst hätte eine Sorge weniger und könnte sich endlich wieder Anni Oertel widmen.

Als Burkhardt in Elsnig ankam, war sein Pferd nicht mehr ganz so glücklich, dafür aber umso ausgelaugter. An diesem Tag konnte er es unmöglich noch weiter antreiben, es brauchte dringend eine Pause. Er selber vielleicht auch, aber darüber hätte er sich hinweggesetzt, wenn es möglich gewesen wäre. Aber nun benötigten sie eine Übernachtungsmöglichkeit, vor allem eine, wo das Tier Hafer und Kleie bekam und sich nicht mit Gras auf einer wilden Wiese zufriedengeben musste. Burkhardt hielt auf ein Gasthaus zu, das eine knappe Meile außerhalb Elsnigs am Fluss gelegen war und auf das ihn der Fischer verwiesen hatte. »Seht da mal nach«, hatte er geraten. »Ich wüsste nicht, wohin sie sonst in dieser gottverlassenen Gegend gewollt haben könnte.«

Als sie eintrafen, ließ Burkhardts Pferd müde den Kopf hängen und drückte damit sehr deutlich aus, es wolle für heute jeden weiteren Schritt verweigern. Burkhardt schlang hastig den Zügel um einen Pfosten, dann betrat er getrieben von Hoffnung, direkt in Dorothees Arme zu laufen, das Gasthaus. Aber dort fand er niemanden außer einem mürrischen Schankknecht, der von absolut nichts eine Ahnung hatte. Burkhardts Laune sank auf einen ähnlichen Tiefpunkt wie die seines Gauls.

»Nee, hier is keiner. War auch keiner, glaub ich. Weiß ich aber nich genau, bin bloß die Aushilfe. Ranulf und Greta sin nich da. Die richten 'ne Hochzeit aus«, erklärte der Knecht. Ihm fehlte das rechte Ohrläppchen, und durch seine Augenbraue verlief eine hässliche Narbe. Offenbar ein Raufbold. Der mit beinahe zarter Sorgfältigkeit den Ausschank polierte.

»Und Ranulf und Greta sind wer?«, erkundigte sich Burkhardt.

»Der Wirt und die Schankmagd. Is die Tochter. Wollt Ihr ein Bier?«

»Gerne. Wo genau sind die beiden denn?«

Der Knecht warf ihm einen Blick zu. »Keine Ahnung. Warum wollt Ihr das wissen?«

Weil ich sie unbedingt sprechen muss, dachte Burkhardt und fand es schwer, den Mut nicht zu verlieren. Alles, was er anpackte, ging schief. »Ich möchte sie etwas fragen«, sagte er müde. »Wann kommen sie denn zurück?«

»Ende der Woche. Is ein Elend. Ich weiß nich, wie ich die ganze Zeit den Laden allein führen soll und so. Esst Ihr auch was? Is aber bloß kalt da, Eintopf ist aus. Und Greta is ja nich hier, um was Neues zu kochen.«

Burkhardt nickte, ließ sich auf die nächste Bank fallen und wischte sich mit beiden Händen kräftig über das Gesicht, um seinen Geist in Gang zu bringen. So lange konnte es nicht dauern, eine Hochzeit auszurichten. Wenn er in den nächsten Tagen über Dorothees Verbleib nichts herausfand, würde er nach Elsnig zurückkehren und Greta und ihren Vater doch noch befragen. Für den Moment konnte er nichts tun, sich aber immerhin ein paar Stunden ausruhen. Er spürte sämtliche Knochen im Leib und hatte es bitter nötig. Und morgen würde er dann zu frühestmöglicher Stunde erfrischt weitersuchen. »Gibt's ein Bett für die Nacht?«

Der Knecht schlurfte zu ihm herüber, um ihm ein Brett mit Schinken und Brot auf den Tisch zu knallen. »Is nich viel los gerade. Ihr könnt Euer Lager aufschlagen im großen Raum, da wohnt schon ein anderer drin. Gibt auch 'ne Kammer unterm Dach, die könnt Ihr für Euch alleine haben. Kostet mehr.«

»Nicht nötig, Gemeinschaftsraum reicht.« Burkhardt nahm einen tiefen Schluck von dem unerwartet guten Bier.

Er blickte auf, als die Tür klappte und ein Mann den Schankraum betrat. Vermutlich der Gast, mit dem er sich heute Nacht das Zimmer teilen musste. Er war jung, blond, und scharfe Falten hatten sich um seine Mundwinkel gegraben, die nicht zu seinem Alter passten. Müde stand er mitten im Raum und fuhr sich mit beiden Händen übers Gesicht. Dann blickte er auf, und nach einem Moment erkannte er Burkhardt.

»Was macht Ihr denn hier?«, fragte er verblüfft.

»Dasselbe wie Ihr. Ich suche Eure Verlobte.«

In schönster Deutlichkeit zeichneten sich wechselnde Gefühle in Hans Christian Brandts Miene ab – erst Verwirrung, dann Ärger, schließlich Ergebenheit. »Störe ich, wenn ich mich ein bisschen zu Euch setzte? Ich könnte Gesellschaft gebrauchen«, sagte er.

Burkhardt wies auf den Platz neben sich und dann auf die Platte vor ihm. »Bedient Euch.«

»Danke, ich hab keinen Hunger.« Ungeachtet seiner Worte zupfte Hans Christian ein winziges Fetzchen Schinken ab und steckte es in den Mund. »Habt Ihr … habt Ihr schon irgendetwas erreicht?«

»Leider nicht.«

»Ich auch nicht.« Der junge Mann starrte trübsinnig auf das Fleisch. »Ich hoffe so sehr, dass wir bald mehr Glück haben. Ich … ich will mir gar nicht vorstellen, was Dorothee unterdessen womöglich passiert ist.«

Burkhardt wünschte ihm von Herzen, dass es dabei bliebe und

seine Vorstellungskraft nicht zunahm. Allzu viel Phantasie konnte ausgesprochen verstörend sein. »Niemand kann so einfach verloren gehen«, erklärte er, obwohl er natürlich genau wusste, dass das nicht stimmte. Manche Menschen verschwanden eben, tauchten unter. Wollten gar nicht gefunden werden. »Wir werden sie schon auftreiben.«

»Immerhin suchen wir nun zu zweit. Das tun wir, oder? Da können wir ein größeres Gebiet schneller abdecken. Ist doch so, nicht?« Hans Christian sah ihn an, mit neuer Zuversicht, wie es schien, und Burkhardt übermannte wieder das schlechte Gewissen, weil er erst so spät das Gewicht der Vorkommnisse erkannt hatte. Doch immer noch stand gar nicht fest, ob die Lage überhaupt ernst war. Vielleicht ließ er sich bloß anstecken von der allgemeinen Aufgeregtheit um den Verbleib der Linnitz.

»Heute machen wir gar nichts mehr. Ich gehe jetzt schlafen«, erklärte er. »Morgen breche ich so früh wie möglich nach Nimbschen auf. Da hat schließlich alles angefangen.«

Hans Christian schüttelte den Kopf. »Den Weg könnt Ihr Euch sparen. Ich war bereits in Nimbschen. Absolut ohne Ergebnis. Weder dort noch in Marienthron weiß irgendjemand irgendetwas über Dorothee.«

Als Katharina mit Berthe und ihrem sich dahinschleppenden Begleiter das Roeseling'sche Haus erreichte, liefen sie als Allererstes Rutger in die Arme.

Eigentlich hatte Katharina das vermeiden wollen, die angespannte Atmosphäre zwischen ihnen konnte auf einen Fremden nicht sehr einladend wirken. Sie straffte die Schultern, um sich gegen jeden möglichen Vorwurf zu wappnen, und sah Rutger hochmütig entgegen.

Allerdings bemerkte der das gar nicht. Er warf einen kurzen Blick auf ihren Gast, dem der Schweiß über die eingefallenen Wangen troff und der sich schwankend am Türpfosten festhielt, dann sagte er: »Grundgütiger!«, drehte sich rasch um und bellte in die Tiefe des Hauses: »Barthel! Wolfram! Sofort hierher!«

Ein Wimpernschlag, dann tauchten die Gerufenen mit neugierigen Gesichtern auf. Ihnen folgte Maria, die von besonderen Ereignissen angezogen wurde wie die Wespen vom Honigtopf. Zu guter Letzt kam auch noch Thomasus aus seinem Kontor, wohl um nachzuschauen, was der Lärm zu bedeuten hatte.

»Wen hast du denn da aufgelesen?«, fragte er, und das »schon wieder« schwang so deutlich in seinem Tonfall mit, als habe er es tatsächlich ausgesprochen.

»Ich weiß es nicht«, bekannte Katharina barscher als beabsichtigt, aber sie wollte von vornherein jeden Tadel im Keim ersticken. »Ich *weiß* nur, dass ich einen Menschen in Not gesehen habe. Er benötigte Hilfe, und die lasse ich ihm zukommen. Wie es die Pflicht eines Christenmenschen ist.«

»Ich bitte um Vergebung«, mischte sich der Gegenstand der Diskussion mit gepresster Stimme ein, »dass ich mich nicht längst vorgestellt habe. Heinrich von Linnitz.« Er bemühte sich um eine angemessen höfliche Verbeugung, womit er allerdings erbarmungswürdig scheiterte. Schon mit dem Aufrichten hatte er keinen rechten Erfolg, schließlich blieb er einfach zusammengekrümmt stehen und kniff die Augen zusammen. So nahm er auch nicht wahr, wie Katharina erst zusammenzuckte und ihn dann anstarrte, als sei er ein Kalb mit zwei Köpfen. »Ich danke Euch sehr für Eure Mildtätigkeit«, fuhr er stockend fort. »Doch ich will Euch nicht zur Last fallen, und so bitte ich nur um …«

»Ihr könnt um alles bitten, was Ihr wollt und was Euch guttut.« Katharina befürchtete, er fiele gleich hier in ihrem Flur in Ohnmacht. Dann wäre er erst recht schwer zu transportieren. Oder auszuhorchen. Das wollte sie jedoch unbedingt. Er war Dorothees Vater und hatte doch ganz bestimmt eine Vorstellung davon, was sie für Wünsche und Ziele haben könnte.

In einer Mischung aus Mitleid und Ungeduld sah sie ihn an. Heute würde Heinrich von Linnitz über gar nichts mehr Auskunft geben können. »Zunächst einmal bringen wir Euch in eine Kammer, in der Ihr Euch hinlegen könnt. Barthel?«

»Klar, Herrin. Wolfram, hilf mir.«

Barthel, der Knecht, verfügte über Bärenkräfte, Wolfram, der Kontorgehilfe, über das nötige Geschick. Gemeinsam gelang es ihnen, Heinrich von Linnitz die schmale Treppe am Ende des Ganges hinauf in die privaten Räumlichkeiten der Roeselings zu bugsieren und in das leer stehende Kabuff neben der Stiege ins Dachgeschoss zu verfrachten. Sie ließen ihn auf die bescheidene

Bettstatt sacken und verließen auf einen Wink von Thomasus hin ungern, aber folgsam den Raum und polterten die Stufen wieder hinab.

»Sollen wir vielleicht einen Medicus holen?«, fragte Katharina Thomasus leise, doch noch bevor der antworten konnte, hob von Linnitz abwehrend die Hand.

»Das ist unnötig. Ich bin nicht mehr der Jüngste, wie Ihr seht, und ich habe mich … etwas überanstrengt. Wenn ich mich nur einen Moment ausruhen dürfte … Dann werde ich Eure Gastfreundschaft nicht lange missbrauchen.«

»Von missbrauchen kann gar keine Rede sein«, widersprach Thomasus. »Ihr bleibt erst einmal hier. Nie und nimmer lasse ich zu, dass Ihr in diesem Zustand aufbrecht.«

Manchmal liebte Katharina ihren Mann sehr. Jetzt gerade zum Beispiel. Wie von selbst stahl sich ihre Hand in die seine, und er drückte sie kurz.

»Ich vermute, wir wissen, was Euch zu dieser Eile angetrieben hat.« Thomasus übernahm ganz selbstverständlich das Ruder, und Katharina ließ ihn gewähren. Vielleicht fiel es Heinrich von Linnitz leichter, mit einem Mann zu sprechen. Männer nahmen Männer ernster.

Linnitz öffnete die schmerzverhangenen Augen und sah ihn an. »Tatsächlich?«

Thomasus nickte. »Es geht um Dorothee, nehme ich an.«

Linnitz zwang sich in eine aufrechtere Haltung. »Woher wisst Ihr von meiner Tochter?« Er klang auf einmal ganz anders als zuvor, streng und arrogant. Und auch ein bisschen panisch.

»Wir wissen von ihr, weil wir sie suchen«, mischte sich Katharina ein. »Wie Ihr auch. Mit ihrem Verschwinden haben wir nichts zu tun.«

»Sie ist also tatsächlich verschwunden.« Seine Stimme flatterte. »Ich hatte gehofft … aber das war dumm. Der törichte Versuch eines Vaters, der das Offensichtliche einfach nicht wahrhaben will.«

Katharina ließ sich einem Impuls folgend neben ihm auf der Bettkante nieder. Thomasus war ja dabei, da konnte das nicht anstößig wirken. »Was hattet Ihr gehofft?«

»Dass es sich um einen albernen Scherz handelt.« Linnitz massierte wie vorhin schon seine Brust, und erneut bildete sich diese ungesund aussehende Schweißschicht auf seiner Stirn.

»Ihr solltet ein wenig schlafen. Oder Euch wenigstens ausruhen. Morgen früh erzählt Ihr uns, was geschehen ist.« Es fiel Katharina wirklich schwer, so heroisch darauf zu verzichten, Dorothees Vater sofort und auf der Stelle auszufragen, aber sie tat es. Er sah einfach zu bedauernswert aus.

Thomasus fand so viel Rücksichtnahme anscheinend überflüssig. »Was für eine Art Scherz?«, erkundigte er sich mit gerunzelter Stirn.

Linnitz zögerte kurz, dann bat er: »Helft mir auf.« Als er schließlich an die Wand gelehnt auf der Bettstatt saß, blickte er sie an. »Ich habe ein Schreiben erhalten. Ein Schreiben mit einer Lösegeldforderung. Wegen Dorothee. Sie sei in seiner Gewalt – in wessen auch immer. Die Summe, eine erhebliche Summe nebenbei bemerkt, solle in Wittenberg übergeben werden. Näheres bekäme ich noch mitgeteilt. Ich dachte … ich dachte, sie ist vielleicht hier und …« Linnitz brach ab.

Katharina konnte sich gut vorstellen, was er gedacht hatte. Ganz sicher hatte er genau zwei Möglichkeiten erwogen. Entweder seine Tochter hatte sich einen Streich erlaubt und wollte sich mit dem gepressten Geld ein Leben mit Hans Christian aufbauen, oder aber sie war tatsächlich entführt worden und wurde irgendwo gefangen gehalten. In beiden Fällen hatte er bestimmt vorgehabt, sie zu bewahren. Entweder vor Schande oder vor noch größerer Gefahr. Heinrich von Linnitz war indes gerade sehr weit davon entfernt, seinen Absichten Taten folgen zu lassen. Ein Mann, der sich kaum auf den Beinen halten konnte, war nicht gut für die Aufgabe gerüstet, Verbrecher zu jagen und zu überwältigen.

»Es tut mir aufrichtig leid«, sagte Thomasus. »Aber Eure Tochter ist in Wittenberg nie angekommen. Und es gibt niemanden, der weiß, wo sie zu finden ist.«

Die Nacht mit ihren endlosen Stunden lag vor ihr, aber Dorothee fand trotz ihrer Müdigkeit keinen Schlaf, denn die zunehmend beunruhigenden und trüben Gedanken waren aus ihrem Kopf einfach nicht zu vertreiben. Irgendwann zwang sie sich, der Wirklichkeit ins Gesicht zu sehen, und warf resolut sämtliche Überzeugungen über Bord, die bisher ihr Leben geprägt hatten. Das war nicht leicht, denn derartige Gewissheiten wurzeln tief. Die zum Beispiel, dass das Schicksal es immer gut mit ihr meinte. Dass sie stets erreichte, was sie wollte. Dass es niemand wagte, sich ernsthaft ihren Wünschen in den Weg zu stellen. Dass dies alles ihr rechtmäßig zustand, weil sie Dorothee von Linnitz war.

Die Wahrheit hingegen sah ganz anders aus.

Sie befand sich in Gesellschaft von Menschen, die nicht im Mindesten daran dachten, ihr jeden Wunsch von den Augen abzulesen.

Stattdessen hatte Jürg ihr eine muffige, enge Kammer im Obergeschoss des Wohnturmes zugewiesen. In der Ecke lag etwas, von dem Dorothee hoffte, es handele sich um die Hinterlassenschaft von Mäusen und von nichts Schlimmerem. Sie hasste Ratten. Auf ihren Protest hin hatte er bloß gelacht und im Hinausgehen die Tür ins Schloss geschmettert. Es hatte – irgendwie endgültig geklungen. Sie hatte seinen Schritten gelauscht, und erst, als sie überzeugt gewesen war, dass sich hier oben außer ihr wirklich niemand aufhielt, war sie zur Tür geschlichen und hatte behutsam dagegen gedrückt. An der Erleichterung, sie nicht verschlossen zu finden, erkannte sie, dass sie irgendwo tief in ihrem Inneren die Befürchtung gehegt hatte, Jürg habe sie tatsächlich eingesperrt.

Die Kammer war beinahe leer, außer einem gammeligen Strohlager befand sich nur ein morscher Schemel darin. Und Dreck. Der Raum war wirklich sehr weit entfernt von dem gemütlichen Komfort, in dem Dorothee normalerweise wohnte und den sie bisher als selbstverständlich angesehen hatte. Doch jetzt war sie schon dankbar, dass sie wenigstens allein darin war. Auf Ursells Gesellschaft verzichtete sie inzwischen gerne. Auf die der Männer sowieso.

Allerdings verspürte sie Hunger. Niemand hatte sie geholt, damit sie gemeinsam mit den anderen eine Mahlzeit einnahm. Dabei war sie ganz sicher, dass sie den appetitanregenden Duft von gebratenem Fleisch geschnuppert hatte. Aber sie hatte nicht hinuntergehen wollen. Wenn sie ehrlich war, hatte sie sich nicht getraut.

Du benimmst dich wie eine dumme Pute, dachte sie erschöpft. Du bist Dorothee von Linnitz, und du kannst gehen, wohin du willst. Also reiß dich zusammen und steh auf.

Sie erhob sich von ihrem Lager, was ohnehin eine Wohltat war, da es schlecht roch. Mit tastenden Schritten schlich sie hinüber zur Tür.

Sie ließ sich nicht öffnen. Irgendjemand hatte lautlos und unbemerkt den Riegel vorgelegt.

6

Am nächsten Morgen betrat Burkhardt voller Tatendrang den Schankraum, um vor dem Aufbruch schnell noch ein Frühstück einzunehmen, und stellte zu seiner Überraschung fest, dass trotz der frühen Morgenstunde bereits ein weiterer Gast eingetroffen war. Er hatte sich breitbeinig vor der mürrischen Aushilfe aufgebaut, deren Namen Burkhardt vergessen hatte. Er war gestern Abend zu müde gewesen.

»Himmelherrgott, es wird doch nicht so viele Orte geben, wohin sie gegangen sein könnten.« Der Mann rang um eine leutselige Stimme, allerdings gelang ihm das nicht besonders gut.

Das fand der Knecht offenbar auch, denn er sah noch übellauniger drein als gestern. »Kann ja sein«, sagte er. »Ich weiß es aber trotzdem nich.«

»Hör mir mal gut zu«, der neue Gast beugte sich ein Stück vor und nahm eine drohende Haltung an. »Ich lass mich von einem wie dir nicht für dumm verkaufen. Ich will jetzt …«

Burkhardt räusperte sich, und der Mann fuhr herum. »Ist was?«

»Nee. Was sollte denn sein?« Burkhardt zeigte sein allerharmlosestes Gesicht. »Ich möchte bloß ein Frühstück. Gibt's Hirsebrei oder so was Ähnliches?«

»Hafer. Ich hol Euch was.«

Der Knecht entschwand schneller, als er ihm zugetraut hätte, und Burkhardt betrachtete den Mann, der sich großspurig an den Mittelpfeiler gelehnt hatte und ihn ebenso ungeniert musterte. Abgesehen vom feindseligen Ausdruck in seinen Augen sah er eigentlich nicht schlecht aus.

Er besaß eine gewisse Vornehmheit, feines hellblondes Haar, seine Gesichtszüge waren beinahe elegant. Trotzdem strahlte er etwas Aggressives aus, etwas Wildes. Burkhardt konnte durchaus nachvollziehen, warum sich der Schankknecht so bereitwillig in die Küche verzogen hatte.

Der Mann kreuzte geruhsam die Knöchel und suchte ganz augenscheinlich eine entspannte Atmosphäre herzustellen. »Und was treibt Euch in diese gottverlassene Gegend?«, erkundigte er sich bei Burkhardt und setzte ein jungenhaftes Grinsen auf. Seine Augen erreichte es indes nicht.

Von so einem ließ sich ein Schützenmeister, der seinen Verstand beisammenhatte, noch lange nicht aushorchen. »Nichts Besonderes. Ich bin bloß auf der Durchreise. Bevor ich gleich aufbreche, wollte ich mich ein wenig stärken.«

Die Harmlosigkeit von Burkhardts Erscheinung wirkte wie beinahe immer. Der Mann verlor ein wenig seiner Angriffslust. »Ihr seid Händler, oder? Wann seid Ihr denn angekommen?«

»Gestern. Wie gesagt: Durchreise.«

Mit dem Bemühen um einen freundlichen Ausdruck war es doch nicht so weit her. Sein Blick bekam etwas Lauerndes. »Dann habt Ihr die Schankmagd nicht angetroffen?«

»Nee. Der sucht ganz wen anderes«, mischte sich der Knecht ein. Er hatte die Nasenspitze durch die Küchentür gesteckt und fand es offenbar dringlicher, sich mit dem neuen Gast gut zu stellen als mit Burkhardt.

»Ach was. Wen denn?« Der Blonde wandte sich zu Burkhardt.

Der zuckte mit den Achseln. »Niemanden, der Euch interessieren könnte.« Er warf dem Schankknecht einen grimmigen Blick zu, und der hatte den Anstand, zu erröten. Dann floh er zurück in die Küche, um unter großem Rumoren für den Haferbrei zu sorgen.

Burkhardt verlor das Interesse. Wenn es dem Mann um Greta ging und nicht um Dorothee, konnte er sich jedes weitere Gespräch sparen. Er nahm seine Breischüssel in Empfang und ging hinüber zu einem der sauber gewischten Tische. Nur aus dem Augenwinkel sah er, wie der Blonde den Schankknecht aggressiv am Kittel packte. Mit halbem Ohr hörte er, wie er mit leiser Stimme sagte: »Ich komme wieder. Vielleicht weißt du dann ja mehr. Ich rate es dir, mein Freund.«

»Is ja gut.«

Burkhardt tauchte mit mäßigem Appetit seinen Löffel in den dampfenden Brei. Einen kurzen Moment dachte er an Marga, einen etwas längeren an ihren Vater. Aus unterschiedlichen Gründen war die Erinnerung an beide äußerst schmerzhaft und unangenehm. Er seufzte, verbannte die Tilfers in den Hintergrund seines Bewusstseins und sann darüber nach, wie er nun vorgehen sollte.

Die Suche in Torgau und Elsnig war ergebnislos verlaufen. In Nimbschen gab es ebenfalls keine Informationen, sofern er dem jungen Brandt Glauben schenken sollte, und das tat er. Hans Christian war anscheinend noch vor Tau und Tag aufgebrochen, die Kammer war leer gewesen, als Burkhardt erwacht war, hier unten im Schankraum war Brandt auch nicht. Langsam löffelte Burkhardt seinen Brei, der vorzüglich schmeckte. Allmählich bekam er ihn besser hinunter. Es fanden sich getrocknete Weinbeeren und kleine Apfelstücke darin, und wenn ihn nicht alles täuschte, war er mit Kardamom gewürzt.

Er würde die Strecke zwischen Torgau und Wittenberg ein weiteres Mal abreiten und immer größere Kreise ziehen, verdammt noch mal. Irgendwo musste es doch irgendjemanden geben, der das vermaledeite Balg gesehen hatte. In einem Weiler, einem frei stehenden Gehöft, bei einem Köhler vielleicht. Das Gebiet war zu ausgedehnt für einen einzelnen Mann. Burkhardt stieß vernehmlich den Atem aus.

»Wollt Ihr noch was?«, fragte der Schankknecht und riss ihn abrupt aus seinen Gedanken.

»Nein. Ich bin fertig. Was war das denn für ein Vogel vorhin?« Burkhardt war Schützenmeister genug, um sich auch für Dinge zu interessieren, die ihn im Grunde nichts angingen.

»Keine Ahnung, wieso der so dringend was von der Greta wollte, dem armen Luder. Die wünscht sich doch nur, dass sie endlich mal alle in Ruhe lassen. Na ja, wünschen kann man viel. Man kriegt's bloß nie.« Der Knecht griff nach der Schüssel und wandte sich ab.

»Warte mal. Warum ist denn eure Greta so bemitleidenswert?« Die schützenmeisterlichen Ermittlerinstinkte erwachten. Plötzlich war sich Burkhardt sicher, dass da etwas faul war. Ganz und gar faul.

Der Knecht zögerte. Dann siegte die natürliche Neigung des Menschen zum Tratsch. »Die hatte 'ne wirklich miese Begegnung. Mit 'nem Mann. Ihr wisst schon.« Er vollführte ein paar obszöne Bewegungen mit seinem Unterleib, die an Deutlichkeit nichts zu wünschen übrig ließen.

»Mit dem Blonden von vorhin?«, fragte Burkhardt.

»Nee. Wieso der denn? So einer kommt doch nich wieder und fragt nach der Frau. Der hat bekommen, was er wollte.« Der

Knecht starrte ihn verständnislos an. »Greta ist 'ne Nette, aber so doll ja nu auch wieder nich.«

Burkhardt nickte. Er entschied, dass er in das Schicksal des bedauernswerten Mädchens nicht eingreifen konnte, warf ein paar Münzen auf den Tisch und machte sich auf seinen Weg durch den grauen Morgen. Seine Gedanken kreisten um Dorothee von Linnitz, die er suchte, aber nicht kannte, und um eine Schankmagd, die ihm ebenfalls unbekannt war und die ihn nichts anging. Viel dringlicher sollte er an den Mordfall Anni Oertel denken, doch durch all das andere, das an ihm zerrte, kam er nicht richtig dazu. Stattdessen saß er stundenlang auf seinem Pferd und ritt erst auf breiten und später auf engen Pfaden immer weitere Kreise, in deren Mittelpunkt sich Elsnig und das Wirtshaus befanden. Es herrschte eine Menge Betrieb in dieser Gegend. Je schmaler die Wege wurden, umso deutlicher erkannte er an den Spuren, dass sie regelmäßig genutzt wurden. Trotzdem begegnete Burkhardt niemandem.

Natürlich gab es auch Schleichwege, von denen er aber bestenfalls die Hälfte erkannte. Zu seiner Rechten bemerkte er ein paar abgebrochene Zweiglein, wie sie entstehen, wenn sich ein Pferd durch eine Öffnung zwischen Büschen zwängt, für die es eigentlich zu breit ist. Burkhardt schob das Grün beiseite und betrachtete, was sich vor ihm auftat. Nichts nämlich. Vielleicht war da ein Verbindungsweg, für einen Ortsunkundigen jedoch kaum zu erahnen. Der dicht stehende Wald hatte sich zu einer nahezu undurchdringlichen Masse geschlossen.

Nichts und niemand war im Unterholz zu sehen. Überall nur Grün, Büsche, Bäume. Kein Mensch nutzte den kaum sichtbaren Pfad, da war niemand, den Burkhardt fragen könnte, wohin er führte. Er würde ihn nicht einschlagen. Es lohnte sich nicht. Es gab eine Unmenge derartiger Spuren im Wald, und wie hätte er entscheiden sollen, welche die richtigen waren? Erfolgversprechender war, wenn er Pfaden folgte, die sich leichter als solche erkennen ließen. Die Hauptwege brachten ihn auf direktem Weg zur nächsten Ansiedlung, dorthin, wo es Menschen gab, denen er Fragen stellen konnte.

Hinter Burkhardt ertönte ein Knacken. Es hallte laut durch den schweigenden Wald. Vielleicht kam da jemand, der ihm erklären konnte, wohin dieser Weg führte. Burkhardt konzentrierte sich und horchte.

Nichts, alles blieb still. Selbst die Vögel waren verstummt, nur die jungen Blätter dieses Frühlings raschelten leise im Wind.

Da war niemand. Schade eigentlich. Trotzdem war Burkhardt auf unbestimmte Weise erleichtert. Dieser Wald war verdammt einsam.

Er gab seinem Pferd einen sanften Tritt in die Seite, und es trabte folgsam an.

Das nächste Knacken war dicht hinter ihm. Zu dicht, um zu reagieren.

Etwas Großes, Schweres, sehr Hartes traf Burkhardt an der empfindlichen Stelle über dem Ohr. Schmerz explodierte in seinem Schädel, mit einer Intensität, die er sich auch in seinen schlimmsten Alpträumen niemals hätte ausmalen können.

Unfähig, einen Laut von sich zu geben, sackte er ohne die geringste Gegenwehr von seinem Pferd. Er sah den Waldboden noch auf sich zukommen, doch bevor er aufschlug, war bereits alles schwarz.

TEIL 3

1

Endlich dämmerte der Morgen, und Dorothee setzte sich mit einem Ruck auf. Sie hätte nicht behaupten können, dass sie gut geschlafen hatte, aber geschlafen hatte sie. Ein bisschen, genug, um neue Energie zu verspüren. An dem gestrigen Tag war ihr zwar einiges seltsam vorgekommen, doch der Ritt war lang und kräftezehrend gewesen, bestimmt waren die anderen genauso ermattet gewesen wie sie selbst und hatten sich deshalb so merkwürdig benommen. Heute Morgen würde sie sicher feststellen, dass sie sich das Ganze bloß eingebildet hatte. Am besten sah sie einfach nach, wie die Lage war.

Wenn sie es denn konnte. Mit einem Schlag fiel ihr ein, dass Jürg die Kammertür während der Nacht verschlossen hatte. Jedenfalls glaubte sie, dass Jürg dafür verantwortlich war. Wer sonst hätte eine derartig drastische Maßnahme ergriffen. Einen Moment starrte Dorothee durch das graue Morgenlicht auf die Tür, als könne die ihr sagen, was vorgefallen war.

Nein. *Sie ließ nicht zu, dass sie sich fürchtete.*

Nervös knetete sie ihre Finger – viel nervöser, als sie sich eingestehen wollte. So weit kam es noch. Eine Dorothee von Linnitz ließ sich von einem Haufen dahergelaufener Niemande noch lange nicht ins Bockshorn jagen.

Sie befühlte kurz ihr Haar, doch das war stramm zu einem Zopf geflochten und benötigte ihre Aufmerksamkeit nicht. Dann stand sie auf, schlüpfte in die Stiefel und ging mit energischen Schritten quer durch den kleinen Raum. Ohne jedes Zögern drückte sie die Klinke nieder.

Die Angeln quietschten leise, als die Tür aufschwang.

Dorothee schluckte. Vielleicht hatte sie sich im Dunkel der Nacht getäuscht, und die Kammer war gar nicht abgesperrt gewesen. Vielleicht war sie im Halbschlaf nicht mit dem Riegel zurechtgekommen. *Vielleicht* hatte die Tür schlicht geklemmt.

Oder auch nicht. Sie war sich nicht sicher. Ganz und gar nicht sicher. Von unten wehten Stimmen an ihr Ohr, Gelächter. Trotz der frühen Stunde war sie nicht die Einzige, die bereits auf den Beinen war. Irgendwo in der Burg ertönte ein Scheppern, gefolgt von einem Fluchen. Dann drang ihr der Geruch von etwas Angebranntem in die Nase.

Frühstück. Da unten bereiteten sie Frühstück zu. Dorothee lächelte erleichtert. Frühstück klang nach – Normalität. Es verwies darauf, dass sie sich das Unheimliche, Bedrohliche dieser Burg bloß eingebildet hatte. Weil sie müde gewesen war. Zu ausgelaugt, um klar zu denken. Die letzten Tage hatten mehr an ihren Kräften gezehrt, als sie gedacht hatte.

Energisch strich sie ihre Kleider glatt. Auch wenn diese geradezu beschämend schlicht waren, so wollte sie wenigstens einigermaßen manierlich auftreten. Für einen kurzen Moment sehnte sie sich so heftig nach ihrer hübschen und kostbaren Garderobe, als seien die Kleidungsstücke Menschen, in deren Arme sie sich schutzsuchend werfen könnte.

Dann verbot sie sich derart überspannte Gedanken und machte sich entschlossen an den Abstieg. Der Turm, in dem ihre Kammer lag, war rund und eng, die Wendeltreppe, die in die Halle führte, desgleichen. Die Mauern waren klamm und kalt, an den Stufenkanten mitunter Stücke herausgebrochen, Dorothee musste achtgeben, dass sie nicht stolperte. Gestern auf dem Weg hinauf war es nicht so schlimm gewesen, hinunter war es ein Balanceakt.

In der Halle angekommen verhielt sie erst einmal ihren Schritt, unterzog den Raum einer schnellen Musterung, vorsichtig wie Wild, das auf eine Lichtung trat. Fast alle waren da, es fehlte nur Wolfhardt mit seinem engelsgleichen Blondhaar. Die anderen lümmelten sich auf einfachen Holzbänken, die um einen Tisch angeordnet waren. Die Platte auf den Schragenböcken war staubig, ein paar leere Krüge standen darauf, offenkundig war der Abend noch nicht vorbei gewesen, nachdem Dorothee die Runde verlassen hatte. Ursell wippte vor der Feuerstelle auf den Fußspitzen und rührte in einem Topf, der die Quelle des dumpfen Brandgeruchs war.

»Meine Güte, Frau, kriegst du nicht mal einen vernünftigen Brei zustande?« Jürg sah äußerst missgestimmt aus, seine aufgeräumte Laune der Tage zuvor war wie fortgewischt. Dann entdeckte er Dorothee. »Unser Fräulein Hochwohlgeboren wird ein angemessenes Frühstück erwarten, wenn sie uns zu dieser frühen Stunde schon beehrt.«

Dorothee legte so viel Überheblichkeit in ihre Züge, wie sie es nur vermochte bei ihrem unruhig klopfenden Herzen, und schritt an ihm vorbei, um sich in der Nähe des Feuers niederzulassen. Die Luft in dem schäbigen Raum war kühl.

Einer der Kumpane Ritter Jürgs zwinkerte ihr frech zu. »Vielleicht kann unsere Prinzessin ja einen besseren Schweinefraß kochen«, schlug er vor.

Dorothee würdigte ihn keines Blickes und fragte sich, warum Jürg nicht einschritt. So durfte man sich ihr gegenüber nicht benehmen, niemand durfte das. Es war kein Scherz, sondern eine Unverschämtheit.

Sie zwang sich, die Tatsachen als solche anzuerkennen. Die bestanden darin, dass sie sich in unwürdiger Gesellschaft befand, und es war ihr ein Rätsel, weshalb ihr das nicht früher aufgefallen war. Die groben Manieren und die verdreckte Kleidung. Selbst Ursell hatte im fahlen Licht der schmalen Schießscharte viel von ihrem munteren Schmelz verloren. Als sie Dorothee begrüßte und dabei den Mund zu einem unecht wirkenden Lächeln verzog, war die breite Zahnlücke zu sehen. Sie verlieh Ursells Miene etwas – Höhnisches, das Dorothee sehr unangenehm berührte.

Auch hier stellte sich die Frage, warum sie das erst jetzt erkannte. Eine Frage, die sie lieber nicht beantworten wollte. Schweinitz war noch weit.

Dorothee verschränkte die Arme fest vor ihrer Brust und zwang sich zur Ruhe.

Als Burkhardt die Augen aufschlug, wusste er nicht, wo er sich befand. Das Einzige, was darauf verwies, dass er überhaupt wach und am Leben war, war das muntere Lied einer Drossel, das irgendwo in seiner Nähe erklang. Ziemlich nah. Es war laut.

Drossel. Da war etwas, was der Vogel ihm sagte. Es wollte ihm nicht einfallen, dafür schmerzte sein Kopf zu sehr.

Auch die Schmerzen teilten ihm eine Botschaft mit.

Er kam nicht darauf. Also konzentrierte er sich erst einmal auf etwas anderes und spähte in die Dunkelheit, um herauszufinden, wo er war.

Die Dunkelheit sagte ihm auch etwas, und zwar sehr deutlich. Dass er nämlich nichts sah. Aber hören konnte er. Hören zu können war gut. Burkhardt lauschte.

Die Drossel sang, und Burkhardt fiel ein, was sie ihm mitteilte. Die Uhrzeit. Drosseln schmetterten ihr Lied vor Tagesbeginn. Etwa eine Stunde vor dem Sonnenaufgang, und das erklärte die Finsternis ringsum.

Daheim in seiner Schlafkammer war es nie vollständig dunkel, weil er die Laden offen ließ. Immer. Burkhardt mochte die frische Luft, obschon viele das anders sahen und kühle Nachtluft für ungesund und schädlich hielten. Angeblich brachte sie Miasmen, die krank machten. Vielleicht stimmte das sogar, denn sein Kopf tat ihm wirklich ganz erbärmlich weh, und schlecht war ihm dazu.

Die Drossel war wirklich sehr nah, und allmählich fand Burkhardt, sie tue ihm nicht gut. Sie sang schön, aber kräftig. Grell. Zwitscherten diese Vögel nicht gerne von Bäumen herab? In der Nähe von Burkhardts Zuhause standen keine Bäume.

Dann überfiel ihn die Erkenntnis, dass er gar nicht daheim *war*, und er setzte sich mit einem Ruck auf. Was er besser gelassen hätte, da der grelle Schmerz in seinem Schädel sich zu einem Kreischen steigerte. Er hörte ein jämmerliches Stöhnen, und etwas zeitverzögert merkte er, dass er selbst es war, der dieses erbärmliche Geräusch ausstieß.

Offenbar war er allein, denn seine Qual schien niemanden zu kümmern. Irgendwie hatte er die Ahnung, dass da jemand hätte sein sollen. Nur wer? Es fiel ihm schwer, sich zu sammeln, trotzdem tauchte schemenhaft eine Erinnerung auf. Er hatte in einem Gasthaus übernachtet. Mit einem Zimmergenossen im selben Raum. War das gestern gewesen? Jedenfalls vor Kurzem.

Aber warum hatte er das getan? War er zu besoffen gewesen, um heimzugehen? Wohl eher nicht. Er neigte nicht zum Zechen, das wusste er genau, obwohl ansonsten in seinem Hirn ein ziemlicher Nebel herrschte. Vielleicht sollte er aufstehen. Es versuchen.

Oder lieber erst einmal nachdenken. Burkhardt schloss die Augen. Wenn er ohnehin nichts sehen konnte, schadete es ja nicht, und eventuell half es bei der inneren Einkehr.

Einkehr. Wirtshaus.

Genau, er war in einem Wirtshaus eingekehrt. In dem hatte er übernachtet auf der Suche nach … er wusste es nicht mehr. Außerdem war er geritten, ewig geritten. Da waren Geräusche gewesen. Hinter ihm. Und er hatte etwas an den Kopf bekommen. Daher die

Schmerzen. Allmählich fiel ihm das Denken leichter. Ohne lange zu überlegen, bewegte Burkhardt die Arme. Und die Beine.

Er dehnte seine Arme, spreizte die Finger, hörte die Gelenke vernehmlich knacken. Zog die Beine an und stellte die Füße auf, ungeachtet der Krämpfe, die er in den Waden verspürte. Alles nicht angenehm, aber möglich. Etwas verspätet wurde ihm klar, was es bedeutete.

Er war nicht gefesselt.

Natürlich nicht. Er hatte sich ja auch aufsetzen können. Das war gut. Dann konnte er sich erheben und herausfinden, was genau eigentlich geschehen war.

Unbeholfen und unter Qualen bemühte er sich, in die Höhe zu kommen, und die Übelkeit wurde beinahe unerträglich.

Behalt's bei dir, Mann, dachte er verschwommen und hangelte sich auf die Füße. Wenn er sich jetzt vornüberbeugen müsste, um sich zu erbrechen, würde sein Schädel bersten.

Auch so flimmerte es vor seinen Augen.

Dann verlor er erneut das Bewusstsein.

Es hielt Katharina nicht zu Hause. Die Unruhe, die sie erfasst hatte, erinnerte sie an ihre Anfangszeit in Wittenberg. Damals hatte sie sich ganz ähnlich gefühlt, doch aus anderen Gründen, sie war einsam und verwirrt gewesen und hatte Schwierigkeiten gehabt, sich zurechtzufinden. Inzwischen war ihr Leben in eine klare Form gegossen, sie hatte ihr Haus bestellt, ihre Ehe in Ordnung gebracht, Freunde gefunden. So gesehen verlief alles einwandfrei. Aber irgendwie auch nicht, und wenn sie ein Problem hatte, wuchs die Unrast in ihrem Herzen, und dann musste sie raus.

Eine längst fällige Besorgung zu erledigen, bot die perfekte Gelegenheit, das Haus zu verlassen. Zuvor warf Katharina pflichtschuldig noch einen vorsichtigen Blick in die Kammer, in der Heinrich von Linnitz den Schlaf des Erschöpften schlief, fand aber alles in Ordnung. Dann schnappte sie ihren Korb, prüfte, ob sich in der im Ärmelsaum eingenähten kleinen Tasche ausreichend Münzen befanden, und machte sich auf den Weg, Vogelleim einzukaufen. Kaum hatte sie an den Leim gedacht, juckte es sie auch schon. Dabei achtete sie wirklich sorgfältig darauf, keine Flöhe in ihrer Schlafkammer zu dulden. Vogelleim war ein probates Mittel gegen diese Plagegeister. Auf ein Brett mit einer brennenden Kerze gestrichen wurde es ihnen zur Falle und bereitete Ihnen schnell den Garaus. Katharinas Schlaf allerdings ebenfalls, denn unbeaufsichtigte Kerzen waren nichts, was sie so einfach in entspannte Träume sinken ließ. Aber so wirkte der Vogelleim eben am besten. Er lockte die Flöhe an, und in der Flamme verbrannten sie. Mehr wollte sie nicht.

Mit raschen Schritten bog Katharina auf den Marktplatz ein und kam umgehend in den Genuss ohrenbetäubenden Gekreischs.

»Lasst mich los! Lasst mein Ohr los!«

Sie blieb stehen. Nicht nur sie, eine Ansammlung interessierter Schaulustiger ließ bereits den Verkehr ins Stocken geraten.

»Ich denke gar nicht daran.« Stadtdiener Kunibert zog seine buschigen Augenbrauen zusammen, was seiner sonst oft heiteren Miene etwas Strenges und Unnachgiebiges verlieh. Wohl um seine Worte zu untermauern, zerrte er das fragliche Ohr ein wenig hin und her. Der brüllende Junge, dem es gehörte, schwankte wie ein Fahnenmast im Sturm.

»Diebstahl in meiner Stadt, das lasse ich nicht durchgehen!« Kunibert wurde lauter, um das Geschrei des Jungen zu übertönen.

Dieses ging in Schluchzen über, was an sich eine Erleichterung für die Zuhörer darstellte, da es wesentlich leiser war als das Geschrei. »Es war bloß 'n Apfel. Und der lag auf der Erde und hatte braune Stellen«, weinte der Junge.

Ein Hänfling. Er war klein, dreckig und mager, vermutlich älter, als er aussah. Und hungrig, nahm Katharina an. Seine Wangen waren eingefallen und die Augen viel zu groß in dem schmalen Gesichtchen.

Resolut drängte sie sich nach vorn. »Ist es wirklich nötig, einen solchen Aufstand wegen eines wurmstichigen Apfels zu veranstalten?«

Kunibert blickte hoch, erkannte sie und zwinkerte ihr kurz zu. »Oja. Diebstahl bleibt Diebstahl. Apfel oder Edelstein.« Diese Unerbittlichkeit passte gar nicht zu ihm. Katharina kannte und schätzte Kunibert als einen fröhlichen, lebenslustigen Mann, der seinen Posten nicht dazu missbrauchte, andere das Fürchten zu lehren.

Den Humor hatte er jedenfalls verloren. Er zog an dem Ohr, dass der Bengel inzwischen auf den Zehenspitzen balancierte.

»Es gibt nur eine Strafe, die einem solch schweren Delikt würdig ist«, sagte Kunibert drohend. »Dem Verbrecher wird die Hand abgehackt. Ist sie entfernt, kann er nichts mehr stehlen.« Er schloss in so feierlichem, dramatischem Ton, dass Katharina ihn kaum wiedererkannte. Dann sah sie das Funkeln in seinen Augen.

»Ich werde den Apfel bezahlen«, sagte sie laut. »Würde das genügen, um den jungen Mann vor der Strafe zu schützen?«

Kunibert schien einen Moment unschlüssig, ob er seine Erziehungsmaßnahme tatsächlich beenden sollte, dann nickte er. »Falls der Geschädigte damit einverstanden ist und von einer Anzeige absieht.«

»Ich weiß nich …«, begann der Händler, an dessen Verkaufstisch das Verbrechen offenbar stattgefunden hatte, brach aber unsicher ab, als Kunibert sachte den Kopf schüttelte. »War vielleicht wirklich nich mehr so frisch, der Apfel?«

»Wenn Ihr es sagt.« Kunibert lockerte seinen Griff. »So, Bürschchen. Bevor ich dich laufen lasse, hör mir gut zu. Mach das nicht noch mal. Klauen ist klauen, egal, aus welchem Grund. Und nicht alle Kaufleute sind so verständnisvoll wie unser Meister Bertram hier. Geh zur Armenspeisung, falls du Hunger hast. Und jetzt hau ab.«

Der Knabe blickte einen Moment zaudernd von einem zum anderen, dann betrachtete er den angebissenen Apfel in seiner Hand. Blitzschnell steckte er den Rest in den Mund – sicher war sicher – und machte, dass er davonkam.

»Das hast du gut gemacht, Kunibert«, sagte Katharina ehrlichen Herzens.

»Armer Wurm. Der schiebt Kohldampf, das ist alles.« Kunibert rieb sich die Hände, er war offenbar zufrieden mit sich. »Und Ihr, was treibt Euch in die Stadt?«

»Ich muss Vogelleim besorgen.«

Kunibert grinste verständnisvoll. »Können einen wahnsinnig machen, die Biester. Ich hab gehört, es wäre gut, rohes Tuch über der Bettstatt auszubreiten. Da verfangen sie sich drin, und das Tuch lässt sich bequem aus der Kammer tragen.«

Katharina nickte, diese Methode kannte sie auch. Ihr war es jedoch lieber, die Viecher kamen in den Flammen um. Wer draußen war, konnte wieder reinkommen. »Außerdem wollte ich mich erkundigen, ob der Schützenmeister schon zurückgekehrt ist«, sagte sie. Der Gedanke war ihr zwar erst gerade gekommen, doch warum nicht die Gelegenheit beim Schopfe packen?

»Nee. Ist noch zu früh.« Kunibert verzog die Miene zu einem Ausdruck des Unbehagens.

»Aber?«

»Geht Ihr in Richtung Rathaus? Ich könnte Euch begleiten«, sagte er, und als sie nickte, setzte er sich ohne weitere Umschweife an ihre Seite. »Ich finde, er hätte mich mitnehmen sollen. Diese Ermittlungen sind gefährlich. Ein Mord, eine Entführung – die Burschen meinen es ernst, das sieht doch jeder.«

»Burkhardt will bestimmt erst einmal die Lage prüfen. Wenn er etwas herausgefunden hat, wird er sich Unterstützung holen. Oder?«

»Manchmal passieren Sachen, die man so nicht vorhergesehen hat«, wandte Kunibert ein, und der Ausdruck seiner Augen hatte jede Lustigkeit verloren.

Oja. Damit kannte Katharina sich aus. Die Unruhe, die sie nur so mühsam unter Kontrolle bekommen hatte, brach sich wieder Bahn.

Inzwischen waren sie beinahe am Rathaus angekommen, und schon aus einiger Entfernung erkannte Katharina Käthe von Bora, die in einem sittsam dunklen Umhang vor dem Eingang stand und unruhig von einem Fuß auf den anderen trat. Kunibert kniff die Augen zusammen. »Da wartet jemand«, sagte er. »Eine Dame. Die Bora? Vielleicht will sie zu mir.« Seine Schritte wurden so raumgreifend, dass Katharina ein Stück hinter ihm zurückblieb. Kunibert hatte ein großes, weites Herz für das Weibliche.

»Ich suche den Schützenmeister«, zerstörte Käthe seine Hoffnungen, kaum dass sie bei ihr angelangt waren. »Ist er da?«

»Leider nein. Er ist in einer dringlichen Mission fort. Kann ich Euch helfen?« Kunibert ließ seine hellbraunen Augen bewundernd auf der Besucherin ruhen. Soweit Katharina wusste, hatte er mit diesem Blick häufig Erfolg. Frauen mochten es, wenn man sie anschwärmte. Sie verkniff sich ein Lächeln.

Käthe bekam weder von Kuniberts bewunderndem Blick noch von Katharinas Erheiterung etwas mit und blickte sorgenvoll von einem zum anderen. »Ich weiß nicht. Ich glaube nicht. Der Fortgang der Untersuchungen – könntet Ihr mir denn dazu etwas sagen?«

Kunibert zog eine bedauernde Miene. »Während laufenden Ermittlungen darf nur der Schützenmeister Auskunft geben.«

Katharina merkte wieder, warum sie etwas für ihn übrighatte. Kunibert verstieg sich nicht dazu, aus reiner Angeberei oder purem Balzgebahren mit seinen Kenntnissen zu prahlen, sondern hielt ganz seriös den Mund. Das konnten nicht viele.

»Aber er arbeitet mit Hochdruck daran, die Sache aufzuklären«, tröstete sie Käthe und schämte sich ein bisschen für diesen Allgemeinplatz. Doch wenn Kunibert diskret sein konnte, so wollte sie nicht zurückstehen.

»Es herrscht so mancherlei Verwirrung bei uns.« Käthe sah wirklich unglücklich aus. »Einige haben – Angst. Was ist, wenn Anni nicht die Einzige bleibt, der jemand nach dem Leben trachtet? Wir wissen nicht so recht, wie es weitergeht. Was von uns erwartet wird. Manche würden gerne der Stadt den Rücken kehren. Aber dürften wir Wittenberg überhaupt verlassen? Und falls ja, wohin sollen wir uns wenden?«

»Lasst den Schützenmeister einfach seine Arbeit tun«, schlug Kunibert mit warmer Stimme vor, und Katharina wusste, seine Freundlichkeit war vollkommen echt. »Sobald er zurückkommt, und das wird bald sein, sprecht Ihr mit ihm und beratschlagt, was Ihr tun könnt.«

»Hals über Kopf aufzubrechen, verschafft Euch wahrscheinlich gar nicht die Erleichterung, nach der Ihr Euch sehnt.« Andeuten wollte Katharina ihre Befürchtungen wenigstens. »Denn solltet Ihr in Gefahr sein – und das ist ja überhaupt nicht erwiesen –, seid Ihr woanders auch nicht sicherer als in Wittenberg. Bleibt hier und wartet auf Burkhardt Gantzer. Der wird bald zurück sein, ganz bestimmt.«

Jedenfalls hoffte Katharina es sehr. Denn ohne ihn kam ihr die Stadt verwaist und schutzlos vor.

Dorothee griff sich eine Schale mit dem entsetzlichen Frühstücksbrei und ließ sich weit entfernt von der Herdstelle und damit vom wärmenden Feuer nieder. Es kostete sie erstaunlich wenig Kraft, ihr draufgängerisches Wesen zu zügeln und auf ihren Instinkt zu hören, der ihr zuflüsterte, dass es vernünftiger war, sich abseits der anderen in einen stillen Winkel zu setzen. In den Schatten, dorthin, wohin nicht jeder Blick als Erstes fiel. Angewidert rührte sie in dem angekohlten Etwas in ihrer Schüssel herum. Doch Jürg würde sicher bald zum Aufbruch mahnen, sie konnte sich nicht vorstellen, was ihn hier in dieser Fast-Ruine halten sollte. Bevor es weiterging, musste sie sich stärken, auch wenn der Fraß sie ekelte. Entschlossen würgte sie eine winzige Menge davon hinunter.

Sie schreckte auf, als die Tür aufflog und an die Wand krachte, und verschluckte sich beinahe an ihrem Brei. Mit großen Schritten und einem Schwall kalter Luft betrat Wolfhardt die Halle, und obwohl Dorothee ihn grässlich fand, so war sie doch froh, ihn zu sehen. Sobald alle vollzählig versammelt waren, würden sie aufbrechen. Sie konnte es kaum erwarten.

»Und?«, fragte Jürg ohne eine Begrüßung. »Warst du erfolgreich?«

Wolfhardt zuckte mit den Achseln und setzte ein breites Lächeln auf. »Wie man's nimmt.« Genießerisch spitzte er die Lippen. »Nettes Kind, die Greta. Drall.«

Dorothee lief ein Schauer über den Rücken, und sie zog sich noch ein wenig tiefer in das Dämmerlicht der Ecke zurück. Hauptsache, er verschenkte seine Gunst nicht an sie selber.

»Das interessiert mich nicht.« Jürg trommelte unablässig in schnellem Rhythmus mit den Fingerspitzen auf der Tischplatte. Das Geräusch begann Dorothee auf die Nerven zu gehen. »Was hat sie gesagt?«

»Mehr, mehr«, brüllte Walther dazwischen, begleitet von obszönen Hüftbewegungen. Die Männer fanden das lustig. Alle bis auf Jürg.

»Du solltest die nicht flachlegen, sondern aushorchen«, wies er Wolfhardt zurecht. »Hast du neben deinen amourösen Abenteuern dafür Zeit gefunden?«

»Zeit schon.« Für einen kurzen Moment wirkte Wolfhardt durchaus schuldbewusst, doch der Ausdruck verschwand so schnell, wie er gekommen war. Herausfordernd blickte er seinen Anführer an. »Aber, na ja, was soll ich sagen, die hatte wohl wenig Lust zu reden.«

»Klar, schließlich wurde sie von einem Bullen wie dir auf die

Hörner genommen.« Walther schien dem Thema eine Menge abgewinnen zu können.

»Besser gesagt auf *ein* Horn.« Bertram schlug sich vor Vergnügen auf die Schenkel.

Er war beinahe der Widerlichste von allen, fand Dorothee. Klein, mager, ein Wiesel mit kümmerlichem Kinnbewuchs. Immer gleich dabei, wenn es zotig wurde. Für einen wie ihn musste dieser Bericht die reine Wonne sein.

»Die hab ich ordentlich dazwischengenommen. Und, ganz im Vertrauen«, Wolfhardt beugte sich vor und sah selbstzufrieden in die Runde, »ich war der Erste.«

Dorothee wurde schlecht. Greta. Sie war bloß eine Schankmagd, doch ein nettes Ding. Hoffentlich war er wenigstens nicht zu grob zu ihr gewesen.

»Sie hat geheult vor Glück, kann ich euch sagen«, sagte er. »Na ja, und da war ihr dann zum Reden nicht so wirklich zumute.«

Dorothee hätte ihm gerne mitten in seine feixende Visage geschlagen. Die Dorothee von früher hätte es vielleicht getan. Die von heute mahnte zur Vorsicht.

»Es ist dir also aus dem Ruder gelaufen.« Jürg war sauer, erschüttert anscheinend nicht. Gretas Schicksal war ihm klar erkennbar gleichgültig. Ihn schien nur eines zu interessieren. »Du kannst sie nicht fast zwei Tage ununterbrochen gevögelt haben …«

»Nicht?« Wolfhardt zog die Brauen hoch und sah in die Runde. »Da muss ich dich enttäuschen. Konnte ich sehr wohl.«

Einhelliges Gelächter ertönte. Dorothee suchte Ursell. Ob die sich wenigstens empörte darüber, was Wolfhardt der armen Greta angetan hatte. Ursell saß am Feuer und pulte gelangweilt in ihren Zähnen.

»Aber heute Morgen wirst du doch noch mit ihr gesprochen haben?«, fuhr Jürg fort, als sei er nie unterbrochen worden.

»Nee.« Jetzt sah Wolfhardt aus, als fühle er sich nicht vollkommen mit sich im Reinen. »Als ich wiederkam, war sie weg. War doch nicht zu ahnen, dass die einfach verschwindet. Da konnte ich leider nicht mit etwas mehr Nachdruck fragen.«

»Du bist ein schwanzgesteuerter Idiot«, sagte Jürg unzufrieden.

Wolfhardt nickte selbstgefällig. »Ich bin eben ein Kerl. Ach so, apropos Kerl …« Anscheinend fiel ihm etwas ein, das Jürg wichtig finden könnte. »In dem Gasthof war einer, der kam mir komisch vor. Fragte viel. Bisschen sehr viel. Ich glaube, der suchte …« Wolfhardt brach ab, und Dorothee beobachtete ihn still, aber genau. Er fuhr mit beiden Händen durch sein Haar, massierte seinen Nacken, vermied Jürgs Blick. »Also, der suchte, glaube ich … was ganz Ähnliches wie ich.«

»Dicke Titten«, kicherte Bertram.

»Halt's Maul, verdammt noch mal«, fuhr Jürg ihn an. Er schwieg, und der Rhythmus seiner Fingerspitzen wurde schneller, härter. Lauter. Dann wandte er sich erneut an Wolfhardt. »Was hast du mit ihm gemacht? Konntest du deine Hose lange genug geschlossen lassen, um überhaupt etwas Sinnvolles zu tun?«

»He, jetzt mach mal halblang«, beschwerte sich Wolfhardt. »Ich bin doch kein Trottel. Klar bin ich dem Kerl gefolgt, und der ist endlos geritten und hat überall gequatscht, und irgendwann wurd's mir zu bunt, und da hab ich ihn aus dem Verkehr gezogen.«

»Soll heißen?«

»Dass der so bald nicht weiterreitet. Wenn überhaupt.«

»Wenigstens etwas«, brummte Jürg, aber es klang versöhnlich.

Für Bertram lag das wichtigste Thema woanders. »Und dann bist du los und hast dir 'ne neue Braut gesucht?« Abstoßend, einfach nur abstoßend. Dorothee lief ein Schauer des Ekels über ihren Rücken, als sie seinen geifernden Gesichtsausdruck sah.

»Das war nicht nötig.« Wolfhardt lehnte sich auf seinem Stuhl zurück und spreizte die Beine. Es wirkte angeberisch. Und aggressiv. Besonders, als er die Hand auf sein Gemächt legte. Noch mehr, als er seinen Blick langsam durch die Halle wandern und schließlich auf Dorothee ruhen ließ. »Blonde Mädchen gibt's überall, da brauche ich nicht lange zu suchen. Und die Blonden sind doch die Saftigsten, findet ihr nicht?«

Mit dem Vogelleim im Beutel, ein paar Fachgesprächen über Ungeziefer frisch im Gedächtnis und Ruhelosigkeit im Herzen stand Katharina auf der Straße und überlegte, was sie nun tun sollte. Es fehlte nicht viel, und sie hätte vor Nervosität auf den Zehenspitzen gewippt, sie konnte sich aber gerade eben noch beherrschen. Stattdessen setzte sie einen Fuß vor den anderen und machte sich wie an einer imaginären Schnur gezogen auf zu Marga. Es war früh, zu früh jedenfalls für einen wohlanständigen Besuch, doch das war ihr im Moment egal. Sie musste mit jemandem reden, sonst wurde sie verrückt.

Wie erhofft empfing Marga sie mit weit offenen Armen. »Ich bin es so satt, hier herumzusitzen und nichts zu tun.«

»Sperrt dich dein Vater etwa wieder ein?« Katharina sah sie ungläubig an. Als so unnachgiebig hatte sie Dietmund Tilfer gar nicht eingeschätzt.

»Das nicht. Aber ich gebe mir Mühe und bin eine vernünftige Tochter, um den Bogen nicht zu überspannen. Deshalb bleibe ich daheim und werkele und handarbeite und mache ein sittsames Gesicht und tue alles, um die Stimmung im Hause aufzuhellen. Doch jetzt freue ich mich, dass du da bist und mir Bericht erstatten kannst. Ich fühlte mich regelrecht abgeschnitten vom Geschehen.« Sie ließ sich graziös wie immer auf ihrem Lieblingsstuhl nieder und blickte Katharina erwartungsvoll an.

Katharinas Rapport, der ausführlich alles über Heinrich von Linnitz, Burkhardts Fernbleiben und Kuniberts Sorgen enthielt, folgte ein ausgedehntes, nachdenkliches Schweigen. Schließlich sagte Marga langsam: »Wir machen so weiter wie bisher. Was sollen wir auch sonst tun? Wir fragen die Nonnen, was sie denken. Was sie für Eindrücke hatten, wenn sie schon nichts wirklich wissen. Eine von ihnen *könnte* irgendetwas bemerkt, etwas aufgeschnappt haben, das uns weiterhilft. Von Hans Christian haben wir ja auch auf diese Weise erfahren.«

»Genau. Also, mit wem haben wir noch nicht gesprochen?«

»Mit den meisten. Wir waren nur bei Loneta, Elisabeth von Canitz, Käthe und den beiden Zeschaus. Keine Ahnung, an wen wir uns am besten als Nächstes wenden sollten. Ich denke, wir gehen einfach zum Kloster und sehen, auf wen wir dort treffen.«

»Und du willst wirklich mit?« Katharina sah Marga zweifelnd an. »Ich könnte auch alleine hingehen und dir hinterher alles haarklein berichten.«

»Nein.« Marga reckte energisch das Kinn. »Ich brauche frische Luft. Jetzt sofort. Komm, wir gehen.«

Diesmal stießen sie im Garten vor dem Klostergebäude auf Margarete von Schönfeld, die mit hochgekrempelten Ärmeln auf den

Knien lag und bereits eine beeindruckende Menge Unkraut neben sich aufgehäuft hatte.

»Wie schön, dass sich wieder jemand um den Klostergarten kümmert«, sagte Marga fröhlich. Sie sah so aus, als hätte sie am liebsten vor ehrlicher Begeisterung in die Hände geklatscht. »Die Beete liegen seit der Schließung des Klosters brach, und das haben sie nicht verdient.«

Margarete erhob sich anmutig und wischte die erdverkrusteten Finger an ihrer Schürze ab. »Ich habe schon in Marienthron gerne mit Kräutern und Blumen gearbeitet«, erklärte sie. »Natürlich darf nicht immer jeder nur das tun, was seinen Neigungen entspricht. Aber dann und wann gibt es schon Übereinstimmungen im Sollen und Wollen.« Sie blickte über das eine gesäuberte Beet vor ihr und die vielen, die ihre Zuwendung noch nötig hatten, und verlor sich offensichtlich in Erinnerungen. »Manche Schwestern konnten der Gartenarbeit rein gar nichts abgewinnen. Die waren froh, dass es bei mir anders war und ich sie jederzeit bereitwillig übernahm.«

In Katharina keimte eine vage Erinnerung auf. »Ihr denkt da an Dorothee von Linnitz?«, fragte sie unverblümt, erleichtert, dass sich so schnell eine Überleitung zum eigentlichen Anlass ihres Besuchs gefunden hatte. »Ich kann mir nicht vorstellen, dass sie es schätzte, einfache Arbeiten in freier Natur zu verrichten.«

»Das stimmt. Dorothee wich unliebsamen Aufgaben häufiger aus, sie hatte kein Gelübde abgelegt und war nicht im gleichen Maße zum Gehorsam verpflichtet wie wir.« Margarete lächelte. »Dorothee verweigert sich gern«, erläuterte sie sanft.

Sanft, aber da war noch etwas anderes, das Katharina nicht richtig einordnen konnte. Etwas Spöttisches? Unterschwellig Kratzbürstiges? Oder einfach nur Humorvolles? Katharina konnte es nicht benennen.

»Mochtet Ihr sie?«, fragte Marga. »Ich will nicht in Euch dringen …«, das war eine glatte Lüge, natürlich wollten sie das, deshalb waren sie hier, »… aber wenn Ihr Freundinnen wart, hat sie Euch vielleicht etwas erzählt, was bei der Aufklärung ihres Verschwindens hilfreich sein könnte.«

»Ach, Freundinnen … nein, Freundinnen waren wir nicht, das wäre zu viel gesagt. Aber wir haben dann und wann ein bisschen geplaudert. Darf ich Euch ein Glas Wein anbieten?«

Die Damen im Kloster – und Doctor Luther – hatten Mühe, sich ausreichend zu versorgen. Noch bevor Katharina selbst ablehnen konnte, winkte Marga schon ab.

»Nein, vielen Dank, wir haben gerade unsere Morgenmahlzeit eingenommen.«

»Da habt Ihr Glück gehabt. Der Wein ist furchtbar sauer. Sagt es nicht weiter, ich will nicht undankbar erscheinen. Habt Ihr mehr Fragen? Sonst würde ich gerne weiterarbeiten. Mit den Beeten muss es vorangehen, damit ich bald die Aussaat in Angriff nehmen kann. Irgendwann soll ja auch geerntet werden.«

»Einen Augenblick noch«, bat Katharina. »Über was habt Ihr denn so … geplaudert, Ihr und Dorothee?«

»Über unsere Familien. Die Heimat. So dies und das. Nichts Besonderes eigentlich.« Margarete massierte mit den verschmutzten Fingerspitzen ihre Schläfen und hinterließ eine bräunliche Spur. »Die Sippe der von Linnitz ist nicht sehr groß. Es gibt einen Zweig der Familie ganz in der Nähe von Wittenberg, und ich war erstaunt, dass Dorothee nicht dorthin wollte, als wir Nimbschen verließen. Sie wusste doch, dass wir wieder auf dem Weg zu einem Kloster waren, selbst wenn es ein aufgelassenes ist.«

»Verwandte in der Nähe von Wittenberg?«, wiederholte Marga, ganz offensichtlich genauso aufgerüttelt wie Katharina, deren Herz aufgeregt zu klopfen begann.

»Irgendwo in Richtung Prettin, glaube ich.« Man konnte sehen, wie angestrengt Margarete in ihren Erinnerungen forschte. Sie runzelte vor Konzentration die Stirn und grub ihre kleinen makellosen Zähne in die Unterlippe.

»Verwandte«, murmelte Marga. »Das wäre eine Möglichkeit.« Sie blickte fragend zu Katharina, aber die schüttelte sacht den Kopf. Heinrich von Linnitz hatte von Familie im Umkreis Wittenbergs nicht gesprochen.

»Warum habt Ihr es bisher nicht erwähnt? Das ist eine wichtige Information.« Katharinas Stimme klang strenger als beabsichtigt und als es höflich gewesen wäre.

»Mir hört nie einer zu«, bekannte Margarete und griff entschlossen zu ihrem Werkzeug und widmete sich ihren Aufgaben.

Sicher war es für ein junges Mädchen nicht immer leicht, ihr Dasein im Schatten einer Schönheit wie Ave zu fristen. Erstaunlich, wie unterschiedlich Schwestern sein konnten, die von denselben Eltern abstammten.

Katharina blieb noch einen Augenblick unschlüssig stehen. War das wirklich alles, was die Schönfeld ihnen sagen konnte? Sie spürte, wie Marga sie am Ärmel zupfte, und sah, dass sie mit dem Kinn sachte in Richtung Ausgang wies. Sie sah auch, dass Margarete ihnen äußerst beredt den Rücken zugewandt hatte und harkte, dass die Erdkrumen in alle Richtungen stoben.

»Wir danken Euch, dass Ihr Euch Zeit für uns genommen habt«, sagte Marga zu Margaretes Hinterkopf, griff energisch nach Katharinas Hand und zog sie mit sich.

2

Der Raum war dämmrig und die Luft darin stickig, da die Fenster geschlossen waren. Leise trat Katharina ein, um die Läden aufzustoßen und die frische, klare Luft hereinzulassen.

»Seid gegrüßt«, sagte Heinrich von Linnitz matt, aber formvollendet höflich.

»Oh. Wie schön, Ihr seid wach.« Zum Glück, Katharina hätte ihn nur ungern aus seinem Schlummer gerissen. Schlaf war das beste Heilmittel, das wusste jeder. Behutsam stellte sie die Schüssel mit Haferbrei auf dem Nachttischchen ab, die sie vorsorglich bereits mitgebracht hatte. »Könnt Ihr Euch aufrichten?«

Er nickte. Versuchte es, rang darum, sich auf die Seite zu drehen und die Beine aus dem Bett zu schwingen. Und scheiterte daran.

»Wartet. Wir schieben Euch einfach ein wenig höher in die Kissen, und ich helfe Euch beim Essen.« Was bedeutete, dass sie ihn füttern musste wie ein kleines Kind. Ganz sicher behagte ihm das nicht sonderlich, so etwas gefiel keinem Mann. Doch er musste sich auf jeden Fall stärken, die Farbe seiner Wangen war beängstigend grau.

Als er endlich aufrecht saß, schloss Linnitz erschöpft die Augen und ignorierte den Löffel, der vor seinem Mund schwebte.

Am Ende schlief er wieder ein. Nun, schlafen konnte er später noch, den lieben langen Tag. Aber jetzt nicht.

»Warum habt Ihr uns nicht erzählt, dass Ihr Verwandte in der Nähe der Stadt habt?«, fragte Katharina ein wenig zu laut.

Heinrich von Linnitz öffnete die Augen einen Spaltbreit und blinzelte verwirrt. Dann erblickte er den Löffel und wandte angewidert den Kopf zur Seite.

»Ihr müsst etwas essen, auch wenn Ihr es nicht mögt. Wie wollt Ihr sonst zu Kräften kommen?« Katharina wedelte ein bisschen mit dem Löffel vor seiner Nase herum in der Hoffnung, er fände den Duft nach Milch und Honig appetitlich.

Linnitz' Gesicht verzog sich zu einer Maske des Widerwillens. Mühsam rappelte er sich auf und schob sich unendlich langsam noch ein Stückchen höher. Nach einer quälend gedehnten Pause ergriff er den Löffel, um ihn zum Mund zu führen. Katharina sah ihm zu, wie er sich der Einsicht in das Unabwendbare fügte, und bewunderte seine Zähigkeit. Wie ein unmündiges Kind behandeln ließ sich ein Mann wie er jedenfalls nicht.

Katharina wartete die endlose Zeit, die er benötigte, um ein paar Häppchen Brei zu schlucken. Dann hielt sie es nicht mehr aus. »Eure Verwandten. In der Nähe. Warum habt Ihr nicht von ihnen gesprochen?«

Linnitz räusperte sich. »Ich dachte nicht, dass es von Interesse sei«, sagte er. Seine Stimme war rau, flach. Er klang – krank.

Er brauchte Ruhe, das war überdeutlich. Katharina bekam ein schlechtes Gewissen. Man durfte nicht so erbarmungslos in einen Gebrechlichen dringen. Andererseits war es wirklich wichtig. Außerdem tat sie es für sein Kind.

Mechthilds sahniger Haferbrei zeigte Wirkung, Linnitz' Augen bekamen ein wenig Glanz, und seine Stimme wurde etwas fester. »Meine Tochter wurde entführt. Damit hat die … Sippschaft meiner Frau nichts zu schaffen.«

Das klang nach Unstimmigkeiten, doch so etwas kam in den besten Familien vor und zog nicht notwendigerweise ein Verbrechen nach sich. »Sie könnte Euch bei der Suche helfen.« Katharina lächelte unnachgiebig.

Linnitz starrte sie an. »Richtig. Darauf … bin ich nicht gekommen.« Natürlich nicht. Er war Hals über Kopf losgestürzt, wie es jeder besorgte Vater getan hätte. Impulsiv drückte Katharina seine Hand, doch er schien es nicht zu bemerken.

»Außerdem«, sagte sie behutsam, »ist Dorothee doch möglicherweise bei diesen Verwandten untergeschlüpft. Oder sie war auf dem Weg zu ihnen und ist unterwegs verschwunden. Wenn das der Fall ist und sie in der Nähe von Prettin entführt wurde, wäre es möglich, dass sich dort Hinweise finden. Genau da und nicht in Torgau oder Nimbschen, wo bislang nach ihr gefahndet wurde.«

Heinrich von Linnitz nickte erschöpft. Kluge Augen blickten Katharina an, klug und verzweifelt. »Was um Himmels willen soll ich nur tun, falls ich durch meine Dummheit dazu beigetragen habe, dass wir mein Kind nicht schnell genug aufspüren? Bevor sie … bevor sie …« Er brach ab.

Er konnte es nicht aussprechen. Katharina auch nicht. Sie wollte es sich nicht einmal vorstellen. »Burkhardt Gantzer wird sie finden«, sagte sie mit deutlich mehr Zuversicht in der Stimme, als sie verspürte. »Er ist der Beste, ganz bestimmt. Ich verspreche es Euch. *Er wird sie finden.*«

Es kostete Burkhardt reichlich Mühe, aus seinem tiefschwarzen Betäubungszustand aufzutauchen. Als es ihm endlich gelang, die brennenden Augen zu öffnen, stellte er fest, dass er sich in einer Hütte befand, in einem staubigen, kalten Raum, der so aussah, als sei seit Ewigkeiten niemand mehr hier gewesen. Er konnte sich nicht im Allergeringsten erinnern, wie er hergekommen war. Dann fiel ihm auf, dass der Tag seit seinem letzten Erwachen offenbar erschreckend weit vorangeschritten war. In der Hütte war es hell. Zu hell. Burkhardt kniff die Augen wieder zusammen.

Vielleicht sollte er einfach liegen bleiben, bis sein Kopf platzte und er starb oder bis sein Kopf heilte und er nicht starb.

Andererseits hatte er Durst. Quälenden Durst. Also öffnete er die Augen erneut und zwang sich, seinen Blick durch die Kate wandern zu lassen. Sie war nicht groß, auch nicht solide gebaut, und zwischen den Brettern fanden sich Lücken, was die Helligkeit erklärte. Doch sie bot Schutz vor Wind und Regen. Falls es denn Wind und Regen gab, beides war derzeit nicht der Fall. Die Sonne schien. *Das* erklärte die Helligkeit.

Warum herrschte schlechtes Wetter nur, wenn man es nicht gebrauchen konnte? Jetzt benötigte Burkhardt dringend Dämmerlicht, und der April tat so, als sei es Sommer.

Draußen rief ein Kuckuck.

Burkhardt konzentrierte sich und versuchte mitzuzählen. Die Summe der Kuckucksrufe verwies auf die Anzahl der Lebensjahre, die noch vor einem lagen. Das glaubten viele. Burkhardt nicht. Trotzdem war er froh, dass der Vogel unverdrossen rief und nicht nach einem kurzen Krächzen sein Lied abbrach. Er rief so lange, dass Burkhardts benebeltes Hirn beim Zählen nicht mehr mitkam.

Es gibt Hoffnung, mein Alter, dachte er. Der Gedanke führte ihn zu der Entscheidung, sich von seinem harten Lager zu erheben – es bestand aus festgestampftem Lehm und war der Fußboden –, und mit einigem erbärmlichen Ächzen und Stöhnen gelang ihm das sogar. In seinem Schädel hämmerte es, und ihm wurde so schwindelig, dass er sich vorkam wie auf einem Elbkahn bei Sturm. Er blieb stehen, lehnte sich sicherheitshalber an und wartete, bis das Flimmern vor seinen Augen nachließ.

Als er endlich wieder deutlich sehen konnte, bewegte er sich sachte in Richtung Tür. Weil er seinen kraftlosen Beinen nicht traute, hangelte er sich an der Wand entlang und trieb sich dabei einen breiten Splitter tief in den Finger. Blut quoll hervor, aber Burkhardt achtete nicht darauf. Er hatte die Tür fest im Blick, und obwohl sie nur ein, zwei Mannlängen entfernt war, kam es ihm vor wie eine Ewigkeit, bis er sie erreichte.

Einen Moment blieb er witternd stehen. Vielleicht lagerten die Kerle direkt dahinter. Die Kerle, die ihn hierhin verfrachtet hatten. Er lauschte. Bis auf seinen eigenen Atem und das Rauschen in seinen Ohren hörte er nichts.

Sei keine Memme, Schützenmeister, sprach er sich in Gedanken Mut zu, und beinahe hätte er es laut ausgesprochen. Weil er eine menschliche Stimme hören wollte, selbst wenn es seine eigene war. Doch so tief war er noch nicht gesunken. Vorsichtig griff er nach dem Riegel, mit dem die Tür verschlossen werden konnte. Von innen, weshalb der Riegel lose von seinem Nagel herabhing.

»Du Trottel«, sagte er nun doch. »Was hast du denn gedacht? Dass ein Geist dich eingesperrt hat und dann durch die Wand entschwebt ist, nachdem er von innen den Riegel vorgelegt hat?«

Er stieß gegen die Tür. Sie bewegte sich einen Fingerbreit. Oder einen halben Finger, je nachdem, wie dick der Finger war, den man als Maß zugrunde legte. Vielleicht klemmte sie auch nur. Burkhardt presste kräftiger. Auch der Druck in seinem Kopf verstärkte sich, aber darauf kam es jetzt nicht mehr an.

Die Tür quietschte, sie ächzte, beinahe so gequält wie Burkhardt selbst. Und sie blieb verschlossen.

Bei einer so verrotteten Hütte samt ihrer nicht minder morschen Tür müsste es ein Leichtes sein, diese paar Bretter einfach nach außen zu stoßen.

Das wäre es unter normalen Umständen auch gewesen. Allerdings hatte Burkhardt außer Acht gelassen, dass sein derzeitiger Zustand keineswegs zu körperlicher Anstrengung einlud. Mit aller Kraft stemmte er sich gegen das splitterige Holz und bewirkte damit einzig und allein, dass das Flimmern vor seinen Augen überhandnahm und sich der Schmerz in seinem Schädel zu einer entsetzlichen Mischung aus Hämmern und Gellen entwickelte. All diese Anstrengung und Marter änderten jedoch nichts an der Tatsache, dass die vermaledeite Tür verschlossen blieb.

Vielleicht könnte er sie eintreten. Burkhardt hob das Bein und nahm Schwung, entschied sich aber dagegen. Er war zu wackelig auf den Füßen. Der Rückstoß würde ihn einfach umhauen.

Grimmig riss er an dem nutzlosen Riegel. Das brachte natürlich auch nichts. Schließlich warf er sich ohnmächtig vor Wut gegen die Tür.

Ein greller Blitz zuckte durch seinen Kopf, und alles wurde wieder schwarz.

Heinrich von Linnitz, zermürbt von seinen Sorgen und dem zurückliegenden Gespräch, war erneut ins Reich der Träume abgedriftet. Katharina stand in der Diele, so tief in Gedanken versunken, dass sie vergaß, in ihre Kammer zu gehen. Es gab da einen Plan, der sich vorwitzig in ihrem Kopf breitmachte. Den Keim eines Plans jedenfalls. Er musste noch wachsen und gedeihen, die Details waren noch schwammig und gehörten ausgearbeitet, aber es gab da etwas, das Katharina vielleicht tun konnte.

Vorerst wurde sie allerdings durch ein energisches Klopfen an der Haustür an der Planung ihres Vorhabens gehindert.

»Ich gehe schon«, sagte sie zu Rutger, der sofort auftauchte und natürlich stehen blieb, weil er wissen wollte, wer da kam. Rutger nahm seine Aufgaben ernst, und die Geschäfte seines Herrn waren ihm heilig. Katharina beachtete ihn nicht weiter. Sie wusste es selbst. Wenn ein Kunde erschien, würde Rutger ihn in Empfang nehmen, das gehörte zu seinen Pflichten. Auf keinen Fall überließ er das der von ihm so wenig geschätzten Gattin des Hausherrn.

»Ich bin froh, Euch daheim anzutreffen«, sagte Käthe von Bora, die vor der Tür stand, sehr besorgt aussah und Rutger vollkommen ignorierte. »Habt Ihr einen Augenblick Zeit für mich?«

Rutger schnaubte und verschwand, Katharina nickte und öffnete einladend die Tür. »Kommt rein.«

Sie führte Käthe in die große Stube, dort würden sie zu dieser Stunde allein sein, und sie nahm nicht an, dass jemand kam und störte. Es war privat genug.

Käthe setzte sich mit kerzengeradem Rücken auf die vorderste Kante eines Armlehnsessels und schaute Katharina aus haselnussbraunen Augen bekümmert an. »Seid mir nicht böse, dass ich so mit der Tür ins Haus falle«, bat sie, »doch je länger ich über all die Geschehnisse nachdenke, umso beängstigender finde ich das Ganze. Ich … mache mir große Sorgen. Inzwischen auch um den Schützenmeister. Das ist sicher dumm. Oder?«

Katharina zögerte. Burkhardt Gantzer war eigentlich ein Fels in der Brandung, niemand, um den man bangen musste. Aber er war nicht er selbst gewesen in der letzten Zeit. Weder so heiter in seinem Wesen noch so kompromisslos bei der Arbeit, wie man es von ihm gewohnt war. Seine privaten Probleme waren allerdings nichts, was sie vor Käthe offenlegen wollte. Lügen kam auch nicht in Frage. Also flüchtete sie sich in ein vages: »Der Schützenmeister weiß in der Regel, was er tut«, und bot Käthe erst einmal von den Hackfleischpastetchen an, die von gestern übrig waren.

»Nein danke, lieb von Euch, aber ich habe derzeit keinen großen Appetit. Was günstig ist, weil wir dem armen Doctor Luther ohnehin schon über Gebühr auf der Tasche liegen. Einer nur mager gefüllten Tasche, wohlgemerkt«, vertraute Käthe Katharina an.

»Dann nehmt Ihr später welche mit«, entschied Katharina. »Mechthild kocht immer so viel, als wolle sie das ganze Haus einer Mastkur unterziehen. Ich wäre dankbar, könnte ich Euch einige Pasteten abgeben, glaubt mir.«

Käthe, die sich wahrscheinlich nicht gern wie eine Almosenempfängerin fühlte, lächelte etwas angespannt und nickte. Vermutlich war sie aus ihrem Kloster fortgelaufen in der festen Absicht, endlich selbst für sich zu sorgen. Da konnte die erste Zeit, wo das noch nicht gelingen wollte, nicht einfach für sie sein.

Außerdem war sie offenbar kein Mensch, der sich leicht von einem Gedanken abbringen ließ, wenn er erst einmal in seinem Kopf umherging. »Hattet Ihr nicht auch den Eindruck, der Stadtdiener habe ebenfalls Bedenken in Bezug auf den Schützenmeister?«, fragte sie.

»Ist mit Burkhardt etwas nicht in Ordnung?«, fragte Thomasus dazwischen.

Katharina wusste nicht genau, ob sie es begrüßte, dass er ausgerechnet in diesem Moment den Flur entlanggegangen war und ihr

Besuch nicht geheim bleiben konnte. Natürlich hatte Thomasus umgehend seinen Kurs geändert und betrat nun ohne Umschweife die Stube. »Verzeiht, ich wollte Euch nicht belauschen, aber es ließ sich nicht verhindern«, sagte er, und so, wie Thomasus nun einmal war, zeigte diese Entschuldigung seine Absicht, umgänglich zu sein.

»Darf ich dir Käthe von Bora vorstellen?« Katharina wies lächelnd auf ihre Besucherin. »Sie ist ein Schützling von Doctor Luther. Käthe, das ist mein Mann Thomasus Roeseling.«

Thomasus, der nie viel für übertriebene Galanterie übrighatte, nickte und fand offenbar, damit sei der Höflichkeit Genüge getan. »Warum seid Ihr in Sorge um den Schützenmeister?«, insistierte er stirnrunzelnd.

Katharina erinnerte sich noch gut daran, wie einschüchternd sie dieses Stirnrunzeln zu Anfang ihrer Ehe gefunden hatte. Es verlieh Thomasus' Zügen etwas Unnachgiebiges, Zorniges. Es hatte seine Zeit gedauert, bis sie merkte, dass es eigentlich von Konzentration zeugte. Wenn Thomasus so schaute, spürte er, dass etwas nicht so war, wie es sein sollte.

»Darf ich Euch fragen, in welcher Beziehung Ihr zu Burkhardt Gantzer steht?«, erkundigte sich Käthe ein bisschen streng. Anders als Katharina damals ließ sie sich offenbar von Thomasus' Miene nicht so leicht verunsichern.

Thomasus starrte sie verblüfft an, und Katharina verkniff sich das Gelächter, das in ihr aufstieg. Es wäre ganz und gar unpassend gewesen, vor allem in der derzeitigen angespannten Lage.

»Sie sind Freunde«, erklärte sie an Käthe gewandt. »Schon ein Leben lang. Und sie haben keine Geheimnisse voreinander, also könnt Ihr offen sprechen.« Dabei stimmte das mit den Geheimnissen wohl nicht ganz. Jedenfalls konnte sie sich nicht vorstellen, dass Burkhardt mit Thomasus über Angelegenheiten des Herzens sprach. Auf keinen Fall hatte er Thomasus den Liebeskummer anvertraut, den er zweifellos verspürte, selbst wenn Marga das nicht glauben wollte.

»Ich verstehe. Bitte verzeiht.« Käthe sah freimütig in die Runde und wirkte nicht im Mindesten so, als sei sie auch nur im Ansatz zerknirscht wegen der Unhöflichkeit ihrer Frage. »Ich bin tatsächlich in Sorge. Der Schützenmeister ist auf Reisen, um die verschwundene Dorothee zu suchen. Vielleicht findet er sogar

Querverweise auf den Mörder von Anni. Hat er Erfolg damit, was an sich ja wünschenswert ist, kommt er dem Täter unter Umständen riskant nah. Und da er alleine unterwegs ist, halte ich das für gefährlich.«

»Wir haben noch keine Nachricht von ihm erhalten. Kunibert auch nicht«, ergänzte Katharina. »Deshalb wissen wir nicht, wie Burkhardt vorankommt. Oder wie es ihm geht.«

»Er war vorgestern am frühen Morgen noch hier«, wandte Thomasus ein mit der Vernunft eines Mannes, der sich weigert, auf aufgeregtes Weibergeschnatter zu hören. »Allzu lange ist er also noch gar nicht fort.«

Dagegen ließ sich schlecht etwas sagen. Katharina nickte. Käthe auch, aber sie sah nicht überzeugt aus.

»Vielleicht ist er jedoch nicht in die richtige Richtung aufgebrochen«, sagte Katharina vorsichtig. »Wir wissen jetzt nämlich, dass Dorothee Familie in Prettin hat. Burkhardt ist aber direkt nach Torgau geritten, das liegt viel weiter südöstlich.«

»Was soll das heißen: ›Wir wissen jetzt‹? Wer ist ›wir‹? Und vor allem, woher weißt *du* es?« Thomasus verschränkte die Arme vor seiner Brust und bemühte sich sichtlich, ruhig zu bleiben.

»Marga und ich. Das meine ich mit ›wir‹.« Katharina sah Thomasus geradewegs in die Augen. Die Zeiten, in denen sie sich ihm gegenüber ständig zur Vorsicht gemahnt hatte, lagen lange zurück. »Ich weiß davon durch Margarete von Schönfeld«, aus dem Augenwinkel nahm sie Käthes verblüfften Ausdruck wahr, »und Heinrich von Linnitz hat es bestätigt.«

»Also hätte Burkhardt zuerst nach Prettin reiten sollen.« Thomasus hatte einen wachen Geist. Er verstand schnell, auf was Katharina hinauswollte, und glücklicherweise lenkte es ihn ab von seinem Ärger darüber, dass Katharina und Marga schon wieder auf eigene Faust ermittelten.

»Ja. Nur haben wir leider zur Zeit seines Aufbruchs noch nicht gewusst, dass Dorothee Verwandte in der Nähe von Wittenberg hat.« Katharina zögerte. Dann warf sie ihre Bedenken über Bord. »Es ist wichtig, dass jemand diese Verwandten aufsucht und sie befragt. Deshalb werde ich nach Prettin reiten.«

Thomasus seufzte.

Käthe blickte aufmerksam von ihm zu Katharina. »Soll ich mitkommen?«, fragte sie. Offenbar ging sie davon aus, dass Katharina in diesem unausgesprochenen Ringen Sieger blieb. »Allerdings muss ich Euch warnen: Ich reite nicht besonders gut.«

»Habt trotzdem Dank für das Angebot.« Katharina ließ Thomasus nicht aus den Augen. »Ich werde mit Marga Tilfer unterwegs sein. Wir haben schon öfter Ausflüge über Land gemacht, diesmal eben nach Prettin.«

Thomasus schwieg und betrachtete sie. Die schwarzen Locken standen in einem wirren Wust um seinen Kopf. In seinem Inneren ging es in der Regel sehr viel geordneter zu. Man konnte nie so genau wissen, was das Ergebnis von Thomasus' Grübeleien war. Es gelang ihm immer wieder, sie zu überraschen.

»Warum geht nicht Kunibert? Oder einer der anderen Stadtdiener?«, fragte er jetzt.

»Kunibert ist Burkhardts offizieller Vertreter, solange er selber fort ist. Ansonsten sind sie unterbesetzt, hat er mir erklärt. Es gibt da einen Beinbruch, eine Abwesenheit wegen dringender Familienangelegenheiten, und der Rest der Mannschaft ist nicht geeignet.« Katharina sah Thomasus beschwörend an. »Außerdem gibt es eine Menge Aufgaben, die in Wittenberg nicht vernachlässigt werden dürfen.«

»Du willst also selbst dorthin«, sagte Thomasus, und in seinem Augenwinkel zuckte nervös ein Muskel. »Dich einmischen in Dinge, von denen du eben gesagt hast, sie könnten gefährlich sein. Verstehe ich das richtig?«

»Beinahe.« Katharina lächelte und trat einen Schritt auf ihn zu. Sie ergriff seine Hand und legte sie an ihre Wange. »Ich will mich nicht *einmischen*, sondern helfen. Und ich tue nichts *Gefährliches*. Ich mache nur einen Besuch bei der Familie eines Bekannten von uns.«

»Wir kennen Dorothee doch gar nicht.«

»Aber ihren Vater. Und der hält es für ausgeschlossen, dass diese Verwandten etwas mit Dorothees Verschwinden zu tun haben könnten. Also liegt kein Risiko darin, sie zu besuchen.«

»Wenn sie nichts damit zu tun haben, ist es allerdings auch sinnlos, zu ihnen zu reiten.« Thomasus ließ nicht locker.

»Sie können aber sagen, ob Dorothee bei ihnen war. Und falls ja, mit welchem Ziel sie weitergeritten ist. Zumindest müssen wir doch ausschließen, dass sie vielleicht etwas wissen, was uns helfen könnte, sie uns aber bislang nicht mitgeteilt haben, weil sie nicht ahnen, dass es wichtig ist.« Werbend schmiegte Katharina ihre Wange in Thomasus' warme Hand.

Er seufzte wieder. Diesmal tief. Trotzdem hatte Katharina den Eindruck, sein Widerstand bröckele. Sie wusste, dass ihn dies schwer ankam. Aber sie wusste auch, dass er sich Gedanken um sie machte. Er hatte ihr nächtliches Gespräch nicht vergessen, hatte begriffen, wie wichtig es für sie war, etwas zu umsorgen und sich zu kümmern. Thomasus wusste so gut wie sie selbst, dass sie ihre Aufmerksamkeit lieber ungeteilt seinem Erben gewidmet hätte, aber Gott stellte einem manchmal ein Bein und gab nicht immer, wonach es einen so inständig verlangte. Sie lehnte sich an Thomasus' breite, verlässliche Brust, und er schlang die Arme um sie.

Katharina wagte kaum zu atmen. Käthe wahrscheinlich ebenfalls nicht, der Moment war sehr privat und ging sie eigentlich überhaupt nichts an. Katharina war's gleichgültig. Diese innige Verbundenheit hätte sie um nichts in der Welt eintauschen wollen. Um fast nichts in der Welt.

Thomasus atmete langsam und vernehmlich aus. »Na gut, Weib. Dann mach, was du dir in den Kopf gesetzt hast. Unter einer Bedingung.«

Katharina achtete darauf, dass sie sich in seinen Armen nicht versteifte. Sie wollte tun, was immer er verlangte, das war nur recht und billig. Schließlich sprang Thomasus ja auch über seinen Schatten.

»Ich will, dass ihr nicht alleine reitet. Ich will, dass ihr Ekkehard mitnehmt.«

»Ekkehard? Als Schutz?«, fragte Katharina ungläubig.

»Ja. Mein Gott, ich finde auch, dass es lächerlich ist«, sagte Thomasus barsch und löste sich von ihr. »Aber für unsere Leute gilt dasselbe wie für die Stadtdiener. Entweder sie sind nicht abkömmlich oder nicht geeignet. Und du möchtest doch wohl nicht, dass Rutger dich begleitet?«

»Oh nein. Auf jeden Fall lieber Ekkehard«, bekräftigte Katharina. Käthe warf ihr einen fragenden Blick zu, und Katharina hob die Hände. Sie wusste nicht, ob sie lachen oder weinen sollte. Und hoffte, dass Ekkehard gerade nicht allzu sehr mit seinen Studien beschäftigt war und Zeit hatte, sie zu begleiten. Sonst blieb ihr am Ende Rutger doch nicht erspart.

»Selbstverständlich komme ich mit.« Marga strahlte förmlich vor Tatkraft.

Jetzt, wo alles geklärt schien, verließ Katharina die Sicherheit. »Aber geht das denn überhaupt?«, fragte sie ängstlich. »Damit kann dein Vater doch nie und nimmer einverstanden sein.«

»Natürlich nicht.« Marga sah sich unternehmungslustig um, als suche sie bereits ihre Reitkleidung zusammen. »Aber wie sagt man so schön: Was er nicht weiß, macht ihn nicht heiß. Hast du meine Handschuhe gesehen?« Sie suchte *tatsächlich* ihre Reitkleidung.

»Du willst dich einfach so davonstehlen?« Marga würde in Teufels Küche kommen, wenn das herauskam. Und sie selbst vermutlich auch.

»Das habe ich doch gar nicht behauptet. Ach, da sind sie ja.« Marga zog die Handschuhe aus ihrem Handarbeitskorb und betrachtete sie eingehend. An einem Finger war eine Naht aufgeplatzt. »Ich weiß nicht, gehen die noch? Na, es muss. Katharina, Liebes, es ist so: Ein wohlmeinendes Schicksal hat endlich einmal ein Einsehen gehabt und meinen Vater auf eine Reise geschickt. Von der wird er frühestens in fünf Tagen zurückerwartet. Meiner Mutter sage ich, ich bin bei dir.«

Margred Tilfer war zu schwach, um sich Margas wirbelndem Temperament entgegenzustellen. Katharina nickte halbwegs überzeugt.

Marga warf den Handschuh achtlos zurück in den Korb. »Ich werde auf jeden Fall reiten. Notfalls hinter dir her, falls dir meine Begleitung zu riskant erscheint. Schau mal, Kathinkalein, ich will tun, was ich kann, damit Burkhardt mich endlich ernst nimmt. Das weißt du ja. Ich habe es dir jedenfalls gesagt.«

Hundertmal. Katharina stimmte zu.

»Wenn er in der falschen Richtung sucht, verliert er Zeit. Dann findet er Dorothee vielleicht nicht rechtzeitig. Das wiederum fällt auf ihn zurück, was ihm nicht gefallen kann. Also helfen wir ihm. Entweder wir spüren Dorothee auf, oder wir können ihm zumindest sagen, dass er nicht nach Prettin hinreiten muss und seine Bemühungen woanders nützlicher sind.« Marga starrte sie beschwörend an.

»Thomasus behauptet immer, ich sei störrisch.« Katharina nahm den Handschuh wieder aus dem Nähkorb. Die offene Naht konnte mit ein paar Stichen geschlossen werden, das weiche Ziegenleder ließ sich gut flicken. »Er hat es noch nie mit dir zu tun bekommen. Gegen dich bin ich ein fügsames Lämmchen.« Sie lächelte schwach. »Wir reiten direkt nach dem Mittagessen los. Ich hole dich ab.«

Früher kam sie nicht fort. Es gab einiges zu ordnen, denn sie hatte nicht die Absicht, Thomasus zu guter Letzt damit zu verärgern, dass sie wegen Dingen, die ihm ohnehin widerstrebten, die Angelegenheiten des Hauses Roeseling vernachlässigte. Vor allem musste sie das Weißzeug herrichten, für das am folgenden Tag im Morgengrauen eine Wäscherin ins Haus beordert war. Außerdem konnte sie Thomasus auch nicht die Versorgung von Heinrich von Linnitz überlassen, damit würde sie Berthe betrauen, und die musste vorher genau instruiert werden.

Katharina lief also mit raschen Schritten nach Hause, und als sie sich dem Roeseling'schen Anwesen näherte, sah sie, dass sich zwei Ochsenkarren genau davor ineinander verkeilt hatten und die Fuhrleute sie unter entsetzlichem Gefluche nur mühsam wieder auseinander dividierten. Beinahe wäre Katharina gegen einen Mann geprallt, der vor ihrer Eingangstür stand und den sie in dem Wirrwarr gar nicht bemerkt hatte.

»Verzeihung«, sagte Katharina atemlos und konnte gerade noch bremsen, bevor sie den Mann über den Haufen lief. Einen Wimpernschlag später erkannte sie den jungen Brandt. »Hans Christian! Ihr! Möchtet Ihr zu mir?«

Hans Christian rang um ein höfliches Lächeln, was ihm aber nur schlecht gelingen wollte, und nickte. »Der Stadtdiener schickt mich. Kurt?«

»Kunibert. Kommt erst einmal herein. Hier draußen versteht man ja sein eigenes Wort nicht.«

Die Fuhrleute brüllten inzwischen so laut wie die Ochsen. Wer da nicht aufpasste, geriet zwischen die Fronten. Katharina schob Hans Christian resolut ins Haus und warf die Tür hinter sich zu. Das Geschrei war nun deutlich gedämpfter, und sie atmete tief durch. »Was kann ich denn für Euch tun? Ich meine, weswegen schickt Kunibert Euch zu uns?«

Sein eingefallen wirkendes Jungengesicht war fast grau vor Übermüdung. Ein Mann, der die zwanzig noch nicht lange überschritten haben konnte, durfte so eigentlich nicht aussehen. Katharina hakte ihn unter. »Wartet. Erzählt es mir später. Jetzt müsst Ihr erst etwas zu Euch nehmen, Ihr seht erbarmungswürdig aus.« Sie zog ihn mehr in Richtung Stube, als dass sie ihn führte.

Und lief beinahe in Maria hinein, die schwungvoll aus der Küche kam, mit einem hochbeladenen Tablett in den Händen. »Hoppala«, sagte Maria munter. »Nix passiert.«

»Wer hat hier denn einen solchen Appetit, dass er nicht bis zum Mittagessen warten kann?«, fragte Katharina verblüfft. Die Angestellten des Hauses wurden wirklich ausreichend mit Mahlzeiten versorgt.

»Euer Gast. Er ist wach und er hat Hunger.« Maria, deren Lebenswandel durchaus züchtig war, da weder Katharina noch Thomasus in ihrem Haushalt etwas anderes geduldet hätten, strahlte Hans Christian mit ihrem ganzen Charme an. Einem hübschen Mannsbild konnte sie niemals widerstehen. Hans Christian *war* ein hübsches Mannsbild, selbst ausgelaugt und voller Sorge. Maria bemerkte er kaum. Sie zuckte mit den Achseln und sagte zu Katharina: »Ihr hattet Anweisung gegeben, ihn zu versorgen. Und als der Herr von Linnitz sagte, er habe Hunger, dachte ich, ich solle ihm auch schon vor der Mittagsstunde …«

»Linnitz?«, unterbrach Hans Christian sie. »Heinrich? Er ist hier?«

Sein Gesichtsausdruck schwankte zwischen Bestürzung und Hoffnung, und Katharina wurde von einer Woge des Mitgefühls erfasst. »Ja, er ist hier. Und er ist krank. Genauso verzweifelt und ermattet wie Ihr, nur ist er eben älter und steckt die Kümmernisse und Anstrengungen deshalb nicht so einfach weg. Ich bringe Euch zu ihm.«

»Ich weiß nicht, ob das so eine gute Idee ist.« Plötzlich sah Hans Christian Brandt so jung aus, wie er war. »Er war nicht gerade glücklich über … über unsere Verbindung.«

»Früher war auch noch alles anders. Dorothee war ungezogen, aber in Sicherheit. Nun ist sie fort, und Ihr habt Angst um sie, genau wie ihr Vater. Da müsste es doch möglich sein, dass Ihr Euch annähert. Ihr habt dasselbe Ziel.«

»Vollkommen richtig.« Hans Christian nickte und straffte sich. Mit beiden Händen fuhr er sich durchs blonde Haar, um es notdürftig zu glätten und präsentabel zu machen. »An mir soll's nicht liegen.«

Katharina wurde klar, weshalb Dorothee sich in ihn verliebt und die Standesunterschiede kurzerhand über Bord geworfen hatte. Hans Christian war nicht nur gut aussehend, sondern ein Mann, der wusste, was er wollte und was er wert war. »Ich führe Euch zu ihm. Maria, gib mir das Essen, ich bringe es ihm selbst.«

Eilig lief sie vor Hans Christian die Treppe hinauf. Oben blieb sie stehen und drückte ihm das Tablett in die Hand. »Gebt Euch Mühe. Ihr habt nicht viel Zeit, Linnitz zu überzeugen, dass es das Beste ist, wenn Ihr zusammenarbeitet. In einer Stunde brechen wir auf.«

Hans Christian nickte ergeben. »Wohin?«

»Nach Prettin. Es ist möglich, dass Dorothee sich in der Gegend aufhielt, zumindest könnte sie da gewesen sein. Ich reite zusammen mit meiner Freundin Fräulein Tilfer hin und forsche nach. Ihr werdet uns begleiten.« Die Vorstellung, dass sie sich unter den Schutz eines hänflingshaften Studenten des Quadriviums stellen sollten, war einfach zu absurd. Ekkehard würde zu Hause bleiben, da mochte Thomasus sagen, was er wollte. Hans Christian war eindeutig die bessere Wahl.

Marga wartete bereits gestiefelt und gespornt im Flur des Tilfer'schen Hauses und konnte es offensichtlich kaum erwarten, dieses zu verlassen.

»Da seid ihr ja endlich«, begrüßte sie Katharina, die mit Hans Christian zur Tür hereinkam. »Können wir los?«

Hans Christian musterte Marga, und langsam breitete sich ein Lächeln über seine Züge aus. Selbst ein Mann mit seinen beträchtlichen Nöten vermochte sich Margas Charme nicht zu entziehen. »Habe ich mich schon bedankt, weil Ihr all diese Mühen auf Euch nehmt, um uns zu helfen?«, fragte er artig und vergaß dabei auch nicht, Katharina in seinen warmen Blick mit einzuschließen.

Marga besaß den Anstand, zart zu erröten, da sie ja weniger

Hans Christian als Burkhardt hatte unterstützen wollen, stellte es allerdings nicht richtig. Stattdessen wies sie auf die bereitstehenden Packtaschen und sagte: »Ich habe veranlasst, uns mit Proviant zu versorgen. Das war doch recht?«

Natürlich war es das, Katharina selbst war überhaupt nicht auf diese Idee gekommen.

»So, auf geht's.«

Sie warteten, bis Marga ihren Zelter aus dem Hoftor geführt hatte, dann stieß Katharina ihrer kleinen Stute Delia sanft die Fersen in die Seite. Das Pferd setzte sich brav in Bewegung, von der Strenge und Wildheit seiner göttlichen Namensgeberin zeigte es keine Spur. Was gut war, da Katharina nur selten ritt und sich hoch zu Ross stets ungelenk und ein bisschen verzagt fühlte. Hans Christians grobknochiger Fuchs schnaubte zur Begrüßung, als er die beiden Stuten bemerkte.

Eine ganze Weile ritten sie im Gänsemarsch hintereinanderher. Wittenbergs Straßen waren wie beinahe immer sehr belebt und die Wege, die auf die Stadt zuführten, nicht minder. Katharina hatte im Gedränge alle Hände voll damit zu tun, sich einigermaßen passabel auf Delias Rücken zu halten. Doch bald schon lagen die Stadttore und das Vorland hinter ihnen, und allmählich ging es leichter. Wenigstens war die liebliche Elbauenlandschaft mit sanften Hügeln gesegnet und nicht mit schroffen Steigungen, die Katharina eine Heidenangst einjagten. Hans Christian ritt schweigend ein Stück voraus. Er war tief in Gedanken versunken, Katharina vermutete, er dachte an seine Unterhaltung mit Heinrich von Linnitz. Das Gespräch war wohl glimpflicher verlaufen, als er befürchtet hatte, aber mehr als ein paar Andeutungen hatte er ihr gegenüber nicht gemacht.

Sie konnte ihn auch nicht ausfragen, denn schließlich ließ Hans Christian seinen Fuchs in einen zunächst leichten Galopp fallen und legte nach und nach ein beinahe halsbrecherisches Tempo vor. Das hieß, Katharina sah es als halsbrecherisch an, Hans Christian fand es wahrscheinlich normal. Marga offenbar ebenfalls, denn sie saß sehr graziös und sehr selbstverständlich im Sattel. Katharina ritt hinterher, beobachtete genau, was sie tat, und beneidete sie.

Das Reiten fiel ihr leichter mit der Zeit, allmählich gewöhnte sie sich sogar an die Geschwindigkeit. Doch rasant erschien sie ihr immer noch, auch wenn sie und selbst Marga langsamer vorankamen als Hans Christian und mehr und mehr hinter ihm zurückblieben. Es dauerte geraume Zeit, bis er sich umdrehte und merkte, dass seine Begleiterinnen ein ordentliches Stück zurückgefallen waren. Obwohl Katharina inzwischen beinahe Gefallen an dem forschen Ritt fand, war sie froh, als er das Tempo zügelte und ihnen die Gelegenheit gab, aufzuschließen.

Das Schweigen wurde ihr zu lang. Je sicherer sie sich auf Delia fühlte, umso mehr fand sie Muße, an anderes zu denken. Wer zu viel nachdachte, verfiel schnell in dumpfes Grübeln. »Ich bin sehr dankbar, dass Thomasus mir diese wunderbare kleine Stute gekauft hat«, bekannte sie. »Sie begreift, dass sie sich rücksichtsvoll zu verhalten hat, damit wir Freunde werden können.«

Delia schnaubte, als habe sie genau verstanden, was Katharina gesagt hatte.

Marga zügelte ihre eigene Stute und verlangsamte das Tempo, um sich neben Katharina zu setzen. »Du reitest gar nicht schlecht. Dir fehlt nur ein bisschen Übung. Aber wie sollst du die bekommen, wenn du immer in Wittenberg bist? Da brauchst du schließlich kein Pferd.«

»Wir könnten öfter ausreiten«, schlug Katharina mit plötzlich entfachter Begeisterung vor. »Ich habe Zeit, du auch – warum nicht? Es tut gut, einmal raus aus dem üblichen Mief zu kommen.«

»Ich habe nicht den Eindruck, dass du über viele Mußestunden verfügst«, wandte Marga ein. »Du hast doch ständig zu tun.«

»Ich *mache* mir viel zu tun.« Vielleicht lag es an der Weite der Landschaft oder dem Übermaß an frischer Luft, dass sie unverhofft den Drang zur Offenheit verspürte. »Da gibt es einiges, was ich auch an Berthe oder Maria delegieren könnte. Sogar an Walli.« Walli war im Grunde nicht wirklich ausgelastet, da sie ausschließlich für Katharina zuständig war. Wenn Kinder kamen, würde das natürlich anders werden. *Falls* Kinder kamen.

»Und warum tust du es dann nicht?«

»Damit ich nicht so viel nachdenken muss«, platzte Katharina heraus.

»Ich dachte, du hättest dich mit Thomasus einigermaßen arrangiert?« Marga warf ihr einen vorsichtigen Blick zu.

Katharina schossen die Tränen in die Augen. »Mit Thomasus

läuft alles gut. Nur mit mir nicht. Ich …« Sie brach ab. Es war so schwer auszusprechen, auch wenn es sie noch so sehr drängte, endlich einmal ihr Herz zu erleichtern.

»Was ist mit dir? Bist du krank?«, fragte Marga, und ihre Stimme klang mit einem Mal höher als sonst.

»Nein.« Die Worte kamen zäh und stockend über ihre Lippen. »Oder vielleicht doch. Ich funktioniere nicht richtig.«

»Das ist doch Unsinn.« Marga lenkte ihren Zelter dicht neben Delia und drückte Katharinas Hand. »Soweit ich das sehe, bist du perfekt.«

»Dann solltest du wegen deiner Augen einen Medicus zurate ziehen.« Von der Anstrengung, gleichzeitig ein Lachen und ein Weinen zu unterdrücken, bekam Katharina einen Schluckauf. »Ich bin so weit entfernt von Perfektion wie vom Mond. Ist dir nicht aufgefallen, dass bei mir etwas fehlt? Dass dem Hause Roeseling etwas fehlt? Ich … ich bekomme einfach kein Kind.«

Marga schwieg. Schwieg und ritt und blickte Katharina nicht einmal an. So hatte Katharina sich das nicht vorgestellt. Da sie nun ihr Inneres entblößt hatte, erwartete sie zumindest tröstenden Zuspruch. Selbst wenn sie guten Worten sowieso nicht geglaubt hätte.

»Mir läuft die Zeit davon«, sagte sie zornig. Zornig auf Marga, auf sich und auf alles.

»Wem sagst du das.« Marga blickte stur geradeaus. »Dabei hast du wenigstens einen Mann, dem du Kinder schenken *könntest. Mir* dagegen läuft die Zeit davon, weil mir der Mann, den ich will, immer davonläuft. An Kinder darf ich überhaupt nicht denken, sonst verzweifele ich vollends.«

Das schlechte Gewissen überfiel Katharina mit einer Heftigkeit, die einem Schlag in die Magengrube gleichkam. »Ach, Marga«, sagte sie hilflos. Hilflos und beschämt. »Ich weiß ja. Ich *weiß*, dass du unglücklich bist. Und man kann das eine Unglück nicht gegen ein anderes aufwiegen. Aber ich werde älter, und die Wahrscheinlichkeit, dass ich in andere Umstände komme, wird immer geringer. Da darf ich mir nichts vormachen. Sieh dich einfach mal um. Wie alt sind Frauen, die empfangen? Wie alt sind sie, wenn sie zum *ersten Mal* empfangen? Sie sind jung. Ich bin nicht mehr so jung. Es ist mir bis jetzt nicht gelungen, warum sollte es sich ändern? *Ich kann es vielleicht einfach nicht.*«

»Oder Thomasus kann nicht.«

Katharina ließ die Zügel schießen. Delia fiel sofort in eine langsamere Gangart und hinter Margas Pferd zurück und versuchte, die jungen Baumtriebe am Wegesrand abzurupfen.

Katharina merkte es kaum. »Oder Thomasus kann nicht«, hatte Marga gesagt. Thomasus. Auf diesen Gedanken war Katharina überhaupt noch nicht gekommen. Niemand wäre das, niemand außer Marga, der Unbestechlichen. Kinder bekamen die Frauen. Bekamen sie keine, lag es an ihnen. »Meinst du, das könnte möglich sein?«, fragte sie zaghaft an Margas Rücken gerichtet. Eine neue, unbekannte Welt lag vor ihr, greifbar nahe, eine Welt ohne Selbstzweifel, Vorwürfe und die Unfähigkeit, das Simpelste zu tun. Den Stammbaum ihrer Familie fortzuschreiben.

»Keine Ahnung«, erwiderte Marga und drehte sich zu ihr um. »Aber zum Kindermachen gehören immer noch zwei, wenn du mir meine unverschämte Offenheit verzeihst. Und da kann man schließlich mutmaßen, dass der Anteil am Erfolg ungefähr gleich verteilt ist. Also mag es an dir liegen, dass du nicht empfängst, aber ebenso gut könnte es auch sein, dass Thomasus dir nichts zu empfangen gibt. Es weiß ja doch niemand so genau, wie das alles zusammenhängt.« Sie hielt inne. Katharina folgte ihrem Blick. Hans Christian war abrupt stehen geblieben, jetzt wendete er scharf und galoppierte zu ihnen zurück. »Was macht der denn da?«

»Wir bleiben besser zusammen«, sagte Hans Christian, als er sie erreichte und so plötzlich stoppte, dass die Erdbrocken flogen. »Da sind Leute. Jedenfalls habe ich ein Pferd gehört.«

»Eines oder mehrere?«, fragte Marga, und ihre Stimme zitterte aufgeregt.

»Ich glaube, da war nur eins. Wir müssen das herausfinden.« Hans Christian setzte sich an die Spitze und trabte langsam voran, wobei er aufmerksam die Gegend ausspähte.

Katharina und Marga taten es ihm gleich. Sie ritten eine Weile stumm nebeneinanderher, ließen ihre Augen wachsam in alle Richtungen schweifen. Es dauerte nicht lange, und sie wurden belohnt. Das Pferd, ein mittelgroßer Wallach, stand allein und reiterlos zwischen Stieleichen an einem Tümpel und ließ es sich gut gehen. Jedenfalls hingen rechts und links fette Grasbüschel aus seinem Maul. Delia schnaubte freundlich, um ihn zu begrüßen.

»*Ein* Pferd bedeutet auch nicht mehr als *ein* Reiter. Das ist nicht schlecht«, sagte Hans Christian langsam. »Nichts, mit dem wir nicht fertigwerden könnten. Nur: Wo ist er denn, der Reiter?«

Delia wieherte. Der Wallach hob den Kopf und scharrte mit dem Huf im weichen Boden. Vielleicht war er froh, nicht mehr mutterseelenallein zu sein.

»Katharina, siehst du das?«, flüsterte Marga mit erstickter Stimme, und Hans Christian warf ihr einen alarmierten Blick zu.

Natürlich sah Katharina es. Das war – einfach nicht zu übersehen.

»Es ist Burkhardts Pferd«, sagte sie rau. »Aber wo um Himmels willen ist Burkhardt?«

3

Dorothee fand es wichtig, den Männern nicht zu zeigen, wie abstoßend sie sie fand. Dass sich ein eiserner Ring um ihre Brust legte. Sie plötzlich die Luft in der Halle noch um einige Grade kälter empfand. Sie zwang sich, Wolfhardt geradewegs in die Augen zu sehen, und schob die halb geleerte Schale von sich. Der Frühstücksbrei war ungenießbar.

Genau wie Wolfhardt. Sein Blick wanderte über ihren Körper, und es fühlte sich an, als hinterließe er eine klebrige Masse, die sie gerne abgestreift hätte. Doch auf keinen Fall würde sie sich anmerken lassen, wie widerlich sie ihn fand. Ihn und diesen Blick. Er und die anderen hätten nur Gelächter oder Spott für sie übrig, wenn sie entdeckten, dass Dorothee sich fürchtete. Denn das tat sie inzwischen. Irgendwo tief in ihrem Inneren an einer Stelle, die sie bislang gar nicht gekannt hatte, machte sich ein sehr mulmiges Gefühl breit.

Dorothee hatte sich oftmals gegen die Enge ihres Zuhauses aufgelehnt und sich darüber empört, dass sie niemals hatte allein sein dürfen. Immer war jemand in ihrer Nähe gewesen, ihre Kinderfrau, die Ritter ihres Vaters, oft die Eltern selbst. Als sie älter wurde und geschickter darin, dem engmaschigen Netz von Aufsicht und Beobachtung zu entgehen, war Hans Christian da gewesen. Und der hatte zu keinem Zeitpunkt etwas getan, was sie nicht auch gewollt und gefordert hätte.

Ein bisschen Tändeln, aufgeregtes Wispern, zärtliche Berührungen, ein paar Küsse – nichts davon hatte sie in irgendeiner Form in Gefahr gebracht. Im Gegenteil, Hans Christian hatte mehr als einmal ihre Hände festgehalten und energisch den Kopf geschüttelt. »Sobald wir Mann und Frau sind. Nicht früher«, hatte er gesagt. Dass er es sich nie verzeihen könne, ihren Vater noch stärker zu enttäuschen als sowieso schon. Und auch sie würde ihm nicht vergeben, wenn er die Grenze des Anstandes überschritt, egal, was sie jetzt sagte.

Solcher Edelmut war einem wie Wolfhardt fremd. Jürg von Grenzow war um keinen Deut besser, obwohl sie anfangs geglaubt hatte, er sei von feinerem Benimm. Aber er dachte nicht im Entferntesten daran, ihr zu Hilfe zu kommen und seinen Mann zur Ordnung zu rufen. Wolfhardt blinzelte ihr anzüglich zu und rieb dabei langsam mit der Hand über sein Gemächt.

Ein eiskalter Schauer lief Dorothee den Rücken hinab, doch sie zwang sich, nicht wegzusehen. Stets war sie eine Meisterin darin gewesen, andere durch die Intensität ihres Blickes niederzuringen. Sie legte alle Kälte, allen Stolz, über den sie verfügte, in ihren Ausdruck und maß Wolfhardt so verächtlich sie es vermochte.

An dem prallte so etwas ab. Sein Grinsen wurde breiter. Er bewegte unflätig die Hüften und lachte laut auf, als Dorothee nun doch unwillkürlich zurückwich.

»Seid ihr fertig mit Essen?«, fragte Ursell mitten in die aufgeheizte Stimmung hinein, die sie offenbar nicht im Mindesten anrüchig fand. Oder auch nur interessant.

»Was heißt hier Essen? Der Fraß war grauenhaft.« Jürg schlang den Arm um ihre Taille und zog Ursell auf seinen Schoß. »Gut, dass du nicht in allem so eine Niete bist, Weib«, sagte er und kniff sie in die Brust.

Ursell quietschte, die Männer grölten, und Dorothee war erleichtert, dass sich die allgemeine Aufmerksamkeit nicht länger auf sie richtete. Sie studierte ihre Breischüssel und überlegte, ob sie den Rest des pappigen Zeugs doch noch hinunterbekam. Nein, auf keinen Fall, ihr war speiübel.

»Hör auf damit«, quiekte Ursell. »Das Geschirr muss noch abgewaschen werden, bevor wir loskönnen.« Halbherzig versuchte sie, sich Jürgs Armen zu entwinden. »Ich denke nicht daran, schmierige Schüsseln in meinem Gepäck zu verstauen.«

»Wer sagt denn, dass wir bald aufbrechen?«

Einen Atemzug lang glaubte Dorothee, sie habe sich verhört. »Ich dachte, wir bleiben nur für eine kurze Rast«, sagte sie laut in die plötzlich entstandene Stille hinein.

»Wir bleiben so lange, wie ich es für richtig halte.« Jürg sah sie nicht einmal an.

»Und was scheint Euch richtig?«, insistierte sie, auch wenn sie das Gefühl hatte, es sei vielleicht besser, den Mund zu halten. Es gelang ihr jedoch nicht.

Nun warf Jürg ihr doch einen Blick zu. Einen sehr langen Blick, und Dorothee spürte, wie ihr heiß wurde. »Wir sind Gäste auf dieser wunderbaren Burg, bis unsere Dinge geregelt sind«, sagte er gedehnt.

»Dinge! Dinge ist gut.« Das Wiesel stieß dieses meckernde Gelächter aus, das Dorothee so auf die Nerven fiel.

»Welche Dinge?«, fragte sie Jürg und ignorierte das Wiesel.

»Das werdet Ihr schon noch herausfinden. Vorerst geht es Euch nichts an.«

Dorothee stockte der Atem. Sie konnte sich nicht entsinnen, dass jemals zuvor irgendjemand so unverschämt mit ihr gesprochen hatte. Bevor sie ihrer Empörung Ausdruck verleihen konnte, mischte sich allerdings Ursell wieder ins Gespräch ein, die es offenbar nicht ertragen konnte, wenn sich Jürgs Aufmerksamkeit allzu lange von ihr abwandte.

»Spülen muss ich aber trotzdem«, maulte sie und biss spielerisch in Jürgs Ohr. Anscheinend etwas zu nachdrücklich, denn er zuckte kurz zusammen.

»Aber du bist nicht länger diejenige, die alleine die Drecksarbeit machen muss.« Jürg schob unbeeindruckt von Dorothees Empörung seine Hand unter Ursells Rock. »Du hast jetzt Besseres zu tun.« Sein lüsternes Gehabe ließ keinen Zweifel, was er sich darunter vorstellte. »Dorothee, holt Wasser«, befahl er und beschäftigte sich mit Dingen, die sich unter Ursells Kleid abspielten und über die Dorothee lieber nicht nachdachte.

Dazu hatte sie auch keine Muße. Dafür hämmerte ihr Herz zu laut.

»Habt Ihr nicht verstanden? Holt Wasser.« Jürgs Hand verhielt, und er fixierte Dorothee mit einem lauernden Blick.

»Wie bitte?«, fragte sie und hob das Kinn. Es konnte sich doch wohl nur um einen Scherz handeln.

Niemand lachte, alle starrten sie an. »Zu schwierig, die Anweisung?« Jürg lächelte breit. »Ich erklär's Euch. Ihr geht auf den Wirtschaftshof hinter der Burg, dort ist der Brunnen, und von dem holt Ihr Euch einen Eimer Wasser. Ihr werdet jetzt die Schüsseln reinigen.«

Vor Wut blieb Dorothee fast die Luft weg. Aber er war gut, dieser Zorn, der ihr das Blut schneller durch die Adern pulsen ließ und die Beklemmung fortblies, die sie überwältigt hatte. »Was fällt Euch ein?«, fragte sie erbost. »Ich denke gar nicht daran.«

»Nicht?« Jürg schob Ursell von seinen Knien und stand auf. »Na, das wollen wir doch mal sehen.«

Dann setzte er sich langsam in Bewegung und kam quer durch die Halle auf Dorothee zu.

»Seid Ihr ganz sicher?«, fragte Hans Christian zum wiederholten Male.

»Natürlich sind wir sicher. Habt Ihr schon häufig Pferde mit einer solchen Zeichnung gesehen?« Katharina rang um Geduld. Die Farben des Wallachs waren längs der Nase so akkurat voneinander getrennt wie mit dem Lineal eines Baumeisters gezogen. Die eine Hälfte braun, die andere weiß, es erinnerte an einen Gaukler.

»Aber warum ist Burkhardts Ross da und Burkhardt selbst nicht?«, meldete sich erstmals Marga zu Wort, sie war kreidebleich.

»Er wird irgendwo in der Nähe sein, wir haben ihn nur noch nicht aufgestöbert«, sagte Hans Christian.

Hoffentlich glaubte er selbst nicht daran, es hätte ein fragwürdiges Licht auf seinen Verstand geworfen.

»Zeigt mir den Mann, der mitten in der Einsamkeit freiwillig sein Pferd verlässt, ohne es anzubinden, und einfach mir nichts, dir nichts verschwindet«, widersprach Katharina.

Hans Christian war wiederum kein Mann, der sich um des Durchsetzens willen durchsetzen wollte. »Vielleicht hat jemand das Pferd gestohlen und wurde dabei gestört, weshalb er es zurücklassen musste.«

»Niemals. Wer sollte ein derart auffälliges Tier stehlen?« Katharina schüttelte den Kopf. »Es überführt den Dieb doch besser, als jeder Schützenmeister es könnte. Ich glaube vielmehr«, sie warf Marga einen unsicheren Blick zu, aber es war Unsinn, sie zu schonen, das half niemandem weiter, »dass Burkhardt etwas passiert ist. Etwas Unvorhergesehenes.«

»Dann ist er womöglich verletzt. Wir müssen ihn suchen!« Marga war jetzt so aufgeregt, dass sich das auf ihr Pferd übertrug, weshalb es begann, sich unablässig im Kreis zu drehen.

»Aber vorsichtig. Und leise«, sagte Katharina schnell und beobachtete Marga, die alle Hände voll zu tun hat, ihren Zelter unter Kontrolle zu bekommen. »Nicht rufen. Burkhardt ist ein geübter

Reiter, der hat nicht so leicht einen Unfall. Falls ...«, erneut warf sie einen prüfenden Blick auf Marga, »*falls* die Sache doch brenzlig ist, dann machen wir besser nicht auf uns aufmerksam.«

»Ein guter Gedanke.« Wie Männer es nun einmal gewohnt waren, übernahm Hans Christian die Führung. Katharina hatte nichts dagegen. Ihretwegen sollte er das gerne tun, jedenfalls solange das, was er vorschlug, Hand und Fuß hatte. »Wir reiten in einigem Abstand voneinander die Gegend ab. Nebeneinander in drei parallelen Linien, in Hör- und Sichtweite, aber nicht zu nahe. Damit decken wir ein größeres Gebiet ab.«

Marga war zu ungeduldig, um sich noch länger mit Planungen aufzuhalten. Ohne weiteren Kommentar setzte sie sich in Bewegung. Sie hatten keine Wahl, als ihr zu folgen, Katharina rechts von ihr und Hans Christian links. Es gab auch nicht mehr viel zu sagen, nur Burkhardt konnte ihnen erklären, was geschehen war. Ohne ihn blieben alle Überlegungen und Entschlüsse reine Spekulation. Katharina schluckte nervös.

Im Wald war kein Laut zu hören, selbst die Vögel hatten ihren Gesang eingestellt. Vielleicht spürten sie, dass Gefahr im Verzug war. Eigentlich wirkte das Spiel von Licht und Schatten harmlos, frühlingshaft. Die Natur war im Aufbruch begriffen, die unscheinbaren Blüten der Ulmen fächelten im leichten Wind, Taubnesseln leuchteten purpurrot im Gras, ein Stück entfernt stolzierte ein Grünspecht unbeeindruckt durch das Unterholz und geriet um ein Haar Delia zwischen die Hufe.

Es war gar nicht so still, wie Katharina anfangs gedacht hatte, es rauschte, wisperte, summte, schnelle Schrittchen huschten im trockenen Laub des vergangenen Herbstes, doch kein Tier war zu sehen. Links schimmerte Margas blaues Gewand durch die Stämme, das rotbraune von Hans Christian war kaum zu erkennen, es verschmolz mit dem Wald ringsum. Sie war nicht allein, das durfte sie nicht vergessen, auch wenn es sich ein bisschen so anfühlte. Langsam trieb sie Delia zwischen den Bäumen hindurch. Ab und zu rupfte das nimmersatte Pferd ein paar Blättchen von den Zweigen. Sie waren frisch und saftig, und wenigstens Delia konnte dem Ganzen etwas abgewinnen.

Dann raschelte es wieder, lauter diesmal, *größer*, links von ihr. Katharina erkannte nicht, was auf sie zukam, ein Dickicht wuchernder Berberitzen versperrte die Sicht. Ihr Herzschlag beschleunigte sich, wurde unruhig und hart. Was, wenn sie doch nicht unbeobachtet geblieben waren? Sie zügelte Delia, bis diese stand, und hoffte, dass sie in der Nähe des dornigen Gestrüpps gut genug vor fremden Blicken geschützt waren.

»Katharina? Bist du da?«, flüsterte Marga. Ihre Stimme klang vorsichtig, ein bisschen zittrig.

Delia setzte sich ganz von selbst wieder in Bewegung, vielleicht war auch sie nicht gerne so allein in all der grünbraunen Unüberschaubarkeit.

Als sie am Rande des Dickichts auf Marga trafen, begrüßte die Stute sie mit einem freudigen Wiehern. Delia war ein ziemlich kommunikatives Pferd.

»Halte sie um Himmels willen ruhig«, wisperte Marga, und Katharina zog die Zügel an, klopfte beruhigend den schweißnassen Hals des Tieres, obwohl sie selber viel nötiger jemanden gebraucht hätte, der ihr aufgeregtes Herz besänftigte. Delia ließ sich von ihren Bemühungen auch nicht sehr beeindrucken, unruhig warf sie den Kopf hin und her. Gott sei Dank war sie wenigstens still.

»Was ist denn los?«, fragte Katharina leise. »Hast du was entdeckt? Ist da irgendwer?«

»Ich habe ein bisschen die Orientierung verloren. Wo ist Hans Christian?« Marga drehte sich auf dem Pferderücken beinahe um ihre eigene Achse, um das Gelände mit ihren Blicken abzusuchen. Sie machte Katharina ganz kribbelig.

»Dahinten irgendwo. Sag schon, was hast du gesehen?«

»Eine Hütte.«

»Was für eine Hütte?« Hans Christian stand direkt neben ihnen. Erstaunlich, wie leise er sich zu Pferde zu bewegen verstand. Er kam aus der einzigen Richtung, in die Katharina nicht geschaut hatte. »Waren da Leute? Ist jemand in dieser Hütte?«

»Ich weiß es nicht«, bekannte Marga. »Ich habe mich nicht getraut, näher heranzureiten und nachzuschauen. Wir sollten das zusammen machen.«

»Nein. Ich tue das«, erklärte Hans Christian sofort. »Alleine. Ihr wartet hier.«

»Kommt nicht in Frage«, widersprach Katharina entschlossen, obwohl sich ihr der Hals vor Bangigkeit fast zuschnürte. »Vielleicht sind da mehrere. Wir gehen zu dritt, so können wir die Hütte einkreisen und sind sicherer.«

Hans Christian zögerte kurz, dann nickte er. »Ich schlage zu Pferd erst einen Bogen und komme dann zu Fuß zur Rückseite. Von Euch muss eine von links und eine von rechts an die Hütte heran. Seid vorsichtig, haltet Euch im Schatten der Bäume, dass Euch niemand sieht. Oder hört. Wir wissen nicht, ob sich jemand dort befindet. Und wenn ja, ob dieser jemand harmlos ist. Vielleicht ist er es nämlich nicht. Wartet einen Augenblick, bevor Ihr loslauft.«

»Wie lange denn? Ich meine, wie lange sollen wir warten?« Margas Stimme bebte.

»Betet zwei Ave-Maria. Das müsste reichen.«

Dorothee ging sehr aufrecht und mit erhobenem Kinn nach draußen und ignorierte Wolfhardt, der sie tatsächlich in den Hintern kniff, als sei sie die allerniedrigste Schankmagd. Dafür würde ihr Vater ihm den Kopf abschlagen, das hoffte sie jedenfalls. Sie würde mit Freude dabei zusehen.

Sie war sich gar nicht sicher, ob es dumm oder schlau war, dass sie sich fügte und letzten Endes das verdammte Wasser heranschaffte. Dumm, weil sie sich erniedrigen ließ, ohne sich zu wehren. Schlau, weil ihr daran lag, so schnell wie möglich von hier fortzukommen, und sie damit das Ihre dazu beitrug. Nicht einen Wimpernschlag länger als unbedingt notwendig wollte sie in diesem Nirgendwo mit Leuten bleiben, in denen sie sich so fatal geirrt hatte.

Zornig drehte sie die Winde, die dringend geölt gehörte und nur sehr mühsam in Gang zu bringen war, und zog einen Kübel Wasser aus der Tiefe des Brunnens nach oben. Einen halb vollen. Sie dachte gar nicht daran, sich den Rücken krumm zu schleppen. Ein gefüllter Eimer war viel zu schwer. Für einen Moment blieb sie alleine draußen stehen und starrte sehnsüchtig auf den Durchgang, durch den sie gestern gekommen waren. Sie würde die Burg nur mit den anderen gemeinsam verlassen können, denn es lag ein dicker Riegel vor dem Tor. Nie im Leben konnte sie den alleine bewegen.

Der Frühlingswind war frisch, ein bisschen feucht, eine Wohltat nach der stickigen Luft der Halle. Eine Amsel saß irgendwo und sang ihr Lied. Frei war sie und glücklich, und plötzlich wurde Dorothee von einem überwältigenden Gefühl von Hass auf die Männer dort drinnen erfüllt. Was dachten die eigentlich, wer sie waren? Wer *sie* war? Wie kamen sie dazu, sie so zu behandeln? Eine von Linnitz?

Sie würde es ihnen heimzahlen. Irgendwann, irgendwie, da fiel ihr schon etwas ein.

Vorerst begnügte sie sich mit einem kleinen Stolperer, als sie an Wolfhardt vorbeikam. Ein Schwall eiskaltes Nass ergoss sich auf seinen Schoß.

»Ich bitte vielmals um Verzeihung«, sagte sie so übertrieben ehrerbietig, dass auch der Dümmste hören konnte, wie sie es meinte. Spöttisches Gelächter brandete auf, als Wolfhardt fluchend aufsprang und hektisch versuchte, das Wasser von seiner Hose zu streifen.

Es war ein kurzer Triumph, denn so süß er auch war, dauerte er doch nur kurze Zeit an.

Und Dorothee ahnte, dass sie ihn noch bitter bereuen würde.

Die Hütte war klein, baufällig, und ringsum war nur wenig Wald gerodet. Trotz des Wildwuchses hatten Katharina und Marga sie schnell erreicht und noch schneller umrundet. Sie hielten an und lauschten, selbst Delia fügte sich Katharinas strengem Griff und ließ sich erst fügsam hinterherziehen und stand dann still wie eine Statue. Nichts war zu hören. Keine Menschen, keine Pferde. Es war eine einsame Gegend, doch hoffentlich nicht gottverlassen. Katharina lief ein Schauer nach dem anderen den Rücken hinab. Ihre Beklemmung begann, ihr auf die Nerven zu gehen.

»Hier ist keiner«, raunte Marga, als sie vor dem schäbigen Gebäude aufeinanderstießen. Auch ihr schienen an diesem Ort laute Stimmen falsch vorzukommen.

»Ich habe auch niemanden gesehen.« Hans Christian tauchte kurz nach ihnen auf, der Rücken seines Wamses war mit Kletten übersät, der Hemdsärmel zerrissen. »Nur Spuren drüben an einem Tümpel, die drauf hinweisen, dass dort vor Kurzem Pferde getränkt wurden.«

»Können das nicht Wildtiere gewesen sein?«, fragte Marga mit bebender Stimme, aber Hans Christian schüttelte den Kopf.

»Die Hufabdrücke sind zu groß. Das waren auf jeden Fall Pferde. Oder ein Pferd. Das kann ich nicht genau sagen, es ist zu matschig.«

»Was machen wir denn jetzt?« Marga starrte beschwörend von einem zum anderen. »Wir müssen doch irgendetwas tun! Auch wenn niemand hier ist, ändert das nichts an der Tatsache, dass dahinten Burkhardts Ross steht und Burkhardt selbst verschwunden ist.«

»Wir müssen in die Hütte sehen«, sagte Katharina, die sich wunderte, dass niemand von den beiden auf das Naheliegende kam. »Unbedingt. Möglicherweise finden wir Hinweise darauf, ob Burkhardt überhaupt da gewesen ist.«

»Oder sonst jemand«, insistierte Hans Christian, der seinen hanebüchenen Zweifel, bei dem auffälligen Gaul handele es sich gar nicht um das des Schützenmeisters, offenbar immer noch nicht aufgegeben hatte.

»Ist doch egal«, sagte Katharina kurz angebunden, sie hatte Angst – vor dem Wald, vor der Hütte und vor dem, was sie unter Umständen darin entdeckten. »Wir gehen jetzt da rein.«

»Katharina, warte!« Marga hielt sie am Ärmel zurück. »Vielleicht ist es eine Falle. Die haben da drinnen womöglich einen Hinterhalt gelegt und dann … Ich weiß auch nicht, was dann.«

»Das ist Unsinn. Wer sollte das sein? Du tust so, als wäre es eine ausgemachte Sache, dass hier irgendetwas lauert, aber das ist es doch gar nicht. Wir phantasieren nur etwas in eine Situation hinein, weil wir sie uns nicht erklären können. Da mache ich nicht mit.« Obwohl sie es leicht könnte. Vor lauter Angst wäre sie am liebsten auf Delias Rücken gesprungen, hätte ihr die Fersen in die Flanke gehämmert und wäre mit ihr auf und davon geritten. »Wahrscheinlich gibt es einen vollkommen einleuchtenden Grund dafür, dass das Pferd da vorne steht. Und auf Burkhardt wartet.« Bevor sie der Mut verlassen konnte, schluckte sie schmerzhaft und sagte: »Und jetzt untersuchen wir die Hütte.«

Wenigstens Hans Christian setzte sich an ihre Seite, als Katharina auf die Hütte zustrebte und sie umrundete. Doch auch Marga wollte nicht zurückbleiben, erwachte aus ihrer Erstarrung und huschte ihnen hinterher. Dann standen sie vor der Tür. Hans Christian atmete einmal tief durch und drückte dagegen.

Nichts geschah.

»Seht ihr, sie ist abgeschlossen«, flüsterte Katharina und wusste nicht, ob sie erleichtert oder enttäuscht sein sollte. »Also ist niemand drinnen.«

»Ist auf der anderen Seite ein Fenster?«, fragte Hans Christian leise. »Ich habe nicht darauf geachtet. Wir sollten versuchen, wenigstens einen Blick ins Innere zu werfen, wenn wir schon nicht hineinkönnen.«

Katharina schüttelte den Kopf. »Kein richtiges Fenster. Eine Luke, aber die ist von innen vernagelt, mit einer Art Brett. Ich vermute, damit nicht irgendwelche Tiere hineinkommen.«

Hans Christian rüttelte verdrossen an der Tür. »Besser verriegelt als so manche Burganlage«, murrte er. »Warum ist eine Hütte mitten im Nirgendwo so gesichert?«

Katharina presste die Nase an die Wand. Die jungen Stämme, aus denen sie zusammengefügt war, waren mit dem Alter getrocknet und hatten sich zusammengezogen, daher fügten sie sich nicht überall nahtlos aneinander. Sie blickte durch einen Spalt. Im Innern der Hütte war es zu dunkel, um etwas zu erkennen. Auf der gegenüberliegenden Seite schimmerte es schwach, was auf ähnliche Ritzen wie auf der Vorderseite hindeutete.

Hans Christian, der ihr bislang durch seine Besonnenheit aufgefallen war, verlor mit einem Mal die Geduld und trat zornig gegen die Tür.

Die Wand bebte, Katharina konnte es an ihrer Wange fühlen. Dann vernahm sie ein Geräusch. Ein sehr schwaches Geräusch, aber es war da.

»Ich höre etwas«, wisperte sie. »Pst. Seid mal still.«

»Was ist denn? Ist was?«, zischte Marga und stieß Katharina mit dem Ellenbogen schmerzhaft in die Seite. Katharina wedelte ungeduldig mit der Hand, um sie zur Ruhe zu mahnen.

»Da ist was. Ein … Atmen.«

»Atmen? Was für ein Atmen?« Marga begann, von einem Fuß auf den anderen zu trippeln.

»Ein Brummen«, präzisierte Katharina. »Irgendwie.«

»Von einem Tier? Was für eine Art Tier? Ein gefährliches? Ein Bär?«

»Ein Bär hätte wohl kaum die Tür abschließen können«, wandte Hans Christian ein. »Wir müssen da rein, verdammt noch mal.«

Er warf sich mit ganz neuer Energie gegen die Tür und entfaltete eine derartige Kraft, dass sie sich tatsächlich ein winziges Stück bewegte. »Na bitte, geht doch. Helft mir mal.«

Gemeinsam stemmten sie sich mit aller Kraft gegen das Holz, und ganz langsam schoben sie die Tür ein weiteres Stückchen auf.

»Da! Hört ihr das?«, fragte Katharina aufgeregt. »Das Gebrumm, von dem ich gesprochen habe. Das Knurren. Da ist es wieder, nur lauter.«

Hans Christian spähte durch den Spalt. »Da ist etwas, das liegt direkt vor der Tür, deshalb lässt sie sich nicht öffnen. Los jetzt. Mit mehr Schwung, die Damen. Wir müssen das Ding mit der Tür in den Raum schieben, sonst kommen wir nicht rein. Umdrehen, bitte.«

Alle drei lehnten sie sich nebeneinander mit dem Rücken an die rauen Bretter, stemmten die Füße in den platt getrampelten Waldboden und drückten mit Leibeskräften die Tür nach innen.

Sie öffnete sich so plötzlich, dass sie alle beinahe den Halt verloren und um ein Haar hinterrücks übereinander in das Dunkel der Hütte gestürzt wären.

»Kann mir mal einer sagen, was um Himmels willen hier los ist?«, fragte eine Stimme im Dämmerlicht.

Burkhardts Stimme. Katharina erkannte sie sofort. Marga auch. Sie stieß einen schrillen Schrei aus und stürzte in die Hütte.

Einige Zeit später saß Marga auf dem schmutzigen Waldboden, den sie normalerweise kaum ihren Stiefeln zugemutet hätte, ganz zu schweigen von ihrem samtenen Reisemantel. Burkhardt lag ausgestreckt zu ihren Füßen, hatte seinen Kopf in ihren Schoß gebettet und die Augen geschlossen und ließ es sich gefallen, dass sie versuchte, mit einem lächerlich winzigen Tüchlein das verkrustete Blut auf seiner Stirn abzutupfen. Mit der anderen Hand umklammerte sie seine schwielige Pranke, die in ihrer ruhte, als sei er ein Kleinkind und suche Halt bei seiner Amme.

Ein Abbild des reinen Glücks und in Katharina rangen höchst widersprüchliche Gefühle miteinander um die Vorherrschaft. Rührung, Ungeduld, Erleichterung. Neugierde. Durfte man da stören? Eigentlich nicht. Allerdings brannte sie darauf, zu hören, was Burkhardt widerfahren war. Gott sei Dank tat Hans Christian das ebenfalls, weshalb es nicht Katharina zufiel, den Schmelz des Augenblicks zu verderben.

»Es wäre gut, wenn Ihr uns erzählt, was Euch zugestoßen ist.« Er räusperte sich verlegen. Vielleicht dachte er auch an seine eigenen Nöte und wünschte sich, die Rollen seien vertauscht. Katharina hatte Dorothee in den letzten Stunden rundweg vergessen. Hans Christian ging das ganz bestimmt vollkommen anders.

Burkhardt schlug die Augen auf. Sie waren schmal und verschattet, er hatte Schmerzen, das war deutlich zu erkennen. Und ihm lag etwas anderes auf der Seele als Hans Christian, den er gänzlich ignorierte.

»Ich habe Euch mit Eurem Verlobten vor der Kirche gesehen«, erklärte er, den Blick unverwandt auf Marga gerichtet.

Deren Miene war in ihrer Verwirrung beinahe komisch. »Vor der Kirche? Was für eine Kirche? Und welcher Verlobte denn?«

Burkhardt versuchte, sich aufzurichten, wurde blass und entschied sich dagegen. »Habt Ihr mehrere?«, erkundigte er sich, und ihm gelang sogar ein schwaches Lächeln.

»Nein! Natürlich gar keinen.«

Jetzt stemmte sich Burkhardt doch in die Höhe. Die Wunde an seinem Kopf begann erneut zu bluten, ein rotes Rinnsal lief seine Wange hinab. Er sah zum Fürchten aus. »Gar keinen?«, wiederholte er und packte Margas Hand, dass es so aussah, als wolle er diese zerquetschen. »Ihr seid gar nicht versprochen?«

»Das hätte ich Euch doch gesagt.« In Margas lieblichem Gesicht schien dieses Strahlen auf, dieses Lächeln, mit dem sie jeden betörte, ob Mann oder Frau, Burkhardt war beileibe keine Ausnahme. Wahrscheinlich lag es daran, dass sie jedem dieses Lächeln ohne Hintergedanken schenkte und sich der Wirkung überhaupt nicht bewusst war.

Hans Christian öffnete den Mund, um etwas zu sagen, doch Katharina legte die Hand auf seinen Arm. Das war ein Moment, den sie ihrer Freundin unbedingt gönnen wollte.

»Aber Euer Vater, ich habe ihn gehört, im Rathaus … und dann war da dieser Mann vor der Kirche, mit Euch und Eurer Familie, da dachte ich …« Burkhardt brach ab, die Verwirrung ließ ihn blinzeln, und sie rührte nicht allein daher, dass er ganz offensichtlich einen üblen Schlag auf den Kopf erlitten hatte.

»Ach so, der. Das war Oswalt Peteri. Ein Cousin. Aus Erfurt.« Marga beugte sich ein wenig vor und sagte: »Es ist schändlich, so von einem Mitglied der Familie zu sprechen, aber ich verrate Euch, dass Oswalt zwar ein sehr schöner Mann ist, wie niemand übersehen kann. Doch er ist dazu entsetzlich langweilig. Es würde ihm das Herz brechen, erführe er, wie ich über ihn denke. Eingebildet ist er nämlich obendrein.«

»Ihr sollt ihn nicht heiraten?«, fragte Burkhardt schwach.

»Nein.« Marga schüttelte energisch den Kopf, was ihren Haarknoten den letzten Zusammenhalt kostete, weshalb sich eine Flut kastanienbrauner Locken über ihren Rücken ergoss. »Ich will ihn nicht. Mein Vater übrigens auch nicht länger, denn ihm ist aufgefallen, dass es gesetzwidrig wäre. Wir sind nicht sehr nah verwandt, aber verwandt.«

»Ich bin ein Trottel«, erklärte Burkhardt mit so viel Aufrichtigkeit in der Stimme, dass selbst Hans Christian lächelte, obwohl er vor Ungeduld von einem Fuß auf den anderen trat.

»Ja«, stimmte Marga strahlend zu, und dann warf sie ihre gute Erziehung oder die Vorstellungen, die ihre Eltern todsicher davon hatten, über Bord, strich mit ihren lilienweißen Fingern zärtlich über Burkhardts zerschlagenen Schädel und küsste ihn.

Als sie sich von ihm löste, sagte er: »Ihr wollt, dass ich wieder ohnmächtig werde. Glaubt mir, ich bin nahe dran.«

Der Ausdruck in seinen Augen war derart hingebungsvoll, dass sich Katharinas Herz vor Rührung zusammenzog, aber Hans Christian wurde es nun anscheinend doch zu viel. »Es tut mir leid, Euch in diesem Augenblick zu stören, aber ich möchte wissen, was mit Euch geschehen ist. Ich meine nicht Eure Liebesgeschichte«, fügte er eilig an, »sondern hier in dieser Hütte. Bevor wir aufgetaucht sind. Beziehungsweise bevor Fräulein Tilfer aufgetaucht ist.«

Burkhardt umschlang Margas Finger mit seinen schmutzigen Händen, besaß aber genug Selbstbeherrschung, um Hans Christian ganz sachlich zu antworten. »Ich bin auf der Suche nach Eurer Dorothee in immer weiteren Kreisen von Elsnig aus in Richtung Wittenberg geritten. Wann immer ich auf Menschen traf, habe ich mich erkundigt, ich war in jedem Weiler, in jeder Bauernhütte, doch keiner wusste etwas. Dann wurde ich niedergeschlagen.« Er blickte Hans Christian fest in die Augen und zuckte mit den

Achseln. »So einfach lässt sich das berichten. Zu meiner Schande muss ich gestehen, dass ich es nicht habe kommen sehen. Ich habe keine Gefahr gespürt. Gar nicht. Deshalb kann ich nicht sagen, wer mich überfallen hat oder wie viele. Es käme weniger ehrenrührig daher, wenn es mehrere gewesen wären.«

»Das ist doch nicht ehrenrührig, wenn man hinterrücks überfallen wird!«, wandte Marga sofort ein.

Burkhardt streichelte dankbar ihre Hand. »Ich begrüße ja, was geschehen ist. Denn es hat dazu geführt, dass Ihr Euch so um mich sorgt«, sagte er, und bei jedem anderen wäre das hohle Galanterie gewesen. Bei Burkhardt Gantzer war es vollkommen aufrichtig.

Marga legte ihre Finger wieder liebevoll auf seine Wange. Es war nicht richtig, die beiden zu drängen, aber solange sie nicht wussten, was passiert war und warum, waren sie hier allesamt nicht sicher.

»Egal, ob einer oder ein Dutzend, Fakt ist, dass Ihr überfallen wurdet«, sagte Katharina. »Da Euch nichts gestohlen wurde, nicht einmal Euer Pferd«, sie verzichtete heldenhaft darauf, Hans Christian einen triumphierenden Blick zuzuwerfen, »ist der logische Schluss, dass Ihr jemanden bei irgendetwas gestört haben müsst. Eine Person, der Eure Fragen nach Dorothee zu Ohren gekommen sind und die nicht wollte, dass Ihr Antworten erhaltet.«

»Vielleicht einer der Männer, die Ihr befragt habt. Ist Euch da etwas erinnerlich? Jemand, der in irgendeiner Form auffällig geworden ist?« Hans Christian richtete sich auf.

Burkhardt dachte einen Augenblick nach und strich gedankenverloren mit dem Daumen über Margas Handrücken. Sie starrte verzückt darauf und hatte sich offensichtlich aus den Ermittlungen verabschiedet. Katharina konnte es ihr nicht verübeln. Seit Jahren erträumte sich Marga eine solche Wendung ihres Geschicks. Natürlich wollte sie nicht, dass Burkhardt blutüberströmt vor ihr saß und offenbar Schwierigkeiten mit dem Atmen hatte, was auf eine gebrochene Rippe schließen ließ. Aber dass er ihr seine Gefühle zeigte, das wünschte sie sich schon so lange, dass ihr alles andere in den Hintergrund rückte.

»Da war nichts.« Burkhardt versuchte sich zu erinnern. »Bauern, wortkarge Männer, ein Köhler, Tagelöhner. Niemand, der so wirkte, als habe er etwas auf dem Kerbholz, was über ein bisschen Wilderei und Schummeln beim Zehnten hinausginge.«

»Oder der das Format hätte, einen ausgeklügelten Entführungsplan zu ersinnen«, sagte Hans Christian grimmig.

»Was?« Burkhardt hörte abrupt auf, Margas Hand zu streicheln.

Katharina fiel ein, dass Burkhardt noch gar nicht über Heinrich von Linnitz im Bilde war. Hans Christian wurde es offenbar ebenfalls gerade klar. Abwechselnd berichteten sie ihm, was sie wussten.

»Es ist also alles kein Zufall und auch keiner Laune Dorothees zuzuschreiben, dass sie verschwunden ist«, fasste Hans Christian schließlich niedergeschlagen ihre Erkenntnisse zusammen.

»Es tut mir leid.« Burkhardt sah ihn schuldbewusst an. »Ich habe das Verschwinden Eurer Verlobten zu lange nicht ernst genug genommen. Wenn ich früher reagiert hätte ...«

»Hätte es auch nichts geändert«, unterbrach Katharina und schnitt Marga das Wort ab, die den Mund schon geöffnet hatte und ganz bestimmt dasselbe sagen wollte. Katharina fand, bei ihr selbst habe diese Aussage mehr Gewicht, denn Marga war so parteiisch, wie man nur sein konnte. »Da war Dorothee sicher schon in den Händen ihrer Entführer, und wir hätten genauso ergebnislos nach ihr gesucht. Bis jetzt ergebnislos«, fügte sie rasch an, als sie Hans Christians Gesichtsausdruck sah.

»Wenigstens wissen wir nun, dass wir in der richtigen Gegend nachforschen«, meinte Burkhardt, dessen Verstand offenbar wieder vernünftig zu arbeiten begann. »Wenn wir davon ausgehen, dass ich mit meiner Fragerei die Entführer aufgeschreckt habe, können sie so weit entfernt nicht sein.« Er rappelte sich hoch und stöhnte unterdrückt. »Ich werde Dorothee finden, das verspreche ich Euch. Wo ist Janus?«

Marga sprang auf die Füße. »Was habt Ihr vor?«

Burkhardt ignorierte sie. Hans Christian ebenfalls. Er grinste schwach. »Was für ein passender Name für Euren Gaul.«

Marga zerrte an Burkhardts Ärmel. »Was – habt – Ihr – vor?«, wiederholte sie und betonte dabei jedes einzelne Wort.

»Na, ich nehme mein Pferd und suche weiter«, erklärte Burkhardt. »Anscheinend sind wir nahe dran.«

Marga verlor die Beherrschung. »Bist du verrückt?«

»Nein, ich ...«

»Doch, du bist verrückt! Du willst dich in deinem Zustand auf dieses hässliche Pferd setzen und es mit gefährlichen Verbrechern aufnehmen?«

»Das Pferd ist nicht hässlich, und mein Zustand ist wunderbar«, erklärte Burkhardt. »Wenn ich mir auch gewünscht hätte, das vertrauliche Du wäre in einem passenderen Moment über deine Lippen gekommen. Aber du wirst einsehen, dass ich meine Arbeit zu Ende bringen muss. Ich will Dorothee von Linnitz finden.«

»Gar nichts sehe ich ein«, fauchte Marga und stemmte die Fäuste in die Taille wie ein Fischweib auf dem Markt. »Ich *sehe* nur, dass du unvernünftig bist. Du bist verletzt und brauchst Ruhe. Wir übernehmen die Suche allein. Das haben wir ja bislang auch getan.«

»Das kommt überhaupt nicht in Frage.«

»Kommt es wohl!«

»Eine Entführte zu finden, ist die Aufgabe eines Schützenmeisters und nicht die zweier Damen.« Burkhardt rang um einen maßvollen Ton, aber es strengte ihn an, das konnte Katharina sehen.

»Damen! Pah. Wir sind viel unauffälliger als du.«

»Nein.« Burkhardt richtete sich zu seiner vollen Größe auf, er überragte Marga beträchtlich. Außerdem bekam seine Miene etwas Strenges, Schützenmeisterliches. »Das könnt ihr vergessen. Ich verbiete es euch.«

»Du hast mir gar nichts zu verbieten! Noch ... noch nicht.« Marga ballte die Fäuste. Katharina vermutete, dass sie genug in Rage war, um diese Fäuste auch einzusetzen, doch sie hoffte sehr, dass sie es ließ. Sie würde sich lächerlich machen und sich anschließend schämen, das wusste Katharina genau.

»Als Schützenmeister habe ich jede Menge Rechte. Ich kann den Bürgern und *Bürgerinnen* meiner Stadt alles Mögliche untersagen«, erklärte Burkhardt schroff.

Hans Christian bewegte sich unruhig. »Die Einzelheiten lassen sich doch unterwegs klären. Können wir jetzt los?«

»Nein«, sagten Marga und Burkhardt wie aus einem Munde.

4

Der Vormittag schritt voran, und Dorothee spülte das Geschirr. Dieses verdammte, unappetitliche Geschirr. Sie erstickte beinahe an ihrem Zorn, doch sie strengte sich an, ihn sich nicht anmerken zu lassen. Wenn sie sich schon entblödete, den ekelhaften Brei aus den Schüsseln zu kratzen, dann sollte wenigstens niemand mitbekommen, wie demütigend sie das fand.

Sie hätte Jürg und seine Leute sehr gerne vollkommen ignoriert, aber sie wollte diesen hässlichen alten Kasten unbedingt so schnell wie möglich verlassen. Niemand hatte bislang Anstalten gemacht, sein Zeug zusammenzusuchen, damit sie endlich die Pferde satteln und losreiten konnten. Also warf Dorothee das schmuddelige Stück Leinen von sich, mit dem sie die Schalen abgetrocknet hatte, und sagte: »Ich möchte jetzt erfahren, wann wir aufbrechen.«

Jürg würdigte sie keiner Antwort, und Wolfhardt maß sie mit diesem Grinsen, mit dem er sie schon den ganzen Morgen über betrachtet hatte. Es strahlte etwas unangenehm Siegesgewisses aus. Etwas, von dem sie nicht so recht wusste, woher es rührte. Ihr war nur klar, dass sie nicht zeigen durfte, wie sehr es sie verunsicherte.

»Ich habe gefragt, wann wir aufbrechen«, wiederholte sie. »Ich will es jetzt wissen!« Ihre Stimme klirrte nervös. Sie hoffte, dass es außer ihr niemandem auffiel.

»Wieso? Treibt es Euch so dringend von uns weg?« Jürg betrachtete sie mit einer Miene, die sie nicht so recht einzuordnen verstand. Auf jeden Fall gefiel sie ihr nicht. »Mir geht es da ganz anders«, fuhr er fort. »Es hat lange genug gedauert, Euch aufzuspüren. Da drängt es mich nicht, Eurer Gesellschaft so schnell wieder verlustig zu gehen.«

Aufspüren? Was sollte das denn heißen? Später. Sie musste sich später damit beschäftigen, jetzt gerade wurde der Wunsch, das alles hier hinter sich zu lassen, so übermächtig, dass er jeden anderen Gedanken überlagerte. »Ich möchte dennoch abreisen«, sagte sie. »Mit Euch oder ohne Euch. Wann also macht Ihr Euch auf den Weg?«

»Wer weiß das schon«, sagte das Wiesel. Dorothee brauchte

einen Moment, bis ihr sein Name wieder einfiel. Bertram. »Doch bis dahin werdet Ihr hier weiterhin viel Vergnügen mit uns haben.« Sein schmieriges Lächeln war fast noch abscheulicher als das von Wolfhardt, andererseits hatte Bertram den Vorteil, dass sie ihn nicht ernst nehmen musste. Er war zu klein, zu schmächtig. Mickrig war das richtige Wort.

Dorothee würdigte ihn keiner Reaktion und wandte sich an Jürg. »Ihr hattet zugesagt, von Elsnig aus auf direktem Wege in Richtung Schweinitz zu reiten. Sonst hätte ich mich Euch gar nicht angeschlossen.«

»Wir haben unsere Pläne geändert, Täubchen.« Wolfhardt stand auf und schlenderte auf sie zu.

Sie sah an ihm vorbei und versuchte, Jürg durch die Kraft ihres Willens dazu zu bringen, sie anzusehen und Wolfhardt zur Raison zu rufen. »So war das nicht verabredet«, insistierte sie. »Jürg? Lasst Ihr jetzt Eure Leute über Euch bestimmen?«

Jürg schwieg, wandte träge den Kopf und warf einen gelangweilten Blick auf sie. Dann stand Wolfhardt vor ihr, viel zu dicht, und sah von oben auf sie hinunter. Fatalerweise saß sie auf einem Schemel und war schon von daher in der unterlegenen Position. Ihr Herz klopfte schnell und hart in ihrer Kehle.

»Das wird nicht klappen, Täubchen …«

Jetzt wurde es ihr zu bunt. »Nennt mich nicht Täubchen!«, unterbrach sie ihn erbost.

»… denn das kannst du vergessen. Uns gegeneinander aufzuwiegeln, wird dir nicht gelingen. *Täubchen.*« Er verzog den Mund und sein Blick wanderte kalt und abschätzig über ihren Körper als sei sie ein ekliges Gewürm. »Wir sind hier in allem einer Meinung. Jedenfalls was dich betrifft.«

Er hatte sie geduzt. Das war eine Unverschämtheit. Es stand einem wie ihm einfach nicht zu. »Was fällt Euch ein?« Dorothee erhob sich mit so viel Würde, wie es ihr möglich war, von ihrem Stuhl. Es reichte nicht, um mit Wolfhardt auf Augenhöhe zu sein, sie war ein gutes Stück kleiner als er. Das konnte sie mit ihrem Blick ausgleichen. Eine Dorothee von Linnitz hatte gelernt, andere in Grund und Boden zu starren.

Jedenfalls hatte sie bislang gedacht, es gelernt zu haben. Wolfhardt zeigte sich gänzlich unbeeindruckt.

»Oh, mir fällt viel ein. Eine ganze Menge.« Er griff nach ihr und zog sie näher. Seine Hand umspannte ihren Oberarm wie ein Schraubstock und presste sich tief in ihr Fleisch. Es tat weh.

»Lasst mich los! Sofort!«, herrschte sie ihn an. Ihre Fassungslosigkeit über sein Benehmen war so groß, dass sie für einen Moment vergaß, sich zu ängstigen.

»Ich lass dich los, wenn mir danach ist, du Miststück.« Er zog und zerrte sie in Richtung des Esstisches, der immer noch aufgebockt an der Längsseite der Halle stand. »Nicht eher.«

»Jürg!« Es war ein Verzweiflungsschrei, doch das war Dorothee nun egal. Jürg war der Anführer, er konnte nicht zulassen, dass sie so von seinen Leuten behandelt wurde. Das *konnte* er einfach nicht.

Jürg erhob sich und sah zu ihnen herüber. Er würde nun tun, was einem Oberhaupt geziemte, nämlich seinen Mann endlich zur Ordnung rufen. Dorothee wehrte sich nicht mehr gegen Wolfhardts Griff, sondern blieb stocksteif stehen.

»Lass sie los«, befahl Jürg leise.

Wolfhardt rührte sich nicht. Ein paar Wimpernschläge lang verharrte er still wie ein Baum. So lange benötigte er offenbar, um zu entscheiden, ob er seinem Anführer gehorchen sollte oder nicht. Schließlich ließ er Dorothee los und gab ihr einen heftigen Stoß, der sie gegen den Tisch taumeln ließ. »Sie gehört dir«, knurrte er leise in Jürgs Richtung.

»Ich weiß.« Jürg stand ebenfalls ganz ruhig da. »Ihr könnt euch zurückziehen. Kümmert euch um die Pferde. Ursell, du auch.«

»Aber ich muss noch aufräumen«, wandte sie ein und schob die Unterlippe vor wie ein schmollendes Kind.

»Raus jetzt. Alle. Wir wollen unserem Täubchen Hochwohlgeboren doch ein wenig Privatsphäre gönnen, oder nicht?«

Dorothee starrte ihn an.

Er kam langsam näher, ganz langsam, der Gang schlendernd, als gäbe es nichts Dringliches. Seine Augen drückten etwas vollkommen anderes aus. Sie ruhten ohne jedes Blinzeln und unerbittlich auf ihr und nahmen ihr vor Furcht den Atem.

Dann waren sie allein, und Jürg stand direkt vor ihr. Mit einem kurzen, geübten Griff löste er die Schnüre seiner Hose.

Er hob die Hand und schlug Dorothee mitten ins Gesicht.

Katharina schritt ein, bevor der Streit zwischen Marga und Burkhardt vollends eskalierte. Marga holte schon Luft für eine aufgebrachte Erwiderung, und Burkhardt zog eine Miene, die überdeutlich ausdrückte, dass er auf gar keinen Fall in seiner Entschlossenheit wanken würde.

»Ihr dürft euch später streiten«, ordnete Katharina an und wischte jeden Einwand mit einer ungeduldigen Handbewegung beiseite. »Wir haben jetzt keine Zeit für so etwas. Sobald das alles glücklich hinter uns liegt und Dorothee wohlbehalten in Hans Christians Arme gestürzt ist, könnt ihr euch in die Haare kriegen, so viel ihr wollt.«

»Will ich ja gar nicht.« Marga sah zerknirscht von einem zum anderen. »Aber es ist doch dumm, wenn Burkhardt …«

»Ich bin *nicht* dumm«, unterbrach Burkhardt.

»Nein, was du *vorhast*, ist dumm, und ich …«

»Ich bin sicher, der Schützenmeister weiß genau, was er tut«, fuhr Katharina gnadenlos dazwischen. »Könnt ihr jetzt nicht einfach Ruhe geben? Beide. Wir müssen überlegen, was zu tun ist. Ja, Burkhardt, Ihr seht es anders, aber wir sollten trotzdem gemeinsam abwägen, was das Beste ist.«

Burkhardt setzte an, sie zu unterbrechen, doch sie starrte ihn mit grimmiger Miene nieder, und erstaunlicherweise hielt er den Mund.

Hans Christian seufzte, Katharina hoffte, vor Erleichterung.

»Wir haben zwei Spuren, denen wir nachgehen müssen.« Sie sprach einfach schnell weiter, um jeden erneuten Versuch, dem Gespräch eine andere Wendung zu geben, im Keim zu ersticken. »Deshalb wäre es klug, wenn wir uns aufteilen.«

Burkhardt verschränkte die Arme vor der Brust und sah sie unheilschwanger an. Katharina tat, als merke sie es nicht. »Wir müssen die Gegend hier absuchen, um den Ort zu finden, an dem man Dorothee versteckt hält. Und wir müssen nach Prettin zu den Verwandten der Linnitz reiten, um dort Erkundigungen einzuholen …«

»Und Burkhardt muss nach Wittenberg, um seine Verletzungen zu versorgen.« Marga konnte es einfach nicht lassen.

Burkhardt schwieg.

»Nach Prettin brauchen wir nicht mehr«, wandte Hans Christian ein. »Bei ihrer Familie ist Dorothee nicht. Hielte sie sich dort auf, gäbe es doch für niemanden einen Grund, Burkhardt anzugreifen. Das macht doch nur Sinn, wenn jemand nicht will, dass wir ihm auf die Spur kommen. Und warum sollte ihre Familie nicht wollen, dass Dorothees Aufenthalt bei ihnen bekannt wird?«

»Das stimmt, daran habe ich nicht gedacht«, gab Katharina zu. »Damit reduzieren sich die Schritte, die wir als Nächstes unternehmen sollten.«

»Nicht unbedingt.« Burkhardt ignorierte Marga und konzentrierte sich auf Katharina und Hans Christian, in denen er offenbar Verbündete sah. »Vielleicht ist sie nach Prettin unterwegs gewesen. Oder sie war schon da und ist wieder zu einem neuen Ziel aufgebrochen. Schließlich könnte sie auch dort überfallen und entführt worden sein. Da gibt es eine Menge Möglichkeiten.«

Hans Christian fuhr sich mit beiden Händen über die schlecht rasierten Wangen, es kratzte vernehmlich in der eingetretenen Stille. Katharina hatte den Eindruck, als habe er sich bislang die Details einer möglichen Entführung noch gar nicht so genau ausgemalt.

»Der Ritt nach Prettin kostet trotzdem zu viel Zeit. Die Suche hier ist wichtiger.« Marga versuchte offenbar, vernünftig zu sein. Wenn sie ihren Burkhardt endlich in den Armen halten konnte, war es dumm, ihn gleich zu vergrätzen, das fand sie sicher auch. Katharina nickte ihr aufmunternd zu, aber Marga bemerkte es gar nicht.

»Ja, das sehe ich genauso.« In Burkhardts Züge stahl sich ein Lächeln, und Marga konnte nicht verhindern, es zu erwidern. Für einen Moment waren sie beide vollkommen in den Anblick des anderen versunken. Und ganz sicher war ihnen nicht im Mindesten bewusst, dass sie nicht alleine waren.

Hans Christian räusperte sich. »Also brauchen wir uns auch nicht aufzuteilen. Wenn … wir hier keinen Erfolg haben, können wir immer noch nach Prettin.«

»Genau.« Marga griff nach Burkhardts Hand. »Katharina und ich suchen hier weiter. Du reitest nach Wittenberg und suchst einen Medicus auf. Bitte.«

»Was soll das nützen? Den Schlag auf meinen Kopf kann er nicht rückgängig machen, und die gebrochenen Rippen kann er nicht heilen. Einen Medicus aufzusuchen heißt nur, Münzen zu verschwenden.«

»Na gut. Doch du musst dich schonen. Eine Verletzung am Kopf ist eine üble Sache.«

»Nicht an meinem«, erklärte Burkhardt, der den Streit anscheinend gütlich regeln wollte. »Der ist hart wie Eisen.«

»Aber …«

»Marga, jetzt hör mir mal zu.« Katharina legte so viel Gelassenheit und Vernunft in ihre Stimme, wie sie nur konnte. »Wenn Burkhardt nicht unverrichteter Dinge nach Wittenberg zurückkehren möchte, wirst du das nicht ändern können. Bestimmt kann er einschätzen, ob er in der Lage ist, weiter nach Dorothee zu suchen oder nicht.« Das hoffte sie zumindest, sicher war sie keineswegs. »Hans Christian wird mit ihm zusammen reiten, also ist Burkhardt nicht allein. Falls es ihm schlecht gehen sollte, kann er ihn nach Hause bringen, wie du es willst.«

»Das klingt doch nach einem klugen Vorschlag.« Hans Christian sah beschwörend von einem zum anderen.

Marga nickte widerstrebend.

Burkhardt dachte nach. Gründlich. Alles war still, alle warteten. Ein Eichhörnchen flitzte einen dicken Buchenstamm empor, blieb auf einem Ast hocken und beäugte die stumme Ansammlung auf der Lichtung.

Schließlich schüttelte Burkhardt den Kopf. »Ich vermag sehr gut auf mich alleine aufzupassen. Ja, ich weiß, dass behauptet ein Mann, der kürzlich heftig eins auf die Rübe bekommen hat, aber dennoch. Ich bin jetzt gewarnt, und glaube mir, Marga, ich werde sehr aufmerksam und vorsichtig sein. Hans Christian als Amme an meiner Seite ist nicht vonnöten. Er wird euch nach Wittenberg bringen.«

Alle drei starrten ihn an, Marga sichtlich aufgewühlt, Hans Christian ablehnend, Katharina ratlos.

Burkhardt starrte mit stoischer Miene zurück. »Ich lasse auf gar keinen Fall zu, dass ihr Frauen ohne Begleitung reitet. Was mir passiert ist, kann auch euch blühen. Und was *mir* dann blüht, wenn ich Thomasus beichten muss, dass ich es war, der seine Frau und ihre Freundin allein auf diese unwägbare Reise geschickte hat, das male ich mir lieber erst gar nicht aus.«

Katharina lief Thomasus in die Arme, kaum dass sie den Hausflur betreten hatte, wahrscheinlich hatte er dort auf sie gewartet. Oder ihr aufgelauert, aufgrund seiner Stimmungslage lag der Verdacht nahe. Da zu Thomasus' hervorstechendsten Eigenschaften ganz bestimmt nicht Nachsichtigkeit und Langmut gehörten, wäre Katharina ihm sehr gerne ausgewichen. Sie wusste genau, dass er ihr nicht die leiseste Chance dazu geben würde.

»Es war nicht verabredet, dass du erst mitten in der Nacht heimkommst«, sagte Thomasus nämlich statt einer Begrüßung und maß Katharina mit einem vorwurfsvollen Blick.

Ihr sank das Herz. Sie war ausgelaugt und aufgewühlt, und sie hatte überhaupt keine Lust auf einen Disput mit ihrem Ehemann. Etwas, was erfahrungsgemäß äußerst anstrengend sein konnte. »Soweit ich mich erinnern kann, hatten wir einen Zeitpunkt für meine Rückkehr gar nicht festgelegt«, erklärte sie müde.

»Ich hätte gedacht, es gebiete der gesunde Menschenverstand, dass du nicht mitten in der Nacht zurückkehrst. Dass ich dies extra erwähnen musste, war mir nicht klar.«

»Es ist nicht mitten in der Nacht. Dann wäre ich wohl kaum durchs Stadttor gelangt«, wandte Katharina ein. Allerdings war es knapp gewesen, wieder einmal. Marga und sie hatten ihren sämtlichen Charme spielen lassen müssen, damit der Wächter das Schloss nicht einrasten ließ, sondern das Tor – nach enervierendem Zaudern – immerhin so weit öffnete, dass sie sich mit ihren Pferden durchquetschen konnten. Wenigstens die Pferde hatten kein Theater gemacht, sie waren müde und hungrig und sehnten sich viel zu sehr nach Ruhe.

Das tat Katharina auch, daher wollte sie das Gespräch abkürzen. »Thomasus, bitte. Es war ein anstrengender Tag, und du hast ja recht – ich bin erschöpft. Deshalb will ich mich hinsetzen, und ich muss etwas essen. Und sobald ich ein paar Stunden geschlafen habe, streite ich mich mit dir, falls du darauf bestehst. Aber vorher kann ich es einfach nicht.«

Thomasus konnte einlenken, sofern er es für richtig hielt, was allerdings nur selten vorkam. Doch jetzt gab er nach, trat einen raschen Schritt auf sie zu und zog sie in seine Arme. »Ich hoffe, ich belaste dich nicht über die Maßen, wenn ich dir vorher noch beichte, dass ich mir Sorgen um dich gemacht habe«, raunte er in ihr wirres Haar. Die schmuddelige Haube hatte Katharina schon vom Kopf gezogen, während die Tür noch hinter ihr ins Schloss fiel.

»Für nette Worte bin ich immer empfänglich.« Das stimmte. Sie vergaß ihre schmerzenden Oberschenkel, die ihr einen ganzen Tag im Sattel ankreideten, und genoss das Gefühl, geborgen und beschützt zu sein. Mit einem tiefen Seufzer murmelte sie in sein Hemd: »Ich gehe hoch, mich frisch machen. Bist du so lieb und sagst Maria, sie soll mir etwas zu essen nach oben bringen? Und Bier, ich habe Durst.«

Kaum dass sie sich ein bisschen gewaschen, in ein weiches, gemütliches Hauskleid gehüllt und aufatmend in ihren Lieblingssessel hatte sinken lassen, öffnete sich auch schon die Tür.

Katharina betrachtete überrascht ihren Mann, der den Raum betrat und mit angestrengtem Gesichtsausdruck ein Tablett in den Händen balancierte. »Da unten war keiner, da habe ich selbst etwas zusammengesucht«, erklärte er. »Ich frage mich, wofür ich das ganze Personal eingestellt habe, wenn es einfach verschwindet, sobald es ihm passt.«

Katharina war so gerührt, dass ihr regelrecht die Worte wegblieben. Thomasus, der emsig in der Küche und in den Vorratsräumen werkelte, war eine sehr absonderliche Vorstellung und zeugte stärker von seiner Absicht, den Frieden zu wahren, als alle gedrechselten Sätze und Erklärungen es vermocht hätten.

Weil Thomasus genau wusste, wie ungewöhnlich sein Verhalten war, tat er so, als sei er unwirsch. »Iss jetzt und trink, und dann will ich einen Bericht. Und lass nichts aus, ich merke es ja doch.«

»Sehr wohl, Meister Roeseling. Ganz wie Ihr wünscht.« Katharina lächelte, drückte seine Hand und griff beherzt eine Pastete, die mit Hammel, getrockneten Pflaumen und gehackten Walnüssen gefüllt war. Sie schmeckte so köstlich, dass sie noch eine weitere mit geschlossenen Augen verschlang.

»Du kannst essen wie ein Schwerarbeiter«, bemerkte Thomasus kopfschüttelnd, aber das Funkeln in seinem Blick zeigte, dass er sich amüsierte.

»Es liegt auch ein Tag wie der von einem Schwerarbeiter hinter mir.« Katharina nahm einen tiefen Schluck von dem süßlichen Bier, das im Haus Roeseling gebraut wurde und das sie so zu schätzen gelernt hatte. Dann holte sie Luft und berichtete Thomasus wie versprochen haarklein alles, was sie in den zurückliegenden ereignisreichen Stunden erlebt hatte.

»Ich habe ja gewusst, dass es gefährlich ist«, sagte Thomasus aufgebracht. »Es war ein Fehler, dir zu erlauben, diese unsägliche Suche zu unternehmen.«

»Nein, das war es nicht. Wer weiß, ob Burkhardt ohne uns noch leben würde. Wenn ihn niemand gefunden hätte …« Katharina schauderte es, sie mochte gar nicht genauer darüber nachdenken. »Natürlich war das gefährlich. *Entführer* sind gefährlich. Aber wir wollten ihnen ja gar nicht hinterherspüren, sondern zu Dorothees Familie, und dann war es Zufall …«

»Nicht so ganz zufällig«, unterbrach Thomasus. »Das spielt sich doch alles irgendwie hier in der Gegend ab. Ich gebe durchaus zu, der Fall ist ernster, als ich bislang dachte, allerdings musst du mir zugutehalten, dass ich mit der Ankunft des Heinrich von Linnitz meine Meinung ja schon revidiert hatte. Aber an dem Überfall auf Burkhardt kann man klar erkennen, dass die Sache riskanter ist, als du mir hast weismachen wollen.«

»Ich wollte dir gar nichts weismachen«, protestierte Katharina und richtete sich auf. »Ich habe wirklich geglaubt …«

»Offenbar wird nicht nur die Familie von Linnitz bedroht«, fuhr Thomasus fort, als habe sie gar nichts gesagt, »sondern auch jeder, der sich da einmischt. Burkhardt zum Beispiel. Und du bist vielleicht die Nächste. Das kann ich nicht hinnehmen. Das *werde* ich nicht hinnehmen.«

Katharina sah ihn ratlos an. »Aber Marga wird nicht lockerlassen. Sie will Burkhardt wirklich unbedingt zur Seite stehen und …«

»Burkhardt wird genauso wenig wollen, dass sich Marga in Gefahr begibt, wie ich möchte, dass du es tust.«

»Weder Marga noch ich begeben uns in Gefahr. Wir sind vorsichtig. Wir haben nichts getan, wodurch uns die Entführer mit Dorothee in Verbindung bringen könnten. Wir waren einfach nur unterwegs nach Prettin, es weiß doch niemand, was wir dort vorhatten.«

»Das sind Verbrecher, zwielichtige Gestalten«, wandte Thomasus düster ein. »Du hast keine Ahnung, was die wissen und was nicht. Oder wozu sie fähig sind.«

»Ich werde Marga nicht allein reiten lassen«, erklärte Katharina. »Das kann ich einfach nicht.«

Thomasus fuhr sich mit allen zehn Fingern durch die schwarzen

Locken, wodurch sie wild vom Kopf abstanden und er aussah wie ein Räuber, in dessen Hände man in einem dunklen Wald nicht fallen wollte. Von der Ausstrahlung eines seriösen Fernhändlers war er gerade meilenweit entfernt. »Marga ist für sich selbst verantwortlich«, sagte er schließlich. »Mit ihren riskanten Eskapaden hast du nichts zu schaffen.«

Das war falsch, und das wusste Thomasus auch. Seit der Geschichte um Roswitha Villes Tod waren Katharina und Marga sehr eng zusammengewachsen. »Damals bei Roswitha haben wir auch keine Ruhe gegeben, und das war gut. Sonst wüssten wir bis heute nicht, was tatsächlich geschehen ist«, gab sie deshalb zu bedenken.

»Aber du bist dabei selbst um ein Haar ums Leben gekommen. Du siehst, das ist kein schlüssiges Argument.«

»Aber ich *bin* nicht ums Leben gekommen. Ich sitze hier, munter und vergnügt …«

»Das ist nicht wahr. Du bist weder munter noch vergnügt.«

»Nein, das bin ich wirklich nicht.« Katharina stand auf und setzte sich neben ihn auf die Bank, schmiegte sich an seine Seite. »Ich bin besorgt, aufgewühlt und außerdem völlig erledigt. Aber ich kann nicht aufhören, bis nicht alles wieder … geordnet ist. Bis alles seine Richtigkeit hat. Thomasus, bitte.«

»Du bist eine schreckliche Nervensäge.« Er zog sie noch ein wenig enger an sich.

»Ich weiß. Können wir jetzt zu Bett gehen? Ich bin zu müde, um mich länger aufzuregen.« Katharina gähnte, dass sie ihre Kiefer knacken hörte. »Und morgen reden wir von mir aus weiter.«

5

»Gott sei Dank, Ihr seid wach«, hörte Burkhardt eine Stimme neben sich, als er am nächsten Morgen die Augen aufschlug. »Ich dachte schon, Ihr hättet Euch endgültig verabschiedet.«

Die Stimme gehörte zu Hans Christian Brandt. Er hockte neben Burkhardts Lager an einen dicken Eichenstamm gelehnt und sah äußerst elend aus. Blass, verstört und reichlich schmutzig.

Burkhardt nahm an, dass sein eigener Zustand auch nicht viel besser war, obwohl er trotz seiner Schmerzen die ganze Nacht tief und traumlos geschlafen hatte. Oder vielleicht hatte er auch *wegen* der Schmerzen so tief geschlafen, sie hatten ihn vollständig ausgelaugt. Obwohl sein Lager unter einem notdürftig errichteten Unterstand kalt, feucht und alles andere als gemütlich war, war er beinahe sofort in einen tiefen Schlaf geglitten, einer Betäubung nicht unähnlich, kaum dass er sich gestern Abend niedergelegt hatte.

Nicht auszuschließen, dass er tatsächlich bewusstlos gewesen war.

Burkhardt fiel nach und nach wieder ein, wer er war und wo und warum. Vor allem fiel ihm ein, was gestern geschehen war. Dass so gänzlich unerwartet und unverhofft Marga an seiner Seite kniete und er zunächst gemutmaßt hatte, sie sei nicht real, sondern entspränge der Wirrnis in seinem Kopf, die sich als Folge des Schlages darin breitgemacht hatte. Er lächelte.

»Ich will Eure offenbar seligen Träumereien nicht vertreiben«, sagte Hans Christian in einem angestrengt höflichen Tonfall. »Ich glaube allerdings, es wäre gut, wenn wir aufbrechen. Falls Ihr aufstehen könnt.«

»Wird schon gehen.« Das tat es auch, nicht gut, nicht schmerzfrei, aber wenn er sich zusammenriss, dann schaffte er es.

Während Burkhardt sich aufrappelte, wandte sich Hans Christian diskret zur Seite und wühlte in seinen Packtaschen. »Hier.« Er streckte ihm ein Stück Brot und einen ziemlich ramponiert wirkenden Käse entgegen. »Ihr müsst etwas essen.«

»Gott im Himmel. Bloß nicht.« Burkhardt starrte angewidert auf den gelblichen Klumpen, der einen strengen Geruch verströmte und seine Nase auf das Äußerste beleidigte.

»Oh doch. So wie ich das sehe, habt Ihr günstigstenfalls seit vorgestern Abend nichts mehr zu Euch genommen, vielleicht auch seit dem Abend davor. Wenn Ihr heute durchhalten wollt, solltet Ihr etwas Kraft tanken.«

»Vorgestern Mittag.« Burkhardt seufzte. »Gebt schon her. Ihr seid wie eine Mutter zu mir.« Zum Glück stimmte das nicht. Seine Mutter hatte sich sehr viel mehr mit dem Branntweinkrug beschäftigt als mit ihrem Sohn.

Überraschenderweise tat ihm das Essen gut, und kurze Zeit später fühlte er sich bereit, den Tag zu beginnen. »Ich denke, es wäre günstig, wenn wir die Stelle fänden, an der ich niedergeschlagen wurde«, sagte er und wischte sich die letzten Krümel vom Kinn. »Es ist durchaus möglich, dass der Angreifer von dort gekommen war, wo Dorothee festgehalten wird. Vielleicht führt uns seine Spur also direkt zu ihr.«

»Ich hab gestern schon Ausschau gehalten«, sagte Hans Christian unglücklich. »Auf dem Rückweg. Nachdem ich die Frauen abgeliefert hatte.« Er räusperte sich und warf Burkhardt einen kurzen Blick zu. »Ein Stück vor Wittenberg.«

Burkhardt fuhr in die Höhe und rang den prompt folgenden Schwindel nieder. »Ein Stück? Ein wie großes Stück?«

»Man konnte das Stadttor jedenfalls schon sehen.«

»Sehen oder erahnen?«, bohrte Burkhardt nach.

Hans Christian schwieg. Dann straffte er die Schultern. »Nicht mal das. Aber Fräulein Tilfer und auch die Roeselingerin meinten, es sei nicht mehr weit. Und jetzt seien wir doch mal ehrlich, es ging Euch verdammt schlecht gestern. Beschissen ging's Euch, um genau zu sein. Ich konnte Euch doch nicht die ganze Nacht allein hier rumliegen lassen. Da kam's mir wichtiger vor, so schnell wie möglich zurückzureiten.«

»Ist ja gut. Lasst mir den Kopf dran. Ich bin zu fertig, um mich mit Euch zu streiten. Vorerst jedenfalls.« Burkhardt erhob sich ächzend. »Außerdem müssen wir jetzt los. Aber eines sage ich Euch: Wenn den beiden etwas passiert ist, dann gnade Euch Gott.«

Irgendwann einige Stunden später erreichten sie eine Wegkreuzung, an der die angrenzenden Büsche scharf abgeknickte Zweige aufwiesen. »Hier könnte es gewesen sein.« Burkhardt sah sich um, studierte die Umgebung. Sie sah genauso aus wie überall, wo sie entlanggekommen waren. Bäume, Sträucher, Gras, ein halb überwucherter Pfad. Dazu Hufspuren, die zu durcheinander waren, um etwas aus ihrem Verlauf folgern zu können. »Aber sicher bin ich nicht.«

Es war schwer, den Mut nicht zu verlieren. Und es wurde auch nicht besser. Der Vormittag schritt ergebnislos voran, Burkhardts Kräfte und Hans Christians Optimismus schwanden, und Burkhardt fragte sich, ob das, was sie hier taten, nicht vollkommen sinnlos war.

Dorothee war wie vom Erdboden verschwunden, das war die schlichte und deprimierende Wahrheit. Inzwischen zweifelte Burkhardt beinahe daran, ob sie überhaupt existierte.

Auf einem sehr schmalen Waldpfad trafen sie schließlich auf eine kleine Schar Kaufleute, die dort mit einem hochbeladenen Karren und offenbar schweren Packtaschen an ihren Gäulen den Weg versperrten.

»Es wäre nett, wenn Ihr Euch seitlich durch den Wald schlagen könntet«, bat der Händler, der den Zug anführte, höflich. »Unsere Ochsen können hier nicht ausweichen.«

Burkhardt nickte müde, machte jedoch keinerlei Anstalten, der Bitte Folge zu leisten. »Kommt Ihr von weit her?«, erkundigte er sich stattdessen.

»Ach wo. Wir sind nur einfache Kaufleute«, erwiderte der Mann freundlich. Seine Augen hatten jedoch etwas Unruhiges, und er vermied, auf seinen Karren zu schauen. »Garn, Pfannen, anspruchslose Stoffe. Nichts Besonderes.«

Das war ganz sicher gelogen. Ein Händler simpelster Gebrauchsgüter war er nicht, da war Burkhardt sich sicher. Der Mann trug zwar schäbige Kleidung, doch seine Züge waren fein, die Haare ordentlich geschnitten und seine Stiefel aus gutem weichen Leder.

»Eure Tarnung ist nicht schlecht, aber Ihr müsst noch an den Feinheiten arbeiten«, sagte Burkhardt.

Neben ihm sog Hans Christian überrascht die Luft ein. Die Männer griffen nach ihren Kurzschwertern, die sie unter den Umhängen verborgen hatten.

»Die Waffen könnt Ihr stecken lassen. Wir interessieren uns nicht für Garn, Pfannen und einfache Stoffe.« Burkhardt grinste schwach, um zu zeigen, dass er harmlos war. »Wir interessieren uns vielmehr für eine Auskunft.«

Der Fernhändler maß ihn mit einem langen Blick, dann nickte er. »Was wollt Ihr wissen?«

»Wir suchen ein Mädchen«, sagte Hans Christian. »Ein hübsches blondes Mädchen, das gegen seinen Willen verschleppt wurde. Seid Ihr einem Mann oder auch einer Gruppe von Männern begegnet, die eine Frau bei sich hatten, die ganz offensichtlich nicht mit ihnen reisen wollte?«

Der Fernhändler schüttelte den Kopf. »Wir gehen absichtlich einsame Wege, auf denen man möglichst niemanden trifft. Tut mir leid.«

Burkhardt unterdrückte ein Stöhnen. So oder ähnlich waren die Befragungen zu Dorothees Verbleib seit Anbeginn der Zeitrechnung verlaufen, jedenfalls kam es ihm so vor. Warum sollte es diesmal anders sein? »Danke. Nun denn. Da kann man nichts machen.«

»Wart Ihr schon auf Burg Niendorff?«, fragte der Händler nach kurzem Überlegen.

»Niendorff ist aufgelassen und steht leer«, erklärte Hans Christian, und Burkhardt blinzelte verblüfft.

»Ich meine ja nur. Wir suchen häufig die Gemeinschaft mit anderen Fahrenden, es ist gefahrloser, als allein unterwegs zu sein. Und vor ein paar Tagen hatten wir uns Reisenden angeschlossen, die unterwegs nach Niendorff waren. Frauen waren auch dabei, ein paar, ich habe nicht genau auf sie geachtet. Ein sich wehrendes Mädchen wäre mir aber sicher aufgefallen.« Er hob bedauernd die Schultern. »Ich dachte nur, Ihr könntet die Männer fragen, ob sie auf etwas gestoßen sind, was Euch interessieren könnte.«

»Was waren das für Leute?« Burkhardt versuchte, die Ruhe zu bewahren.

Der Händler runzelte die Stirn. »Nichts Auffälliges. Aber auch keine angenehmen Zeitgenossen. Laut. Der Anführer war ein Großmaul. Guter Stall, aber nicht wirklich achtbar.«

»Wenn der Anführer unseriös war, warum habt Ihr Euch ihm angeschlossen?«, wollte Hans Christian wissen.

»Weil wir ihm glaubhaft versichern konnten, dass wir weder Münzen noch Wertgegenstände mit uns führen. Er ging ganz sicher davon aus, dass es sich nicht lohnt, uns auszurauben.«

»Und? Stimmte das denn?«

»Nein. Wir sind es nur gewohnt, vorsichtig zu sein. Und überzeugend.« Der Händler nickte ihm zu. »Und Ihr?«, fragte er. »Wenn Ihr mir die Bemerkung gestattet, Ihr seht ein wenig lädiert aus.«

»Ich gestatte.« Burkhardt zuckte die Schultern, was einen unangenehmen Stich durch seinen Leib fahren ließ. Er sah nicht nur lädiert aus, er war es auch. »Lässt sich nicht ändern. Gott befohlen.«

Sie trennten sich. Burkhardt und Hans Christian schlugen sich durchs Unterholz, was Janus überhaupt nicht gefiel und Burkhardt daher beträchtliche Mühen bereitete. Zurück auf dem Pfad durchquerten sie schweigend den einsamen Wald. Burkhardt ignorierte den Schmerz, den jeder Schritt durch seinen Körper sandte, und versuchte sich darüber klar zu werden, was nun zu tun war.

Über ihnen stand ein Falke in der Luft und stieß einen gellenden Schrei aus. Burkhardt fand, es wirke wie eine Warnung.

Hans Christian hielt so abrupt an, dass Burkhardt, der den Flug des Greifvogels hoch über ihnen verfolgte, es nicht rechtzeitig mitbekam und seinen Wallach in das Pferd vor ihm hineinlaufen ließ. Das schlug aus und schoss nach vorne, Janus stieß ein schrilles Wiehern aus und machte einen Satz zur Seite. Beides bekam weder Burkhardts Schädel noch seinen Rippen gut, und für einen Moment wurde ihm schwarz vor Augen.

»He, was ist los, Mann?« Hans Christian hatte seinen Fuchs rasch unter Kontrolle, kam an Burkhardts Seite und griff in Janus' Zügel.

»Geht schon. Wartet einen Moment.« Burkhardt versuchte, ruhig und tief zu atmen, und allmählich ließ das Flimmern vor seinen Augen nach. Kurzatmig fragte er: »Musstet Ihr wirklich so plötzlich anhalten? Gibt es da einen Grund für Euer seltsames Verhalten, oder habt Ihr aus einer Laune heraus gehandelt?«

Hans Christian besaß die Größe, auf diesen blödsinnigen Vorwurf nicht einzugehen. »Ich war doch in der Nähe von Burg Niendorff, verdammt noch mal. In dem Weiler daneben haben sie mir erklärt, dass seit Jahren niemand mehr dort gewesen ist. Ich habe mir den Umweg erspart, weil ich dachte, es bringt ja nichts, meine Zeit zu verplempern, wenn da keiner mehr wohnt.«

Wo niemand mehr wohnte, konnten andere sich gut verbergen. Ich bin ein Idiot, dachte Burkhardt, es hätte mir eben schon einfallen müssen. Idiot, Idiot, Idiot. Er war zu erschöpft, um sich bessere Beschimpfungen auszudenken. Hans Christian war auch ein Idiot.

Hans Christian konnte zwar keine logischen Schlüsse ziehen,

Gedanken lesen aber offenbar schon. »Ich bin ein Idiot«, bekannte er. »Ich hätte dorthin reiten müssen. Eine verlassene Burg ist ein wunderbares Versteck.«

Burkhardt nickte wieder. Die Welt um ihn herum verlor an Farbe. Das Grün des Waldes wurde grau, immer dunkler grau. Die Bäume wiegten sich. Nicht nur die Äste, sondern auch die Stämme. Unter Wasser. Vielleicht waren sie unter Wasser.

Von weit her vernahm er die alarmierte Stimme Hans Christians. »He, Mann! Bleibt gefälligst oben, verdammt. Ihr könnt Euch mit Euren Verletzungen nicht leisten, vom Pferd zu fallen.« Eine kräftige Hand umschloss Burkhardts Oberarm, es tat weh, aber das fiel bei der Vielzahl seiner Schmerzen eigentlich kaum ins Gewicht.

»So. Kommt jetzt. Langsam, ich helfe Euch.«

Burkhardt glitt von Janus, nicht sehr elegant, gestützt von Hans Christian, der ihn auch hielt, als er am Boden zusammensackte. Etwas Weiches wurde ihm unter den Kopf geschoben. Dann hoben sich seine Beine an, ob von selbst oder mit Unterstützung, hätte Burkhardt nicht zu sagen vermocht. Er war zu sehr damit beschäftigt, halbwegs bei Bewusstsein zu bleiben.

»Verdammte *Scheiße* noch mal«, fluchte Hans Christian. »Was mache ich denn jetzt?«

»Ihr reitet weiter zu dieser dämlichen Burg«, nuschelte Burkhardt. Er öffnete die Augen, gerade rechtzeitig, um zu sehen, wie sich Hans Christian buchstäblich die Haare raufte.

»Das ist eine blöde Idee«, schnaubte Hans Christian.

Burkhardt schloss die Augen wieder. Es war ihm egal. Andere Ideen hatte er nicht.

»Ich kann Euch nicht hier liegen lassen, wo Ihr vielleicht verreckt«, erklärte Hans Christian wenig rücksichtsvoll. »Aber ich kann auch niemanden gebrauchen, der mir vor der Burg vom Pferd fällt und mehr Probleme macht, als er löst.«

Burkhardt hörte zu. Er hätte genickt, aber er wollte die Bewegung nicht riskieren. Womöglich wurde ihm dann schlecht, und er lag auf dem Rücken. Es war nicht gut, sich in dieser Position zu übergeben.

Hans Christian hatte einen Entschluss gefasst. Hoffentlich war es diesmal der richtige. »Ich bringe Euch jetzt nach Wittenberg. Dieses dämliche Niendorff liegt ungefähr anderthalb Stunden abseits der Stadt. Entweder ich reite heute noch zurück oder morgen früh.«

»Ich komme mit«, murmelte Burkhardt. »Ich brauche bloß eine Nacht Ruhe. Morgen bin ich wieder auf dem Damm, und dann komme ich mit. Ihr könnt nicht alleine dorthin und Dorothee befreien. Wenn sie denn überhaupt da ist.«

»Erst einmal muss ich Euch auf Euren hässlichen Gaul kriegen«, sagte Hans Christian mit deutlichem Zweifel in der Stimme. »Das scheint mir im Moment das größte unserer Probleme.«

»Ich schaffe das schon«, erklärte Burkhardt. Er hatte keine Ahnung, wie ihm das gelingen sollte.

Auch am Morgen fand Katharina es immer noch richtig, dass sie Marga zur Seite stand. Sie fand auch immer noch richtig, ein fremdes Mädchen zu suchen, das sehr wahrscheinlich in Nöten war. Thomasus musste das einsehen, ohne seine Zustimmung durfte sie so weitreichende Entschlüsse nicht fassen. Sie wollte es auch nicht. Auf keinen Fall setzte sie ihr mühsam errungenes eheliches Gleichgewicht aufs Spiel.

So oder so, sie würde die Sache mit Thomasus bald ausfechten müssen.

Zunächst aber schleppte sie sich auf dem Weg zu einem späten Frühstück die Treppe hinab und fühlte sich vollkommen zerschlagen, auch wenn Thomasus sie barmherzigerweise hatte ausschlafen lassen. In der Küche schnappte sie sich ein Stück Haselnussgebäck von gestern und war wieder fort, noch ehe Mechthild oder Maria überhaupt begriffen hatten, dass sie bei ihnen gewesen war. Zu einem Gespräch mit ihnen fühlte sich Katharina einfach noch nicht in der Lage. Dann atmete sie einmal tief durch und machte sich auf zu Heinrich von Linnitz, der inzwischen ausgeruhter schien als sie selbst. Jedenfalls saß er hellwach und aufrecht auf seinem Lager und blickte ihr angespannt entgegen, als sie in seine Kammer trat. »Ich habe gehört, dass Ihr zurück seid. Wart Ihr erfolgreich?«

»Wie man's nimmt.« Katharina nahm Platz in dem Sessel neben seinem Bett und erzählte, was sie erlebt und erfahren hatte. Sie ließ nichts aus, denn sie hielt nichts von übertriebener Schonung. Außerdem sah Linnitz wieder einigermaßen belastbar aus. »Ihr seht, eine Winzigkeit haben wir herausbekommen, das meiste ist noch reine Spekulation. Ihr werdet Geduld aufbringen müssen. Es tut mir so leid, dass ich Euch keine bessere Auskunft geben kann.«

»Ich bin Euch auch so unendlich dankbar«, sagte Linnitz müde, aber höflich. Er war ein Stück in sich zusammengesackt und sehr viel blasser als zu dem Zeitpunkt, als sie den Raum betreten hatte.

In diesem Moment klopfte Thomasus an den Türrahmen, die Tür selbst hatte Katharina aus Gründen der Schicklichkeit offen stehen lassen.

»Meine Frau hat das gerne für Euch und für Dorothee getan«, sagte Thomasus. »Doch wir sollten die ganze leidige Angelegenheit nun in fähigere Hände übergeben.«

Katharina warf ihm einen verdrießlichen Blick zu, aber Thomasus tat, als bemerke er es nicht. Allerdings fiel ihm offenbar selbst auf, dass er sich nicht sehr geschickt ausgedrückt hatte. »Ich denke da an die Hände von Männern, die eine Waffe führen. Wir dürfen uns nichts vormachen. Die Entführer Eurer Tochter kann man zweifellos nicht allein mit guten Absichten überwältigen.«

»Entschuldigt, falls ich störe, aber mir wurde von Eurer Magd Maria bedeutet, dass ich Euch hier oben finde«, erklang Käthe von Boras Stimme hinter Thomasus, der reinste Taubenschlag war das heute Morgen hier. Auch wenn es unangebracht war, einen Gast so mir nichts, dir nichts in die privaten Räumlichkeiten zu schicken, und Katharina sich vornahm, ein ernstes Wörtchen mit Maria zu sprechen, war sie doch erleichtert, dass Käthe so unverhofft auftauchte. Es verhinderte, dass sie Thomasus eine scharfe Erwiderung gab, die ihr Bemühen um eine diplomatische Lösung zunichtegemacht hätte.

Käthe wartete sittsam im Flur und war sich offenbar unschlüssig, ob sie einen Raum betreten konnte, in dem ein Mann im Bett lag.

Die Gelegenheit, ein ruhiges, besänftigendes Gespräch mit Heinrich von Linnitz zu führen, war jedenfalls vorbei. Außerdem war Katharina nicht länger nach Ruhe und Besänftigung zumute, auch wenn sie sich beherrschte. »Tretet nur ein«, sagte sie. »Herr von Linnitz ist noch zu krank, um uns nach unten zu begleiten. Doch er sollte hören, was wir besprechen.«

Käthe fasste sich ein Herz und betrat das Krankenzimmer, setzte sich aber nach einer knappen gegenseitigen Vorstellung an die Wand neben dem Fenster an die Stelle, die am weitesten von Linnitz' Lager entfernt war. Sie hörte sich an, was Katharina ihr in dürren Worten über den letzten Tag zu berichten hatte, und legte die Hände fest ineinander verschlungen in ihren Schoß.

»Ich habe gewusst, dass es schwer wird, neu anzufangen«, sagte sie leise. »Doch ich hätte nie angenommen, dass es *so* schwer wird. Dabei wollen wir alle bloß ein einfaches, gottesfürchtiges Leben führen. Wenn sich dieses entsetzliche Geschehen um Dorothee und Anni aber nicht aufklärt, wird uns dies unmöglich sein.«

Anni, die gab es ja auch noch. Katharina hatte sie vollkommen vergessen. »Burkhardt und Hans Christian werden Dorothee finden, ganz gewiss«, erklärte sie mit fester Stimme. »Und Marga und ich sind außerdem nach wie vor an Eurer Seite und tun alles, was in unserer Macht steht, um Euch zu helfen.« Sie vermied es, Thomasus bei diesen Worten anzusehen, und hoffte inständig, er ließe es auf sich beruhen.

Natürlich nicht. »Du hast das Deine getan«, sagte er. Stur wie immer und Katharina wäre ihm am liebsten in die Parade gefahren. Aber nicht vor Publikum. »Den Rest überlässt du den Behörden.«

»Meister Roeseling, bitte verursacht mir kein schlechtes Gewissen«, meldete Käthe sich zu Katharinas Überraschung zu Wort. »Ich habe Eure Frau um Hilfe gebeten, und sie war so freundlich, mir diese zu gewähren. Dass sie die Angelegenheit so sehr vorangetrieben hat, ist eine große Erleichterung für mich.«

»Oja«, mischte sich jetzt auch Heinrich von Linnitz ein. »Ihr wisst gar nicht, wie furchtbar das ist für einen Vater, tatenlos auf dem Krankenbett zu liegen, während seiner Tochter wer weiß was geschieht. Mit dieser Sorge nicht allein zu stehen … Ich finde die Worte nicht, um meine Dankbarkeit angemessen zum Ausdruck zu bringen.«

Katharina sah gerührt von einem zum anderen. Thomasus unterdrückte wahrscheinlich nur mit Mühe ein Zähneknirschen. Auf jeden Fall seufzte er tief auf. »Warum geht hier niemand außer mir mit gesundem Menschenverstand an die Sache heran?«, fragte er.

Katharina wartete ab. Vielleicht musste sie ja nicht selbst die Kastanien aus dem Feuer holen.

»Das tun wir doch«, tat Käthe ihr den Gefallen. »Mit gesundem Menschenverstand versuchen wir, den Ort einzukreisen, an dem Dorothee möglicherweise gefangen gehalten wird. Wisst Ihr, Meister Roeseling, ich will nicht auf Dauer bei den Reichenbachs als Gast wohnen, so reizend es auch ist, dass sie mir die Möglichkeit dazu geben. Aber ich suche ein eigenes Leben mit einer eigenen Aufgabe.

Im Moment ist es meine Aufgabe, Anni in Würde zu begraben und Dorothee zurück in das Leben zu holen, in das sie gehört. Erst danach kann ich den nächsten Schritt gehen. Und ich spreche nicht nur für mich allein. Das gilt für meine Mitschwestern ebenfalls. Ehemalige Mitschwestern, meine ich.«

Thomasus starrte sie an. Dann nickte er ihnen allen zu, drehte sich um und verließ den Raum. Katharina hatte keine Ahnung, was das zu bedeuten hatte. Hatte Käthe ihn umgestimmt? Oder brach er den Disput ab, weil er sowieso nicht vorhatte, seine Meinung zu ändern? Sie wusste es nicht.

Also lächelte sie Käthe an und tat so, als wäre alles klar und einfach. »Wollt Ihr mich nicht begleiten, wenn ich wieder aufbreche?« Falls ich aufbreche, fügte sie in Gedanken an.

Käthe zog beim angestrengten Abwägen die Stirn kraus. »Ich würde Euch schrecklich gerne meine Hilfe anbieten. Aber wenn ich ganz sachlich über Euer Angebot nachdenke, wird mir klar, dass ich sehr schlecht reite«, sagte sie verlegen. »Ich fürchte, ich würde Euch nur behindern.«

Das konnten sie in der Tat nicht riskieren. Vielleicht fanden sie Dorothee und traten mit ihr die Flucht an, dann musste sicher alles schnell gehen. Nicht auszudenken, was geschehen könnte, wenn Käthe ausgerechnet in diesem Moment vom Pferd fiele. Katharina würde sich nie verzeihen, wenn durch ihre Schuld eine weitere Frau in Gefahr geriet. Eine, die noch dazu ein bisschen weltfremd war.

Katharina nickte. »Dann ist es vernünftiger, Ihr bleibt hier. Ihr könnt Euch mit Euren ehemaligen Mitschwestern austauschen. Vielleicht haben sie ja doch jemanden bemerkt, der in auffälliger Weise um Euch herumgeschlichen ist. Irgendjemand hat Dorothee ausspioniert, um herauszufinden, wo er sie am besten überwältigen kann. Vielleicht haben wir den Damen bislang die falschen Fragen gestellt. Es ging immer nur darum, ob sie gesehen haben, wie und mit wem Dorothee heimlich die Gruppe verlassen hat. Von einem Fremden, der herumschnüffelte, war nie die Rede.«

»Oja, das mache ich«, sagte Käthe und atmete vernehmlich aus. »Ich will so gerne das Meine dazu beitragen, dass diese ganze entsetzliche Geschichte doch noch zu einem guten Ende gelangt.«

Sie machten sich gemeinsam auf den Weg in die Stadt, Katharina begleitete Käthe, denn es war die einfachste Möglichkeit, Thomasus aus dem Weg zu gehen. Sie hatte keine Ahnung, ob sie ihn hatte überzeugen können oder nicht. Ob er sich durchsetzen wollte oder nicht. Er hielt sie nicht auf, als sie sich Käthe von Bora anschloss, doch aus dem Augenwinkel bemerkte Katharina seine hochgezogene Braue. Sie verlieh seiner Miene einen sarkastischen Zug. Thomasus wusste sehr wohl, was sie vorhatte und dass ihre Hoffnung mit der Lebensweisheit »aus den Augen, aus dem Sinn« äußerst zutreffend beschrieben war.

Leider verfügte ihr Ehemann über ein ausgezeichnetes Gedächtnis, und er würde sie ganz bestimmt nicht so leicht vom Haken lassen.

Vorerst jedoch griff besagte Lebensweisheit zumindest bei ihr selber, denn sie hatte ihrem Heim kaum den Rücken zugedreht, da drängte sie Thomasus erfolgreich in den Hintergrund ihres Bewusstseins. »Habt Ihr inzwischen eine Vorstellung, wie Ihr Euer Leben gestalten werdet, wenn Ihr die Reichenbachs verlasst?«, fragte Katharina und hoffte, dass sie nicht zu neugierig klang.

Käthe zuckte ein bisschen zu lässig mit den Achseln. »Ich bin jung genug, um noch Möglichkeiten zu haben, meint Ihr nicht? Genauso wie die Schönfeld-Schwestern. Wir werden wohl heiraten, nehme ich an.« Sie blickte starr geradeaus, und eine zarte Röte stahl sich in ihre Wangen. Anscheinend hatten die Bilder, die ihr zu dem weiten Feld der ehelichen Zweisamkeit in den Sinn kamen, für Käthe von Bora etwas Verstörendes an sich. Dass der Ehe auch einiges abzugewinnen war, darüber konnte Katharina schlecht mit ihr sprechen, das gehörte sich nicht.

»Habt Ihr schon jemand Speziellen im Auge?«, fragte sie lächelnd nach, aber Käthe schüttelte den Kopf.

»Vergesst nicht, meine Klosterzeit liegt erst ein paar Tage zurück. Gar so schnell kann das nicht gehen mit der Eheanbahnung. Oder?«

»Eher nicht. Gut Ding will ja auch Weile haben.« Katharina flüchtete sich in einen Allgemeinplatz, denn die Erinnerung an ihre eigene Werbungsphase war noch zu frisch und dazu nicht sehr angenehm. Sie hatte Thomasus nicht gekannt, als er bei ihrem Vater um sie anhielt, doch sie hatte nichts gegen ihn einzuwenden gehabt. Er bot ihr das Einzige, wonach es sie verlangte: Sie hatte einfach unbedingt fortgewollt aus Elster. Weiter hatte sie nicht gedacht.

»Roeselingerin, nehmt's mir nicht übel, aber ist was mit Euren Ohren?«

Katharina fuhr herum und erkannte Kunibert, den Stadtdiener, der auf sie zulief und ein wenig kurzatmig bei ihnen anlangte.

»Was fällt dir ein?«, fragte Käthe empört und ließ zum ersten Male erkennen, dass sie eine von Bora war und kein einfaches Mädchen, dem es gleich sein musste, wie man mit ihm sprach.

»Nicht mehr, als dass ich Dame Roeseling unbedingt sprechen muss und rufe und rufe, und sie hört mich nicht.« Kunibert legte das Lächeln auf seine Züge, auf das Frauen durchweg sehr verlässlich reagierten. Es war eine Art Lächeln, das Katharina so noch bei keinem anderen Mann gesehen hatte. Es deutete an, dass die Frau, die er damit einhüllte, die wunderbarste Person unter der Sonne war und es für Kunibert nichts Wichtigeres gab als eine Unterhaltung mit ihr. Es lag etwas Warmes, Allumfassendes, Zwingendes darin, und vermutlich gab es keine Frau auf Erden, die ein solches Lächeln nicht von Herzen genossen hätte.

Bislang hatte es jedenfalls keine gegeben. Mit Käthe von Bora änderte sich das jedoch, sie war offensichtlich gänzlich unempfänglich dafür und starrte Kunibert mit hochgerecktem Kinn in Grund und Boden. »Nun, jetzt hört sie dich ja«, wies sie ihn barsch zurecht.

Der Stadtdiener kratzte sich am Schädel und war für den Moment vollkommen aus dem Konzept gebracht. Katharina riss sich zusammen, um angesichts seiner verblüfften Miene nicht zu lachen. »Was gibt es denn so Dringendes, was du mir sagen musst?«, fragte sie und hoffte, dass ihre Stimme nicht vor unterdrückter Erheiterung bebte.

Kunibert fand seine Selbstsicherheit wieder, ignorierte sicherheitshalber Dame von Bora und erklärte: »Der Schützenmeister ist zurück, gemeinsam mit dem jungen Brandt, dem von der Dorothee. Er will Euch sehen. Euch und die Tilferin, der habe ich schon Bescheid gegeben, und jetzt war ich grad auf dem Weg zu Euch, damit …«

»Warum hast du das nicht gleich gesagt«, unterbrach Käthe ihn. »Wo sind sie denn? Katharina, es ist Euch doch recht, wenn ich Euch begleite?«

Katharina mochte Leute, die wussten, was sie wollten. »Sicher«, erwiderte sie. »Kommt nur mit. Ist Burkhardt in der Schützenstube oder daheim?«

Kunibert grinste flegelhaft, anscheinend hatte er beschlossen, sich von Käthe nicht länger einschüchtern zu lassen. »Na, was meint Ihr wohl?«

»Also gut. Gehen wir zum Rathaus.« Katharina grinste zurück, ein bisschen Komplizenschaft mit dem ihr und Burkhardt treu ergebenen Kunibert konnte nicht schaden.

Kurze Zeit später standen sie vor der geöffneten Tür der kargen Kammer, in welcher Burkhardt einen Großteil seines Lebens verbrachte, und Katharina wurde von dem unangenehmen Gefühl überwältigt, ein gänzlich überflüssiger Störenfried zu sein. Burkhardt hockte mit geschlossenen Augen auf einem Schemel, die vor Entkräftung eingefallenen Wangen von wenig kleidsamen Bartstoppeln geziert. Um ihn herum schwirrte Marga, legte mit konzentriert gerunzelter Stirn seinem geschundenen Oberkörper einen Verband an und vollbrachte das Kunststück, ihn dabei nicht zu berühren, weil sich das nicht gehört hätte.

Burkhardt unterbrach sie in ihrem emsigen Tun, als er ihre Hand ergriff und seine Finger mit ihren verschlang. Er war sehr bleich, und Katharina hoffte zutiefst, dass er den zärtlichen Moment nicht dadurch zerstörte, indem er in Ohnmacht fiel. Aber nein, er öffnete sogar die Augen und blickte Marga an, und die hielt still und starrte gebannt zurück, einen Ausdruck hingebungsvollen Glücks in ihren Zügen.

Man durfte bei so etwas nicht eingreifen. Es war so schön, die beiden endlich glücklich zu sehen.

Dann räusperte sich Kunibert und trat entschlossen einen Schritt vor. »Tut mir ja leid, Schützenmeister, aber es geht nicht anders. Ihr habt gesagt, ich soll Dame Roeseling heranschaffen, und zwar schnell. Nun, hier ist sie. Und Dame von Bora auch.« Formvollendet verzichtete er darauf, Kritik an der ehemaligen Ordensfrau in seinem Ton durchschimmern zu lassen.

Burkhardt sah ihn an. Seine sonst so freundlichen Augen waren winzig und blutunterlaufen, was auf den Grad seiner Übermüdung hinwies. »Dann hol noch Hans Christian. Der ist unterwegs zu einer Garküche. Such ihn.«

»Nicht nötig. Ich bin schon da.« Der junge Brandt betrat in diesem Moment den Raum. In den Händen hielt er etwas in Pergament

Eingeschlagenes, das durchdringend nach Zwiebeln roch. Katharina kam es so vor, als verstärke sich Burkhardts Blässe.

»Bleibt mir bloß vom Leib mit dem Zeug«, knurrte er. »Ihr werdet mich nicht dazu bringen, davon etwas zu essen. Egal, was Ihr mir androht.«

»Das würde ich mir an Eurer Stelle gut überlegen.« Hans Christian hatte in den letzten zwei Tagen offensichtlich beträchtlich an Selbstbewusstsein gewonnen. »Ihr wolltet zu Kräften kommen. Ihr *müsst* zu Kräften kommen, wenn Ihr morgen mit der Suche fortfahren wollt.«

»Was?« Marga ließ das feuchte Tuch fallen, mit dem sie gerade noch zärtlich Burkhardts Stirn abgetupft hatte. Es landete in seinem Schoß, und Burkhardt zog eine Grimasse. Er nahm es nicht fort, denn er hatte keine Hand frei, weil er mit beiden die von Marga umfasste.

»Hör zu …«, begann er, aber Marga ließ ihn erst gar nicht ausreden.

»Du willst weitermachen? In deinem Zustand? Das … das kommt überhaupt nicht in Frage!«

Alle starrten sie an. Käthe überrascht, Kunibert milde belustigt, Katharina mit wehem Herzen und Burkhardt zu elend, um diesen Streit mit geschliffenen Worten auszufechten.

»Du wirst mich nicht daran hindern«, erklärte er. So, wie die Sache lag, war es nicht die geschickteste Formulierung, die er hätte wählen können.

»Das wollen wir ja noch mal sehen«, fauchte Marga. »Wie kann man nur so … so … so ein dummes Mannsbild sein!«

»Das frage ich mich auch«, stimmte Burkhardt zu. Es war der zum Scheitern verurteilte Versuch, dem Ganzen eine leichtere Note zu geben. »Ich hätte Dorothee schon längst aufspüren müssen.«

»Aber jetzt wissen wir wenigstens, wo sie ist«, sagte Hans Christian.

»Wir *vermuten*, wo sie sein *könnte*«, korrigierte Burkhardt. »Möglicherweise.«

»Ja, gut, von mir aus. Doch die Wahrscheinlichkeit, dass sie in der verlassenen Burg ist, scheint mir einigermaßen groß.« Hans Christian weigerte sich, die Hoffnung so schnell zu begraben.

»Ob das so ist, finden wir morgen heraus«, unternahm Burkhardt einen weiteren Versuch, seinen Optimismus zu bremsen. »Gleich nach Tagesanbruch. Mit frischen Kräften.«

»Ob das so ist, findet *irgendjemand* morgen heraus«, warf Marga ein, und Katharina nahm an, dass es sie einige Anstrengung kostete, ihr Temperament zu zügeln. »*Du* findest gar nichts heraus. Du liegst nämlich morgen in deinem Bett und kurierst dich aus.«

Burkhardt sah sie an. Und schwieg. Es war äußerst beredt, dieses Schweigen. Marga merkte es auch. »Von deinem Lager aus schickst du deine Leute nach Niendorff, und wenn sie zurück sind, hörst du dir an, was sie berichten«, lenkte sie ein. »Nachher entscheidest du, was zu tun ist.«

»Ich hab keine *Leute*, die ich in Wittenberg entbehren könnte«, wandte Burkhardt milde ein. »Ich brauche alle dort. Jeden Einzelnen von ihnen. Es ist viel leichter für mich, Burg Niendorff selbst auszukundschaften, als hier in der Stadt nichts zu tun und mich zu grämen. Bisschen auf dem Pferd sitzen, das geht schon.«

Marga blitzte ihn wütend an. Dann zuckte sie mit den Achseln.

Marga Tilfer gab eigentlich nicht so schnell klein bei. Katharina räusperte sich. Laut. Laut genug jedenfalls, dass Marga es mitbekam und sie ansah. Sie hob die Schultern und lächelte sie an. Das Lächeln hatte etwas ganz entschieden zu Sanftes. Etwas gefährlich Sanftes. Katharina seufzte still.

Marga wandte sich Burkhardt zu, und ihr Lächeln änderte sich, wurde liebevoll, werbend. Katharina hatte nicht gewusst, dass Margas Wesen eine derart raffinierte Note zu eigen war. Denn was sie jetzt tat, war der reine Mummenschanz, nur merkte es außer Katharina keiner. Burkhardt nicht, weil er Marga anbetete und sich nicht vorstellen konnte, dass sie ihn hintergehen würde. Kunibert nicht, weil er Frauen grundsätzlich nichts Schlechtes zutraute. Käthe und Hans Christian nicht, weil sie nicht darauf achteten.

»Versprich mir, dass du dich bis zum morgigen Mittag ausruhst«, wisperte Marga, und ihre Lippen streiften zart Burkhardts Wange. »Vierundzwanzig Stunden Ruhe, das muss sein. Falls du dann glaubst, dass es richtig ist, loszureiten, sollst du meinen Segen haben.«

»Ich tue alles, was du begehrst«, versprach Burkhardt, der im Übrigen so aussah, als könne er sich kaum aufrecht auf dem Schemel halten. Vermutlich fiel es ihm deshalb so leicht, sich Margas Wünschen zu beugen.

Marga lächelte fein und tätschelte seine Hand.

Katharina fragte sich äußerst beunruhigt, was da auf sie zukam.

Als sie schließlich Käthe zum Schwarzen Kloster brachten, lief Marga ungewohnt schweigsam neben ihnen her und überließ Katharina die Konversation. Also plauderte sie ein wenig zerstreut über das Leben in Wittenberg und die Reichenbachs und die Cranachs, denn Käthe hatte unlängst die Frau des berühmten Malers kennengelernt und fand sie sehr sympathisch.

Dann fiel Katharina nichts mehr ein, aber inzwischen standen sie auch schon vor der Pforte des Augustinereremitenklosters und konnten sich glücklicherweise verabschieden, da Käthe einfiel, dass es heute ihre Aufgabe war, sich um das Abendessen zu kümmern, und sie vergessen hatte, dafür einzukaufen.

»Oje, da muss ich improvisieren«, meinte sie munter. »Na, es wird sich wohl irgendetwas finden. Besonders hoch sind unsere Ansprüche ja nicht. Versprecht Ihr, mich auf dem Laufenden zu halten?«

»Natürlich. Sobald wir etwas erfahren, hört Ihr auch davon.« Katharina lächelte sie beruhigend an und spürte gleichzeitig, wie Marga ihre Hand federleicht auf ihren Arm legte.

»Kommst du?«, fragte Marga, und nur wer sie gut kannte, konnte die Ungeduld in ihrer Stimme hören. Katharina kannte sie gut.

Sie hatte kaum noch Zeit, sich vernünftig von Käthe zu verabschieden, da zog Marga sie schon die Straße entlang.

»Was gibt es denn plötzlich so Dringendes?«, fragte sie ein bisschen gereizt. Allmählich forderten die Ereignisse der letzten Tage auch bei ihr Tribut.

»Da gibt es in der Tat etwas, das wir dringend tun müssen. Äußerst dringend. Aber ich brauche deine Hilfe, alleine kann ich es nicht schaffen.«

Marga stürmte so schnell die Collegienstraße hinab, dass Katharina kaum hinterherkam. »Da du meine Hilfe willst, solltest du auf mich warten. Und wenn du mir nicht erklärst, was du vorhast, dann kann ich dir auch nicht sagen, ob ich dir dabei helfen werde.«

Katharina blieb stehen und sah sich um, verspürte das überwältigende Bedürfnis, sich zu setzen. Leider war außer einem schmuddeligen Stapel Bretter, die zu einer Baustelle gehörten, nichts zu sehen, was auch nur annähernd einer Sitzgelegenheit ähnelte, und sie beschloss, lieber ihr Kleid als ihre Beine zu schonen. Langsam setzte sie sich wieder in Bewegung und schloss zu Marga auf, bei der von Ermattung nicht das Mindeste zu spüren war.

Aufgeregt hakte Marga sich bei ihr ein und zog sie mit. »Es ist doch sonnenklar, dass Burkhardt seine Suche nicht wiederaufnehmen kann«, erklärte sie. »Er ist verletzt und viel zu angegriffen, um sich mit brutalen Entführern anzulegen.«

»Er hat zugesagt, dass er zumindest bis morgen hierbleiben und seine Kräfte sammeln wird. Wenn er sich dann aber zum Aufbruch entscheidet, wirst du ihn nicht daran hindern können«, stellte Katharina klar. Den Zahn wollte sie Marga auf jeden Fall ziehen.

Überraschenderweise nickte diese. »Ich weiß. Sie sind manchmal so entsetzlich halsstarrig, die Männer.«

Oja. Davon konnte Katharina auch ein Lied singen. Sie verbot sich, an Thomasus zu denken, weil sie sonst ein schlechtes Gewissen bekam, was sie jetzt nicht gebrauchen konnte. Lieber konzentrierte sie sich auf das derzeitige Problem.

Ein Problem kam nämlich auf sie zu, das war überdeutlich.

»Also?«, fragte sie, weil sie endlich herausfinden wollte, was auf sie lauerte.

»Wir sind ihm voraus.« Margas Augen leuchteten unternehmungslustig.

»Wie willst du das denn anstellen?«

»Ganz einfach. Niendorff ist nicht so weit weg von Wittenberg, Hans Christian hat's gesagt, und außerdem weiß ich ungefähr, wo es liegt. Wir reiten morgen in aller Herrgottsfrühe hin, finden heraus, ob Dorothee wirklich dort ist, und sind zurück, bevor das Mittagsläuten vorbei ist.«

»Burkhardt musste dir versprechen, dass er bis zum Mittag ruht«, sagte Katharina langsam. »Du hast diesen hirnrissigen Plan also schon vorhin gefasst.«

»Kaum dass Burkhardt durch die Tür gekommen war«, bestätigte Marga fröhlich. »Beziehungsweise kaum dass ich gesehen hatte, in welchem Zustand er durch diese Tür kam. Und der Plan ist *nicht* hirnrissig.«

»Das würden andere Leute aber sicher ganz anders beurteilen.« Katharina dachte nun doch an Thomasus. Sie war noch immer böse auf ihn, obwohl er kein erneutes Verbot ausgesprochen hatte. Das konnte immerhin als Fortschritt gelten.

»Andere Leute sollten uns gleichgültig sein«, sagte Marga. »Hier geht es um Wichtigeres, als irgendwelche *Leute* zufriedenzustellen ...«

»Du sprichst von meinem Mann«, wies Katharina sie sanft zurecht.

»Oh.« Marga besaß den Anstand, ein wenig beschämt dreinzusehen, aber es hielt nur einen winzigen Moment an. »Thomasus ist Burkhardts Freund. Er kann doch nicht wollen, dass er sich übernimmt und nicht wiedergutzumachenden Schaden davonträgt.« Mit diesem Argument wischte sie Katharinas Einwände energisch beiseite. »Katharina, wir müssen das tun. Was ist schon bemerkenswert an zwei Frauen, die einen Ausflug unternehmen? Kein Mensch wird vermuten, dass wir irgendwelche Nachforschungen anstellen. Wir traben ein bisschen in der Gegend herum, finden einen Platz, von dem aus wir die Burg einsehen können, stellen fest, ob Dorothee da ist, stellen fest, ob überhaupt jemand da ist, und reiten wieder zurück. Dann suchen wir Burkhardt auf und berichten ihm, was wir herausgefunden haben. Er wird einsehen, dass wir ihm einen Gefallen getan haben.«

»Falls Dorothee tatsächlich in Niendorff ist, kann er direkt ein paar Männer aus Wittenberg mitnehmen, wenn er dorthin aufbricht«, sagte Katharina langsam. »So zieht er sie nicht sinnlos von hiesigen Aufgaben ab, sondern setzt sie ganz konkret für einen begrenzten Zeitraum woanders ein.«

»Siehst du, du verstehst meinen Plan. Burkhardt wird das auch tun«, sagte Marga überzeugt und voller Optimismus. Katharina war sich da keineswegs so sicher. Selbst ein Mann wie Burkhardt, der uneitel und nachsichtig war – und verliebt –, sah es gewiss nicht gerne, wenn eine Frau seine Aufgaben für ihn erledigte, noch dazu, wenn diese Aufgaben mit Gefahren verbunden waren.

Für Thomasus galt das in noch weit stärkerem Maße. Wenn sie morgen früh zusammen mit Marga nach Burg Niendorff ritt, dann trieb sie in seinen Augen den ehelichen Ungehorsam auf die Spitze, das wusste Katharina ganz genau.

»Komm schon, Kathinkalein«, schnurrte Marga, der natürlich klar war, um was es ging. »Wir sind zurück, bevor Thomasus in seinem Kontor bemerkt hat, dass du fort gewesen bist.«

»Wie schmeichelhaft.«

Ganz unrecht hatte sie indes nicht. Katharina zögerte dennoch. »Ich weiß wirklich nicht, ob es eine so gute Idee ist«, wandte sie ein. »Das sind gefährliche Leute.«

»Wenn sie überhaupt dort sind. Sind sie's nicht, haben wir nur einen netten Vormittag unter freiem Himmel verbracht.«

Katharina stöhnte. »Thomasus wird mich kreuzigen.« Sie hob abwehrend die Hände. »Ich kann das nicht tun, Marga. Sei nicht böse, ich bitte dich. Aber ich muss mit Thomasus weiterleben, und am Ende sperrt er mich noch ein.«

Marga sah sie nicht an und schwieg. Einen Moment zu lang. Dann sagte sie leise: »In Ordnung. Aber vielleicht überlegst du es dir noch einmal. Ich *brauche* deine Mithilfe. *Burkhardt* braucht deine Hilfe.«

Sie hatten die Burg dann gestern doch nicht mehr verlassen. Zum Glück, denn Dorothee war nicht überzeugt, dass sie sich auf einem Pferd hätte halten können. Ihr ganzer Körper war zerschlagen, buchstäblich und im übertragenen Sinne.

Blut. So viel Blut. War das normal, dass Blut lief, wenn ein Mann bei einer Frau lag? Doch was hieß schon »lag«? Sie hatte gelegen, sozusagen, halbwegs zumindest. Rücklings auf der Tischplatte, direkt neben ihrem Kopf ein halber Laib Käse, den sie vergessen hatte wegzuräumen und der erbärmlich stank. Komisch, dass sie das so stark wahrgenommen hatte. Aber es war einfacher gewesen, sich dem üblen Geruch zu widmen als dem Entsetzen, das sie überfallen hatte.

Sie hatte gelegen, und das Rauschen in ihren Ohren hatte alles andere zugedeckt, was sie hätte hören können. Hätte hören *müssen.* Nachdem Jürg ihre Röcke hochgeschoben hatte. Mit einem einzigen gewaltsamen Stoß etwas in ihr zerstört hatte. Etwas Kostbares. Etwas, was sie unter allen Umständen hatte schützen wollen. Aber nicht hatte schützen können.

Sie hatte nicht geweint, nicht geschrien, sich nicht gewehrt. War stumm und starr gewesen, weil ihr Verstand sich weigerte zu begreifen, was da mit ihr geschah.

Anfangs. Später begriff sie es schon.

Jürg gefiel nicht, dass sie keine Reaktion zeigte. Sie schloss es daraus, dass er sie schlug, immer wieder schlug. Ins Gesicht, bis auch hier das Blut aus dem Mundwinkel und von einer Augenbraue lief. Das war der Moment, in dem sie gewimmert und gefleht hatte, dass er aufhören möge.

Das hatte Jürg dann gefallen. So sehr gefallen, dass das ganze Spiel von vorne begann.

Irgendwann war er fertig gewesen und hatte von ihr abgelassen, seine Hose geschlossen. »Du kannst gehen«, hatte er gesagt. Nicht beschämt, weil er die Kontrolle verloren hatte. Auch nicht aggressiv oder gar schuldbewusst, nur desinteressiert.

Sie war nach oben gegangen, vielmehr gewankt. Sie hatte sich in der Kammer verkrochen, in der sie die Nacht zuvor gewohnt hatte. Hatte diese Nacht ebenfalls darin verbracht. Schlief stundenlang, denn ihr Geist verweigerte, sich zu schnell den Erinnerungen zu stellen, die sie sofort überfielen, als sie am frühen Morgen erwachte.

Ich halte das aus, dachte sie. Ich bin Dorothee von Linnitz. Mir kann keiner was.

Dann fiel ihr Hans Christian ein. Ob er damit leben konnte, dass sie nun nicht mehr … intakt war? An Körper, Geist und Seele zu Bruchstücken geschlagen. Nein, das würde er wohl nicht. Männer konnten so etwas nie. Das hatte mit ihrer verdammten Ehre zu tun.

Wobei es mit der Ehre von Männern nicht so weit her war, führte man sich vor Augen, wozu sie fähig waren. Eine junge, unschuldige Frau ihres Selbst und ihrer Zukunft zu berauben, einfach so.

Dorothee rollten heiße Tränen über die Wangen. Unter Aufbietung sämtlicher Kräfte verbot sie sich, weiter zu weinen. Am besten stand sie jetzt auf und ging hinunter und suchte einen Weg, wie sie sich davonschleichen konnte. Irgendwann musste das Tor sich öffnen. Vielleicht gab es sogar einen zweiten Ausgang, falls ja, fand sie den auch. Wenn die Gelegenheit kam, sich davonzustehlen, würde sie bereit sein. Mit Pferd, ohne Pferd, egal. Sie musste nur weg.

Sie erhob sich und ignorierte ihre zitternden Knie. Sie ignorierte auch den Schmerz zwischen ihren Beinen. Sie ignorierte die Eiseskälte in ihrem Herzen. Stattdessen richtete sie ihre Kleider, soweit es möglich war, und band ihre Locken zu einem straffen Knoten. Nichts lag ihr ferner, als hübsch und mädchenhaft auszusehen, etwas, worauf sie früher so viel Wert gelegt hatte. Kinderkram. Lange, lange vorbei. Seit gestern. Es kam ihr vor, als seien Ewigkeiten seitdem verstrichen.

Sie ging zur Tür und stand eine Weile davor. Der Kopf ganz leer, die Finger klamm.

Es musste sein. Es gab nur einen Weg hinaus, und sie würde ihn gehen, sonst sah sie keine Möglichkeit, von hier zu fliehen. Vielleicht waren die anderen sogar schon fort. Vielleicht war sie allein. Wenn sie oben blieb, bis sie verhungerte, konnte sie es nicht herausfinden. Sie würde nicht einmal merken, dass sie frei war.

Langsam stieg sie die inzwischen vertraute Treppe hinab. Hinunter in die Stille, denn kein Ton war zu hören. Sie nahm die letzten Stufen, die letzte Biegung, dann vernahm sie leise Geräusche. Dorothees Herz begann wild und schmerzhaft zu schlagen, der Rhythmus stolperte. Sie zwang sich, die Halle zu betreten.

Alles war wie gestern. Ursell stand am Feuer und rührte in etwas, dessen Geruch eine jähe Welle von Übelkeit in Dorothee aufsteigen ließ. Wolfhardt und Bertram saßen am Tisch und würfelten. Walther war auf der Jagd gewesen und hockte nun auf einem Schemel und zog einem Kaninchen das Fell ab. Da war Sigurd, der niemals sprach. Neidhart, der dick wie ein Fass war und bei der kleinsten Anstrengung so schwitzte, dass ihm das Wasser die Stirn herabtropfte.

Dorothee wusste mit einem Mal alle ihre Namen. Gestern noch hatte sie das nicht interessiert.

Jürg war auch da. Sie zwang sich, nicht zu ihm hinüberzusehen, und setzte sich langsam in Bewegung. Quer durch die Halle.

Die Gespräche erstarben. Außer dem Knacken des Feuers und dem schabenden Geräusch von Ursells Löffel war kein Laut zu hören.

Nicht, bis sie an der Eingangstür angelangt war.

»Wohin soll's denn gehen, Täubchen?« Es war die hässliche Stimme von Wolfhardt, untermalt durch ein Kichern von Bertram.

Dorothee blieb stehen, das Gesicht zur Tür gewandt, die Hand schon auf der Klinke. »Zum Brunnen«, sagte sie. Es war das Erste, was ihr in den Sinn kam.

»Das ist nicht nötig. Wasser ist hier.«

Jürg. Sie hatte nicht gewusst, dass man eine Stimme, eine Tonlage so unmittelbar, so elementar hassen konnte.

Sie drückte die Klinke hinunter.

Hinter ihr scharrten Stühle über den steinernen Boden. Schritte kamen näher.

Dorothee öffnete die Tür, sie wollte so dringend nach draußen – frische Luft, frisches Wasser. Fort. Einfach nur fort.

Eine Hand griff an ihr vorbei und stieß die Tür zurück ins Schloss. Die Hand war groß, rot. Dunkle Haare wuchsen zwischen den Gelenken. Eine grobe Hand. Stark, mit Schwielen, die davon zeugten, dass sie kräftig zupacken konnte.

Dorothee stockte. Es blieb ihr nichts anderes übrig.

Sie sah, wie die Hand sich von der Tür löste, spürte, wie sie sich auf ihre Hüfte legte. Fühlte, dass eine zweite Hand dazukam. Wie die beiden Hände sie umdrehten. Wie sich ihr Rücken gegen die Tür presste. Die Tür, hinter der die Freiheit lag. Und Luft.

Vor ihr stand Wolfhardt, das Gesicht gerötet, seine Augen glänzten, die Lippen waren geöffnet, sein Atem kam stoßweise.

In Dorothee schoss Übelkeit empor, und einen Moment lang hoffte sie, sie würde sich übergeben. Mitten hinein in seine hässliche, geile Fratze.

Dann fiel ihr Blick an Wolfhardt vorbei auf Bertram, der direkt hinter ihm stand und an seiner Hose herumfuhrwerkte. Sie sah Sigurd, der entschlossen aufstand, der Schemel fiel krachend zu Boden. Er kam quer durch die Halle schnurstracks auf sie zu.

Bertram kicherte irre. »Mach schon«, sagte er zu Wolfhardt. »Oder kannst du nicht? Lass mich zuerst. Ich kann immer.«

»Von wegen«, keuchte Wolfhardt. »Stell dich am Ende an, Missgeburt.«

Mit einem hässlichen Geräusch riss der Stoff von Dorothees Mieder.

Sie sah noch, wie sich der Koloss von Neidhart erhob und seine Massen in Bewegung setzte. Dann schloss sie die Augen und wünschte sich zu sterben.

TEIL 4

1

Es wurde eine lange Nacht. Eine sehr lange Nacht, und Dorothee driftete zwischen wachen Momenten und einem unruhigen Schlaf dahin, der sie immer wieder abrupt auftauchen ließ aus grausamen Träumen. Es waren Stunden voller Qual und Schmerzen und fruchtloser Fragen, an welcher Stelle ihres Lebensweges sie eine so fatal falsche Abzweigung genommen hatte. Als sie sich Jürg und seinen Leuten anschloss und damit an etwas auslieferte, was sie nicht überblicken konnte? Oder schon vorher, als sie den übermütigen Plan gefasst hatte, Kloster Marienthron eigenmächtig zu verlassen? Oder noch früher, als aus der Freundschaft mit dem Sohn des Linnitz'schen Jagdaufsehers das geworden war, was sie schwärmerisch als eine wunderbare und aufregende Liebesgeschichte empfunden hatte?

Wenn sie jetzt an Hans Christian dachte, wurde ihr schlecht.

Aus der süßen ersten Liebe wurde im Laufe dieser Nacht etwas Bitteres. Dorothee wollte sich nicht einmal vorstellen, neben einem Mann im selben Raum auszuharren. Ganz zu schweigen davon, mit ihm ihr Leben zu teilen. Das, was davon übrig geblieben war.

Hans Christian würde ohnehin nicht vergessen können, was mit ihr geschehen war. Männer waren zu so etwas nicht imstande. Sie begnügten sich nicht gerne mit Ware aus zweiter Hand.

Ein beinahe tröstlicher Gedanke, der Dorothee für den Moment Frieden schenkte.

Als sie das nächste Mal erwachte, fiel ihr ein, dass ihre Zukunft womöglich nun doch in einem Frauenkloster lag. Eine lächerliche Laune des Schicksals, durch die sich der Kreis vielleicht noch schloss.

Die Option, der Sache selbst ein Ende zu bereiten, zog sie derzeit nicht in Betracht. Allerdings hatte sie erst nach reiflicher Überlegung beschlossen, darauf zu verzichten. Vorerst. Falls Jürg und seine Leute wiederholen würden, was sie ihr angetan hatten, zog Dorothee das Höllenfeuer, das auf einen Selbstmörder wartete, auf jeden Fall vor. Immerhin bestand eine gewisse Chance, dass die gelehrten Männer sich irrten und es ein solches Feuer gar nicht gab.

Jürg war real. Bei einer Risikoabwägung wusste sie genau, was sie tun würde.

Vielleicht kam sie gar nicht in diese Zwangslage und starb einfach vorher. So etwas kam vor, man tuschelte hinter vorgehaltener Hand über derartige Geschichten. So, dass ein junges Mädchen sie möglichst nicht hörte. Was jedes findige junge Mädchen natürlich doch tat und dann mit dem Ausmalen der grausigen Details alleine gelassen wurde.

Die Details hatten sich als andere herausgestellt. Das Grausige nicht.

Gott jedenfalls wollte sie nicht haben. Noch bevor der Morgen graute, bevor die Feldlerche, stets die Erste, die den Tag begrüßte, ihr Lied anstimmte, wusste Dorothee, dass sie am Leben bleiben würde, ob ihr das passte oder nicht. Gott war wie die anderen Männer. Er wollte ebenfalls kein benutztes, armseliges Ding, das gebraucht und dann fortgeworfen worden war wie Müll.

Im letzten Mondschein war der dunkle Fleck auszumachen, auf dem sie lag. Bewegte sie sich, konnte sie spüren, dass es dort feucht war. Es dauerte eine geraume Weile, bis ihr klar wurde, dass es sich um Blut handelte. Ihr Blut. Viel.

Wenn Wild erlegt worden war, ließ man es ausbluten, bevor man es weiterverarbeitete. Irgendwann liefen die Körper leer, und der Lebenssaft sammelte sich in einem Eimer, den eine tüchtige Magd unter den Kadaver gestellt hatte. Mit Tierblut wurden Würste gefüllt.

Wenigstens das bleibt mir erspart, dachte Dorothee. Obwohl sie es nicht für ausgeschlossen hielt, dass Jürgs Männer Menschenfresser waren. Jedenfalls Neidhart, der fraß sicher alles, was er vor die Nase gesetzt bekam.

Bei dem Gedanken an Neidhart stieg bittere Galle in Dorothee hoch, sie schmeckte sie auf der Zunge.

Möglicherweise gelang es ihr, allein durch die Kraft ihres Willens zu sterben. Ohne Hand an sich zu legen galt es nicht als Selbstmord, nahm sie an.

Sie versuchte, ihren Geist zu leeren, an nichts zu denken, was sie im Diesseits hielt. Es wurde ganz dunkel und taub und stumm in ihr. Dorothee schloss die Augen und versank.

Es war noch Nacht, die letzte stille Stunde, bevor sich der erste Schimmer am Himmel zeigen würde. Katharina schlug die Augen auf, erwachte kaum erholt nach zu kurzem Schlaf und von zu fruchtlosen Diskussionen am Abend zuvor. »Ich lasse Marga nicht alleine, das kann ich einfach nicht«, flüsterte sie im Dunkel der zugezogenen Vorhänge ihres Bettes. Sie wusste genau, dass Thomasus ebenfalls nicht schlief, sie hörte es an seinem Atem. »Sie braucht mich. Und ich … brauche es auch. Ich will mich kümmern. Ich *muss* mich kümmern.«

»Du hast Dinge, um die du dich ›kümmerst‹«, wandte Thomasus ein. Konnten Männer nicht verstehen, dass kümmern und kümmern zwei verschiedene Dinge waren?

»Ich meine doch nicht den Haushalt. Ich meine … ach Thomasus, ich hätte so gerne ein Kind. Um ein *Kind* will ich mich kümmern.«

»Das weiß ich ja. Aber wir werden es nehmen müssen, wie es ist.« Wie sonst auch sah Thomasus keinen Anlass, sie zu schonen, indem er eine unangenehme Wahrheit nicht aussprach. Doch zog er Katharina eng an sich, was ihr mehr Trost spendete, als alle Worte es vermocht hätten. »Vielleicht werden wir eines bekommen. Vielleicht nicht. Du wirst das nicht ändern können, und wenn du dich noch so sehr hineinsteigerst.«

Im ersten Augenblick wollte sie sich empören über das »hineinsteigern«, aber die Aufwallung fiel schnell in sich zusammen. Womöglich war es ganz genau das, was sie tat. Sie steigerte sich hinein. Mit mehr Gelassenheit ginge es vielleicht leichter.

Darüber musste sie nachdenken. Später. »Für Marga ist es auch wichtig«, sagte sie, weil sie jetzt unbedingt einen Themenwechsel benötigte und weil es außerdem stimmte. »Sie muss diese Angelegenheit endlich klären, so oder so. Wenn … nun ja, wenn es nicht so läuft, wie sie es sich wünscht, dann muss sie ihre Lebenspläne überdenken. Sich irgendwann jemand anderem zuwenden. Oder ihren Vater entscheiden lassen. Mir hat es ja auch zum Vorteil gereicht.«

»Ganz reizend ausgedrückt.« Thomasus zwickte sie in den Arm. »Wie günstig, dass die Geschäfte gut genug laufen, dass ich auf der Habenseite verbucht werde.«

»Du weißt doch, was ich meine.«

»Ich hoffe schon.« Er drehte sich auf die Seite, stützte sich auf den Ellenbogen und betrachtete Katharina im langsam keimenden Dämmerlicht. Sachte schob er ihr eine Haarsträhne hinter das Ohr. »Und unser armer Freund Burkhardt muss sich endlich darüber klar werden, ob er die Sache in trockene Tücher bringen oder weiter vor Meister Tilfer den Schwanz einziehen will.«

»Wie äußerst gefühlvoll du sein kannst«, schnurrte Katharina und kuschelte sich an ihn. Arme Marga. Nach genau so etwas sehnte sie sich bestimmt auch.

»Das kann ich tatsächlich«, bestätigte Thomasus in zufriedenem Tonfall, und es entsprach sogar der Wahrheit. Seine Kunden und auch die Kollegen wären ganz sicher bass erstaunt gewesen, hätte Katharina ihnen davon erzählt.

Dann gab sie sich einen Ruck. »Man sagt Männern nach, dass sie noch viel dringender auf einen Erben erpicht sind als Frauen. Warum ist das bei dir anders?«, fragte sie leise.

»So anders ist es ja gar nicht«, gab Thomasus zu und drehte sich wieder auf den Rücken. »Ich hätte schon gerne einen Sohn. Oder ein kleines Mädchen mit rotblonden Löckchen, das dir auf der Nase herumtanzt.« Sie vernahm das Lächeln in seiner Stimme, und plötzlich war es nicht mehr so schlimm, dass er sich von ihr weggedreht hatte. »So wie du auf meiner«, fuhr er fort, und sie spürte einen raschen Kuss an ihrer Schläfe. »Doch wenn es nicht sein soll, können wir nicht viel dagegen unternehmen. Also warten wir ab. Und tun unser Bestes.«

Katharina grummelte, aber der Kloß in ihrem Hals war etwas weniger dick.

»Leider nicht jetzt.« Der übertrieben bedauernde Tonfall sollte wahrscheinlich dem Thema die Last nehmen. »Ich muss zu einem Kunden nach Coswig. Und falls du mit Marga nach Niendorff reiten willst, solltest du nun ebenfalls aufstehen.«

Im ersten Moment dachte sie, sie hätte nicht richtig gehört. »Du hast nichts dagegen, dass Marga und ich weitermachen?«

»Doch. Aber wenn du dich *kümmern* musst …« Er seufzte schwer. »Dann kümmere dich halt. Komm bloß heil wieder, sonst bekommt's dir schlecht.«

»Ich verspreche es dir.«

Sie ritten in einen perlgrauen Morgen hinein, am Horizont zeigte sich ein rosiger Schimmer, es versprach ein schöner Tag zu werden. Sie schwiegen, Katharina in Gedanken an ihren Mann und an das Band, das sie geschaffen hatten und das sie nicht zerstören sollte, indem sie es überstrapazierte. Thomasus hatte nachgegeben, nicht viele Ehemänner hätten das getan. Die Ehe war ein Geben und Nehmen, und Katharina traf ihre Wahl. Sie konnte es ihm gleichtun. Sie würde Ruhe geben und daheimbleiben, wie Thomasus es wünschte.

Bald. Dies jetzt sollte der letzte Akt sein. Binnen Kurzem war sie zurück in Wittenberg, und dort gehörte sie hin. Zur Lösung ihrer Probleme trug ihr rastloses Verhalten auch nicht bei. Keine Frau bekam ein Kind dadurch, dass sie sich auf Pferden in einsamen Gegenden herumtrieb. Bitter nur, dass sie auch kein Kind empfing, indem sie daheimblieb und ihre Pflicht tat. Doch warum sich länger dagegen wehren. Die Entscheidung darüber lag allein in Gottes Hand. Vielleicht muss ich mehr tun, um sein Wohlwollen zu erringen, dachte Katharina. Das gelang sicher am besten, indem sie tat, was von ihr verlangt wurde. Fleißig und gottesfürchtig war und mildtätig. Und zu Hause.

Auch Marga musste einen anderen Weg einschlagen, um sich mit Burkhardt ins Einvernehmen zu setzen. Im Grunde war es hanebüchener Unsinn, anzunehmen, er nehme ein Weib, weil es seine Arbeit effektiver ausführte als er selbst. Darüber musste sie mit Marga sprechen. Dringend, aber nicht jetzt.

»Es grenzt beinahe an ein Wunder, dass Thomasus dich hat gehen lassen«, sagte Marga, die anscheinend bemerkt hatte, dass Katharina sie beobachtete.

Katharina tat so, als nehme sie die Kritik an ihrem Mann nicht wahr. »Ich konnte ihn überzeugen, dass es nötig ist.«

»Für mich?« Margas Stimme klang etwas scharf, hatte einiges von ihrem liebreizenden Schmelz verloren.

»Für dich, für mich, das ist doch einerlei«, erklärte Katharina. »Wir haben alle einen eigenen Ansporn, warum wir uns mit dieser Suche beschäftigen. Auch wenn niemand offen darüber spricht.«

»Ich schon.« Der etwas strenge Zug um Margas Mundwinkel wurde milder. »Jedenfalls mit dir. Du weißt genau, was ich bezwecke. Und *ich* weiß genau, dass du mich im Grunde für unvernünftig hältst. Danke, dass du trotzdem mitkommst.«

Katharina lächelte mit schlechtem Gewissen. Sie konnte jetzt nicht offenlegen, was sie selbst antrieb, es ging einfach nicht. Stattdessen sagte sie: »Vernachlässigen wir auch nicht den Fall, um den es eigentlich geht. Es sieht so aus, als bliebe es unmöglich, den Mord an Anni aufzuklären. Anscheinend kommt niemand als Täter dafür in Frage. Bei Dorothee besteht doch wenigstens eine Chance, dass wir sie rechtzeitig genug aufspüren, um Schlimmeres zu verhindern.«

Eine Zeit lang ritten sie schweigend nebeneinanderher. Dann meinte Marga unvermittelt: »Du hast vollkommen recht. Ich hatte beinahe vergessen, warum wir das alles machen. Es ist … beschämend, aber ich habe mich nur noch um mich selbst gedreht. Als sei das Schicksal von Anni und Dorothee nur dazu da, mein eigenes zu sortieren.«

»Wäre es denn wirklich so schlimm, deinem Vater die Suche nach einem geeigneten Ehemann und die Entscheidung für einen Kandidaten zu überlassen?«, fragte Katharina behutsam. »Er wird jemand Angemessenen auswählen. Niemanden, der dir zum Schaden gereicht.«

»Wer will das vorher wissen?«, hielt Marga brüsk dagegen. »Es ist nicht jederzeit alles so, wie es auf den ersten Blick zu sein scheint.«

»Aber es kann doch auch alles die richtige Wendung nehmen. Denk nur … an mich und Thomasus.« Es fiel ihr immer noch schwer, darüber zu sprechen. Die Angst, die sie gespürt hatte, als sich die Schlinge der Verdächtigungen enger zog, Thomasus habe mit dem Tod der armen Roswitha Ville etwas zu tun gehabt. Die Angst, dem Falschen ausgeliefert worden zu sein.

»Das war eine Fügung des Schicksals.« Marga klang ungewohnt schroff. »Thomasus ist ein schwieriger Mann, doch ihr passt zusammen. Zufall, wenn du mich fragst. Das hätte auch schiefgehen können. Es geht *oft* schief. Ich will das nicht. Ich will das nicht aushalten müssen.«

Katharina schwieg ratlos. »Wir haben uns Mühe gegeben«, sagte sie dann. »Es läuft nicht immer von allein, aber wenn …«

»Nichts ›wenn‹. Katharina, weißt du nicht, wie es bei mir daheim wirklich aussieht? Ahnst du nicht einmal etwas davon? Von der Wortlosigkeit, der unterschwelligen Feindseligkeit, die sich wie ein erstickendes Tuch über alles legt? Über alles!« Marga holte tief Luft, aber jetzt, da sie angefangen hatte, konnte sie nicht wieder aufhören. Katharina war gar nicht überzeugt, dass sie von alldem wissen wollte. »Mein Vater, der gute Vater, der seine Tochter überschüttet mit dem, was er an Zuneigung und Verständnis zu geben hat, er kann für seine Frau nicht das Gleiche aufbringen. Sie sind sich fremd, meine Eltern, schlimmer noch, sie sind einander einfach feind. Versteh mich nicht falsch. Da gibt es keine Schläge, lautstarken Streit oder die gemeinsten Vorwürfe. Da findet sich nur … nichts. Ein erdrückendes, lähmendes Nichts, das einem die Luft zum Atmen nimmt.«

»Ach Gott, Marga, weine doch nicht«, bat Katharina und fühlte sich so hilflos wie lange nicht mehr. »Es ist nicht *deine* Ehe, eines Tages wirst du fortgehen und ein eigenes Leben aufbauen.«

»Daran erkennst du auch die Zwickmühle, in der ich stecke«, erklärte Marga und wischte heftig die Tränen von ihren Wangen, es wirkte beinahe so, als würde sie sich schlagen. »Ich möchte unbedingt weg, aber ich habe auch Angst vor dem, was ich eintausche. Ich will mich nicht wie meine Mutter in ewige Krankheiten flüchten, weil ich mein Dasein nicht ertrage. Auf diese Art will ich mich nicht davonstehlen.«

»Das ist doch kein Naturgesetz«, hielt Katharina dagegen. »Es ist eine Ausnahme. Du wirst alles anders gestalten können.«

»Ja, genau. Und deshalb möchte ich einen Mann, den ich mir selbst aussuche und von dem ich glauben kann, dass es mit ihm möglich wäre. Burkhardt ist so ein Mann, eigentlich der Einzige, den ich mir je vorstellen konnte. Wenn ich ihn heirate, ich mich aber getäuscht habe und sich die Ehe mit ihm als Misserfolg herausstellt, dann habe ich es selbst zu verantworten. Und eben Pech gehabt.«

»Ach Marga.«

»Ja, ich weiß. Aber mit Ach und Wehe habe ich mich sehr lange aufgehalten. Damit ist Schluss. Und mit diesem Gespräch auch. Hier ist die Abzweigung nach Niendorff. Darum kümmern wir uns jetzt. Eins nach dem anderen.«

»Eins nach dem anderen«, bestätigte Katharina, gleichermaßen erleichtert, dieses Gespräch beenden zu können, wie überzeugt, dass sie für ihre Freundin da sein und ihr zuhören musste. Später. Jetzt stieß sie Delia entschlossen die Fersen in die Flanken und trieb sie in die Dunkelheit des Waldes.

Sie hatte dann wohl doch noch geschlafen, denn plötzlich war es hell. Dorothee lag ganz still. Wenn sie sich nicht bewegte, hielten sich die Qualen in Grenzen. Die körperlichen Qualen. An den anderen erstickte sie beinahe.

Da war ein Geräusch. An der Tür.

Ohne dass sie etwas dagegen unternehmen konnte, spannten sich Dorothees sämtliche Muskeln an, als machten sie sich bereit, die Flucht anzutreten. Was lachhaft war. Selbst wenn sie gewollt hätte, wäre Dorothee nicht in der Lage gewesen, zu rennen. Sie wusste auch nicht, wohin. Ein Schmerz wie von glühenden Messerstichen schoss durch ihren Leib. Ansonsten lag sie wie angenagelt auf ihrer Bettstatt.

Vielleicht *war* sie ja angenagelt.

Sie wollte es nicht herausfinden. Nicht jetzt.

Es konnte sein, dass sie sich das Geräusch auf dem Gang nur eingebildet hatte.

Hatte sie aber nicht. Auch wenn es leise war, vernahm sie ganz deutlich ein Tappen, das näher kam. Ein Scharren vor der Tür. An der Tür.

Sachte schwang sie auf.

Sie war nicht abgeschlossen, die Erkenntnis traf Dorothee wie ein Schock. Jeder, der wollte, hätte in der Nacht eindringen können. Hatte es womöglich getan, unbemerkt. Sie war nicht *immer* wach gewesen.

Was bist du doch für eine dumme Gans, dachte sie. Natürlich war die Tür nicht zugesperrt. Wäre sie es, dann von außen. Nicht von innen. Wie hätte sie das bewerkstelligen sollen? Sie konnte nicht einmal aufstehen.

Für einen Moment – für wie lange? – musste sie wohl ein weiteres Mal in das große graue Nichts entwichen sein, denn als sie erneut etwas wahrnahm, sah sie Ursell neben ihrem Lager stehen.

Ursell war gut. Ursell war eine Frau. Eine Frau würde ihr doch helfen?

Dorothee öffnete den Mund, um sie anzuflehen, ganz genau das zu tun. Dann schloss sie ihn wieder. Eine von Linnitz flehte nicht. Nicht einmal jetzt. Abgesehen davon hatte sie keine Ahnung, was sie sagen sollte. Vielleicht konnte sie gar nicht sprechen, sie wusste es nicht. Es kam ihr aber so vor.

»Setz dich mal auf«, wies Ursell sie an. Nicht unfreundlich. Aber auch nicht freundlich.

Es war besser, sie tat, was verlangt wurde. Versuchte es wenigstens. Dorothee bemühte sich redlich, es gelang jedoch nicht. Sobald sie den Kopf hob, wurde ihr schwindelig, bunte Schlieren waberten vor ihren Augen.

»Na, dann eben nicht.« Ursell zog das Tuch weg, das Dorothees Leib bedeckte, sie hatte bislang gar nicht gemerkt, wie kratzig es war. Jetzt fehlte es ihr. Kühle Luft drang an bloße Haut.

Ursell studierte sie kritisch. Wie ein Schwein auf dem Markt. Das ist nicht entwürdigend, dachte Dorothee. Das ist normal. Sie wird mir helfen.

»Tja. Da haben die Jungs dich ja ganz munter rangenommen.« Ursell zog einen Lappen aus der Tiefe ihres Ärmels. »Willst du dich abwischen?«

Dorothee betrachtete den Fetzen Stoff. Es war der, mit dem sie die Küchenplatte säuberte. Er war schmutzig. Blut klebte daran, sie sah eine Flaumfeder, vermutlich von einem Huhn. Wieder stieg die saure Galle hoch, und diesmal wollte sie raus.

Sie richtete sich ruckartig auf und erbrach sich neben ihr Lager.

Wenigstens wusste sie nun, dass sie sich noch bewegen konnte.

»Na, jetzt reiß dich mal zusammen«, tadelte Ursell. »Du bist nicht die Erste, der das passiert ist, und du wirst auch nicht die Letzte sein. Kommt halt vor.«

Dorothee wischte sich mit zitternder Hand über den Mund und sah Ursell nicht an. Sie hasste sie beinahe mehr als die Männer.

»Da liegt ein Kleid.« Ursell deutete auf das Bündel, das sie achtlos neben der Bettstatt auf den Boden hatte fallen lassen. »Deins ist ein bisschen mitgenommen, das musst du erst flicken.«

Niemals. Sie würde es verbrennen. Und die glühende Asche Ursell ins Gesicht kippen.

»Wär besser, wenn du es hinunterschaffst.« Ursell seufzte. »Vielleicht kommen die sonst rauf.«

Dorothee sank ganz langsam zurück auf ihr Lager und drehte sich zur Wand. Es dauerte eine Weile, aber schließlich fiel die Tür ins Schloss. Dann, erst dann gab sie nach und ließ die Tränen ungehindert fließen.

2

Als der Vormittag voranschritt, begann Burkhardt sich zu langweilen. Außerdem stellte er fest, dass sich der Nebel, der seit dem Schlag in seinem Schädel geherrscht hatte, offenbar verzog. Vorsichtig bewegte er die Schultern. Dann den Kopf. Nichts geschah. Keine Übelkeit mehr, keine Schmerzen. Oder doch, aber eher ein dumpfes Wummern ganz von ferne, nicht länger diese messerscharfe Qual.

Dann konnte er auch reiten.

Marga fiel ihm ein. Ihr Temperament, mit dem sie ihn für verrückt erklärt hatte, weil er die Suche nach Dorothee wieder hatte aufnehmen wollen. Es zeigte, dass sie sich um ihn sorgte. Und das tat gut.

Allerdings war sein Versprechen kurzsichtig gewesen, sich bis zum Mittag zu schonen, denn er fühlte sich bereits jetzt ausreichend wiederhergestellt, um aufzubrechen. Probeweise ging er rasch ein paar Schritte durch seine Kammer, aber alles blieb am rechten Platz. Sein Blick verschwamm nicht, kein Schwindel trübte die Sicht auf seine karge Wohnstatt.

Außerdem *war* sicher bald Mittag, die elfte Stunde auf jeden Fall. Die zehnte, mindestens. Ein bisschen vor der verabredeten Zeit, doch darauf kam es wohl nicht an.

Es drängte ihn, seine Tölpelhaftigkeit wiedergutzumachen. Peinlich, sich niederschlagen zu lassen. Natürlich war es schön, dass Marga besorgt um ihn war, aber er zog es vor, sich ihr als ein Mann zu präsentieren, der seine Sache im Griff hatte.

Zudem gefiel ihm nicht, dass sie – oder irgendjemand anderer – in seine Arbeit hineinregierte. Es war die Pflicht des Schützenmeisters, die beiden Fälle aufzuklären, nicht die der Frau, die er liebte. So gut sie es auch meinte.

Der Schutz der Lebenden stand über der Verteidigung der Toten, da hatte Marga allerdings recht. Also musste er zuerst Dorothee finden. Bald. Sehr bald. Deshalb würde er sich jetzt in Bewegung setzen. Marga sah sicher ein, dass es ihn nicht im Bett hielt, wenn er wieder gesund war.

Burkhardt blickte sich suchend um, konnte aber nichts Essbares entdecken und war im Grunde froh darüber, denn Appetit verspürte er immer noch keinen. Er ging zügig – nicht wie ein Kranker, da mochte Marga sagen, was sie wollte! – die schmale Stiege hinab, betrat die Straße und prallte gegen Kunibert, der es sich dicht neben der Tür gemütlich gemacht hatte.

Gegen etwas zu prallen war nichts, was Burkhardt derzeit gut bekam. »Was machst du hier?«, fragte er säuerlich und unterdrückte den Impuls, sich den Nacken zu massieren.

»Ich warte auf Euch«, erklärte Kunibert und strahlte eine höchst befremdliche Gelassenheit aus. »Ich dachte mir, Ihr wärt nicht der Schützenmeister, den ich kenne, wenn Ihr länger ausruht als unbedingt notwendig. Ganz sicher, dass mein Schützenmeister schneller wieder aufbricht, als seine Liebste Pieps sagen kann.«

Burkhardt warf ihm einen ungläubigen Blick zu. »Pieps? Aber ansonsten hast du ganz recht. Also lass mich durch.«

»Habt Ihr was gegessen?«, erkundigte sich Kunibert und setzte sich ungefragt neben seinen Dienstherrn, der mit langen Schritten gen Rathaus strebte.

»Du gehst mir auf die Nerven. Bist du Stadtdiener oder neuerdings meine Amme?«

Kunibert grinste breit. »Beides. Könnt Ihr daran sehen, dass ich eine Pastete gekauft habe, weil ich wusste, dass Ihr Euch nicht darum kümmern würdet. Aber Ihr braucht Eure Kräfte. Nützt ja nix, wenn Ihr unterwegs vom Gaul fallt.«

Burkhardt blieb stehen. »Bekomme ich das jetzt dauerhaft aufs Butterbrot geschmiert?«

»Was denn?« Kunibert wühlte in seiner Gürteltasche und kramte ein in ein schmuddeliges Tuch eingewickeltes Päckchen hervor.

»Dass ich mir eins auf den Schädel habe geben lassen. Und vom Pferd gefallen bin«, grummelte Burkhardt.

»Hättet ja kaum oben bleiben können, ohnmächtig, wie Ihr wart. Nee, ich denke nicht, dass Ihr Euch absichtlich habt ausheben lassen. Seid bloß nicht so empfindlich, Schützenmeister.«

»Und du nicht so unverschämt«, wies Burkhardt ihn zurecht, aber mit deutlich gehobener Laune und einigermaßen versöhnt.

»Jetzt esst das mal. Käse und Pilze und Speck. Wird vermutlich nicht genießbarer, wenn man's endlos lang herumschleppt.«

»Ist gut, Mütterchen. Gib schon her.«

Ohne große Begeisterung und nur der besseren Einsicht folgend, schlang Burkhardt mit ein paar Bissen die Pastete herunter, die bestimmt köstlich war und ihm trotzdem nicht schmeckte, weil seltsamerweise sein Magen von dem Schlag auf den Kopf in Mitleidenschaft gezogen worden war. Kaum hatte er den letzten Happs intus, da standen sie auch schon am Stall, und Burkhardt bedeutete einem Burschen, Janus zu holen, und zwar gesattelt und aufgezäumt. Kunibert verschwand kommentarlos, was seltsam war, da er ihm noch keine Anweisungen für die Dauer seiner Abwesenheit erteilt hatte, indes fehlte Burkhardt die Energie, sich über ihn zu ärgern. Es war nicht das erste Mal, dass Kunibert eigenmächtig agierte, doch in der Regel entlastete Burkhardt dies eher, als dass es ihn störte.

Selbstständigkeit konnte man allerdings auch übertreiben. Mit hochgezogenen Augenbrauen sah Burkhardt zu, wie Kunibert mit einem Maultier am Zügel auf den Hof marschierte. »Wo willst du hin?«

»Soweit ich das richtig verstanden habe, nach Burg Niendorff«, entgegnete Kunibert betont friedlich, sah Burkhardt aber nicht an, sondern machte sich eifrig am Sattelgurt des Maultieres zu schaffen.

»Das hast du ganz und gar nicht richtig verstanden.« Burkhardt winkte dem Stallburschen, der gerade Janus aus der Stallgasse führte und sich suchend umblickte. »*Ich* reite nach Burg Niendorff. Du nicht. *Du* gehst den Diebstählen am Rathausbaugrund nach.«

»Das macht Wolff. Den hab ich eingewiesen«, erklärte Kunibert.

»Ich erinnere mich nicht, dir den Auftrag dazu erteilt zu haben.«

»Habt Ihr auch nicht. Schützenmeister, es ist doch so. Wenn wir diese Linnitz nicht finden, ziehen die beiden Frauen wieder los, die Roeseling und die Tilferin. Richtig?«

»Kann sein.«

»Und das ist gefährlich. Auch richtig?«

Burkhardt nickte knapp.

»Ich erinnere Euch nicht gerne daran«, sagte Kunibert und war Manns genug, Burkhardt dabei in die Augen zu schauen, »aber mit der Roeselingerin hab ich's damals verbockt. Als ich sie bewachen sollte und verloren habe. Seitdem denke ich, na ja, ich meine, ich bin zuständig für sie. Irgendwie. Ich hab da was gutzumachen.«

Er fühlte sich verantwortlich für Katharina, weil ihr durch seine Unachtsamkeit so viel Leid widerfahren war. Burkhardts eigene Befürchtung, Schuld auf sich geladen zu haben, weil er zu träge an die Aufklärung von Dorothees Schicksal herangegangen war, schien dem nicht unähnlich, und sein Widerstand erlahmte. Er schlug Kunibert auf die Schulter. »Dann komm. Ich will zurück in Wittenberg sein, bevor es dunkel wird.«

Eine zermürbend lange Zeit wusste Dorothee nicht, was sie nun tun sollte. War es richtig, einfach liegen zu bleiben im zweifelhaften Schutz einer Kammer, die jeder, der es wollte, betreten konnte? Gelähmt von der Angst, Jürg stehe plötzlich mitten im Raum. Jürg oder einer seiner Leute. Oder alle.

Noch mal stand sie das nicht durch.

Trotzdem schloss sie die Augen und rang um Schlaf, den sie dringend benötigte, um ihre Widerstandskraft zurückzugewinnen. Der außerdem erlaubte, die Entscheidung aufzuschieben, wie sie sich am besten verhielt.

Panik war indes ein schlechtes Ruhekissen. Morpheus' Arme wollten sie nicht umschlingen.

Der Mut, aufzustehen und sich nach unten zu begeben, wo sie sich den Blicken der anderen aussetzen musste, stellte sich allerdings auch nicht ein.

Eine Weile rang sie mit sich. Das war schwer, denn sie war derlei nicht gewohnt. In ihrer unbekümmerten Vergangenheit hatte sie nie Schwierigkeiten gehabt, die Dinge so zu wenden, wie es ihr gefiel. Ihre lieben, guten Eltern hatten ihr wenig entgegenzusetzen, allerdings hatte Dorothee nie Unmögliches gewollt. Nur manchmal etwas Freches, Vorlautes, Spitzbübisches, nichts, was die Eltern wirklich auf die Probe stellte. Bis sie mit Hans Christian ankam. Da war sie auf Granit gestoßen. Bei allem anderen hatte sie über genug Überzeugungskraft verfügt, um sich durchzusetzen. Über das Selbstbewusstsein, das man dafür benötigte. Ein Selbstbewusstsein, das für viele Seufzer ihrer Mutter gesorgt hatte, die damit nicht zurechtkam. Trotz einiger Anstrengung gelang es Dorothee nicht, dem zerbrochenen Gefühl früherer Selbstgewissheit nachzuspüren.

Vielleicht war es nicht einmal schlimm, dass es verschwunden war. Es durfte nur niemand merken.

Schließlich stand sie auf, unter Schmerzen, die sie begrüßte, denn so ließ sich nicht verdrängen, was die Männer ihr angetan hatten. Das war gut, denn die Erinnerung setzte einen geradezu lodernden Hass in Gang. Hass baute Energien auf, und Energie benötigte sie dringend, wenn sie nicht untergehen wollte.

Vorsichtshalber – und furchtsamer als jemals zuvor in ihrem Leben – verließ Dorothee die Kammer erst, als sie ganz sicher war, einige Zeit keine Geräusche mehr gehört zu haben. Es ließ darauf schließen, dass die Halle verlassen war. Für eine neuerliche Begegnung zu einem so frühen Zeitpunkt fühlte sich Dorothee nicht gewappnet.

Lautlos schlich sie den Gang entlang, froh, dass ihre Beine sie trugen, obwohl sie sich seltsam weich und knochenlos anfühlten. Als sie endlich die Treppe erreichte, verlor sie dann noch einmal fast den Schneid. Sie wünschte sich so sehr, dass die Männer fort waren, sie allein auf der Burg zurückgelassen hatten. Nachdem sie sie benutzt, zerstört, ausgelöscht hatten.

Alleine kam sie klar.

Langsam machte sie sich an den Abstieg, die Stufen waren vertrackter als der Gang. Schließlich stand sie auf der untersten und erkannte, dass der hässliche Raum, den sie hochtrabend Halle nannten, tatsächlich verwaist vor ihr lag. Staubkörnchen tanzten harmlos in den Lichtstrahlen, die durch die schmalen Fenster fielen. Dorothee zögerte, hatte Schwierigkeiten, vernünftig Luft zu holen. Letzten Endes sammelte sie all ihren Mut und durchquerte den Saal. Zum Glück war er klein, denn Niendorff war eine erbärmliche Burg, schäbig, nichtssagend, mickrig. Nach wenigen Schritten erreichte sie die Tür und legte behutsam die Hand auf die Klinke.

Da war ein Klirren.

Dann Gelächter. Männerstimmen. Männer, die ihre Waffen pflegten. Oder sich in deren Anwendung übten.

Dorothee ließ die Finger von dem Türgriff rutschen und verharrte, einen Moment kaum imstande zu atmen, ganz zu schweigen davon, in irgendeiner Weise zu handeln. Die Vorstellung, sich denen da draußen preiszugeben, war vollkommen absurd. Sie würde das nicht schaffen. Die frühere Dorothee hätte es gekonnt, die von heute nicht. Nicht jetzt. Erst musste sie Abstand gewinnen von dem, was vorgefallen war. Wenigstens ein bisschen mehr Abstand als bislang.

Und deshalb wollte sie sich waschen. Das Bedürfnis, sich zu reinigen, die Spuren des Geschehenen zu entfernen, wurde überwältigend dringlich. Auf der anderen Seite der Halle, hinter der Küche, war ein zweiter Hof, ein kleiner, dort gab es einen Brunnen, sie hatte ihn gesehen. Nicht nur gesehen, auch benutzt. Jürg hatte sie gezwungen, das Wasser für den Abwasch zu holen, es fiel ihr wieder ein. Deswegen wusste sie, dass da ein Eimer war, dass die Winde funktionierte. Es überhaupt Wasser gab. Klares, frisches Wasser. Hell und kalt.

Sie musste dieses Wasser haben. Dorothee riss sich zusammen und strengte sich an, den Rücken gerade zu halten. Dann huschte sie quer durch die Halle, auf der Suche nach Linderung.

Langsam ritten Katharina und Marga den Weg entlang, der nach Burg Niendorff führte und offensichtlich nur noch selten benutzt wurde. Trotzdem entdeckten sie hie und da abgebrochene Zweiglein mit frischen Bruchstellen an Sträuchern, die besonders ausladend wucherten, und an einer morastigen Kuhle fanden sie einen Hufabdruck. Ganz sicher waren in der letzten Zeit Menschen hier gewesen.

»Ich weiß nicht, ob das gut oder schlecht ist«, wisperte Marga, die allem Anschein nach gerade der Mut verließ.

»Gut. Ganz bestimmt ist das gut«, sagte Katharina ungeachtet ihres wild klopfenden Herzens, das sie bis in den Magen hinein spürte. Einen sehr nervösen, wenn auch leeren Magen. Vor Aufregung hatte sie keinen Bissen hinuntergebracht. »Es zeigt, dass jemand hier gewesen ist. Entweder die, die wir suchen, oder andere, die wir fragen können.«

Marga stieß die angehaltene Luft aus, und Delia schnaubte, offenbar fühlte sie sich angesprochen. Katharina trieb sie den Pfad entlang, sie waren schon so weit gekommen, auf gar keinen Fall gab sie jetzt auf. Allerdings war es klug, vorsichtig zu sein, solange sie nicht wussten, wem sie an ihrem Ziel gegenüberstehen würden. Klug und vorsichtig wäre es zum Beispiel, nicht mit großem Pomp vor der Burg aufzutauchen. Das fiel ihr jedenfalls in dem Moment ein, als sie eine Kreuzung erreichten, von der ein kaum erkennbarer schmaler Weg abzweigte, fast vollständig hinter üppigem Strauchwerk verborgen.

»Lass uns hier entlangreiten«, flüsterte sie. »Besser, wir schleichen uns von hinten an.«

»Viel besser«, wisperte Marga etwas kurzatmig zurück. »Je später sie uns sehen, desto lieber ist es mir.«

Plötzlich kam Katharina die Idee, Burkhardt in sein Handwerk zu pfuschen, nicht mehr sehr wohlüberlegt vor. Ihr Mund war jetzt so trocken, dass sie kaum schlucken konnte. Trotzdem setzte sie sich in Bewegung und trieb Delia auf den mit Müh und Not erkennbaren Pfad, er war deutlich schmaler als der vorherige. Das Gestrüpp wuchs dicht heran, immer wieder hingen Katharinas Ärmel in den Dornen ausufernder Himbeersträucher fest. Wenigstens trugen sie noch keine Früchte, weshalb ihnen immerhin die Flecken erspart blieben.

Sie folgten langsam diesem Weg, der nicht viel mehr war als ein Trampelpfad und sie in einem weiten Bogen führte, was darauf hindeutete, dass sie tatsächlich die Burg umrundeten. Dann, völlig unvermittelt, endete der Wald, und sie waren am Ziel. Katharina hielt so plötzlich an, dass Marga Mühe hatte, Delia auszuweichen, was für einige Unruhe bei den Pferden sorgte. Gottlob wieherten sie wenigstens nicht, selbst Delia, an sich ein sehr redseliges Pferd, blieb still.

»Da ist sie«, flüsterte Katharina aufgeregt und gänzlich überflüssigerweise, da Marga es ja ebenfalls sah. »Jetzt müssen wir nur noch rein.«

»Oh Gott, oh Gott, oh Gott.« Marga beugte sich weit nach vorne, um das Areal in Augenschein zu nehmen, sie rutschte fast vom Sattel. Dann fand sie ihre Beherztheit wieder. »Das kriegen wir hin. Der Wassergraben ist nahezu ausgetrocknet, wir können ihn durchqueren.«

»Erst müssen wir die Pferde anbinden. Im Wald, hier sind sie zu auffällig.« Katharina stieg ab, nahm Delia kurz an den Zügeln und schob sie rückwärts ins Gebüsch. Sie wusste, dass die Stute das überhaupt nicht schätzte, und versprach ihr im Stillen einen großen Sack Äpfel und Möhren, weil sie sich nicht lautstark sträubte. Es dauerte eine Weile, bis sie einen geeigneten Platz gefunden hatten, eine Lichtung mit frischem grünen Gras und einem schmalen

Bächlein, weit genug von der Burg entfernt. Niemand würde sie hören.

»Machen wir das hier eigentlich tatsächlich, oder bilde ich es mir nur ein?«, wisperte Katharina, als sie so lautlos wie möglich zurück zur Burg hasteten. Sie war sich nicht sicher. Alles kam ihr ein wenig unwirklich vor, ihr Inneres fühlte sich hohl und leer an, gleichzeitig schien alles, was sie sah, ganz weit weg und ein wenig verzerrt, so als betrachte sie die Welt durch die dicken Butzenscheiben in Thomasus' Kontor.

An Thomasus durfte sie nicht denken. Er hatte recht gehabt, als er fand, ihr Unterfangen stelle ein unkalkulierbares Risiko dar und sei obendrein hanebüchener Unsinn. Katharina riss sich zusammen. Aufgeben kam nicht in Frage, keinesfalls, nicht so kurz vor dem Ziel. Aber nach Hause wollte sie auch, und zwar so rasch wie möglich. Heim in die Sicherheit ihres banalen, kinderlosen, langweiligen Daseins, das ihr mit einem Mal sehr erstrebenswert schien.

Sie teilte die Büsche mit den Händen und steckte vorsichtig die Nase hindurch. Weit und breit war kein Mensch zu entdecken. Was sie hingegen sah, war ein Steg, der über den leeren Wassergraben führte und der es leicht machte, die gegenüberliegende Seite zu erreichen. Er endete an einem unscheinbaren Tor, zu schmal für Pferdeleiber, weshalb er ganz sicher nicht der Hauptzugang war. Bislang hatten sie alles richtig eingeschätzt.

»Die Tür da drüben hängt schief in den Angeln und ist beschädigt«, flüsterte Marga, und ihre Stimme vibrierte aufgeregt. »Mit etwas Glück können wir uns hindurchquetschen. Gut, dass wir nicht so fett sind wie Sieglind Darrer.«

»Oder so trampelig«, fügte Katharina an, und beide kicherten nervös. Sieglind Darrer war die Ehefrau eines Gildekollegen von Thomasus, sie war derb und laut und wurde von ihnen beiden herzlich verabscheut.

»Hier ist gerade niemand.« Marga zerrte an Katharinas Ärmel. »Lass es uns versuchen. Mir ist schlecht.«

»Mir auch.«

Sie huschten über die schmale Brücke und stellten erleichtert fest, dass die Torlaibung sie einigermaßen vor Blicken schützte. Es sei denn, ein etwaiger Beobachter hatte direkt hinter ihnen am Waldrand Position bezogen. Katharina weigerte sich, diesem verstörenden Gedanken Raum zu geben.

Marga presste die Nase an den Spalt neben der Tür. Dann sog sie scharf die Luft ein und fasste nach Katharinas Hand.

»Was ist? Was ist denn? Jetzt sag doch schon!« Katharina drückte Margas Hand so fest, dass sie zusammenzuckte.

»Oh Gott, das arme Ding.« Marga schien nicht die Absicht zu haben, ihren Posten aus eigenem Antrieb zu räumen, und Katharina schob sie resolut beiseite. Sie wollte selbst in Augenschein nehmen, was da war.

Vor ihr lag ein kleiner, von Unkraut überwucherter Innenhof, der offenbar an die Wirtschaftsräume anschloss, denn es war ein Brunnen zu sehen. Am Gewinde mühte sich eine junge Frau mit blonden, wirren Locken, und sogar auf diese Entfernung war zu erkennen, wie hübsch sie war. Oder wie hübsch sie gewesen sein musste, bevor ihr eines Auge zuschwoll, ihr Gesicht von verkrustetem Blut verunziert und ihr Bewegungsablauf eckig und langsam und ganz offensichtlich durch Schmerzen gehemmt wurde.

Sie hatten Dorothee von Linnitz gefunden.

»Oh süßer, lieber Jesus, was haben sie nur mit ihr gemacht!«, flüsterte Katharina entsetzt.

Burkhardt hatte sich entschieden, die Sache frontal anzugehen, und ritt direkt auf die Burg zu. Falls ihm jemand begegnete, musste er eben improvisieren. Das konnte er gut. Normalerweise. Ob es ihm auch heute gelang, war noch nicht ausgemacht. Marga schien recht zu behalten mit ihrer Mahnung, er solle sich nicht zu schnell wieder verausgaben. Doch genau das hatte er getan. Energisch hatte er sich die Uhrzeit schöngeredet und ignoriert, dass der Vormittag nicht so weit vorangeschritten gewesen war, wie er sich hatte weismachen wollen. Nach einer viel kürzeren Erholungsphase, als Marga für angemessen hielt, hatte er sich auf den Weg gemacht. Leider lag sie mit ihrer Einschätzung vollkommen richtig. Er war noch nicht wiederhergestellt und spürte den äußerst scharfen Ritt bis Niendorff in sämtlichen Knochen. Er war Burkhardt nicht sonderlich gut bekommen, dieser Ritt. Sein Kopf schmerzte wieder, und die unangenehm fahle Übelkeit war auch zurückgekehrt.

Im Grunde hatte er schon in Wittenberg geahnt, dass er eine Dummheit beging, und sich deshalb nicht von Marga verabschiedet. Von den Roeselings ebenfalls nicht, da Katharina ihrer Freundin natürlich umgehend erzählt hätte, was er beabsichtigte. Für neuerliche Diskussionen hatte er keine Zeit gehabt. Oder nicht den Mumm, was sehr viel wahrscheinlicher war.

Nicht einmal Hans Christian hatte er Bescheid gesagt, und das war vermutlich die schlimmste Unterlassung von allen gewesen. Er hätte ihn jetzt sehr gut gebrauchen können.

»Ihr sagt ja gar nichts, Schützenmeister«, hörte er Kuniberts beunruhigte Stimme hinter sich.

Nein, weil er nichts zu äußern hatte außer bitteren Selbstvorwürfen und kläglichem Gejammer über seinen noch kläglicheren Zustand.

Also knurrte Burkhardt etwas Unverbindliches, winkte ab und trieb Janus unverdrossen voran, spürte jeden seiner Schritte das ganze Rückgrat entlang bis zur Schädeldecke. Immerhin erreichten sie schließlich und endlich ihr Ziel, ohne dass er ohnmächtig vom Pferd rutschte, was für sich genommen schon einen Erfolg darstellte.

Burkhardt hob die Hand. »Kurze Rast«, wies er Kunibert an, er musste sich sammeln. Stand er dem Kerl gegenüber, nach dem er forschte, wollte er das möglichst ohne Flimmern vor den Augen tun.

Mit schierer Willenskraft versuchte er, das Pochen in seinem Hirn zu unterdrücken, und nahm kaum wahr, wie Kunibert murmelte: »Moment, Schützenmeister, darf ich mal?«, und auch nicht, dass er sich an Janus vorbeidrängelte, was der erschöpfte Wallach zum Glück ohne missgelaunte Empörung über sich ergehen ließ.

Burkhardt saß ganz still, hielt die Augen geschlossen und hörte den trällernden Vogelstimmen zu, deren Gesang einsetzte, sobald wieder Ruhe auf dem Pfad eingekehrt war. Allmählich ging es besser. Zumindest setzte sich das Pochen nicht mehr bis zu seinen Augen fort, selbst eine gewisse Klarheit des Denkens kehrte zurück. Das ist in dieser Situation eindeutig von Vorteil, sprach Burkhardt sich Mut zu und fand seinen Zustand einigermaßen passabel. Jedenfalls hatte er nicht mehr das Gefühl, sich jeden Moment vom Sattel herab übergeben zu müssen. Dann war wie aus dem Boden gestampft Kunibert wieder da.

»Ich habe gar nicht gewusst, dass du dich so gut anschleichen kannst«, bemerkte Burkhardt.

»Hab früher hie und da gewildert, wenn meine Familie nichts zu fressen hatte«, erläuterte Kunibert. »Hab ich Euch aber nicht erzählt, Schützenmeister. Oder?«

»Ich habe nichts gehört. Wie sieht es da vorne aus?«

»Die Burg ist verlassen, aber bemannt.«

»Sicher?«

»Die ist komplett heruntergekommen. Ausgeschlossen, dass die bewirtschaftet wird.« Kunibert hob die Achseln. »Kann mir keinen Burgherrn vorstellen, der so etwas durchgehen ließe. Auf dem Hof sind jedoch Männer und hampeln mit Kurzschwertern herum.«

Burkhardt wollte es selber sehen, also stieg er ab und band Janus ein bisschen nachlässig an den nächsten Strauch. Kurz spürte er den verschiedenen Beschwerden in seinem revoltierenden Körper nach und entschied, es müsse gehen. Vorsichtig pirschte er sich näher an die Burg heran und stellte fest, dass die Anspannung – oder die Bewegung – seinem Kopf guttat, jedenfalls verzogen sich die Schmerzen. Dann vergaß er, dass er überhaupt welche gehabt hatte.

Der Wassergraben vor ihm war leer bis auf ein paar schlammige Pfützen, die Burgmauer teilweise bröckelig. Kein Banner gehisst.

Burkhardt zögerte. Dann hatte er sich entschieden. Mit wild klopfendem Herzen lief er geduckt quer über den Morast und presste sich an das morsche Mauerwerk der Einfriedung. In der inständigen Hoffnung, dass niemand auf ihn achtete, atmete er einmal tief durch und spähte vorsichtig durch den Spalt zwischen zwei Quadern, dem Wind und Wetter gnädigerweise den Mörtel ausgewaschen hatten. Wenigstens diesmal hatte er Glück, der Hof ließ sich von dort einigermaßen überblicken. Es herrschte Betrieb, auch wenn niemand zu sehen war, der arbeitete. Nur eine einzige Frau war anwesend, und bei der handelte es sich ganz sicher nicht um die Burgherrin. Sie räkelte sich auf einer Steinbank und frönte dem Müßiggang, beobachtete eine Handvoll Männer, die sich halbherzig im Schwertkampf übten. Offenbar äußerte sie lästerliche Bemerkungen über die Bemühungen eines unglaublich fetten Kerls, der sich mangels Bewegungsfähigkeit in der Handhabung seiner Waffe nicht sonderlich geschickt anstellte. Alle brachen in brüllendes Gelächter aus. Alle außer dem Dicken.

»Das ist sie nicht«, sagte Kunibert beinahe lautlos, er stand so nahe hinter Burkhardt, dass der seinen Atem im Nacken spürte.

Nein, Dorothee von Linnitz war das auf keinen Fall. Die hier war dunkelhaarig, und ihre besten Jahre waren längst vorüber. Blond und von großem jugendlichen Liebreiz war sie nicht.

»Wenn sie nicht auf dem Hof ist, bedeutetet das vielleicht nur, dass sie sich woanders in der Burg aufhält«, sagte Burkhardt.

»Was haben sie nur mit ihr gemacht?«, wiederholte Katharina entsetzt. Dorothee sah zum Erbarmen aus. Sie konnte sich kaum auf den Beinen halten und war fast nicht imstande, die Brunnenwinde zu betätigen.

»Hoffentlich rutscht ihr der Eimer nicht wieder aus den Fingern nach all der Mühe.« Marga ballte die Fäuste. »Himmelherrgott, wir müssen ihr doch irgendwie helfen!«

»Wir helfen ihr, indem wir sie da rausholen.« Vermessen oder nicht, sie mussten einen Weg finden.

Marga rang buchstäblich die Hände. »Wir können aber unmöglich Hilfe holen, das dauert viel zu lange, vielleicht ist es dann schon zu spät. Sie sieht aus, als würde sie jeden Augenblick zusammenklappen.«

»Also beten wir, dass sie damit noch wartet«, erwiderte Katharina grimmig. »Wir schaffen es nie und nimmer, sie zu tragen. Sie muss auf ihren eigenen Beinen aus diesem Loch kriechen.«

Ob Dorothee dazu in der Lage war, schien in diesem Moment fraglich. Sie hatte den Kübel endlich nach oben und über den Brunnenrand gewuchtet, wobei die Hälfte des so mühsam errungenen Wassers überschwappte. Man hätte in Tränen ausbrechen können bei diesem Anblick, aber Katharina verbot es sich entschlossen. Dorothee gelang das nicht, sie hatte wohl nicht die Kraft. Jedenfalls sackte sie neben Brunnen und Eimer in die Knie und schlug die Hände vors Gesicht.

Dann riss sie sich offenbar unter Mühen zusammen, tauchte den Zipfel ihres Gewandes in das restliche Nass und begann, sich unbeholfen damit zu reinigen.

»Sie will sich waschen, das ist gut«, flüsterte Marga. »Das heißt, ihr Selbsterhaltungstrieb funktioniert noch.«

»Oder ihr Gespür für Ekel.« Katharina schüttelte sich. »Auf dem

Hof ist außer ihr niemand, ich glaube, die Gelegenheit ist günstig. Wir gehen jetzt rein, packen sie und holen sie da raus. Dann verschwinden wir.«

»Ich trau mich nicht«, platzte Marga heraus.

Katharina starrte sie an. »Es war alles deine Idee, schon vergessen?«

Marga starrte zurück. Dann griff sie nach Katharinas Hand und drückte sie. Kräftig, es tat ein bisschen weh. »Natürlich. Was ist nur los mit mir? Selbstverständlich gehen wir da rein. Jetzt.«

Hinter ihnen raschelte es im Wald, und Katharina drehte sich unruhig um. Nichts war zu sehen. Die Sträucher standen harmlos da, und ihre grünen Frühlingsblätter glänzten im Sonnenlicht. Keine Männer weit und breit. Wilde Tiere auch nicht. Am gefährlichsten waren die Wildschweine. Aber Wildschweine griffen nicht so einfach an, ohne sich bedroht zu fühlen. Katharina und Marga verhielten sich still und bedrohten niemanden.

Jetzt oder nie. Katharina stieß den zu lang angehaltenen Atem aus. »Wir müssen uns beeilen«, flüsterte sie. »Schnell rein, schnell raus. Und dann in den Wald, so rasch Dorothee nur laufen kann.«

»Wir hätten die Pferde nicht so weit entfernt anbinden sollen«, wisperte Marga, sie war ganz weiß um die Nase.

»Ging doch nicht anders. Pferde sind groß und deshalb auffällig.«

»Und laut. Jedenfalls Delia.« Sie kicherten unterdrückt.

In der Nähe knackte ein Zweig.

Katharina bekam nicht die Chance, sich erneut umzudrehen, um die Lage zu prüfen. Etwas Kräftiges, Rohes griff ihren Kragen und riss ihn nach oben, während sich gleichzeitig eine übel riechende Hand über ihren Mund legte und jeden Laut erstickte.

»Na, wen haben wir denn da«, sagte eine männliche Stimme hinter ihr, und sie klang hocherfreut.

3

Dorothee hatte gelauscht, gewartet, gezögert, zu lange wahrscheinlich, hatte immer wieder geprüft, gewittert wie ein in die Enge getriebenes Tier. Sie hörte die anderen, von dem vorderen Hof waren Stimmen zu hören, Gelächter – oja, sie waren prächtiger Laune, ihre Folterer. Der Drang, sich zu säubern, wurde übermächtig, und hier, hinter der Burg, war sie allein. Das glaubte sie wenigstens. Hoffentlich waren *die* so beschäftigt, dass sie sich um sie nicht scherten. Dorothee warf alle Bedenken über Bord. So gut es ging und ohne ihr Kleid nennenswert zu heben, versuchte sie, die Oberschenkel und die heikle Stelle dazwischen zu säubern, und die Berührung mit dem rauen Stoff löste erneut eine Schmerzwelle aus, die sie schwindelig werden ließ. Sie könnte sehr viel vorsichtiger vorgehen, wenn sie sich entkleiden würde und jede Menge Zeit zur Verfügung hätte, aber dafür müsste sie sich in den brüchigen Schutz »ihrer« Kammer zurückziehen.

Es lag vollkommen außerhalb des Vorstellbaren, den schweren Wassereimer die Treppe hinauf in diese verdammte Kammer zu schleppen.

Also wusch sie sich mehr schlecht als recht auf dem Burghof und drängte sämtliche Gedanken, jemand könne sie dabei beobachten, in den Hintergrund ihres Bewusstseins. Ihr Gesicht war jetzt halbwegs sauber, das nahm Dorothee zumindest an. Jedenfalls war das verkrustete Blut nicht länger zu fühlen. Oder zu schmecken. Obwohl es ihr eigenes war, schauderte es sie vor Widerwillen, wenn sie daran dachte.

Anschließend lief sie so rasch wie möglich zurück in die Burg und schlich die Treppe empor. So rasch wie möglich war nicht sehr rasch. Aber sie wertete es durchaus als Erfolg, dass sie nicht auf Knien kroch, sondern auf zwei Beinen und aufrecht unterwegs war.

Oben angekommen, flau vor Überanstrengung, suchte sie trotz ihrer Schwäche ruhelos nach einer Möglichkeit, die Tür von innen zu verschließen, daran hatte sie vorhin noch gar nicht gedacht. Es war ihr erst am Brunnen eingefallen, als sie die Furcht überwältigte, weil sie sich der Öffentlichkeit darbot wie ein glasiertes Ferkel auf dem Präsentierteller. In diesem Raum fühlte sie sich im Grunde nicht anders, solange sie ihn nicht absperren konnte. Der Riegel baumelte nutzlos herab und ließ sich nicht arretieren, natürlich gab es auch keinen Schlüssel. Möbelstücke, die sie hätte zweckentfremden und vor die Tür schieben können, waren auch nicht vorhanden.

Nichts, da gab es gar nichts. Fast hätte sie gelacht. Die verwöhnte Dorothee von Linnitz, der es bislang in ihrem Leben an nichts Materiellem gefehlt hatte, scheiterte an dem Nichtvorhandensein des simpelsten Mobiliars. Und so konnte sie nicht verhindern, dass kurze Zeit nach ihrer Rückkehr plötzlich Jürg im Raum stand und sie lächelnd betrachtete.

Allein für dieses falsche Lächeln hätte sie ihm gerne einen Dolch in den Wanst gerammt.

Wer weiß, vielleicht tue ich es eines Tages, dachte Dorothee und rang um einen Gesichtsausdruck, der verschleierte, was sie fühlte. Weder den Hass offenlegte noch die Furcht.

»Wie nett, dich munter und wohlauf zu sehen«, sagte Jürg und ließ den Blick anzüglich über ihre Gestalt gleiten. »Aber so einsam. Das ist doch schade. Eine schöne Frau wie du sollte Gefährtinnen haben. Sich im Kreise anderer hübscher Weiber vergnügen.«

Nicht *vielleicht*. Ganz *bestimmt* tue ich es. Ich werde einen rostigen alten Dolch auftreiben, und dann werde ich Grenzow suchen, und *dann*, wenn er am wenigsten damit rechnet, stoße ich ihn in sein Herz. Sie zwang sich, ihm nicht zuzuhören, sie *wollte* das nicht hören. Nichts von dem, was er zu sagen hatte. Gar nichts.

Natürlich hörte sie es doch. Es ging ja gar nicht anders. Wenn man zu zweit in einem winzigen Raum und ansonsten alles still war.

»Dein Wunsch nach weiblicher Gesellschaft lässt sich erfüllen«, erklärte Jürg, und sein Lächeln bekam etwas Hässliches. Wenigstens war es jetzt echt.

In Dorothees Verstand sickerte, was er gerade geäußert hatte. Weiber. Andere Weiber. Das war eine Botschaft, er teilte ihr irgendetwas mit. Aber was? Kamen noch mehr Frauen hierher? Das wäre nicht schlecht, denn dann konzentrierten sich die Männer nicht mehr auf sie allein. Ihr fielen die »Häuser« ein. Häuser, von denen Damen nur hinter vorgehaltener Hand sprachen. Häuser, die von Männern frequentiert wurden. In denen Frauen ihnen zu Diensten waren. Freiwillig oder unfreiwillig, niemand redete offen darüber.

Vielleicht verkaufte Jürg sie an ein Hurenhaus. Dann tat man ihr täglich an, was sie gestern nur so knapp überlebt hatte.

Die Übelkeit verdichtete sich zu einem dicken, eisigen Klumpen. Sie starrte Jürg an, wollte es nicht, konnte nicht anders.

Es wäre nicht schlimm, sang es irgendwo hinten in ihrem Bewusstsein. Hurenhäuser liegen in Städten. In Städten kann man leichter fliehen als von einer Burg im Nirgendwo. Man findet eher einen Zufluchtsort in Städten. Jemanden, der einem hilft, heimzufinden.

Wenn sie einen dort noch aufnahmen.

»Du hörst mir nicht zu«, tadelte Jürg. Tatsächlich. Es war ihr gelungen, ihn vollkommen auszublenden. Jetzt nicht mehr, denn er trat einen Schritt näher, stand zu nahe, sie konnte ihn riechen. Schweiß, Bier, Zwiebeln. Es würgte sie in ihrer wunden Kehle. »Man hatte mich vorher nicht informiert, dass du so ungezogen bist«, fuhr er fort.

Dorothee zog sich ein Stück weiter zurück an die Wand. Sie presste sich an den kühlen Stein, als könne sie damit verschmelzen und einfach wegtauchen.

Jürg lachte auf, als er es sah. »Du musst noch ein wenig warten, mein Täubchen, bevor ich mich dir erneut widmen möchte. Kaputte Schlampen interessieren mich nicht.« Vorwurfsvoll schüttelte er den Kopf, als sei es wahrhaftig ihre eigene Schuld. »Ich verlange nach reinen Frauen. So bist du nur Schmutz.«

Das stimmte. Das würden alle anderen auch so sehen. Hans Christian ebenfalls.

Aber sie wollte Hans Christian ja gar nicht mehr. Er war ein Mann.

»Ist nicht sicher, ob meine Männer das genauso empfinden«, erklärte Jürg und legte den Finger an die Nase, als würde er tatsächlich über der Frage grübeln. »Die sind nicht so auf Ästhetik bedacht, manchmal denke ich, die nehmen jede. Gerade für Wolfhardt verbürge ich mich nicht. Obwohl man es ihm nicht ansieht.«

Das war richtig. Wolfhardts Züge waren fein, sein langes Blondhaar schimmerte, wenn Licht darauf fiel. Doch der Ausdruck seiner Augen war kalt und grausam und er selbst so schlimm wie die anderen.

»Oder für Bertram?«, überlegte Jürg weiter. »Na, sie werden es dir schon mitteilen. Kommst du jetzt hinunter, um unsere Gesellschaft zu genießen?«

Nicht freiwillig. Dorothee starrte ihn an und schwieg.

Glücklicherweise hatte er erledigt, was er beabsichtigt hatte zu tun. Kontrollieren, ob sie noch lebte. Sie einschüchtern. Egal was, jedenfalls ging er, und das war es, was sie sich im Moment am allermeisten wünschte. Es dauerte, bis sich ihr Herzschlag beruhigt und der Brechreiz gelegt hatte. Erst dann war sie in der Lage, einen klaren Gedanken zu fassen.

Aufgespürt. Informiert. Worte, die etwas zu bedeuten hatten.

Was um alles in der Welt hatte Jürg gemeint, als er sagte: »Man hat mich vorher nicht informiert, dass du so ungezogen bist«?

War er informiert worden? Von wem? Und wann? Hieß das, die ganze Sache war von langer Hand geplant?

Wer hasste sie so sehr, dass er sie diesem Grauen hatte ausliefern wollen?

Katharina saß dicht neben Marga auf einer Steinbank und war dankbar für die Wärme, die von ihrer Freundin ausging und bewies, dass sie nicht alleine war. Sie war auch dankbar, dass man sie nicht an die Ringe gekettet hatte, die an der Wand hinter ihnen angebracht waren und die sie so gut es ging ignorierte. Der rotbärtige Mann, der vor ihnen stand, spielte mit einer groben Eisenkette, die geeignet schien, mit diesem Ring verbunden zu werden. Ignorieren gelang daher nicht allzu gut.

Der Rote konnte das besser. Jedenfalls würdigte er sie keines Blickes.

Katharina betrachtete ihn verstohlen. Er sah trotz einer gewissen Grobschlächtigkeit ganz manierlich aus, keineswegs wie ein Wegelagerer, schien so etwas wie eine Erziehung genossen zu haben. Sein Bewegungsablauf jedenfalls war geschmeidig und von kontrollierter Kraft, als habe er eine ritterliche Ausbildung durchlaufen. So, wie Ritter nun einmal auch heute noch ausgebildet wurden, obschon ihre Kriegskunst nicht mehr die gleiche Bedeutung hatte wie in früheren Zeiten.

Leider erstreckte sich das mit der Erziehung nicht auf den Umgang mit Damen, von höfischer Minne hatte er offenbar noch nie etwas gehört. »Glotz mich nicht an, Weib«, sagte er leise. Also hatte er doch bemerkt, wie sie ihn beobachtet hatte.

Dieser ruhige Tonfall war fast verstörender, als es eine grobe Beschimpfung gewesen wäre. Sie wirkte – emotionslos, beinahe desinteressiert. Die Furcht zweier Frauen würde ihn nicht milde stimmen. Katharina fühlte, wie ihr ganz langsam eine Gänsehaut den Körper entlanglief, und auch, wie Marga heimlich ihre Hand ergriff und sie drückte. Dann holte ihre Freundin tief Luft.

»Wir können dankbar sein, dass Ihr uns gefunden habt«, zwitscherte sie und klang überaus fremd, ganz sicher, weil sie Angst hatte und versuchte, sie mit vorgetäuschter Arglosigkeit zu übertünchen. »Wir haben uns verirrt. Wo sind wir denn eigentlich? Wer lebt auf dieser Burg?«

Das war gut. Ahnungslos tun. Ein bisschen dümmlich. Vielleicht hatten diese Leute dann den Eindruck, sie seien harmlos. Vielleicht fanden sie so etwas heraus. *Vielleicht* kamen sie so von hier fort.

»Wir«, erwiderte der Rote und gähnte.

»Wir würden gerne mit der Herrin des Hauses sprechen«, mischte Katharina sich ein und versuchte, einen höflichen und zugleich bestimmten Ton zu treffen, so, als sei alles vollkommen normal.

Er sah sie nicht an und schwieg.

»Oder war die Frau am Brunnen auf dem hinteren Hof gar nicht die Dame dieser Burg?«, fragte Katharina und hoffte, mit ihrer Frage eine genügend breite falsche Fährte zu legen, um ihr eigentliches Interesse zu verschleiern.

Nun hob er den Blick und sah sie direkt an. Katharina wünschte, sie hätte den Mund gehalten. Es war nicht angenehm, von solchen Augen betrachtet zu werden. Mit diesem höhnischen Blick. Erbarmungslos.

»Wer ist der Burgherr?«, sprang Marga ihr bei, und das war tapfer von ihr, denn es lenkte seine Aufmerksamkeit nun auf sie.

Ihr antwortete er wenigstens. »Niemand, den Ihr kennt.«

»Oh, wer weiß? Lasst es darauf ankommen.« Marga bemühte

sich um das Strahlen, mit dem sie so verlässlich jedes Gegenüber bezauberte, aber sie brachte nur einen schwachen Abglanz zustande.

Der Rote seufzte. »Ihr beginnt, mir auf die Nerven zu gehen.«

Das war der Moment, in dem sich die Tür öffnete und ein weiterer Mann den Hof betrat. »Ich empfehle Euch, das nicht zu riskieren«, sagte er lächelnd, doch es wirkte nicht sehr leutselig. »Wenn unser Walther ungehalten wird, kann er äußerst unangenehm sein.«

»Wir wollten nur wissen, bei wem wir hier … zu Gast sind. Seid Ihr der Burgherr?« Marga bewies, dass sie über eine Menge Courage verfügte, Katharina war für den Moment verstummt. Das alles war so – unheimlich. Der Mann war unheimlich. Beide Männer.

»Im Augenblick schon. Aber Ihr fragt recht viel.« Das Lächeln verschwand, als sei es nie da gewesen. »Vielleicht gebt Ihr uns stattdessen ein paar Antworten.«

Katharina riss sich zusammen, sie durfte Marga das nicht allein überlassen. »Liebend gerne. Was möchtet Ihr denn wissen?«

Er kam näher, ganz nah, sie konnte ihn riechen. Männerschweiß, rohe Zwiebeln, etwas Saures, wahrscheinlich Bier. Oder Wein. »Was wollt Ihr hier?«

Sie schluckte, wahrscheinlich hatte er es gehört. »Wie wir bereits sagten, wir haben uns verirrt …«

»Man muss schon sehr ungeschickt sein, um sich auf den Pfad zu verirren, den Ihr genommen habt.«

Marga stieß ein kleines gekünsteltes Lachen aus. »Da habt Ihr recht. Furchtbar ungeschickt. Aber wir haben eine Wette abgeschlossen mit unseren Männern, wer am schnellsten in … in Bleddin ist, und wir wollten es besonders gut anstellen und haben deshalb eine Abkürzung gewählt. Leider sind wir vom Wege abgekommen. Töricht, wie Frauen eben manchmal sind.« Sie lachte wieder.

Der Versuch war lohnenswert. »Sicher könnt Ihr uns sagen, wie wir zurück auf den Hauptweg gelangen?«, stimmte Katharina ein.

Er nickte. »Könnten wir. Wo seid Ihr denn hergekommen?«

»Aus Wittenberg«, erklärte Marga, und die Hoffnung in ihrer Stimme schnitt Katharina ins Herz. Oder vielleicht war es eher der

Umstand, dass sie es leichtsinnig fand, den beiden offenzulegen, wo ihre Familien zu finden waren.

»Aus Wittenberg«, wiederholte er beinahe sanft.

Der, den er Walther genannt hatte, lachte auf. »Ich hab's dir ja gesagt.«

Burkhardt war klar, dass sie zunächst das Terrain sondieren und klären mussten, wie viele Personen sich auf der Burg aufhielten. Es war ja gut und schön, dass er den richtigen Riecher gehabt und tatsächlich den Burschen entdeckt hatte, der ihm im Elsniger Wirtshaus seltsam vorgekommen war und den er dringend verhören wollte. Unter den vorherrschenden Umständen war es natürlich viel zu riskant, unbefangen auf den Hof zu marschieren und ihn in eine Unterhaltung zu verwickeln. Mit ihm hielten sich auf dem Burghof drei weitere Männer auf. Mit vieren konnten sie es vielleicht sogar aufnehmen, selbst wenn es fraglich war, wie lange Burkhardt mit den Nachwehen seiner Verletzungen einsatzfähig blieb. Kamen aber aus dem Inneren der Burg weitere Männer dazu, wurde es auf jeden Fall heikel. Waren es doppelt so viele oder gar noch mehr, hatten sie keine Chance.

Das Vordringlichste war also, herauszufinden, wie groß die Schar war, mit der sie es zu tun hatten.

»Wir umrunden den Kasten und sehen uns die Lage an. Du gehst rechtsherum, ich links«, wies Burkhardt Kunibert an. »Auf der Rückseite treffen wir uns in der Mitte. Falls wir uns verpassen, kommen wir genau hier an diese Stelle zurück.«

»Ist gut, Schützenmeister.« In Krisensituationen verlor Kunibert das Muntere, oftmals allzu sorglos Wirkende. Da wurde er konzentriert, kühl und verlässlich. Burkhardt fiel wieder ein, warum er ihn so schätzte, und klopfte ihm kurz auf die Schulter.

»Pass auf dich auf.«

Dann nickten sie sich zu und machten sich auf den Weg. Das Areal war nicht sehr ausgedehnt, vermutlich nahm es nicht viel Zeit in Anspruch, es zu umkreisen. Als die Burg noch bewohnt und bewirtschaftet wurde, hatte es sich zweifellos um ein hübsches Anwesen gehandelt. Nicht zu wuchtig, sondern eher zierlich und ohne dieses Abweisende, Einschüchternde, was großen Wehrbauten häufig anhaftete. Allerdings lag es nicht besonders günstig mitten im Wald und war daher schwerer zu verteidigen als die Anlage auf einer Insel oder einem Felsensporn. Immerhin hatte man einen Wassergraben angelegt und das Gelände ringsum gerodet. Ersterer war jetzt trocken, und Letzteres hatte sich die Natur zurückgeholt. Die ehemals freie Fläche war von Unkraut überwuchert, sogar Bäume waren bereits gewachsen. Leider waren sie noch nicht sehr hoch und ihre Stämme dürftig, weshalb sich ein erwachsener Mann nicht dahinter verbergen konnte.

Sträucher wuchsen schneller und erfüllten den Zweck auch besser, da sie von der Natur ausladender gedacht waren. Das Einzige, was störte, war ihre mangelnde Höhe. Sie führte dazu, dass Burkhardt über weite Strecken gebückt laufen und manchmal kriechen musste, was seinen Rippen nicht sehr gut bekam. Er nahm es zur Kenntnis und vergaß es wieder. Darum konnte er sich später kümmern. Er schlug sich durch Holunderbüsche und Hartriegel und blieb an den Dornen einer Wildbirne hängen, bei der sich die frühen Knospen geöffnet hatten und die einen wunderhübschen Anblick versprach, wenn sie erst einmal zur vollen Blüte gelangt sein würde.

Er hoffte inständig, dass er diesen verdammten Baum dann nicht mehr zu Gesicht bekam, sondern längst wohlbehalten und unversehrt nach Wittenberg heimgekehrt war. Und zwar mit Dorothee von Linnitz an seiner Seite.

Jedenfalls war das schon alles, was er entdeckte. Anmutige, sich selbst überlassene Natur. Von Menschen war weit und breit nichts zu sehen. Es gab da noch einen zusätzlichen Burghof mit einem eigenen Eingang, aber dort hielt sich niemand auf. Entweder gab es also nicht mehr Leute, als er auf dem Haupthof beobachtet hatte, oder sie befanden sich alle im Inneren, was er nicht überprüfen konnte.

Auch Kunibert winkte ab, als sie sich ziemlich genau am rückwärtigen Zugang trafen. »Nix, Schützenmeister. Bloß die Kerle da vorne. Was machen wir jetzt?«

»Wir legen uns am vorderen Hof ein bisschen auf die Lauer und schauen, was passiert.«

Sie traten den Rückweg an und schlugen einen ausgedehnteren Bogen als vorhin, weil sie dann nicht ganz so vorsichtig sein mussten und schneller vorankamen. In der Nähe des Hauptzugangsweges wurde es schwieriger. Aber glücklicherweise wucherten Taubnessel und Giersch nahezu hüfthoch, und wenn sie flach auf dem Boden liegend bis an die Burgmauer heranrobbten, bot ihnen dort ein wüst gewachsenes Gebüsch Zuflucht. Burkhardt hatte keine Ahnung, um was es sich dabei handelte, und er hoffte sehr, es habe keine Dornen.

Sie kamen nur langsam voran, denn wild wogendes Gestrüpp bei fast vollständiger Windstille würde selbst unaufmerksamen Beobachtern auffallen. Schurken, wie die Männer auf der Burg es vermutlich waren, konnten es sich nicht leisten, unaufmerksam zu sein.

Sie schafften es unbemerkt bis zu dem Gebüsch, krochen dahinter und richteten sich vorsichtig auf. Kunibert war schneller, dessen Rippen waren alle intakt.

»Gott im Himmel, Schützenmeister!«, hörte Burkhardt ihn leise ächzen.

Burkhardts Kopf wurde ganz leer. Mit einem Ruck kam er in die Senkrechte, den Schmerz in seinem Brustkorb registrierte er kaum.

Auf dem Burghof hatten die Männer eine Art Pranger errichtet. Sie benutzten dafür ein Holzgestänge, das vermutlich zum Anbinden von Pferden gedacht war.

In diesem Fall waren jedoch in einer mit Sicherheit äußerst unbequemen Haltung Marga Tilfer und Katharina Roeseling an ihren Handgelenken daran gefesselt.

Der Schock war so groß, dass Burkhardt für einen Moment einfach nicht glauben konnte, dass er tatsächlich sah, was er vor sich hatte. Vielleicht dauerte der Moment auch länger, als er selbst gewahr wurde, denn nach einiger Zeit fühlte er, wie Kunibert ihm fest die Hand auf die Schulter legte und flüsterte: »Schätze, wir müssen jetzt irgendetwas tun, Schützenmeister.«

Burkhardt nickte und riss sich unter Mühen zusammen. Richtig, sie mussten etwas tun. Nur was? Sie waren zu zweit, die anderen mindestens zu viert. Plus die Frau. Und der gut gekleidete Mann, der gerade den Hof betrat und auf den Pranger zuschlenderte. Er war neu. Was befürchten ließ, drinnen befänden sich noch mehr von seiner Sorte.

»Solange die sich auf dem Hof tummeln, können wir gar nichts tun«, sagte Burkhardt verzweifelt.

»Dann locken wir sie weg«, schlug Kunibert vor, und so, wie er es ausdrückte, wirkte es, als sei dies eine völlig normale Aufgabe, die mit ein wenig Fleiß leicht zu bewerkstelligen war.

Das war sie aber nicht.

»Erst einmal warten wir ab.« Auch wenn es schwerfiel, hier zu verharren und ohnmächtig dem Schauspiel beizuwohnen, würde Handeln Hals über Kopf nichts bewirken. Höchstens dafür sorgen, dass sie ebenfalls gefangen genommen wurden und Marga und Katharina Gesellschaft leisteten. »Auf jeden Fall sollten wir zusehen, uns bei den beiden bemerkbar zu machen, damit sie wissen, dass sie nicht allein sind.«

»Wie zum Teufel wollt Ihr das denn anstellen?« Respektvolles Verhalten war noch nie Kuniberts Stärke gewesen, das war bei Gott nichts Neues, und Burkhardt warf ihm aus reiner Gewohnheit einen strafenden Blick zu. Kunibert zuckte die Achseln und kümmerte sich nicht darum. Gut so, dachte Burkhardt, wir haben Wichtigeres zu tun.

»Hast du deine Steinschleuder dabei?«, flüsterte er. Die Dinger waren verboten, weil sie häufig zur Wilderei eingesetzt wurden, aber er wusste, dass Kunibert trotzdem eine besaß. Burkhardt hatte stets ein Auge zugedrückt deswegen, sie leistete hie und da gute Dienste bei der Verfolgung von Strauchdieben, die sich an den Marktständen bedienten und zu zahlen vergaßen.

»Klar.« Kunibert fummelte in seiner Gürteltasche herum. »Solange sie jedoch nicht alleine sind, kann ich nichts damit anstellen. Richtig?«

»Richtig.«

»Ein Signalruf wäre nicht schlecht«, meinte Kunibert. »So 'ne Art Parole.«

»Das bringt wenig, spricht man sie nicht vorher ab. Aber versuchen könnte man es mal.« Es war besser als nichts tun. Burkhardt überlegte fieberhaft. Einfach zu rufen war aus naheliegenden Gründen nicht möglich. Jedenfalls mit einer menschlichen Stimme. Tierlaute waren unauffälliger, zumindest jene, die nicht auf die Anwesenheit von Menschen hindeuteten. Wiehern oder Bellen schlossen sich daher aus. Ein Vogel war gut.

Burkhardt konzentrierte sich. Einige Vogelstimmen beherrschte er ganz passabel, wenigstens war das früher so gewesen. Als halbwüchsiger Knabe hatte er sich mit der Nachahmung von Vogelgesang vergnügt und damit angegeben, wenn Mädchen in der Nähe waren.

Er legte die rechte Hand seitlich neben den Mund und stieß den lang gezogenen Ruf eines Käuzchens aus.

»Das war toll, Schützenmeister«, flüsterte Kunibert. »Wär ich 'ne Käuzchens-Braut, fiele ich glatt auf Euch herein.«

Wider Willen lächelte Burkhardt. Dann rief er ein weiteres Mal.

Es gelang ihm zu gut. Der Schrei klang täuschend echt. Deshalb nahmen Marga und Katharina auch keine Notiz davon.

Stattdessen wandten sie den Kopf, weil neben ihnen die Tür aufflog und gegen die Mauer krachte.

Dorothee stolperte auf unsicheren Beinen die Treppe hinunter, fiel aber nicht, konnte sich halten, indem sie sich eng an der äußeren Wand entlangtastete, die kalt war, klamm. Unangenehm. Nicht so unangenehm wie Wolfhardts Hände, die sie abwechselnd packten und weiterstießen. Er sagte ihr nicht, warum Jürg ihn geschickt hatte, sie zu holen. Warum sie auf den Burghof kommen sollte. Oder was sie überhaupt mit ihr vorhatten.

Wahrscheinlich hätte sie auch Mühe gehabt, zuzuhören. Denn sie hatte Angst. Noch mehr als in der Kammer. Unten warteten alle auf sie. Die Männer. So wie gestern.

Ich bin Dorothee von Linnitz, sagte sie stumm wieder und wieder den Satz auf, der ihr eine Beschwörungsformel geworden war. Ich bin Dorothee von Linnitz, und ich werde das hier überstehen. Ich werde weglaufen. Oder jemand wird kommen und mich aus dieser Hölle herausholen. Egal wie, *ich werde es überstehen.*

In der zurückliegenden dumpfen Nacht hatte sie überlegt, ob sie zu Gott beten und ihn um Hilfe anflehen sollte, sich aber dagegen entschieden. Demütig darum bitten konnte sie nicht, denn das hätte bedeutet, sie sähe ein, dass es rechtens war, was mit ihr geschah. Gott etwas zu befehlen war nicht möglich. Also schwieg sie. Gott schwieg ja auch.

Jedenfalls hatte Wolfhardt üble Laune, warum, wusste sie nicht, und es wäre ihr auch gleichgültig gewesen, hätte es nicht Auswirkungen auf sein Benehmen gehabt. Er scheuchte sie in einem Tempo die schmale Stiege hinunter, das sie mit ihren wackligen

Beinen kaum bewerkstelligen konnte, und als sie endlich unten angekommen war, beförderte er sie mit einem groben Stoß auf den Hof, der sie dann doch noch ins Straucheln brachte.

Mitten hinein ins gleißende Sonnenlicht. Vielleicht war es auch gar nicht so gleißend, aber nach den langen Stunden im Dämmer eines Raumes, der nur über eine Schießscharte und demzufolge über wenig Helligkeit verfügte, blendete die Sonne so sehr, dass Dorothee im ersten Augenblick kaum etwas erkennen konnte.

»Wenn Euer Hochwohlgeboren sich mal bewegen würden«, hörte sie Wolfhardts spöttische Stimme hinter sich. Da er offenbar keine Muße hatte, darauf zu warten, erhielt sie einen neuerlichen Hieb zwischen die Schultern und taumelte nach vorne.

Einen Rest von Stolz behielt sie, da sie immerhin nicht stürzte. Stattdessen zwang sie sich, den Rücken gerade zu halten und ihre Miene ausdruckslos. Rasch prüfte sie mit einem Rundumblick den Burghof auf der Suche nach den Männern, je weniger sich hier aufhielten, umso besser.

Bertram und Sigurd waren da. Neidhart, dessen Schnaufen sie bis hierhin hörte. Jürg.

Und zwei Frauen, die an einer Art Pranger hingen.

Im ersten Moment dachte sie, sie bilde sich die beiden nur ein.

Auch wenn sie es nicht wollte, brachte irgendein dummer Reflex Dorothee dazu, sich mit einem fragenden Blick an Wolfhardt zu wenden, doch der grinste nur breit. Er hob die Hand, um sie vorwärtszutreiben, aber diesmal war sie gewappnet und ging lieber selbst.

Es lag eine unnatürliche Ruhe über dem Hof, sogar die Vögel im Wald ringsum schwiegen. Nur ein Käuzchen lockte mit seinem Ruf, blieb indes einsam damit und erhielt keine Antwort.

Bertram erhob sich und kam näher. Der schmierige Bertram, Dorothee konnte kaum verhindern, sich zu schütteln, doch es wäre dumm gewesen, ihn zu reizen. »Ist es nicht nett, wie viele Täubchen sich die Mühe machen, uns zu beehren«, flötete er und fand das wohl witzig. Dorothee fand das nicht. Die beiden anderen Frauen auch nicht, wie sie aus deren weit aufgerissenen Augen schloss.

»Halt die Klappe, Bertram«, sagte Wolfhardt in sehr bestimmtem Tonfall. »Dein Vergnügen wirst du später haben. Jetzt hol erst einmal ein Seil, damit wir das Damenkränzchen komplettieren können.«

»Komplettieren!«, freute sich Bertram. »Komplettieren ist gut.«

Dorothee brach der Schweiß aus. Er wieselte davon und kam viel zu rasch zurück, packte sie mit seinen ekelhaften Händen um die Taille und zog sie an den Pranger.

»Kannst festmachen, Wolf.« Das Käuzchen rief wieder, dem war egal, was hier geschah, das suchte nach seinem eigenen Weibchen.

Dorothees Reflexe ließen ihr keine Wahl. Sie wehrte sich. Es wäre besser gewesen, es nicht zu tun, weil sie die Männer damit verärgerte, aber es war nicht zu vermeiden. Sie stemmte sich gegen die Hände, die sie berührten, gegen den Pranger, der sie vollends aller Möglichkeiten berauben würde, ihrem Los zu entfliehen, trotzte auch dem angstvollen Blick der beiden Frauen.

Für die konnte sie nichts tun. Sie konnte nicht einmal für sich selbst etwas tun. Natürlich war sogar das Wiesel stärker als sie. Und dann waren da noch die anderen, die ihm zur Hilfe geeilt wären, hätte er dessen bedurft. Hatte er aber nicht, er wurde ganz allein mit Dorothee fertig.

Das Rufen des Käuzchens wurde allmählich drängend.

»Kann mal jemand dem Vogel den Hals umdrehen?«, fragte Wolfhardt missgelaunt. »Der geht mir auf die Nerven mit seinem Gekreisch.« Er schleuderte einen Stein über die Mauer in Richtung Wald, und der Kauz verstummte.

»Los jetzt. Hände an den Balken«, befahl er dann.

Dorothee ignorierte ihn und verschränkte die Arme vor dem Leib. Auf keinen Fall würde sie ihm helfen. Vor ihm kriechen. Vielleicht irgendwann. Bestimmt sogar bald. Aber jetzt noch nicht.

»Herrgott noch mal.« Wolfhardt ballte die Fäuste. »Bewahre mich vor störrischen Weibern. Machst du's nun selbst, oder soll ich nachhelfen?«

Die Übelkeit in Dorothees Magen verstärkte sich und das Zittern in ihren Knien auch, doch sie blieb standhaft. Allerdings sah sie Wolfhardt nicht an, denn das hätte ihren Trotz zum Erliegen gebracht. Sie tat so, als habe sie ihn nicht gehört.

»Können nicht alle so willig mitarbeiten wie dein Nonnencousinchen, was, Wolf?« Bertrams meckerndes Lachen schnitt durch die laue Frühlingsluft.

»Halt den Rand.« Wolfhardt verpasste ihm eine derbe Kopfnuss, und Bertram schwieg eingeschnappt.

Dorothee zwang sich, weiterhin so zu tun, als nähme sie ihre Umgebung nicht wahr. Nonnencousinchen. Ein weiteres Wort, dass sie sich merken musste. Aufspüren, informieren, Nonnencousinchen. Wolfhardt hatte eine Cousine, und die war Nonne. Dorothee hatte in einem Kloster gelebt. Mit Nonnen. Denkbar, dass es da einen Zusammenhang gab. Oder nicht denkbar?

Vielleicht sollte sie ihn danach fragen. Sie blickte Wolfhardt nun doch an, unsicher, ob es geschickt war, sich einzumischen, oder ob sie ihn damit nur reizte. Allerdings kam sie gar nicht dazu. »Und du hältst auch das Maul«, sagte er nämlich, noch bevor sie sich entschieden hatte. Gemächlich kam er näher, und Dorothee vergaß, was sie fragen wollte.

»Ja, genau, ihr haltet am besten das Maul«, wiederholte Jürg, der zu ihnen getreten war. »Denn ihr nervt. Alle. Ausgenommen natürlich die Damen.« Er verneigte sich in einem spöttischen kleinen Schlenker vor dem Pranger. »Bertram, geh mal auf den Wehrgang«, befahl er. »Ich will wissen, was da los ist. Wenn der Kauz so plötzlich keinen Ton mehr von sich gibt, dann vielleicht, weil da Leute kommen. Leute können wir hier nicht gebrauchen. Ganz und gar nicht gebrauchen.«

4

»Meine Güte, Schützenmeister, das wird ja immer entsetzlicher«, flüsterte Kunibert, die Augen vor Bestürzung weit aufgerissen.

Vollkommen richtig. Burkhardt biss sich die Lippe wund und wandte den Blick nicht ab von dem, was sich so nah und doch so unerreichbar auf dem Hof abspielte. Marga und Katharina schmiegten sich ganz nah aneinander, und es war besser, sich nicht vorzustellen, was in ihnen vorgehen mochte. Bei der Frau an ihrer Seite handelte es sich ohne jeden Zweifel um Dorothee von Linnitz. Leuchtend blond, zu anderen Zeiten vermutlich bildschön und jetzt zerschunden und verstört.

Hadern und klagen half in einer derartigen Situation niemandem. Burkhardt konzentrierte sich. Mühevoll, aber es gelang, auch wenn es Kraft kostete.

Vier Männer zählte er auf dem Hof, alle bewaffnet und vermutlich ohne jeden Skrupel, ihre Kurzschwerter, Jagdmesser und Dolche auch einzusetzen. Dann die drei Frauen. Mehr oder weniger zufällig hatte er einen fünften oben auf dem Wehrgang zwischen den Zinnen entdeckt, und der Schreck war ihm derart auf den Magen geschlagen, dass ihm regelrecht übel wurde. Der Kerl stand seelenruhig da oben, beschirmte die Augen gegen das Licht mit der einen Hand und kratzte sich mit der anderen genüsslich am Gesäß. Zum Glück studierte er nur die weitere Umgebung und richtete den Blick nicht auf das, was sich direkt zu Füßen der Burg abspielte.

Burkhardt atmete einmal tief durch, um sich zur Ruhe zu zwingen, dann wandte er sich wieder dem zu, was vor ihm lag. Vor allem Dorothee bereitete ihm Sorgen, sie konnte sich kaum auf den Beinen halten und war ganz sicher keine große Hilfe bei einem Befreiungsschlag. Wie Marga und Katharina sich verhalten würden, vermochte er nicht einzuschätzen. Bislang waren sie durchaus furchtlos gewesen. Oder naiv. Vermessen, verdammt noch mal. Wie hatten sie nur annehmen können, sie seien imstande, diese Angelegenheit alleine zu regeln?

Warum nur hatten sie seine Anweisungen nicht befolgt? Seine

sehr präzisen Anweisungen, nach denen sie die Sache einfach ihm hätten überlassen sollen.

Thomasus fiel ihm ein. Der würde ihm die Hölle bereiten. Denn der Wittenberger Schützenmeister war nicht einmal in der Lage gewesen, zwei *Frauen* zu disziplinieren und ihnen klarzumachen, dass sie gefälligst daheimzubleiben hatten. Hohn und Spott würde Thomasus über Burkhardt ausschütten, weil der sich einbildete, mit den äußerst gefährlichen Gegnern auf dieser dämlichen Burg besser fertigzuwerden als mit Katharina und Marga.

Wenn er es sich aber nicht einbildete, brauchte er das Problem erst gar nicht anzugehen. Mit einiger Anstrengung drängte Burkhardt seine Thomasus Roeseling in den Mund gelegten Selbstvorwürfe zurück. Besser, er widmete sich dem, was vor ihm lag. Mit allem anderen musste er sich später beschäftigen. Jetzt benötigte er erst einmal einen Plan. Einen simplen Plan, wie er die drei Frauen befreien konnte.

Dazu war es unerlässlich, auf den Hof zu gelangen. Zudem würde er mehr als einen Augenblick benötigen, um die Fesseln zu durchtrennen. Die Seile sahen neu aus, widerstandsfähig. Auch die Stange, an der die Handgelenke der Gefangenen fixiert waren, wirkte nicht so, als könne man sie mit einem Hieb zertrümmern.

Die ganze Konstruktion erweckte den Eindruck, sie sei für die Ewigkeit gemacht.

Burkhardt hatte aber nicht ewig Zeit. Denn die Frauen hingen dort in einer Position, die sehr unbequem aussah und mit Sicherheit eine Menge Kraft kostete. Sie konnten weder stehen noch sitzen, knieten im Staub, und zumindest Katharina, die Kleinste, musste sich strecken und hangelte immer wieder herum, um nach einer komfortableren Stellung zu suchen. Die es natürlich nicht gab.

Er würde sie da rausholen. Burkhardt sammelte sich und ging die Maßnahmen durch, die wenigstens halbwegs realistisch schienen. Es gab allerdings kaum welche.

Sie konnten einen Zeitpunkt abpassen, an dem sich möglichst wenige der Männer in der Nähe der Frauen aufhielten, dann das Überraschungsmoment nutzen, auf den Hof stürzen und versuchen, das Seil mit einem Schwerthieb zu durchtrennen. Oder das Ganze mit Hilfe der Pferde durchführen und für Verwirrung sorgen, indem sie deren Hufe als zusätzliche Waffen einsetzten. Oder sie harrten aus, bis die Kerle mit ihren Gefangenen aufbrachen, weil sie außerhalb des engen Burghofes möglicherweise leichter zu überwältigen waren.

Nichts davon hatte wirklich eine Aussicht auf Erfolg.

Für einen Angriff waren sie viel zu wenige. Janus war zu sanftmütig, um als Kriegsmaschine eingesetzt zu werden. Vielleicht hatte das Gelichter die Absicht, noch Wochen hier zu verbringen. Wann die Männer ihr Versteck verlassen wollten und in welchem Zustand die Frauen sich bis dahin befanden, stand in den Sternen.

Eigentlich konnte Burkhardt gar nichts tun.

Kunibert war zu demselben Schluss gekommen. »Ihr könnt da nix machen, Meister«, flüsterte er.

Doch. Eines konnte er tun. Das Schwerste von allem.

Warten.

»Nichts tun ist keine Option«, sagte Burkhardt grimmig. »Es hieße, die Damen ihrem Schicksal zu überlassen, und *das ist keine Option*. Also. Ich bleibe hier und überwache so gut es geht, was geschieht. Du reitest nach Wittenberg und rekrutierst Leute. Mindestens vier. Besser ein paar mehr.«

»Wen denn?« Kunibert sah untypisch verzagt aus.

»Jeden Stadtdiener, der nüchtern ist, eine Waffe halten kann und bereit ist, sie einzusetzen. Außerdem gehst du zum Hauptmann der Schlosswache. Er soll dir ein paar seiner Männer mitgeben.« Das war ihm gerade erst eingefallen und bestimmt die nützlichste Idee, die er seit Langem gehabt hatte. »Und vor allem eines: Beeil dich. Ich habe so das Gefühl, die Zeit drängt.«

Kunibert nickte. Solange sie nicht wussten, was das Geschmeiß jenseits der Mauer vorhatte, war die Lage bedrohlich.

»Mach dich sofort auf den Weg.« Burkhardt packte Kunibert fest an der Schulter, schob ihn schon fort. »Nimm Janus, der ist schneller als das Maultier. Schinde den Gaul, ob es dir gegen den Strich geht oder nicht. Wenn du scharf reitest, seid ihr hier, bevor es dunkel wird. Derweil müssen sie es eben aushalten.«

Der, den sie Bertram genannt hatten, kam zurück, und Katharina versuchte, nicht darauf zu achten. Bertram war – unerträglich. Schmal und klein und daher dem ersten Eindruck nach weniger furchteinflößend als dieser Wolfhardt, in dessen Augen eine Gleichgültigkeit lag, die jederzeit in Brutalität umschlagen konnte. Aber das Wieselige, Schmierige, dieses *Lüsterne* in Bertrams Blick war fast noch schwerer zu ertragen. Wolfhardt interessierte sich nicht für sie, nicht wirklich, für keine von ihnen. Bertram dagegen leckte sich förmlich die Lippen, wenn er sie ansah. Besonders Dorothee. Es schien ihn zu entzücken, wie am Ende sie war.

Hilflos, geschlagen und verletzt. Wahrscheinlich gefiel ihm, dass sie sich nicht wehren konnte. Nie und nimmer wäre er auf normalem Wege auch nur in die Nähe einer Frau wie Dorothee gelangt.

Er warf ihr einen seiner schnellen, unsteten Blicke zu, die Katharina so widerlich fand, ging aber zunächst zu seinem Anführer hinüber und begann, leise auf ihn einzureden. Was immer er diesem Jürg berichtete, es war etwas, von dem sie nicht erfahren sollten. Dabei hätte er sich die Mühe sparen können, zumindest sie selbst wollte gar nicht hören, was er sagte. Sie trachtete überhaupt danach, so wenig wie möglich mitzubekommen von dem, was um sie herum geschah. Natürlich war das falsch. Sie fanden nur dann einen Ausweg, wenn sie ganz genau beobachteten, was vor sich ging. Sie mussten die Lücke finden, die sich – vielleicht – irgendwann auftat. Den Moment erkennen, in dem die Männer nicht so wachsam waren. Sie möglicherweise sogar alleine ließen, weil sie überzeugt waren, alles unter Kontrolle zu haben.

Aber das hatten sie auch. Denn dass sie gerade nicht auf ihre Gefangenen achteten, bedeutete nur einen kurzen Aufschub. Was immer der abstoßende Bertram mit ihnen vorhatte, konnte er durchführen, solange sein Anführer es ihm durchgehen ließ. Keine von ihnen hätte ihn daran hindern können.

Weder ihn noch einen der anderen Männer.

Der Fette da drüben besaß hoffentlich zu wenig Elan, sich um sie zu kümmern. Dann war da einer, der bislang kein Wort gesprochen und keinerlei Interesse an ihnen gezeigt hatte. Am meisten Angst hatte Katharina vor Jürg. Jürg mit seiner scheinbaren Höflichkeit, mit der Erbarmungslosigkeit in seinen Augen. Mit seiner Autorität. Die Männer taten ohne jede Gegenwehr, was er befahl.

Darin lag allerdings eine Chance. Eine winzige Chance darauf, die Dinge positiv zu beeinflussen. Sie mussten sich Jürg gewogen machen. Irgendwie. Wenn er nicht wollte, dass seine Leute ihre Gefangenen drangsalierten, würden sie es auch nicht tun.

Drangsalierten. Oder sich an ihnen vergingen. Sie warf einen Blick auf Dorothee, die ihre Augen geschlossen hatte und an dem Seil hing, als sei sie froh über den Halt, den es bot.

Ihr Hemd war schäbig und am Ausschnitt eingerissen, nur notdürftig zusammengesteckt. Kleider zerrissen nicht so einfach. Sie *wurden* zerrissen. Katharina überlief eine Welle von Übelkeit.

Ich will das nicht, dachte sie verzweifelt. Und dann, völlig sinnlos: Thomasus, hilf mir. Hilf mir doch. Bitte.

Dabei hatte Thomasus noch nicht einmal eine Ahnung, in welcher Gefahr sie schwebte. Was hier mit ihr geschah. Er hatte vollkommen recht damit gehabt, ihre Unternehmung dumm zu finden. Und ihr dann doch zugestimmt. Gegen seine Überzeugung. Im Grunde gegen seinen Willen.

Niemals wieder würde sie diesen Willen ignorieren.

Nachdem Kunibert bemerkenswert geräuschlos im Wald verschwunden war, stand Burkhardt eine schiere Ewigkeit einfach nur da und wandte keinen noch so kleinen Moment seinen Blick von den Gefangenen. Als hinge ihr Leben davon ab, dass wenigstens ein wohlmeinendes Augenpaar auf ihnen ruhte. Als läge ein Schutz darin.

Er wünschte sich inständig, dies entspräche den Tatsachen. So war es allerdings nicht. Es war völlig sinnlos, dass er hier war, denn er konnte überhaupt nichts tun.

Aber er *würde* etwas tun. Dann nämlich, wenn Kunibert zurückkam. Die Frauen brauchten nur durchzuhalten. Und ihre Peiniger durften sich nicht einfallen lassen, Dinge mit ihnen zu tun, die …

Nein. Er musste seine Phantasie im Zaume halten. Sonst wurde er verrückt. Einen Augenblick lang gestattete er sich, seine Aufmerksamkeit allein auf Marga zu richten. Die Frau, die er liebte und mit der er es sich beinahe verscherzt hatte. Weil er zu feige gewesen war, um sie zu kämpfen. Wenigstens sprechen hätte er mit ihrem Vater können, vielleicht hätte der ihm sogar zugehört. Gut, ein Schützenmeister war nichts Besonderes, jedenfalls nicht für einen gut verdienenden Fernhändler. Aber Burkhardt Gantzer besaß einen ausgezeichneten Ruf in der Stadt, er übte einen seriösen Beruf aus, und es gab zudem Möglichkeiten, in der Hierarchie aufzusteigen. Zum Beispiel konnte er sich ans Schloss wenden. Herzog Friedrich hatte mit Sicherheit schon von ihm gehört, und den Hauptmann seiner Wache kannte er außerdem. Die Vorstellung, der nähme ihn in diesen unruhigen Zeiten gerne in seine Dienste, war nicht gänzlich abwegig.

Unruhige Zeiten gab es vor ihm auf dem Burghof ebenfalls. Es herrschte stärkerer Betrieb, die Atmosphäre hatte sich irgendwie geändert. Sechs Männer hielten sich jetzt auf dem kargen Areal auf, und sein Instinkt sagte Burkhardt, mehr würden auch nicht kommen. Mit Gottes Hilfe ließ ihn sein Instinkt nicht im Stich.

Die Kerle scharten sich um ihren Anführer und schienen auf Anweisungen zu warten.

Um die Frauen kümmerte sich niemand, und für einen Moment schöpfte Burkhardt Hoffnung. Was er angesichts der Umstände im gleichen Atemzug vermessen fand.

Plötzlich kam Bewegung in die Sache, gezielte Bewegung. Ein dünner Kleiner trat an die Gefangenen heran. Von einem mickrigen Männchen wie ihm ging nicht so viel Bedrohung aus wie von einem grobschlächtigen Koloss wie dem Rotbärtigen, der vor Kraft kaum laufen konnte und als Letzter den Hof betreten hatte. Oder von dem Blonden, der unablässig den Krug zum Mund führte.

Die Frauen schienen das anders zu sehen. Dorothee bäumte sich auf, Burkhardt nahm auch auf diese Entfernung ihr schieres Entsetzen wahr, als der Mickrige sich an ihr zu schaffen machte. Aber er konnte nicht erkennen, was genau der Mann da tat, er befand sich zwischen ihm und Dorothee und verhinderte einen Blick darauf. Burkhardt durchlitt einen Moment der Panik, weil er nicht wusste, was er tun sollte, wenn die Männer vor seinen Augen den Frauen etwas antaten und er selbst hier stand und zur Untätigkeit verdammt war.

Unmöglich, in den Burghof zu stürmen in der Hoffnung, dies lenke die Männer genügend von den Frauen ab, um sie in Ruhe zu lassen. Falls es sie *überhaupt* ablenkte, dann auf keinen Fall so lange, bis Kunibert mit hoffentlich einer Armee zurückkehrte. Es würde viele Stunden in Anspruch nehmen, nach Wittenberg zu reiten, einen Hilfstrupp zusammenzutreiben und den Rückweg zu bewältigen.

Burkhardt war davon ausgegangen, die ganze Angelegenheit sei übel genug, und seine Ängste ließen sich kaum steigern, doch er hatte sich getäuscht. Es gab einfach nichts, was nicht noch schlimmer werden konnte. Denn plötzlich erkannte er, was der Dünne getan hatte. Er hatte die Gefangenen von diesem verfluchten Pranger losgekettet. Die irre Hoffnung, die Burkhardt – und ganz bestimmt auch die Frauen selbst – einen Wimpernschlag lang erfüllt hatte, brach in sich zusammen und hinterließ eine qualvolle Leere. Denn Marga, Katharina und Dorothee wurden nicht etwa freigelassen. Der Mickrige und der Blonde trieben sie wie eine Schar Gänse über den Hof in Richtung Burg und stießen sie durch eine Tür, die hinter ihnen mit einem endgültig klingenden Geräusch ins Schloss fiel.

Sie waren weg.

Burkhardt sah nicht mehr, was mit ihnen geschah. Er konnte es sich nur sehr farbig ausmalen.

Hinter ihm knackte ein Zweig.

Katharina war die Erste, die in die Kammer gestoßen wurde, dicht gefolgt von den beiden anderen Frauen und dem satten Geräusch einer zufallenden Tür. Immerhin waren sie nun allein, nicht mehr ständig den Blicken der Männer ausgesetzt und dem, was darin zu lesen war. Oder nicht zu lesen war. Gnade, Erbarmen, Menschlichkeit.

Da machte es beinahe gar nichts, dass die Tür von außen abgeschlossen wurde.

Es verstörte Katharina so lange nicht, bis ihr Dederich einfiel. Dederich, der sie vor gar nicht so langer Zeit in seinen Bootsschuppen eingesperrt und vorgehabt hatte, sie dort verrotten zu lassen.

Es war Monate her, dass die Panik sie das letzte Mal überrollt hatte. Sie hatte Katharina in Ruhe gelassen, in Sicherheit gewiegt – fast hatte sie vergessen, wie es war, wenn der Horror sie heimsuchte. Jetzt wallte die Beklemmung so unmittelbar in ihr auf, dass sie jede Gelegenheit verpasste, sie rechtzeitig unter Kontrolle zu bekommen. Ihr Blickfeld wurde eng, die Luft waberte und flirrte, der Druck in ihrer Kehle schnürte ihr die Luft ab, es war genau wie damals.

So sehr anders als im Bootsschuppen war es hier nämlich nicht. Bloß trocken. Aber die Tür sah ehern aus und stabil, und sie ließ sich bestimmt nicht gewaltsam öffnen. Der Raum lag außerdem zu hoch, um aus dem Fenster zu klettern. Es war auch zu schmal, sie würden stecken bleiben. Nicht ausgeschlossen, dass das in ein paar Tagen oder Wochen anders sein würde, falls sie nichts zu essen bekamen. Man sie verhungern ließ. Irgendwann hatten sie so viel ihres Gewichtes verloren, dass sie den engen Durchlass vielleicht passieren konnten. Wenn sie nur noch aus Haut und Knochen bestanden. Ein Bootsschuppen, eine Burgkammer – beides verlassen. Beides eng. Zu eng. Da war keine Luft mehr. Nicht genug.

»Atme, Katharina«, hörte sie Margas Stimme dicht neben ihrem Ohr. »Atme. Hier ist kein Wasser. Denk daran: *Hier ist kein Wasser!*«

Kein Wasser. Richtig. Dies war nicht der Bootsschuppen. Es gab kein Wasser, sondern Luft. Reine, klare Luft, denn bis ins oberste Turmgeschoss drangen die Ausdünstungen von Tieren, Menschen und Kochstelle nicht hin. Katharina zwang sich, die Augen zu öffnen und den Mund, als ginge das Atmen dann besser. Allmählich bildete sich das Flackern vor ihren Augen zurück, und auch das Prickeln in ihren Fingern hörte einfach auf. Sie schaffte es sogar, nach Margas Hand zu greifen und sie zu drücken. »Danke.«

»Ach, Schätzchen, ich weiß doch.«

Margas Stimme klang gepresst, und Katharina fiel wieder ein, dass sie im Moment ganz andere Probleme hatten als die der Vergangenheit. Es war dumm, die Aufmerksamkeit nicht auf die Bewältigung der derzeitigen Aufgaben zu richten. Dumm und kurzsichtig. Sie riss sich zusammen.

»Wir müssen herausfinden, was die da unten mit uns vorhaben«, sagte sie und räusperte sich, weil ihre Stimme krächzte, als sie mit normaler Lautstärke sprach. »Dorothee?«

Das Mädchen schwieg. Sie kauerte in der Ecke, hielt mit den Armen ihre Knie umschlungen und tat, als sei sie nicht da.

Plötzlich sprang Katharina die Befürchtung an, dass sie vielleicht von einer ganz falschen Voraussetzung ausgegangen waren. »Ihr seid doch Dorothee von Linnitz, oder nicht?«

Nichts.

»Was machen wir denn jetzt?«, flüsterte Katharina, und Marga rückte nach kurzem Zögern ein Stück näher an die junge Frau heran. Sehr behutsam legte sie die Hand auf ihren Arm. Dennoch kniff das Mädchen die Augen zusammen und wich zurück.

»Wir stehen auf derselben Seite«, sagte Marga sanft und hielt jede Ungeduld, die sie doch zweifelsohne genau wie Katharina selbst empfinden musste, aus ihrem Tonfall heraus. »Ihr solltet mit uns sprechen. Gemeinsam finden wir vielleicht einen Weg, hier herauszukommen.«

Nach einem weiteren endlosen Moment der Stille öffnete das arme Ding wenigstens die Augen. Graue Augen, das rechte umrahmt von einem dunklen Bluterguss.

»Bitte, sagt es uns«, flüsterte Marga. »Seid Ihr Dorothee von Linnitz?«

Schweigen. Dann fragte sie: »Und wer seid Ihr?«

»Marga Tilfer und Katharina Roeseling aus Wittenberg. Wir sind auf der Suche nach Dorothee von Linnitz. Um ihr zu helfen. Bitte sagt es uns, seid Ihr das? Ihr könnt uns trauen, ich versichere es Euch.«

Sie zögerte. Lange. Schließlich nickte sie sparsam.

»Gut. Das ist *gut*«, schaltete sich Katharina ein, sie durfte nicht stillhalten, musste irgendetwas tun. Sonst fing das Nachdenken wieder an, und das konnte sie sich nicht leisten. Das Bändchen, das ihre Nerven zusammenhielt, war dünn. »Endlich haben wir Euch gefunden. Und wir sind nicht allein. Außer uns gibt es noch andere, die nach Euch fahnden. Sie werden uns aufspüren und zu Hilfe kommen.«

»Falls wir so lange durchhalten.« Dorothees Stimme klang erstaunlich klar und vernünftig. Ein glockenheller Sopran, bestimmt eine hübsche Singstimme. Katharina fiel Magdalena von Staupitz ein, die Marienthroner Kantorin, sicher hatte sie Dorothee als Bereicherung für ihren Chor empfunden.

»Habt Ihr im Kloster gesungen?«, fragte sie, und Marga warf ihr einen erstaunten Blick zu.

Dorothee schüttelte den Kopf, ganz sachte, heftige Bewegungen schienen ihr Schmerzen zu bereiten. »Ich treffe keinen einzigen Ton«, bekannte sie. »Schwester Magdalena war froh, wenn ich den Mund hielt.«

Marga lächelte sie mit starren Mundwinkeln an. »Und was genau ist geschehen?«

»Sie hat mir höflich, aber bestimmt nahegelegt, mich in der Lautstärke so gut es geht zurückzuhalten.«

Die kluge, energische Magdalena wusste genau, was sie wollte. Einen dissonanten Chor ganz sicher nicht. Katharina sandte einen wehmütigen Gedanken nach Wittenberg, wo sie vor noch gar nicht so langer Zeit in gemütlicher Sicherheit ihre Befragungen durchgeführt hatten. Dann sagte sie: »Ich bin sicher, meine Freundin sprach nicht Euren … Konflikt mit der Kantorin an, sondern die Umstände, die Euch zum Verlassen des Klosters gebracht haben. Und die Euch schließlich hierhin führten.«

Dorothee setzte sich ein wenig aufrechter hin. Es schien unbewusst zu geschehen, und Katharina wertete es als gutes Zeichen. »Marienthron … mir kommt es vor, als sei das alles Jahre her. Nun, ich wollte dort nicht sein. Ich wollte mein Leben so gestalten, wie ich es mir ausmalte, mich den Zwängen und Vorschriften des Klosterlebens nicht unterwerfen.« Sie zog die feinen Brauen zusammen. »So ändern sich die Dinge, und manchmal tun sie es erstaunlich schnell. Ein paar Tage reichen vollkommen aus.«

Sie schloss die Augen und zog sich ganz offensichtlich wieder an einen Ort in ihrem Inneren zurück, zu dem andere keinen Zutritt hatten. Das durfte nicht geschehen. Um einen Plan zu fassen, mussten sie alle wachen Geistes sein. Katharina beugte sich vor und fasste nach Dorothees Hand.

Das war ein Fehler.

Dorothee riss ihren Arm zurück und stieß heftig mit dem Ellenbogen an die Wand, an der sie lehnte.

»Oh Gott, verzeiht mir, Dorothee«, bat Katharina und wusste kaum, wohin mit ihrem Schuldbewusstsein. »Ich wollte Euch nicht zu nahe treten. Ich wollte Euch bloß bitten, mit Eurem Bericht fortzufahren.«

Dorothee nickte. Sie nickte, und nach einer Weile hatte sie sich so weit unter Kontrolle, dass sie erneut das Wort ergreifen konnte. »Es erscheint mir heute nahezu unerklärbar, was ich am Reglement eines Nonnenlebens so furchtbar gefunden habe. Aber als ein paar der Ordensschwestern planten, das Kloster heimlich zu verlassen, empfand ich das als einen Wink des Schicksals und eine günstige Gelegenheit, wie sie sich mir so schnell wohl nicht mehr bieten würde. Also schloss ich mich ihnen an und verschwand bei der erstbesten Gelegenheit. Das war in Torgau. Ich schlug mich durch bis nach Elsnig, dort war ich … verabredet.«

»Mit Hans Christian Brandt.« Sie sollte ruhig hören, dass sie Bescheid wussten.

Dorothee warf Katharina einen langen Blick zu. »Ja«, bestätigte sie leise. »Er ist dann nicht gekommen. Ich weiß aber nicht, warum.«

»Oh, es lag nicht daran, dass er nicht wollte«, erklärte Marga mit dem Gespür der unglücklich Liebenden für Probleme anderer Paare. »Er ist sehr bekümmert über Euer Verschwinden und vollkommen ratlos.«

»Vielleicht war es ein Übermittlungsfehler.« Dorothee schloss wieder die Augen. »Woher kennt Ihr ihn?«

»Hans Christian kam auf der Suche nach Euch auch nach Wittenberg.«

»Aber …«

»Entschuldigt, wenn ich hier unterbreche.« Katharina fand ihren rüden Tonfall selbst nicht richtig, doch es ging nicht anders. »Habt Ihr außer mit dem jungen Brandt noch mit weiteren Personen über Eure Pläne gesprochen?«

»Nein.« Dorothee schüttelte den Kopf. »Ich hatte nie viel mit den anderen zu tun, sie mochten mich nicht.«

»Ihr lehntet das Leben ab, das sie führten.« Marga zuckte die Achseln. »Menschen sind so. Wahrscheinlich waren sie gekränkt.«

»Das ist doch albern«, widersprach Dorothee, aber sie klang müde, nicht so, als ob sie das alles noch wirklich interessierte. »Sie wollten selbst nicht mehr dort sein. Schließlich haben sie das Kloster verlassen und sind dadurch sogar ein erhebliches Risiko eingegangen.«

»Gerade deshalb ist es nicht dasselbe.« Marga hob das Kinn. »Ihre Gründe waren andere. Solche, die in ihrem Glauben liegen und der Art, wie der sich ihrer Meinung nach ausdrücken sollte.«

»Von mir aus.« Dorothee hatte keine Lust, darüber zu diskutieren, man sah es ihr an. Vielleicht verließ sie die Kraft. Es ging ihr schlecht, auch das konnte man erkennen. »Jedenfalls haben mich alle außer Schwester Anni nach Kräften ignoriert.«

»Ihr wart Freundinnen?«

»Das nicht. Freundinnen wäre zu viel gesagt. Wir waren uns ähnlich. Na ja, nicht im Offensichtlichen.« Dorothee lächelte schwach. »Aber in unserer Einstellung. Anni mochte das Klosterleben ebenfalls nicht. Wir waren uns da einig.«

Katharina hörte nicht richtig zu. »Dorothee, ich muss noch einmal auf das zurückkommen, was Ihr vorhin geäußert habt. Wenn Ihr selbst nicht mit Hans Christian den Treffpunkt festgelegt hattet und außerdem von einem Übermittlungsfehler sprecht, verstehe ich dann richtig, dass Ihr einen Boten eingesetzt habt? Also doch jemand Eure Pläne kannte?«

Dorothee hielt inne, ihre Augen verdunkelten sich. »Nicht wirklich.« Sie versuchte, sich in eine aufrechtere Position zu schieben, doch es gelang ihr nicht. »Nichts Konkretes. Ich hatte nur Anni gebeten, Hans Christian eine Nachricht zu überbringen. Sie war mir bereitwillig behilflich, ich dachte, weil sie es aufregend fand, dass ich so … aufsässig war. Sie sollte ihm die Details übermitteln, wo und wann wir uns treffen können.«

»Er ist jedoch nicht aufgetaucht«, sagte Katharina langsam. Das war es. Sie wusste genau, dass sie etwas Wichtigem auf die Spur gekommen waren.

»Nein. Es hat nichts geholfen, obwohl es nett von ihr war, es zu tun. Immerhin hätte sie großen Ärger bekommen, wenn die Mutter Oberin herausgefunden hätte, dass sie ihre Besorgungsfahrten auf diese Weise missbrauchte. Aber Anni suchte selbst nach einem Ausweg aus dem Kloster, und auch sie war froh, als sie sich Käthe anschließen konnte. Wisst Ihr, Anni stammt von einem Landrittergut, eines ohne Vermögen und ohne eine Aussicht auf Besserung. Sie hat mir mal gesagt, sie würde alles dafür tun, damit sich das ändert. Hat sie es geschafft?«

Katharina warf Marga einen unsicheren Blick zu. Durften sie Dorothee in ihrem geschwächten Zustand wirklich von den dramatischen Ereignissen in Wittenberg berichten?

Noch bevor sie eine Entscheidung gefällt hatte, schwang ohne Vorwarnung die Kammertür auf.

5

»Seid ihr verrückt geworden, mich so zu erschrecken«, zischte Burkhardt wütend. Sein Herz dröhnte wie ein Schmiedehammer.

»Ich hätt ja wohl kaum rufen können, Schützenmeister«, wandte Kunibert ein und schlug dabei den vernünftigen Tonfall an, den Erwachsene benützen, um ein aufgeregtes Kind zu beruhigen. Burkhardt hätte ihm zu gerne den Hals umgedreht.

»Wäret ihr für den Moment in der Lage, dieses Thema kurz zurückzustellen?«, mischte sich Thomasus ein.

Burkhardt fand ein neues Ziel, um seine aufgestauten Gefühle zu entladen. »Was zum Teufel machst *du* eigentlich hier?«, fuhr er seinen Freund an.

Der warf ihm einen befremdeten Blick zu. »Ich rette meine Frau.«

Burkhardt sackte in sich zusammen. »Ich bin ein Idiot. Tut mir leid. In Wahrheit bin ich außerdem heilfroh, dass ihr da seid, einer alleine kann das nämlich hier nicht stemmen.«

Obwohl es fraglich war, ob seine Mitstreiter halten konnten, was er sich von ihnen versprach. Außer Thomasus waren da nur sein Neffe Ekkehard, der vor Aufregung am ganzen Körper zitterte, und Hans Christian, dessen Blässe inzwischen einen alarmierenden Ton angenommen hatte. Und Kunibert natürlich.

Es musste eben irgendwie gehen. »Wie habt ihr mich gefunden?«

»Wir haben dich überhaupt nicht gesucht«, erklärte Thomasus kurz und bündig. »Katharina war kaum weg, da wurde mir klar, wie blödsinnig es von mir gewesen ist, ihr diese hirnrissige Reise zu erlauben. Blödsinnig, aberwitzig und falsch und ich habe es von Anfang an gewusst, verdammt noch mal. Also habe ich mir diese wackeren Herren geschnappt«, er wies mit einem knappen Nicken auf seine Begleiter, die seinen Ausführungen atemlos lauschten, »und wir ritten wie die Teufel hinter den Frauen her. Auf halbem Weg nach Niendorff liefen wir Kunibert in die Arme, und ich war der Meinung, wir hätten jetzt genug Leute. Der Ritt bis Wittenberg und zurück hätte nur weitere wertvolle Zeit gekostet.

Also habe ich Kunibert überredet, umzukehren. Jetzt sind wir da, und ich will mit dem Gerede aufhören und die Sache endlich anpacken.«

Dass er überhaupt so lange sprach, war ein deutliches Zeichen dafür, wie nervös er war. Thomasus Roeseling kam oft mit sehr viel weniger Worten aus. Und außerdem hatte er recht, sie mussten nun handeln. Länger als unbedingt nötig sollten Marga und Katharina das Ganze nicht aushalten müssen. Und Dorothee natürlich auch nicht, fiel Burkhardt etwas verspätet ein.

»So hirnrissig war die Reise der beiden gar nicht. Sie haben Dorothee immerhin aufgespürt«, wandte er ein. Das war er Marga und Katharina schuldig, fand er.

»Das ist ja das Schlimme.« Thomasus presste es durch die verkniffenen Lippen. »Allein und ohne waffenstarrende Begleitung. Ich würde dir gerne die größten Vorhaltungen machen, weil du das nicht verhindert hast, mein Freund, aber ich nehme an, dir gefällt die Lage selbst auch nicht.«

»Ich hab's nicht mal gewusst«, gab Burkhardt nach kurzem Ringen zu. Über seine Vermutung, dass Marga sich die ganze Angelegenheit ausgedacht hatte und nicht Katharina, wollte er nicht sprechen. Das rückte seine eigene Rolle viel zu sehr ins Zentrum. Es warf zudem ein wenig schmeichelhaftes Licht darauf, was Marga eigentlich von ihm hielt. »Darüber sollten wir später reden. Und du kannst mir dann gerne eine reinschlagen. Aber nicht jetzt. Wir müssten uns mal dem Naheliegenden zuwenden«, sagte er.

»Wie viele sind es?«, fuhr Hans Christian sofort dazwischen, allem Anschein nach erleichtert, weil sie endlich mit der Nabelschau aufhörten. »Euer Stadtdiener war sich nicht sicher.«

»Sechs. Jedenfalls sind keine weiteren Männer aufgetaucht, obwohl sie so eine Art Versammlung abgehalten haben. Eine Lagebesprechung, nehme ich an. Ich vermute, dass alle daran teilgenommen haben, folglich sind nicht mehr da.«

»Also sechs Männer«, wiederholte Thomasus, und er biss die Zähne jetzt so fest zusammen, dass Burkhardt fürchtete, sie brächen ab.

»Und die Frau«, ergänzte Kunibert. »Die hatten eine Frau dabei.«

»Das ist gut«, meldete sich Ekkehard zu Wort. »Die kümmert

sich doch um Tante Katharina? Und um die anderen natürlich auch«, fiel ihm etwas verspätet noch ein.

Burkhardt schüttelte den Kopf. »Die hält sich heraus. Keine Ahnung, wie sie zu der Sache steht. Zählen sollten wir lieber nicht auf sie. Rechnen wir also mit sechs Gegnern. Sechseinhalb. Wir sind fünf. Das ist verdammt knapp, aber es muss eben reichen.«

»Du hast die Ziegen vergessen«, sagte Thomasus, und seine Augen glitzerten.

Der hübsche blonde Wolfhardt mit den feinen Gesichtszügen und dem verschlagenen Blick war betrunken und schwankte leicht, weswegen er sich mit dem Rücken an die Tür lehnte, die er wieder geschlossen hatte.

»Reizend, so schöne Damen zu Besuch bei uns zu haben«, bemerkte er galant, und seine Zunge war ein wenig schwer. Lallen tat er noch nicht, aber es würde nicht mehr lange dauern, nahm Katharina an. Der Krug in seiner Hand war groß, offenbar beinahe geleert, und er schien nicht die Absicht zu haben, den Rest zu verschmähen.

Er verbeugte sich und hielt sich wacker auf den Beinen. Leider. Es hätte ihr sehr viel besser gefallen, wäre er einfach vornübergekippt.

»Würdet Ihr so liebenswürdig sein und uns erklären, wo wir eigentlich sind?«, bat Marga erneut, immer noch sehr höflich und sehr raffiniert, und Katharina bewunderte sie für ihre Geistesgegenwart. Waren sie nur aus Versehen hier aufgetaucht, ergab das ein vollkommen anderes Bild. Marga zuckte ganz leicht die Achseln, aber Wolfhardt bekam es nicht mit, der fixierte mit konzentriert gerunzelter Stirn den Krug. Wahrscheinlich wollte er abschätzen, wie viel noch darin war.

»Keine Ahnung«, sagte er. »Ist doch auch egal. Wir sind sowieso nicht mehr lange hier.«

Das war gut. Allerdings nur, sofern sie beabsichtigten, ihre Gefangenen zurückzulassen. Den Rest bekommen wir hin, irgendwie, dachte Katharina.

»Ihr brecht auf?«, fragte Marga. »Wann denn?«

Katharina sah, wie Dorothee die Augen schloss. Entweder voller Hoffnung oder weil sie es besser wusste.

»Sobald wir haben, was wir wollen«, erklärte Wolfhardt und fixierte sie alle drei. Es schien ihm Mühe zu bereiten, denn er riss abwechselnd die Augen auf und kniff sie zusammen.

»Und das wäre?« Katharina hielt Margas Bestreben, die Situation wie eine ganz normale wirken zu lassen, für vergebliche Liebesmüh.

»Na, was wohl? Geld.« Wolfhardt musterte sie, als staune er über so viel Unverstand, seine Augen waren blutunterlaufen vom Suff. »Von der da sowieso.« Er nickte zu Dorothee hinüber, die sich aus der Realität verabschiedet hatte und stumm in sich zusammengesunken war. »Und Ihr anderen beiden Hübschen werdet uns ebenfalls welches einbringen.«

Wahrscheinlich. Ganz bestimmt sogar. Sowohl Thomasus als auch Vater Tilfer würden zahlen, das wusste Katharina. Ob sie selbst an ihrer Wut erstickte, weil diese Banditen ihrem Mann sein sauer verdientes Vermögen abnahmen, war egal. Keinesfalls unterließ Thomasus etwas, mit dem er ihr das Leben retten konnte.

So befremdlich es in ihrer derzeitigen Situation auch war, bei diesem Gedanken breitete sich ein warmes Glücksgefühl in Katharina aus.

Kurz, denn es erlosch, als Wolfhardt den Krug mit der Sorgfalt des Betrunkenen auf den verrotteten uralten Binsen abstellte und stattdessen mit einem Mal einen Dolch in der Hand hielt. »Ist scharf«, erklärte er nach einem Blick auf die Frauen. Zumindest Margas Augen waren schreckgeweitet, und Katharina vermutete, ihre eigenen sahen nicht viel besser aus. Dorothee bekam das nicht mit.

Er grinste und begann, sich mit der Spitze des Messers die Fingernägel zu reinigen. Hoffentlich schnitt er sich ins Fleisch.

»Und nun wollen wir uns einander vorstellen, damit wir ein bisschen gesitteter miteinander plaudern können«, sagte er, und eigentlich schwankte seine Stimme inzwischen nicht stärker, sondern weniger.

Das war schlecht. Wenn er nicht betrunken war, konnten sie ihn nicht überrumpeln, und dann hatten sie nicht die geringste Chance, dieses Zimmer zu verlassen. Daran, dass da noch eine ganze Burg und weitere Männer auf sie warteten, wollte Katharina gar nicht erst denken.

»Ich bin Elisabeth Krauter«, zirpte Marga, als befinde sie sich auf einer Gesellschaft im Kreise vornehmer Standesgenossen. »Und das da ist meine Stiefschwester Susanna.«

Katharina zuckte mit keiner Wimper, aber sie war so stolz auf Marga, dass sie sich beinahe nicht beherrschen konnte.

»Wie reizend, Euch kennenzulernen.« Wolfhardts Lächeln bekam einen gehässigen Zug. Dann deutete er mit einer ausholenden Bewegung auf sich selbst und fuhr fort: »Wolfhardt, Wolfhardt Oertel, zu Euren Diensten. Ich bin sicher, dass wir richtig gute Freunde werden.«

»Also.« Burkhardt senkte die Stimme, um die letzten Anweisungen zu erteilen. »Ich komme mit Hans Christian von hinten und versuche, über den Wirtschaftshof in die Burg zu gelangen. Ihr anderen bleibt vorne und macht … Radau, so gut ihr könnt.« Keine besonders ausgefeilte Taktik, aber die einzige, die ihm eingefallen war.

»Ich gehe mit rein.« Thomasus starrte ihn an, als könne er nicht fassen, dass sein bester Freund nicht begriff, wozu er hier war.

Oh doch, Burkhardt hatte das sehr wohl verstanden. Allerdings konnte er Thomasus den Gefallen nicht tun. »Nein. Du bleibst da und sorgst dafür, dass wir überhaupt das Burginnere erreichen. Du hast hier die Befehlsgewalt.«

Etwas in Thomasus' Augen veränderte sich. Burkhardt erkannte genau den Punkt, an dem ihm klar wurde, dass er der Einzige war, der diese Aufgabe übernehmen konnte. Hans Christian war zu jung und zu nervös, Ekkehard ein Student und so viel Wirklichkeit nicht gewohnt, Kunibert in seiner Eigenschaft als Stadtdiener darin geübt, Befehle zu befolgen, nicht, sie zu geben.

Thomasus nickte.

»Gut. Hans Christian, wir gehen.«

»Ein Gebet wäre nicht schlecht«, sagte Ekkehard unglücklich.

»Ein kurzes. Jeder für sich«, entschied Burkhardt. »Für gemeinsame innere Einkehr haben wir keine Zeit.«

Von Ferne wehte ein herber Geruch herüber. Das Viehzeug war eher zu riechen als zu hören, lange konnte es nicht dauern, und es war auch nicht mehr zu übersehen.

Der Plan war verrückt, vollkommen unkalkulierbar, wahrscheinlich erfolglos und der einzige, den sie hatten.

Sie liefen los und gaben sich kaum noch Mühe, leise zu sein. Schnelligkeit war das, was zählte, der Duft war ein Indiz dafür, dass es bald losgehen würde. Sehr bald schon.

Dann gellte ein schriller Pfiff durch die Luft, und Burkhardt wusste, es war so weit.

»Wolfhardt Oertel.« Dorothee hatte ihre Augen geöffnet, und infolge des Schocks hatten sie das Glasige verloren. »Oertel. Ihr seid ein Bruder von Anni.«

»Weit gefehlt, Schätzchen.« Der Blonde grinste trunken. »Na ja, nicht so weit. Cousin. Ich bin Annis Cousin. Wir waren einander sehr verbunden.«

»Und doch habt Ihr sie umgebracht?« Katharina wusste genau, sie hätte besser schweigen sollen. Aber es ging nicht. »Eure eigene Base?«

»Jetzt werdet mal nicht unverschämt.« Wolfhardt trat drohend einen Schritt näher, und Katharina widerstand nur schwer dem Impuls, zurückzuweichen. »Ich leg nicht Hand an meine eigene Familie! Was denkt Ihr denn eigentlich von mir? Nein, Teuerste, das bewahre ich mir für Euch auf.« Er hob den Krug und trank ihn in langen Zügen leer. Dann ließ er ihn achtlos fallen. »Und glaubt nicht, ich meinte nicht, was ich sage.«

»Anni ist tot?«, fragte Dorothee, es klang nicht sehr erschüttert. Die Kraft für Mitgefühl war ihr offenbar auf dem Weg durch ihr Martyrium verloren gegangen.

»Ja. Meine Anni weilt nicht mehr unter uns.« Die Augen dieses entsetzlichen Mannes füllten sich tatsächlich mit Tränen. Vielleicht lag es am Alkohol, vielleicht daran, dass Menschen vielschichtige Wesen sind und nicht nur einen Zug in ihrer Seele tragen. Brutalität und Zuneigung, Verachtung und Ergebenheit.

Katharina wollte das nicht. Sie wollte kein Verständnis für jemanden haben, der sie in seiner Gewalt hielt. Der nach Belieben mit ihnen verfahren konnte und es auch tun würde.

»Wenn Ihr es nicht gewesen seid, wer war es dann?«, fragte sie böse.

Wolfhardt hob den Kopf. Seine Augen trocken, ihr Ausdruck plötzlich wach und konzentriert. »Halt dein Maul«, sagte er leise. »Sonst sorge ich dafür.«

Dann wurde seine Aufmerksamkeit von etwas anderem gefesselt. In einer fast geraden Linie ging er hinüber zu dem schmalen Fenster, starrte hinaus und kratzte sich am Nacken. »Was zum Teufel ist das denn?«

Katharina hörte es jetzt auch. Marga ebenfalls, wie sie aus deren aufgescheuchtem Blick schloss.

Da unten war etwas.

Unruhe, Lärm. Schreie, Klirren. Ein ekelhaft schrilles Pfeifen.

»Was ist los auf dem Hof? Könnt Ihr es erkennen?«, fragte Katharina, ohne nachzudenken, ob das klug war.

War es nicht. »Maul halten, hab ich gesagt«, brüllte Wolfhardt, fuhr herum und hieb ihr mit einem gewaltigen Schlag gegen den Schädel.

Katharina sah die sprichwörtlichen Sternchen und rang trotz der höllischen Schmerzen darum, nicht das Bewusstsein zu verlieren. Es gelang ihr sogar, und so bekam sie mit, wie Wolfhardt schrie: »Ursell! Komm mal!«, und mit Riesenschritten aus dem Raum stürmte.

Statt seiner betrat eine Frau die Kammer, und auch sie trug eine Waffe. Ein Küchenmesser. Falls es normalerweise dazu diente, Wildbret zu entbeinen, war es ganz sicher um keinen Deut weniger scharf als Wolfhardts Dolch.

»So, Mädels«, sagte sie. »Jetzt seid verdammt noch mal endlich still.«

Der Wirtschaftshof lag menschenleer im Sonnenlicht. Womöglich ging ihr Plan tatsächlich auf, und sämtliche Männer befanden sich auf der anderen Seite des Gebäudes. Burkhardt atmete einmal tief durch. Es half alles nichts, sie mussten auf ihr Glück vertrauen. Wenn sie in diese Burg wollten, hatten sie den lädierten Steg zu queren in der Hoffnung, dass er ihr Gewicht trug. Anschließend mussten sie die morsche Tür eintreten, was hoffentlich kein Problem darstellte, und schließlich schräg über den Hof laufen. Das alles ohne Deckung. Jeder konnte sie sehen, jeder konnte sie abschießen. Sofern jemand da war und dann auch noch über eine Armbrust verfügte.

Burkhardt warf Hans Christian einen Blick zu. »Bereit?«

Er nickte entschlossen, aber sein Adamsapfel hüpfte nervös auf und ab. Burkhardt konnte es ihm nicht verdenken, sein eigener Mund war jedenfalls trocken wie ein Sack voll Mehl.

Ohne sich groß um sinnlose Unauffälligkeit zu bemühen, liefen sie aufrecht und schnell über das Brückchen, die Tür hielt, was ihr baufälliges Aussehen versprach, und gab mit einem müden Knirschen sofort nach. Ehe sie auch nur Zeit zum Luftholen hatten, standen sie schon auf dem Hof. Er war ungepflegt, der Verfall mit Händen greifbar. Abgestorbene Blätter, zu unordentlichen Nestern verweht, eine schlammige Pfütze in der Ecke zwischen Hofmauer und Burg hatte beinahe den Umfang eines kleinen Teiches angenommen. Sie war Heimat eines Entenpaares, das an seinem Rand lagerte und die Ankömmlinge wachsam musterte.

All das nahm Burkhardt für die Dauer eines Wimpernschlages wahr, dann hatte er den Hof überquert und stieß die Pforte zum Burginneren auf.

Mit einem knarzenden Geräusch schwang sie nach innen, und Burkhardt hörte selbst, wie er den Atem ausstieß. Einige seiner schlimmsten Befürchtungen hatten sich darum gedreht, dass diese Tür verriegelt war und sich nicht öffnen ließ. Doch jetzt standen sie im Dämmerlicht eines kurzen Ganges, der ganz sicher zur Küche führte und sehr wahrscheinlich auch zu einer Treppe.

Weiter vorne war ein Durchlass, vermutlich gelangten sie durch ihn in die Halle. Burkhardt ballte nervös die Fäuste, dann lief er so schnell und so leise wie möglich den Gang entlang, fand die Tür nur angelehnt. Sachte schob er sie einen Spalt auf, in der Hoffnung, dass nicht direkt dahinter ein paar Männer mit gezückten Waffen warteten und ihn sehr unfreundlich begrüßten.

Der schäbige Saal lag einsam vor ihnen. Auch hier war es schmutzig und unordentlich, aber anders als auf dem Hof gab es Anzeichen, dass Menschen anwesend waren. Ein aufgebockter Tisch mit Schüsseln darauf, Krügen, ein schaler Geruch nach Bier und angesengtem Fleisch hing in der Luft.

Genau gegenüber befand sich der Haupteingang, die Tür war ebenfalls nicht fest geschlossen. Es war sehr gut zu hören, welcher Tumult sich dahinter abspielte. Burkhardt lächelte.

»Ich glaube, es klappt, Schützenmeister«, flüsterte Hans Christian neben ihm.

Sie blickten sich um, entdeckten einen weiteren schmalen Durchgang, und dieser führte zu einem Treppenturm. Dann hieß es jetzt beten, dass die Frauen irgendwo oben und nicht in einem

Kellerverlies eingesperrt waren, von dem er nicht wusste, ob er unbemerkt den Zugang finden würde.

»Wir gehen da hinauf«, befahl Burkhardt leise. Er wischte sich die Hand ab, sie war verschwitzt und ein bisschen glitschig. Dann packte er fest den Griff seines Kurzschwertes und machte sich auf den Weg nach oben.

Katharina zögerte kurz, dann setzte sie sich langsam in Bewegung. Sie schlug extra einen weiten Bogen um Ursell, damit diese nicht dachte, sie habe die Absicht, sie anzugreifen, und schlenderte betont harmlos hinüber zu der Schießscharte, die dieser Kammer als Fenster diente. Sie musste einfach wissen, was da vor sich ging.

Ursell schritt nicht ein.

Wenn sie es getan hätte, hätte Katharina es nicht rechtzeitig mitbekommen. »Was um Himmels willen ist denn da los?«, fragte sie ungläubig, und dann spürte sie plötzlich Marga neben sich, die es auch nicht mehr aushielt. Dorothee blieb, wo sie war.

Drei Stockwerke tiefer lag der Burghof, er war gut einzusehen von hier aus. Nur der Bereich direkt unter ihnen war schlecht zu überblicken, der Turm war krumm gebaut, und das oberste Geschoss ragte ein wenig weiter hervor, deshalb gab es da einen toten Winkel. Den Rest aber konnten sie sehr gut erkennen.

Sie sahen Männer, die herumfuhrwerkten. Und eine Ziegenherde, die über den Hof tobte und ein heilloses Durcheinander verursachte.

»Warum habt Ihr diese Ziegen hier?«, platzte Marga heraus.

»Was für Ziegen?«

Ursell schob sie rüde beiseite, und in Anbetracht des Entbeinmessers ließ Katharina es widerspruchslos geschehen.

»Wo kommen diese verdammten Viecher her?«, fragte Ursell schrill. Damit war jedenfalls klar, dass dort unten irgendetwas geschah, was von diesem Gelichter nicht eingefädelt worden war.

Das war sicher gut. Katharina versuchte, ihre Gedanken zu sammeln, aber sie kam nicht dazu, denn Marga, die ihren Platz am Fenster behauptet hatte, quietschte entzückt auf.

»Was? Was ist?« Ungeduldig stieß Katharina ihre Freundin in den Rücken, sie wollte es auch wissen.

»Da ist ein Wildschwein!«

Katharina quetschte sich neben Marga ans Fenster, und da war tatsächlich ein Wildschwein. Ein aufs Äußerste gereiztes Wildschwein. Die Ziegen rannten kreuz und quer, die Männer fuchtelten mit den Armen und ihren Waffen herum, und immer wenn sich die Aufmerksamkeit des rasenden Schweins auf einen bestimmten Angriffspunkt richtete, ergriffen die tapferen Kerle in dem heillosen Durcheinander die Flucht und fielen beinahe über ihre eigenen Füße.

»Was macht diese wunderbare Wildsau da unten?«, jubelte Marga.

»Und wie kommt Til dahin?« Katharina fragte sich ernsthaft, ob sie ihren Augen trauen durfte.

Mitten in dem ganzen Tohuwabohu hatte sich der Roeseling'sche Viehknecht aufgebaut und sah, soweit sie es von hier oben beurteilen konnte, auf sehr ungewohnte Weise überaus zufrieden aus.

Der Mann stand so unvermittelt vor ihm, dass Burkhardt nicht die geringste Chance hatte, ihm auszuweichen.

Er versuchte es trotzdem und trat dabei Hans Christian kräftig auf den Fuß.

»Ja, wen haben wir denn da?«, fragte der Mann verblüfft. Das Kurzschwert in seiner Hand sah anders aus als die Burg oder auch der Kerl selbst, es war makellos gepflegt und gut in Schuss. Und sicher außerordentlich scharf.

Er hob es in einem geschmeidigen Schwung zum Schlag und machte gleichzeitig einen Schritt nach vorne, um dem Ganzen mehr Wucht zu verleihen.

Burkhardt wich deutlich weniger elegant zur Seite. Aber egal, wie unbeholfen er stolperte, er hatte nicht die Absicht, sich hier und jetzt den Arm vom Rumpf trennen zu lassen.

Das Schwert und damit der Schritt nach vorne hätten an ihrem Ziel eine natürliche Stütze gefunden. Beides ging ins Leere. Der Mann verlor das Gleichgewicht und fiel die Stufen hinunter. Er versuchte nicht einmal, sich abzufangen, stürzte wie ein nasser Sack in die Tiefe. Burkhardt konnte den Luftzug spüren, als er sich gegen die raue Wand des Treppenhauses presste, um nur ja nicht im Weg zu stehen.

»Hoppala«, sagte Hans Christian, der so gerade eben noch rechtzeitig beiseitesprang, um nicht mitgerissen zu werden.

Ein ziemlich leichter Sieg.

Burkhardt lief die Stufen hinab und beugte sich über den Mann, der bewegungslos dalag und dessen schimmerndes Blondhaar sich malerisch über die Stufen ergoss. Er blinzelte, tot war er also nicht. Dann rülpste er.

Eine Wolke sauren Atems hüllte Burkhardt ein.

»Pfui Teufel, die schenken offenbar einen miesen Wein aus auf dieser Burg«, bemerkte er.

»Mies, aber reichlich.« Hans Christian schüttelte sich ein bisschen. »Was machen wir jetzt mit ihm?«

Burkhardt blickte sich um, doch hier war nichts, woran er seinen Fang hätte anbinden können. Nach unten wollte er ihn nicht bringen, da wurde er zu schnell entdeckt. »Wir nehmen ihn mit. Könnt Ihr stehen?«

»Keine Ahnung.« Der Blonde zog die Stirn kraus, als überlege er tatsächlich.

»Finden wir es heraus.« Burkhardt zerrte ihn in eine aufrechte Lage, zu übertriebener Rücksichtnahme sah er wenig Anlass. Ihm fehlte auch die Zeit dafür. »Hoch jetzt.«

Der Blonde schwankte leicht, aber das lag ganz sicher nicht an dem Sturz.

»Was macht Ihr eigentlich hier?«, fragte er mit der sorgfältigen Aussprache des Trunkenen, der sich noch einen Rest von Würde erhalten will. »Und habt Ihr einen Krug dabei?«

Burkhardt ignorierte ihn und schlang den vorsorglich mitgebrachten Lederriemen um seine Handgelenke. Er befestigte den Knoten so sicher, wie es in der Kürze der Zeit gelingen konnte, dann gab er seinem Gefangenen einen rüden Stoß in den Rücken und zwang ihn die Wendeltreppe hinauf.

Warum Til inmitten der tobenden Ziegen und des wütenden Wildschweines stand und weshalb da auch ein Knabe war, der entfernt an Ekkehard erinnerte, obwohl das gar nicht sein konnte, weil es einfach keinen Sinn ergab – Katharina war der Meinung, es war jetzt nicht die Zeit, darüber nachzugrübeln. Wichtiger war, dass dieses Chaos überhaupt herrschte.

Sie mussten das Durcheinander nutzen, solange niemand auf sie achtgab. Einen Fluchtplan entwickeln, einen ohne Schnörkel, der vor allem auf Schnelligkeit und dem Überraschungsmoment beruhte.

Einen, den sie jedoch nicht absprechen konnten. Ursell war immer noch da, und auch ihr stand die Ratlosigkeit wie mit Ruß auf die Stirn geschrieben. Sie hatte ganz offensichtlich keine Ahnung, was da unten los war. Was sie jetzt tun sollte. Ursell schien der Meinung, in diesem Falle wäre es das Beste, einfach abzuwarten, wie sich die Dinge entwickelten. Also blieb sie da und wankte und wich nicht, und Katharinas Hoffnung, unkompliziert hinaus aus dieser Kammer spazieren zu können, würde sich nicht erfüllen.

Sie stieß Marga leicht mit dem Ellenbogen an und richtete die ganze Kraft ihres Willens auf sie. Vielleicht konnten sie sich auch wortlos verständigen.

Marga achtete nicht im Allergeringsten auf Katharinas Bestrebungen. Sie starrte mit entrückter Miene auf den Burghof und ließ sich von dem Geschehen ablenken, weshalb ihr nicht einfiel, dass in diesem ihre einzige Chance lag. Dorothee saß nach wie vor auf dem vergoren riechenden Strohlager und war ebenfalls keine Hilfe. Es würde schwer genug werden, sie überhaupt die Treppe hinunter zu bekommen.

Die Treppe konnten sie allerdings nicht erreichen, denn ganz abgesehen davon, dass Katharina nicht wusste, wie sie Ursell hätte ausschalten können, herrschte auf dem Gang ebenfalls Betrieb. Jedenfalls hörte sie Geräusche, irgendetwas war da los, fast hätte sie es nicht mitbekommen, weil der Krach vom Burghof bis zu ihnen heraufschallte und alles übertönte.

Es gab keinen anderen Fluchtweg als erst den Gang und dann den Abstieg durch das enge Treppenhaus. Solange sich dort Leute befanden, war ein Entkommen unmöglich.

Die Zuversicht, die Katharina eben noch so belebt hatte, verpuffte und hinterließ ein schwaches Gefühl in den Knien. Am liebsten hätte sie sich neben Dorothee gesetzt. Aber wer saß, war klein, und wer klein war, im Nachteil. Also blieb sie an ihrem Platz am Fenster, aber anders als Marga sah sie nicht nach draußen, sondern starrte gebannt und ängstlich auf die Tür.

Obwohl sie es erwartet hatte, blieb ihr fast das Herz stehen, als die Geräusche direkt vor der Kammer versiegten. Plötzlich herrschte Stille auf dem Gang. Katharina blickte sich um auf der Suche nach einer Waffe, einem Gegenstand, irgendetwas, das sie zur Verteidigung einsetzen konnte. Es war dumm, danach Ausschau zu halten, denn sie wusste ja, der Raum war leer, es befand sich nichts darin, rein gar nichts, keine Möbel. Nicht einmal den Schemel konnte sie dem Eindringling entgegenschmettern oder noch besser auf den Kopf. Auf dem Schemel saß inzwischen Ursell.

Es blieb ihr nur eines. Sie konnte sich mit all der Kraft, über die sie verfügte, gegen dieses Weib werfen und es damit in Richtung Angreifer stoßen und während alle übereinanderfielen, die Gelegenheit zur Flucht ergreifen. Vorausgesetzt, Marga und Dorothee begriffen, was sie vorhatte, und kamen mit.

Katharina ballte die Fäuste und machte sich bereit.

Dorothee fand es schwer, die Augen offen zu halten. Sie war so entsetzlich müde. Einzig der Lärm, der vom Hof zu ihnen drang und mehrheitlich aus Männergeschrei und Ziegengemecker bestand, hinderte sie daran, einzunicken. Außerdem stank das Stroh, auf dem sie saß, und ihr wurde übel davon. Kaum zu glauben, dass sie in den letzten Nächten darauf geschlafen hatte.

Warum da unten dieses Durcheinander herrschte, war ihr egal. Sie wollte mit alldem nichts zu tun haben.

Gott sei Dank hatte wenigstens Wolfhardt die Kammer verlassen. Ursell war nicht bedrohlich, wenn sie auch nicht anständig war. Oder intelligent. Wie hatte sie nur annehmen können, es wäre denkbar, mit einer wie ihr Freundschaft zu schließen? Soweit sie sich erinnerte, hatte sie dies jedenfalls geglaubt, damals, als sie Ursell kennenlernte. Das war so lange her, sie konnte sich kaum noch an das Wirtshaus in Elsnig erinnern, wo sie diesem Pack begegnet war.

Wie lange genau war das her? Es ließ ihr keine Ruhe, dass es ihr nicht einfallen wollte. Sie schob sich ein bisschen aufrechter die Wand hoch und nahm die Finger zu Hilfe.

Ein paar Tage. Bloß ein paar Tage. Einige wenige Tage, die alles kaputtmachten. Wie schnell so etwas ging.

Sie öffnete die Augen einen winzigen Spalt und betrachtete Ursell, die am Fenster stand und sich zur Tür drehte und wieder zurück und dadurch wie ein aufgescheuchtes Huhn wirkte. Eines, das nicht wusste, was es tun sollte. Schließlich ließ sie sich auf den baufälligen Schemel fallen.

Die Frau daneben hatte wunderbare kastanienbraune Locken und interessierte sich nicht für die Tür. Sie starrte auf den Burghof, und ab und zu klatschte sie in die Hände, als gefiele ihr, was sie dort sah. Das rotblonde Lockengekringel der anderen Frau stand ausgesprochen wirr um ihren Kopf, obwohl sie es ursprünglich vermutlich fest zu einem Knoten gezurrt hatte. Das Netz hing noch darin und baumelte ihr über die Schulter. Wahrscheinlich hatte sie eine Haube getragen, was darauf schließen ließ, dass sie verheiratet war. Was machte sie dann hier? Was machten sie beide hier? Dorothee hatte keine Ahnung. Vielleicht hatten sie es ihr gesagt, aber sie hatte es wieder vergessen.

Ohne Vorwarnung flog plötzlich die Tür auf, und Wolfhardt flog direkt hinterher und landete sehr unsanft auf Ursell, der Schemel barst, sie fiel in den Dreck und wurde unter den kräftigen Gliedmaßen ihres Kumpans begraben. Unmittelbar dahinter betrat die Kammer ein großer Brauner, der nicht flog, sondern aufrecht blieb.

Dann brach ein Chaos aus, das dem auf dem Burghof in Nichts nachstand.

Dorothee sackte ein Stückchen in sich zusammen. Ihr war das zu viel. Sie wollte das nicht. Sie wollte ihre Ruhe. Keine Menschen, die sie noch nie gesehen hatte und von denen sie nicht wusste, welche neue Gefahr von ihnen ausging.

Die anderen Frauen schienen das nicht so zu sehen.

Die Kastanienbraune fuhr herum, stieß einen Schrei aus und schoss durch die Kammer, um sich dem Neuankömmling an den Hals zu werfen.

Die Gekringelte tat es ihr gleich. Sehr seltsam. Sich überhaupt Männern an den Hals zu werfen fand Dorothee schon unbegreiflich, aber an einen, der sozusagen besetzt war – sie schüttelte sachte den Kopf und versuchte, den Blick abzuwenden. Sie wollte das nicht ansehen. Irgendwie musste sie aber doch.

Da war noch ein Mann, ein heller, blonder, der inzwischen damit beschäftigt war, das Durcheinander aus Ursell und Wolfhardt erst zu entwirren und anschließend sorgfältig zu verschnüren. Der Braune hatte keine Zeit dafür, an dem hingen die Weiber.

Er kam ihr bekannt vor, der helle Mann. Aber auch ihn wollte sie nicht sehen. Ihn wollte sie ganz besonders dringend nicht sehen. Sie schloss entnervt die Augen.

Dann öffnete sie sie wieder, es war besser, sie bekam mit, was um sie herum geschah, damit sie sich darauf einstellen konnte.

Dorothee sah, wie der blonde Jüngling sich auf den Weg zu ihr machte. Ihr wurde klar, dass es sich um Hans Christian handelte, der auf sie zukam. Sie wünschte sich, er ließe das sein.

Stattdessen versuchte er, sie in seine Arme zu ziehen, und Dorothee blieb die Luft weg. Zu nah, viel zu nah. Sie wollte auch nicht hören, was er sagte. Er sagte zu viel, sprach auf sie ein. Sie musste ihn irgendwie loswerden. Ablenken.

»Der da auf dem Boden hat die arme Anni getötet«, sagte sie laut.

»Das stimmt nicht«, widersprach Wolfhardt, aber das war Dorothee egal. Wichtig war nur, dass mit einem Schlag Hans Christian von ihr abließ und der andere Mann von der Kastanienbraunen, die Gekringelte hatte sowieso Glück und stand bereits wieder alleine.

»Das war ich nicht, hab ich doch schon gesagt.« Wolfhardt bewegte unruhig die Schultern, es fiel ihm schwer, weil seine Handgelenke auf dem Rücken fest aneinandergezurrt waren. »Das war Walther, dieser Widerling.«

Der Grobschlächtige mit dem roten Bart.

»Was hatte der denn gegen Anni?«, erkundigte sich Dorothee, erstaunt über den völlig normalen Tonfall, in dem sie die Frage vorbrachte.

»Der hatte nichts gegen sie«, erklärte Wolfhardt, eine Tränenspur glitzerte auf seinen Wangen. Betrunkene Männer waren lächerlich, wenn sie weinerlich wurden. Lächerlich, nicht furchteinflößend. Dorothee setzte sich auf und blickte Wolfhardt verächtlich an.

Der zog die Nase hoch, es war unappetitlich, wie sie durch seine Heulerei lief. »Jürg fand, sie sei zu gierig geworden, und hat Walther beauftragt, sie zur Raison zu bringen. Das ist ihm dann aus dem Ruder gelaufen.«

»Was heißt gierig?«, fasste der Mann mit dem hässlich-freundlichen Hundegesicht nach, sein linker Arm hielt immer noch die Kastanienbraune umklammert. In der Rechten trug er ein Kurzschwert, und er richtete es auf Wolfhardt.

»Sie hat mehr vom Lösegeld gefordert. Es stünde ihr zu, meinte sie, schließlich wären wir ohne sie an die Linnitz gar nicht herangekommen. Jürg sah das anders.«

Es war wie ein bösartiger Schlag in die Magengrube, aber er hatte den Vorteil, dass der Nebel in Dorothees Kopf und der um sie herum sich endlich lichteten.

»Anni hat das geplant?«, kreischte sie. »Ich habe das alles *Anni* zu verdanken?«

Katharina stellte fest, dass ihr Blick sie doch nicht getrogen hatte, denn plötzlich war da Ekkehard, und er warf einen deutlich faszinierten Blick auf Dorothee, bevor ihm wieder einfiel, welchen Auftrag er zu erfüllen hatte. »Ihr sollt jetzt runterkommen, Onkel Thomasus weiß nicht, wie lange er die noch in Schach halten kann«, sagte er etwas atemlos. Ekkehard war das Laufen nicht gewohnt, er saß zu viel in seiner Studierstube.

»Thomasus ist hier?« Katharina war eigentlich gar nicht wirklich überrascht. Es war typisch für ihren Ehemann, sich einzumischen und an der Seite von Burkhardt dafür Sorge zu tragen, dass sie alle heil aus der Sache herauskamen.

»Ja. Er meint aber, Til kann nicht mehr lange die Wildsau auf diese Männer hetzen und von uns ablenken. Die will da wenig Unterschied machen«, haspelte Ekkehard sich durch seine Botschaft. »Geht's dir gut, Tante Katharina?«

»Bestens.« Das stimmte nicht. Ihr Kopf dröhnte, ihre Knie waren wackelig, und außerdem war ihr schlecht. Und sie fürchtete sich vor der Aussprache mit Thomasus und den Vorhaltungen, die er ihr machen würde. Völlig berechtigterweise machen würde. Doch erst einmal musste sie ihn überhaupt finden. »Dorothee? Könnt Ihr laufen?«

Das arme Mädchen saß nach ihrem kurzen Aufruhr wieder mit verkrampften Gliedern und verschlossener Miene auf dem stinkenden Lager und wirkte, als bemühe sie sich, den Blick nicht auf Hans Christian zu richten. Dieser wiederum sah aus wie ein Mann, der keine Ahnung hatte, was mit ihm geschah oder was er jetzt tun sollte.

Sie hatten keine Zeit, zu warten, bis es ihm klar wurde. »Wir müssen hier raus, Dorothee«, drängte Katharina. »Wenn Ihr nicht selber laufen könnt, wird Hans Christian Euch tragen.«

»Nicht nötig.« Dorothee erhob sich sofort und stand leicht gebeugt und ebenso leicht schwankend da. »Es wird schon gehen.«

Katharina betrachtete sie zweifelnd. Sie würden es darauf ankommen lassen müssen.

Burkhardt zerrte ohne viel Feingefühl Wolfhardt auf die Füße und blickte sich wild um. »Ekkehard, du kümmerst dich um die Frau. Pass auf sie auf.«

Ekkehard fuhr erschrocken zusammen, dann tat er, was ihm befohlen worden war, und ob er nun Geschmack daran fand oder nicht, jedenfalls schien er entschlossen, sich durchzusetzen. Ein bisschen grob zog und stieß er Ursell in Richtung Ausgang.

Dorothee entwand sich unterdessen Hans Christians stützendem Arm und richtete ihre Aufmerksamkeit auf Burkhardt. »Den da habt Ihr«, sagte sie rau und nickte voller Abscheu zu Wolfhardt. »Ihr wollt noch Walther. Das ist der mit dem roten Bart.«

Burkhardt zauberte dieses einnehmende Lächeln auf seine verknautschten Züge, das auf die Menschen stets so beruhigend wirkte, und fand sogar die Zeit, ihr kurz die Schulter zu drücken. »Wird schon, Mädchen«, sagte er leise, und sie zuckte die Achseln und glaubte ihm ganz sicher kein Wort. Aber sie wich auch nicht zurück, und Katharina wusste, es war gut, dass Burkhardt da war und sich ihrer annahm.

Endlich polterten sie alle gemeinsam die enge Wendeltreppe hinunter, denn so, wie sich die Lage darbot, war übertriebene Vorsicht nicht mehr vonnöten. Nur wenige Augenblicke später betraten sie den Burghof, und dort hatte sich inzwischen einiges verändert.

Die Ziegen hatten offenbar beschlossen, dass es der Mühe nicht wert war, sich aufzuregen, und begonnen, das spärliche Gras auf dem ungepflegten Hof abzurupfen. Die Wildsau stampfte schnaubend und mit übel gelauntem Blick in der Nähe des Tordurchgangs mit den Hufen und ließ sich von Til ganz sanft in Richtung Brücke drängen. Dicht bei der Sau lag ein schmächtiger Mann im Dreck und blutete aus einer Kopfverletzung, neben ihm hockte ein schwitzender Koloss und hatte das Gesicht in den Händen vergraben, was seltsam weibisch wirkte.

Thomasus stand da wie ein wütender Wikinger mit blutverschmierten Wangen und dem Kurzschwert in der Hand, das er stets auf seinen Fernreisen mit sich führte und das, soweit Katharina wusste, noch nie zuvor zum Einsatz gekommen war. Jetzt allerdings schon, denn er hielt es Jürg an die Kehle. Der reckte angespannt das Kinn in die Luft, was darauf schließen ließ, dass Thomasus seine Waffe nicht sehr rücksichtsvoll führte. Neben ihm an der Burgmauer lehnte ein rotbärtiger Mann und umklammerte mit schmerzverzerrter Miene sein Bein, das in einem sehr hässlichen Winkel abstand. Das war dann wohl besagter Walther, und Katharina gefiel, wie er da hockte. Er sah aus, als habe er Schmerzen, und genau die hatte er sich verdient.

In einem plötzlichen Entschluss drehte sich die Wildsau um die eigene Achse und galoppierte über die Brücke zurück in den Wald. Für einen Moment erstarrte die Szene, und jeder hielt inne. Dann trat Til, der so ungern sprach, näher und fragte: »Soll ich die jetzt einzeln fesseln oder aneinanderbinden, Meister?«, und mehr als alles andere bewies Katharina diese Wortgewalt, dass hier etwas Außerordentliches geschehen war.

»Sowohl als auch. Erst einzeln und danach aneinander. Bilde eine Kette«, wies Burkhardt ihn an. Er warf Marga einen dieser schnellen verliebten Blicke zu, von denen er wohl immer gehofft hatte, sie fielen niemandem auf, was allerdings nicht der Fall war. Marga nickte ihm strahlend zu. Strahlend, dreckig und vollkommen derangiert. Sie hatte den Arm um die kreidebleiche Dorothee gelegt und stützte sie. Immerhin hatte sie es auf ihren eigenen Beinen die Treppe hinuntergeschafft.

Sicherheitshalber packte Burkhardt Jürg am Schlafittchen und half Til, seine Fesseln sehr gründlich zu verschnüren. »Jetzt geh schon zu deiner Frau.« Er nickte Thomasus zu und grinste schwach. »Wir kommen hier klar.«

Katharina wartete ab und sah, wie Thomasus nach kurzem Zaudern das Schwert tatsächlich wegsteckte, auch wenn er es zu bedauern schien. Ihr Mann war ein Krieger. Dann trat er mit raschen Schritten auf sie zu und musterte sie mit diesem Blick, in dem nichts zu lesen war und den sie früher so gefürchtet hatte. Heute nicht mehr. »Wieso bist du überhaupt da?«, fragte sie und brach in Tränen aus, noch bevor er ihr eine Antwort geben konnte.

»Erzähle ich dir später.« Er zog sie äußerst ruppig in die Arme und strich über ihr unordentliches Lockengestrüpp, aus dem sich bestimmt nie wieder eine sittsame Frisur formen ließ.

»Ich will nach Hause«, schniefte Katharina, aber die Tränen versiegten bereits.

»Ich auch, darauf kannst du Gift nehmen«, erklärte Thomasus. »Und dort sperre ich dich ein. Für immer.«

»Ich bitte darum.« Katharina lächelte ihn an. Das ging jetzt.

Thomasus hielt sie fest wie ein Schraubstock. »Man kann dich wirklich unmöglich unbeaufsichtigt lassen.«

»Nein. Aber das ist Vergangenheit. Ich ... habe die Nase davon voll. Ich verspreche dir, dass ich mich niemals wieder in irgendetwas einmischen werde, was nicht unmittelbar zu meinem Haushalt gehört.«

Ihr Mann seufzte schwer. »Wie gut, das zu hören. Allein, mir fehlt der Glaube.«

Katharina ließ ihren Blick über das Durcheinander auf dem Burghof wandern. Über die aneinandergebundenen Männer und Kunibert, der sich unermüdlich an ihren Fesseln zu schaffen machte. Sie sah diese unsägliche Frau. Marga, die am Arm von Burkhardt hing und ganz bestimmt nicht beabsichtigte, ihn in absehbarer Zeit loszulassen. Hans Christian, der verwirrt und unglücklich wirkte. Dorothee, die ihn geflissentlich ignorierte. Ekkehard, der versuchsweise mit dem Fuß an den verletzten Mann stieß, wahrscheinlich um zu prüfen, ob er noch lebte. Til, der in der Mitte stand und so munter wirkte wie noch nie, seit sie ihn kennengelernt hatte.

»Glaube es ruhig«, sagte sie zu Thomasus. »Ich bin vollkommen glücklich mit dem, was ich habe.«

»Gut«, erwiderte er und griff nach ihrer Hand. Fest und verlässlich. »Das ist sogar sehr gut. Und jetzt bringe ich dich nach Hause.«